drummond: jogo e confissão
MARLENE DE CASTRO CORREIA

organização Eucanaã Ferraz

O Texto é um objeto de prazer. A fruição do texto com frequência é apenas estilística. [...] Às vezes no entanto o prazer do Texto acontece de modo mais profundo: quando o texto "literário" (o Livro) transmigra para nossa vida, quando uma outra escritura (a escritura do Outro) é capaz de escrever fragmentos de nossa própria cotidianidade, em resumo, quando se produz uma *coexistência*.

ROLAND BARTHES, *SADE, FOURIER, LOYOLA*

para Manuel Bermejo, sempre

11 a chave
EUCANAÃ FERRAZ

21 posse da palavra—uma iniciação à poesia de drummond
23 perguntas em torno da poesia
27 a valorização da palavra
33 imagística: invenção e revitalização
38 a dialética expansão-retração
40 drummond e o processo poético brasileiro

43 poética da pedra
47 "que é poesia...?"
51 "—mas haverá lugar para a poesia?"
53 "que metro serve / para medir-nos?"
55 "que forma é nossa / e que conteúdo?"

59 reinvenção de *topoi* modernistas
61 1 europa, frança e minas
68 2 o cinema
78 3 o avião
85 4 o jornal
95 5 *men-in-the-street...*

101 a inteligência trágica do universo
106 os bens e o sangue
111 a dramaticidade
114 a tragicidade
    114   O CONFLITO E AS PERSONAGENS
    118   A AÇÃO
    124   A *HAMARTIA* E A *HYBRIS*
    133   O DESTINO
    136   OS ARQUÉTIPOS BÍBLICOS
    136   ADÃO
    137   MESSIAS
    141   PEDRO
    142   JÓ
    143   O DESENLACE

151 amor-humor
158 drummond e freud: pontos de convergência sobre o *humour*
168 adalgisa e adaljosa
188 o desejo torto e o desejo perverso
201 um poema chapliniano
204 um poema swiftiano?
209 a educação sentimental do sujeito poético
215 "idade madura" e "a ingaia ciência": contradição e conflito

219 poesia e política: a construção de "nosso tempo"

233 magia lúcida
237 especulações em torno da palavra poética
    237   O MÁGICO E O LUTADOR
    244   O FRÁGIL-ÁGIL ACROBATA
    250   TENTATIVA DE REDUÇÃO DO IRREDUTÍVEL
251 o eu infinito *versus* mundo finito
257 o espaço livre da poesia (ou um mundo que fosse: o mundo)
    259   O POEMA E O DICIONÁRIO
    263   A PALAVRA *ENCANTO* OU AS PALAVRAS QUE NINGUÉM FALA
    266   O MAGO O AMANHECER
    267   A ARGILA O SIGILO
    268   IMAGENS DA NOVA DESORDEM: A COINCIDÊNCIA DOS OPOSTOS
271 nostalgia e utopia do verso universo
    271   O ORFEU DIVIDIDO
    275   A CONSTELAÇÃO DE ESPAÇOS LIVRES

281 sobre os ensaios
282 índice dos poemas citados
285 bibliografia

a chave

EUCANAÃ FERRAZ

> "Trouxeste a chave?"
>
> "PROCURA DA POESIA", **RP**

A epígrafe escolhida por Marlene de Castro Correia para abrir este livro—um fragmento de *Sade, Fourier, Loyola*, de Roland Barthes—é reveladora, porque os ensaios enfeixados aqui são mais do que uma aproximação analítica; antes, dão conta de uma transmigração, ou, ainda, de existências tornadas simultâneas no ato da leitura. De fato, a autora, discreta, firme e incessante, dedicou-se à obra de Carlos Drummond de Andrade ao longo de sua vida, pois, à dimensão intelectual, somou outra, decididamente existencial. A alguns parecerá em desacordo com a vigência de tal aliança uma obra crítica pouco volumosa. Assim, é preciso observar, desde logo, que não se pode medir a importância do trabalho de Marlene de Castro Correia apenas pela extensão da bibliografia que assina. Justo porque a obra de Drummond esteve presente em sua vida de modo abrangente, ensaios e publicações foram apenas parte de uma coexistência que se manifestou em diferentes sentidos. E o principal foi, sem dúvida, o magistério.

Sua carreira teve início em 1955, na Faculdade Nacional de Filosofia, onde deu aulas de literatura espanhola até 1966. No ano seguinte, passou a lecionar literatura brasileira, com atenção especial à poesia. Se as obras de Gonçalves Dias, Álvares de Azevedo, Manuel Bandeira, Mário de Andrade e João Cabral de Melo Neto—além de uma precursora dedicação à literatura de cordel—foram os mais constantes objetos de suas pesquisas nos cursos de graduação e pós-graduação, a poesia de Carlos Drummond de Andrade acabaria por exigir uma concentração cada vez maior. E assim, sem a premência da vaidade ou das exigências institucionais, num ritmo ditado apenas pela incitação provocada pelo encontro de uma vida em outra, Marlene, para sorte de seus alunos—e alegria do próprio poeta, pode-se acrescentar —, produziu em torno da escrita drummondiana um pensamento tão sólido quanto original, submetido ao constante diálogo na sala de aula, e lá se difundindo numa espécie de amplificação do prazer.

Tive muitas vezes a feliz oportunidade de acompanhar como aluno esse pensamento em voz alta, que se expressava com a eloquência encantadora dos apaixonados e com a justeza dos que manipulam a balança analítica e zelam pelo equilíbrio de tudo o que está em jogo; "paixão medida", portanto; pensamento empenhado, que ia buscar a si mesmo em fichas, anotações, cadernos, nas margens dos livros, e que se projetava tanto na fala quanto na escuta generosa, sempre ponderada e nunca transigente com a tolice ou a presunção, porque o prazer autêntico não encontra ocasião para condescender com aquilo que o amolece, que lhe tira o vigor, enfim, com o seu oposto: o desprazer.

Talvez não fosse difícil escrever uma breve história do termo "professoral" — que apenas assinalava que algo dizia respeito a um professor ou professora e, a certa altura, passou a carrear sentidos negativos, como obsolescência, adestramento, esterilidade, jugo, passividade, um misto de prudência e soberania que confere traços caricatos a qualquer um que mereça o execrável rótulo. Não faço menos, aqui, do que saltar sobre tanto estorvo para exigir que todo qualificativo ligado àqueles que ensinam aponte qualidades como inquietação, alargamento, confiança, franquia, autonomia, criação, reciprocidade, horizontes. Neste livro, fala a ensaísta que se distingue por tais atributos.

O ensaio que abre o volume é, nesse sentido, exemplar. Sua versão original foi publicada em 1973 sob o título "Apresentação de Drummond" e voltava-se para os estudantes que fariam o chamado vestibular unificado, na época o exame de ingresso no ensino universitário do Rio de Janeiro. O texto é, de fato, uma iniciação — à poesia de Carlos Drummond de Andrade, mas também à lírica moderna como um todo e a certas questões da crítica e da teoria literária. O antigo candidato ao vestibular pode ser hoje o estudante de letras ou qualquer um interessado em investigar os procedimentos, as hesitações, os obstáculos e as soluções surgidos no processo da tomada de "posse da palavra" pelo poeta. E o leitor vai, assim, apoderando-se da palavra drummondiana pela via da interpretação, tornando-se mais apto para seguir adiante.

O ensaio seguinte, "Poética da pedra", avança sem abandonar o caráter propedêutico do primeiro. Na leitura de Marlene, os versos de "No meio do caminho" (AP) reverberam em toda a escrita de Drummond, não só pela recorrência de seu signo-chave, a "pedra", mas pela conversão deste mesmo signo em pedra de toque para aferir, no conjunto da obra, seu modo de ver a criação, seu processo de escrita, a relação — predominantemente problemática — entre leitor e texto, bem como o entrecruzamento dramático das tensões, dúvidas e receios de um autor sempre desconfortável diante das certezas. O ensaio constrói-se a partir de perguntas essenciais — "que é poesia?", "mas haverá lugar para a poesia?", "que metro serve / para medir-nos", "que forma é nossa / e que conteúdo?" — que funcionam como forças maiores de uma poesia interrogativa, inquieta, na qual repercutem problemas decisivos da lírica e da arte modernas, mas também como motores do próprio ensaio.

Em "Reinvenção de *topoi* modernistas", alarga-se o campo de visão. Ganha lugar um diálogo entre o autor de *Alguma poesia* e seus contemporâneos, ou, ainda, divisa-se o aproveitamento drummondiano de motivos recorrentes nas poéticas do Modernismo e para além dele. No entanto, mais do que consignar a presença de temas ligados à brasilidade e à urbanidade, a análise dos poemas mostra o quanto a fatura mesma dos versos incorpora o ritmo e os choques característicos das poéticas da modernidade.

Há, até esse momento, uma espécie de aumento progressivo da densidade interpretativa. O leitor está, digamos, preparado para ler "A inteligência trágica do universo", ensaio em que Marlene de Castro Correia detém-se na interpretação de "Os bens e o sangue", de *Claro enigma*, e alcança uma reflexão arrojada acerca de uma cosmovisão trágica, dominante naqueles versos, e também ao longo da obra do poeta. O exame esquadrinha essa compreensão geral do universo e do lugar em que nele se põe o homem, e desentranha dos poemas um conjunto de representações que surpreende o leitor pelo seu arranjo temático e conceitual cerrado. Deparamo-nos, então, com uma "mitologia de feição trágica", da qual irrompem traços característicos da tragédia grega e arquétipos bíblicos entrelaçados com os aspectos autobiográficos que "Os bens e o sangue" trazem à cena. Assim, ao lado de uma clara aproximação a conceitos cristalizados na poética aristotélica — *physis, anagnórisis, hamartia, hybris* —, encontram-se Adão, Cristo, Pedro e Jó, confirmando-se com isso a presença de uma problemática ordem cósmica na poesia drummondiana.

O passo seguinte revela outro aspecto predominante da escrita do autor de *Claro enigma*. Depois da face trágica, surge aquela que se poderia ver como uma espécie de contraface: o *humour*. Valendo-se da célebre equação de Oswald de Andrade, a ensaísta leva-nos aos meandros da dualidade amor-humor, observando, de saída, que "em seu desafio aos valores estabelecidos e aos conceitos ou preconceitos sedimentados, a obra drummondiana recorrentemente faz do humor a sua arma privilegiada para demolir crenças e mitos, questionar a moral instituída e transgredir normas e tabus". Mais uma vez, portanto, a abordagem de uma característica particular ilumina o conjunto da obra.

Não poderia faltar uma abordagem da confluência entre poesia e política. Assim, a construção de "Nosso tempo", magnífico poema de *A rosa do povo*, é submetida a um exame minucioso, em que os diversos níveis materiais dos versos — fônico, rítmico, sintático — articulam-se brilhantemente com os planos mais largos da expressão semântica e do compromisso ideológico. Observo que, tanto aqui quanto nos outros ensaios, os dispositivos analíticos postos em funcionamento por Marlene de Castro Correia nunca perdem de vista o necessário diálogo com o leitor. O ensaio seria um organismo incompleto se prescindisse desse caráter de *lição*. Não é por acaso que, a certa altura da análise de "Nosso tempo", a ensaísta observa: "A esta altura da análise, o leitor certamente já se deu conta do vigor e rigor arquitetônicos de 'Nosso tempo', da conexão precisa e funcional entre os seus blocos, do método *sui generis* de encadeá-los e desdobrá-los".

Já compreendemos o quanto o perfeito e dobradiço fluir do pensamento da ensaísta une com facilidade a erudição e um modo de escrever em todos os sentidos desafetado. É o que se confirma no último texto deste livro: "Magia lúcida". Enfrenta-se — o verbo não poderia ser outro — aqui o difícil e enigmático poema "Isso é aquilo", de *Lição de coisas*. Antes disso, porém, Marlene retoma algumas questões fundamentais, abordadas em "Posse da palavra — Uma iniciação à poesia de Drummond". Sublinha-se então a autoconsciência na escrita drummondiana, sempre voltada para si mesma, manifestamente ou não, ou ainda, "marcada pelo elevado índice de poemas que têm como referência explícita a própria poesia, pela possibilidade de leitura metapoética da linguagem-objeto, pela frequente inserção em outros espaços temáticos de reflexões sobre a natureza e exercício da palavra social e artística, pelo equacionamento entre o universo conteudístico e problemas de expressão-comunicação". Essa autoconsciência do processo criador leva Marlene a incorporar em sua interpretação o conceito de ironia romântica. Trata-se, sem dúvida, de uma investida crítico-teórica precursora de outras importantes leituras da obra drummondiana. Tal como definida pelos filósofos românticos alemães, sobretudo Friedrich Schlegel, a ironia romântica penetra o século XX e vem ao centro das obras de diversos autores. Mas, segundo Marlene, encontrará sua expressão mais radical na escrita do autor de "Isso é aquilo", que "assume as múltiplas significações dessa categoria, incorpora suas implicações filosóficas e metafísicas, descobre suas faces diversas e a investe de diferentes funções". Assim, somos conduzidos por uma série de exemplos em que se podem ver a tensão ilusionismo--anti-ilusionimo, a atenção à materialidade da linguagem, os processos de cisão do eu como "ator e espectador de si mesmo", a consciência aguda e traumática dos muitos limites da escrita e, conforme "O lutador", de *José*, a sensação de uma "posse impura" da poesia. Ou, ainda, a consciência de sua oficina "irritada", e a consequente ironia romântica, surge na escrita de Drummond como tensa e lúcida experiência de um fazer que se debate entre a impossibilidade e a possibilidade da poesia, linha de força de uma abrangente metapoética. Sem se limitar a ser um tema, essa tensão ganha corpo na própria dinâmica que dá forma aos poemas. Ou seja, sua presença, como Marlene bem observa, é mais subterrânea, configurando-se como um "movimento propulsor de contínuos questionamentos do autor, que o impedem de fixar-se em certezas, que o levam a desdizer-se e contradizer-se, para em seguida reafirmar o que acabara de negar". A leitura de "Isso é aquilo" é, sem dúvida, um dos momentos mais brilhantes deste livro e de toda a fortuna crítica de Carlos Drummond de Andrade.

Os ensaios aqui reunidos caminham de mãos dadas conosco. O prazer agora é nosso.

abreviatura dos livros citados

AP	ALGUMA POESIA
ASAA	AMAR SE APRENDE AMANDO
B	BOITEMPO & A FALTA QUE AMA
BA	BREJO DAS ALMAS
CE	CLARO ENIGMA
C	CORPO
EPL	ESQUECER PARA LEMBRAR
F	FAREWELL
FA	FAZENDEIRO DO AR
IB	AS IMPUREZAS DO BRANCO
J	JOSÉ
LC	LIÇÃO DE COISAS
MA	MENINO ANTIGO
NP	NOVOS POEMAS
PM	A PAIXÃO MEDIDA
RP	A ROSA DO POVO
SM	SENTIMENTO DO MUNDO
VB	VIOLA DE BOLSO
VPL	A VIDA PASSADA A LIMPO

posse da palavra—uma iniciação à poesia de drummond

Palavra, palavra
(digo exasperado)
[...]
Quisera possuir-te
neste descampado,
sem roteiro de unha
ou marca de dente
nessa pele clara.
Preferes amor
de uma posse impura
e que venha o gozo
da maior tortura.
"O LUTADOR", J

pergurtas em torno da poesia

É hora de poesia? A poesia tem vez no mundo atual? Essas são perguntas que se propõem os poetas, que delas fazem a própria matéria de sua criação. O debruçar-se angustiado da poesia sobre si mesma, questionando a sua razão de ser e o seu lugar na sociedade, manifesta-se de forma mais sistemática a partir do Romantismo. E no decorrer do século XX torna-se cada vez mais constante e flagrante.

Quanto mais conscientes e lúcidos os poetas, mais aguda a inquietação sobre o seu ofício. É o caso de Carlos Drummond de Andrade, que ao longo de sua obra reiteradas vezes se indaga sobre a situação da poesia no contexto contemporâneo. Já em *Alguma poesia*, seu livro de estreia, publicado em 1930, em poema significativamente intitulado "O sobrevivente", ele problematiza a questão da possibilidade-impossibilidade da poesia no novo período histórico-cultural demarcado pela Primeira Guerra Mundial: "O último trovador morreu em 1914./Tinha um nome de que ninguém se lembra mais." Em poemas diversos, denuncia a surdez burguesa ao canto do poeta ("Nota social", **AP**), ouve na sociedade de consumo as trombetas do juízo final da poesia, substituída por "versos" de propaganda ("Brinde no Juízo Final", **SM**), e considera a sua época, de deslumbramento com a tecnologia e suas máquinas exatas, insensível ao poeta, na medida em que este se move no território da dúvida e da ambiguidade: "Esses monstros atuais, não os cativa Orfeu,/a vagar, taciturno, entre o talvez e o se." ("Legado", **CE**).

Drummond defronta-se com uma estrutura econômica e sociopolítica que lhe parece pouco propícia à poesia: sente-se deslocado no sistema capitalista direcionado para o lucro ("O esplêndido negócio insinua-se no tráfego./[...] toma conta de tua alma e dela extrai uma porcentagem." — "Nosso tempo", **RP**); mostra-se cético quanto à importância da poesia, atividade primordialmente lúdica e gratuita, na sociedade burguesa, regida por valores utilitaristas. Solitário, sofre a nostalgia de primitivas eras, quando a poesia, então cantada e dançada, integrava-se na comunidade e no cosmo:

> A dança já não soa,
> a música deixou de ser palavra,
> o cântico se alongou do movimento.
> Orfeu, dividido, anda à procura
> dessa unidade áurea, que perdemos.
>
> "CANTO ÓRFICO", **FA**

O desenvolvimento dos meios de informação, a progressiva divisão e especialização do trabalho, o crescimento da comunicação de massa parecem invalidar para os poetas contemporâneos a resposta dos antigos quanto à finalidade da poesia: ensinar e deleitar.

"O tempo pobre, o poeta pobre/fundem-se no mesmo impasse" ("A flor e a náusea", **RP**): para que serve a poesia?

A pergunta e a resposta nem sempre aparecem explicitamente formuladas. A pergunta está necessariamente implícita nas reflexões de Drummond sobre a situação do poeta na sociedade contemporânea; a resposta descobre-se nos diversos empregos de sua palavra poética:

> decifro o choro pânico do mundo,
>
> que se entrelaça no meu próprio choro,
> e compomos os dois um vasto coro.
> "RELÓGIO DO ROSÁRIO", **CE**

Não se leia nesses versos a concepção romântica do poeta como ser de exceção, intérprete do Verbo Superior, possuído pela divina fúria, e assinalado pelos deuses para cumprir uma tarefa messiânica. Documentam eles, mas sem as implicações românticas, uma atitude dionisíaca: a diluição do eu no todo:

> serei, no circo, o palhaço,
> serei médico, faca de pão, remédio, toalha,
> serei bonde, barco, loja de calçados, igreja, enxovia,
> serei as coisas mais ordinárias e humanas, e também as excepcionais:
> [...]
> "IDADE MADURA", **RP**

e a projeção, no todo, do eu:

> Oh dor individual, afrodisíaco
> selo gravado em plano dionisíaco,
> [...]
> "RELÓGIO DO ROSÁRIO", **CE**

Serve assim a poesia para dar expressão artisticamente convincente a ideias, sensações e sentimentos como virtualidades do Homem—nas quais todos "se reconheçam" (cf. "Canção amiga", **NP**). De vivências individuais, o poeta decanta os signos da própria condição humana.

Isso não implica, porém, a redução da poesia às emoções que todos possam sentir (cf. "No jardim de Casimiro", *in Confissões de Minas*). A arte, essencialmente dialética, não se esgota no dionisíaco. Com este convive o apolíneo, que mantém a sua individualidade, sem fundir-se e confundir-se com o todo. Se é a "terra, palavra espacial" ("Origem", **LC**), o mundo será uma mensagem a ser decifrada. E se a apreensão do mundo se realiza pela linguagem, o poeta—como operador que é da linguagem—maneja a poesia como instrumento de uma percepção mais aguda do real e como matriz instauradora de "uma ordem nova" ou "uma nova desordem" ("A Luís Maurício, infante", **FA**):

> Eu preparo uma canção
> que faça acordar os homens
> "CANÇÃO AMIGA", **NP**

O discurso irônico de "Anúncio da rosa" (**RP**) proclama a liquidação do esteticismo, que historicamente encontrou sua cristalização no Parnasianismo. Drummond critica-lhe o descompromisso com o tempo presente e a realidade circundante, e desmitifica-lhe o programa de arte pela arte, de aristocrática gratuidade: a alienação do contexto político-social e a atração por palavras raras ("aurilavrada", "filaucioso", "mercancia") tornam essa arte pela arte um produto mais facilmente colocável no mercado burguês. Os versos mais curtos, moldados na linguagem da propaganda ("*Vede* o caule,/traço indeciso; [...] *Vinde, vinde,/olhai* o cálice; [...] *Aproveitem*. A última/rosa desfolha-se") enfatizam a contradição fundamental da arte pela arte.

Em oposição ao exotismo espacial e temporal do Parnasianismo, "Mãos dadas" (**SM**) propõe a imersão da poesia no aqui e no agora. Servindo na luta contra o nazi-fascismo, reivindicando justiça social e identificando-se com as aspirações populares ("o povo, meu poema, te atravessa"—"Consideração do poema", **RP**), a poesia equaciona-se como ação sobre o real: com "suas palavras, intuições, símbolos" se engaja na destruição do "mundo caduco".

Às perguntas sobre a vez do poeta em nossa hora e sobre a serventia do seu canto, alia-se a interrogação: "Que é poesia...?" ("Conclusão", **FA**)

Em "Procura da poesia" (**RP**), a certeza sobre o que *não* é poesia:

> A poesia (não tires poesia das coisas)
> elide sujeito e objeto.

Drummond rompe com a tradição romântica, que hipertrofiava a função emotiva da linguagem, centrada no eu do emissor, e repudia a posição clássica, que supervalorizava a função referencial, dirigida para o objeto de que se fala. Não é portanto na emoção do poeta que reside a poesia; tampouco no assunto da mensagem.

"Procura da poesia" segue um procedimento padrão das artes poéticas: dirige-se a um *tu* ambíguo, que engloba o autor em diálogo consigo mesmo, e um segundo destinatário—simulação de algum "jovem poeta"—a quem o poema aconselha. Drummond introduz, porém, uma novidade: referindo-se a temas recorrentes em sua própria obra, ordena ao *tu* que se abstenha de fazer versos sobre eles. O aparente paradoxo causa um efeito de choque no leitor, prevenindo ou corrigindo um possível equívoco quanto às concepções poéticas do autor, então empenhado em investir a poesia de função ideológica.

No segundo momento de "Procura da poesia", Drummond afirma que o poético se situa no nível da linguagem:

> Penetra surdamente no reino das palavras.
> Lá estão os poemas que esperam ser escritos.
> Estão paralisados, mas não há desespero,
> há calma e frescura na superfície intata.
> Ei-los sós e mudos, em estado de dicionário.
> [...]
> Chega mais perto e contempla as palavras.
> Cada uma
> tem mil faces secretas sob a face neutra
> e te pergunta, sem interesse pela resposta,
> pobre ou terrível, que lhe deres:
> Trouxeste a chave?

Conclusão: dar voz à experiência potencial de todos, transcender o indivíduo, dele filtrando e nele injetando o universo, criar uma percepção inaugural da realidade, atuar sobre a História são condições necessárias, porém não suficientes, para fazer-se poesia.

Fazer poesia consiste em "lutar com palavras" ("O lutador", **J**), em manejá-las de forma específica, atualizando suas virtualidades expressivas, combinando-as com tal eficácia que elas adquirem plenitude de significação. Poesia define-se, portanto, como operação combinatória de palavras e configuração de uma forma.

Em consequência, o compromisso primeiro do poeta é o enriquecimento expressivo da língua—"Aprendi novas palavras / e tornei outras mais belas" ("Canção amiga", **NP**)—e nele se preenche a função social da poesia.

a valorização da palavra

Problemas que a poesia de Drummond se põe e resolve:

como obter, na economia poética, o máximo de rendimento expressivo com o mínimo de palavras:

> e a poesia mais rica
> é um sinal de menos.
> "POEMA-ORELHA", **VPL**

como comover sem escorregar no sentimentalismo:

> cantor sem piedade, sim, sem frágeis lágrimas,
> [...]
> "CONSIDERAÇÃO DO POEMA", **RP**

como convencer sem apelar para a grandiloquência:

> [...] Eis aí meu canto.
>
> Ele é tão baixo que sequer o escuta
> ouvido rente ao chão. Mas é tão alto
> que as pedras o absorvem. [...]
> "CONSIDERAÇÃO DO POEMA", **RP**

Como revitalizar o velho. Como dizer o novo. Como atingir a plenitude de significação.

Essas perguntas encontram sua resposta no programa: concentrar a linguagem e valorizar a palavra. (Múltiplos recursos concorrem para executá-lo. Enfocaremos somente alguns — aqueles que nos parecem resumir um comportamento diante da palavra e uma concepção do seu uso em poesia. Fique a ressalva: eles não explicam *tudo*. Menos do que análise, são indicações; e sobretudo treino para a percepção da linguagem poética. E que a necessidade de isolar os elementos não crie equívocos: o sucesso do projeto depende da cooperação entre eles e entre eles e outros.)

Inicialmente há que se enfrentar o desgaste das palavras:

> Ó palavras desmoralizadas, entretanto salvas, ditas de novo.
> "CANTO AO HOMEM DO POVO CHARLIE CHAPLIN", **RP**

Estratégia: deter a percepção no signo linguístico, evitando o seu consumo automático. Duas táticas: o jogo com o significante (imagem acústica, componente sensível do signo); o jogo com o significado (conceito, componente nocional do signo). Significante e significado sendo indissociáveis—a exemplo das duas faces de uma folha de papel—, ambas as táticas conduzem ao objetivo do poeta: uma percepção nova da palavra, que lhe reinstaura a densidade semântica.

A "desmoralizada" palavra *conviver* é "salva" repetidas vezes:

> Viver-não, viver-sem, como viver
> sem conviver, na praça de convites?
> "MINERAÇÃO DO OUTRO", **LC**

Drummond presentifica o processo de formação de *conviver*: a composição prefixal. As variações em torno do signo *viver*; a composição de um neologismo antônimo *viver-sem*; o jogo fônico e semântico *como viver-conviver*; a relação *conviver-convites*, todos esses recursos combinados devolvem ao prefixo *com-* a sua significação, esquecida no uso social automático de *conviver*, que recupera assim a sua integridade semântica.

> Ao acabarem todos
> só resta ao homem
> [...]
> colonizar
> civilizar
> humanizar
> o homem
> descobrindo em suas próprias inexploradas entranhas
> a perene, insuspeitada alegria
> de conviver.
> "O HOMEM; AS VIAGENS", **IB**

Na leitura dos dois versos finais, o *enjambement* (a sintaxe e o sentido de uma frase são interrompidos no final de um verso e vão completar-se no verso seguinte) impõe um acento rítmico secundário na primeira sílaba do verbo *conviver*, ressaltando-lhe o morfema prefixal *com-*.

> Perguntei-lhe em seguida
> o segredo de nosso
> convívio sem contato,
> [...]
> "PERGUNTAS", **CE**

Como nos exemplos anteriores, Drummond corrige o desgaste do signo por meio de um artifício que detém a atenção no significante. Em "Mineração do outro" (**LC**), o poeta colocava em evidência a identidade de radicais e a diferença de morfemas; agora patenteia a identidade de morfemas (o prefixo *com-*) e a diferença de radicais. Dessa forma, reinstala a precisão semântica de *convívio*, que na prática cotidiana da língua é empregada indiferencialmente em lugar de *contato*.

(A exemplificação didática desses processos, extraindo os versos do seu contexto, fragmentando portanto o todo do poema, obriga-nos a um esclarecimento: Drummond não os manipula como mero ludismo com as palavras; e tampouco se trata de minúcias inconsequentes no conjunto da mensagem. Os signos linguísticos revalorizados constituem palavras--chave do texto, a sua revalorização se integra na construção do poema como um todo orgânico e se relaciona com a sua significação global.)

No manejo de homônimos, outra técnica de valorização da palavra:

> é tudo implorar ao padre
> que não leve outras meninas
> para seu negro destino
> ou que as leve tão de leve
> que ninguém lhes sinta a falta,
> [...]
> "O PADRE, A MOÇA", **LC**

> Orfeu, dá-nos teu número
> de ouro, entre aparências
> que vão do vão granito à linfa irônica.
> "CANTO ÓRFICO", **FA**

Embora no resultado final ambos os termos sejam postos em relevo, parece haver certa hierarquia entre eles, um sendo utilizado como instrumento para privilegiar o outro, que interessa ao poeta destacar mais particularmente. No primeiro exemplo é a forma verbal *leve*, de significação complexa, com conotações específicas; no segundo o adjetivo *vão*, que assim realçado intensifica o efeito da antítese *vão granito*.

Como processo recorrente na poesia de Drummond, o acentuado jogo com a camada fônica das palavras:

> Melancolias, mercadorias espreitam-me.
> "A FLOR E A NÁUSEA", **RP**

> Viste as diferentes cores dos homens,
> as diferentes dores dos homens,
> [...]
> "MUNDO GRANDE", **SM**

A percepção do fato linguístico em presença—estrato fônico seme-lhante, estrato semântico diferente—confere densidade de significado às palavras em jogo, porque o receptor, como no caso dos homônimos, tem sua atenção orientada para as semelhanças e diferenças entre elas, concentrando-se na significação de cada palavra. O jogo fônico funciona portanto como recurso de ênfase semântica.

Em alguns casos, além desse enriquecimento—decorrência natural do processo—registra-se outro enriquecimento na significação: o poeta cria entre as palavras relações semânticas individuais, não codificadas "em estado de dicionário". Entre *melancolias, mercadorias* Drummond estabelece uma relação de sinonímia: *melancolia = mercadoria*. O jogo com os dois vocábulos produz um novo sentido, que aponta para a coi-sificação do homem e seus sentimentos na estrutura econômico-social representada no poema. É sugerida ainda uma relação de causa-efeito entre os dois termos: *mercadoria*, símbolo da sociedade de consumo enfocada no texto, como causa de *melancolia*.

Esses exemplos documentam duas características do discurso poé-tico: a síntese e o caráter cifrado dela resultante (cf. "Poemaorelha": "e a poesia mais rica/é um sinal de menos", e "A flor e a náusea": "Sob a pele das palavras há cifras e códigos").

Não se imagine que esses recursos só se tornam expressivos quan-do submetidos à análise, como ora realizamos. A poesia não é uma linguagem lógica ("em verde, sozinha,/antieuclidiana,/uma orquídea forma-se."—"Áporo", **RP**). Não é, e não deve ser, apreendida por vias exclusivamente ou predominantemente racionais. A expressividade, por não ser conscientemente percebida, não deixa de atuar sobre o leitor/ ouvinte, que pode senti-la e captá-la de forma não consciente. Mas para isso faz-se necessário um estado de receptividade ao texto. Mais ainda: a poesia, como toda linguagem específica (cf. a linguagem matemática) e como toda linguagem mágica (cf. fórmulas ritualísticas), requer um mínimo de iniciação para ser mais intensamente fruída.

> Que fazer do relógio
> [...]
> Ele marcava mar-
> cava cava cava
> e eis-nos sós marcados
> de todos os falhados
> amores recolhidos
> "A UM HOTEL EM DEMOLIÇÃO", **VPL**

Nesses versos Drummond se vale de outra técnica para, de forma econômica, intensificar semanticamente o discurso poético. A partição da forma verbal *marcava* (*enjambement* dentro do vocábulo) desdobra--a em dois novos signos—*mar* e *cavar*—que transmitem ao *marcava* do relógio as conotações de morte e erosão, e compõem um feixe de metáforas sobre o incessante fluir do tempo.

Outro fator de valorização da palavra reside no seu emprego polissêmico. Em "Decifro o choro pânico do mundo" ("Relógio do Rosário", **CE**), o poeta remete à etimologia de *pânico*: o termo grego *pan*, que significa *tudo*; sob esse nome os gregos adoravam o deus dos campos, da natureza. *Choro pânico* concentra várias significações: choro "de tudo e de todos", choro do cosmo, choro que inspira terror.

Na palavra *confidência* do título "Confidência do itabirano" (**SM**) convivem duas noções: a de comunicação de um segredo e a de fidelidade (cf. *In*confidência mineira).

No verso de abertura de "A mesa" (**CE**), *festa* sintetiza dois conceitos, o de comemoração e o de gesto de carinho: "E não gostavas de festa.../Ó velho, que festa grande/hoje te faria a gente." A percepção do pai como homem capaz de ternura, porém pouco dado a expansões de afeto, é desenvolvida ao longo do poema e reafirma o retrato paterno exposto em "Como um presente" (**RP**): "Guardavas talvez o amor/em tripla cerca de espinhos".

> Sobre o tempo, sobre a taipa,
> a chuva escorre. As paredes
> que viram morrer os homens,
> que viram fugir o ouro,
> que viram finar-se o reino,
> que viram, reviram, viram,
> já não veem. Também morrem.
> "MORTE DAS CASAS DE OURO PRETO", **CE**

No verso "que *viram, reviram, viram*," Drummond explora a coincidência morfológica entre o passado dos verbos *ver* e *rever* e o presente dos verbos *virar* e *revirar*. Resultado expressivo desse procedimento: a linguagem poética ganha em condensação e o desmoronamento das casas da cidade e das grandezas do passado é verbalizado com ênfase mas sem grandiloquência.

Recurso análogo ocorre em "Amar-amaro":

> e se queimou
> todo por dentro por fora nos cantos nos ecos
> lúgubres de você mesm(o,a)
> "AMAR-AMARO", **LC**

Em *cantos* coexistem duas palavras: lugar oculto e canções.

"As palavras não nascem amarradas"
"CONSIDERAÇÃO DO POEMA", **RP**

Quanto mais previsíveis as combinações de palavras, menor taxa de informação na mensagem; quanto menos previsíveis, maior taxa de informação. Combinações usuais já nada comunicam, viram hábitos, são automaticamente recebidas, tornam-se lugares-comuns da linguagem.

Combinações novas contribuem para a densidade semântica da poesia de Drummond. Causam um efeito de surpresa no leitor, que se detém nessa maneira inédita de dizer. E detendo-se na mensagem, percebe a riqueza de significado das palavras e saboreia a novidade. Várias de suas combinações sintagmáticas deixam perceber um padrão subjacente que o poeta violenta para transformar o velho em novo:

me desata seu queixume,
abrindo-me sua palma?
"A MESA", **CE**

Drummond rejeita a combinação já clicherizada *abrir a alma*. A forma nova evoca a antiga, denuncia-lhe o desgaste, e se propõe implicitamente a um leitor receptivo como programa de renovação sintagmática. (Na substituição pode-se supor a interferência do ditado "sua alma, sua palma".) A combinação substituinte é polissêmica, pois incorpora o conceito da substituída (mas alterando-lhe a forma morta), e estimula associações próprias: o "queixume" do "mano", sua vida e destino escritos na palma da mão, confiantemente ofertada à leitura, fraternalmente à espera de outra mão solidária.

Aqui se esgota o orvalho,
e de lembrar não há lembrança. Entrelaçados,
insistíamos em ser; mas nosso espectro,
submarino, à flor do tempo ia apontando,
e já noturnos, rotos, desossados,
nosso abraço doía
para além da matéria esparsa em números.
"ESCADA", **FA**

Em *à flor do tempo* percebe-se o modelo rompido: *à flor da água*, combinação já estratificada (cf.: *submarino*). O cotejo entre uma e outra forma esboça a equação metafórica água-tempo, que se desenhará com mais nitidez na posterior relação *submarino-noturnos*. No contexto dos versos e do poema cabe falar-se também do molde *à flor da pele*.

Drummond remete ao velho para usá-lo como instrumento do novo: aproveita-lhe elementos semânticos, que penetram por via associativa em sua combinação inédita, o jogo com o codificado revertendo em enriquecimento da mensagem, que diz implicitamente algo que não é explicitado; propicia com a associação um confronto entre duas formas de dizer, uma desgastada, que ele repudia e desestrutura, e outra vigorosa, que entra por um ouvido mas *não* sai pelo outro.

O processo desestruturação-estruturação implica uma concepção da língua como categoria dinâmica, que deve continuamente renovar-se para não se esclerosar. E nessa operação, a frase feita *navegar em mar de rosas*, terra de ninguém na linguagem, transfigura-se em *"deslizar de lancha entre camélias"*, personalíssimo ("Consideração do poema", **RP**).

(Obviamente a valorização da palavra na poesia de Drummond não se esgota nos recursos apontados neste trabalho. Como ficou dito antes, selecionamos exemplos que documentassem didaticamente *não* a retórica, mas *sim* a diretriz de um comportamento, de uma atitude global diante da palavra. Escolhemos a presentificação da morfologia do signo, o jogo com homônimos e estruturas fônicas semelhantes, o desdobramento de um signo em outros, a polissemia e o ineditismo das combinações sintagmáticas, como concretizações mais facilmente resumíveis da estratégia e das táticas do combate ao desgaste das palavras—mais facilmente cabíveis, portanto, dentro dos limites impostos pela natureza e pelo objetivo desta abordagem, que não poderia deter-se na análise da variada retórica e da complexa estrutura rítmica da poesia de Drummond. O caráter didático da exposição obriga-nos, porém, a repetir um esclarecimento: a valorização da palavra se obtém pela cooperação entre inúmeras concretizações da estratégia e das táticas: o desenho melódico do verso, a rima, a repetição, a antítese, o paralelismo, a rica retórica de Drummond, enfim.)

imagística: invenção e revitalização

Novidade e tradição convivem na imagística de Drummond, organizando um discurso poético original mas aberto à comunicação. Toda mensagem, se enriquece a palavra somente de conotações individuais, sofre o risco de cair no hermetismo e tornar-se inacessível; por outro lado, se recorre somente a conotações coletivas, socialmente codificadas, repete o já dito, reduzindo a zero sua informação. Na dialética pessoal/coletivo, inédito/conhecido, reside a possibilidade de comunicar inovando.

A novidade implica o descondicionamento do leitor, pois o poeta liberta a palavra de suas associações usuais, já incorporadas ao repertório de todos. Se a sensibilidade linguística coletiva está condicionada a atribuir à palavra *jardim* conotações agradáveis, Drummond rompe com esse condicionamento, desconota a palavra das associações estabelecidas, conota-a por seu código individual, causando um impacto no leitor com a originalidade da imagem:

> os jardins da gripe,
> os bondes do tédio,
> as lojas do pranto.
> "NOS ÁUREOS TEMPOS", **RP**

Fenômeno semelhante ocorre com os termos *bonde* e *loja*. Esses três versos "inauguram" uma forma de dizer; o jogo concreto/abstrato e o paralelismo morfossintático contribuem para valorizar ainda mais o que por si já é valioso: as imagens surpreendentes.

A tradição romântica, particularmente a poesia condoreira, fixou a conotação de *asas*—liberdade, audácia, bravura—e estruturou poeticamente sua ideologia libertária em torno de algumas imagens nucleares: aves de rapina (águia, condor), luz, astros, ascensão, montanha etc. Em "O medo" (**RP**) Drummond desestrutura o código romântico, convertendo-o em seu oposto:

> E com asas de prudência,
> com resplendores covardes,
> atingiremos o cimo
> de nossa cauta subida.

O episódio bíblico de Adão e Eva e a iconografia religiosa, com a representação de Nossa Senhora esmagando a serpente, símbolo de pecado e tentação, impuseram enfaticamente à imaginação popular e à tradição literária culta a série analógica serpente-pecado-corpo, desfeita em "Pacto" (**VPL**) pela inversão de seus termos:

> E o que ele aprendeu do corpo
> sem alma, porque toda a alma,
> como uma víbora calma,
> coleia na pele do rosto?

Mas para a elaboração de um código pessoal nem sempre faz--se necessário remeter a um código literário e artístico preexistente, desconotar-lhe os elementos e com eles forjar novas equações metafóricas. É no próprio "reino das palavras" que Drummond instala a fábrica de associações, a sua faculdade imaginativa transformando a matéria-prima das palavras "em estado de dicionário" — "sós e mudas" — em tessitura de imagens insólitas.

Ora é a justaposição de termos hierarquizados pela tradição lírica em poéticos-prosaicos e mais o deslocamento de um objeto do seu contexto habitual (*galinhas*) para outro contexto (*mar*), fundindo-se dois espaços diferentes no discurso imagístico, caixa de surpresa:

> Pequenos pontos brancos movem-se no mar, galinhas em pânico.
> "A FLOR E A NÁUSEA", **RP**

Ora é a materialização do imaterial, omitindo o poeta os nexos entre os dois termos, as elipses criando lacunas a serem preenchidas pelo leitor: "a borra dos séculos" ("Passagem do ano", **RP**); "o sabão da calma" ("Assalto", **RP**).

Frequentemente, como já se viu e se disse, a originalidade resulta da cooperação entre vários recursos. A extrema concreção do abstrato e a justaposição de duas realidades culturais remotas produzem o símile de grande e nova beleza:

> Como esses primitivos que carregam por toda a parte o maxilar inferior de
> [seus mortos,
>
> assim te levo comigo, tarde de maio,
> [...]
> "TARDE DE MAIO", **CE**

A operação com a linguagem pode ser mais complexa ainda, abrangendo vários lances, como em "Pranto geral dos índios" (**VPL**):

> Não nos deixaste sós quando te foste
> Ficou a lembrança, rã pulando n'água
> do rio da Dúvida: voltarias?

Nesses versos, Drummond concretiza abstrações (*lembrança-rã*); devolve pertinência semântica ao topônimo *rio da Dúvida*; configura tacitamente outra imagem, identificando o fluxo psíquico e suas vivências ao fluxo das águas e seus elementos. A proliferação das imagens e seu ineditismo estruturam assim um inventivo discurso metafórico.

A superposição de dois tempos (infância e madureza) e de dois espaços (rural e urbano), o enlace concreto-abstrato e, sobretudo, a assimilação do existencial ao circunstancial, do essencial ao acidental—assimilação que rompe com os mecanismos mentais convencionais—instauram o singular símile:

> Lá onde não chegou minha ironia,
> entre ídolos de rosto carregado,
> ficaste, explicação de minha vida,
> como os objetos perdidos na rua.
>
> "VERSOS À BOCA DA NOITE", **RP**

Nenhum poeta, no entanto, irrompe do nada, é um anel perdido no espaço e no tempo. Ao contrário, é um momento de um processo, vincula-se ao passado e projeta-se no futuro, representando nesse duplo movimento a dinâmica da criação. Atualiza o antes no hoje que se abre ao amanhã, incorpora e revitaliza a tradição, e constrói o novo a ser legado, garantindo dessa forma a continuidade da literatura.

Compareçem na obra de Drummond símbolos e imagens recorrentes na literatura ocidental. No relato bíblico do dilúvio fundamenta-se o significado simbólico de *água* como destruição do mundo e regressão ao caos, enfim, como mito escatológico-cosmogônico:

> Fecha os olhos e esquece.
> Escuta a água nos vidros,
> tão calma. Não anuncia nada.
> Entretanto escorre nas mãos,
> tão calma! vai inundando tudo...
> Renascerão as cidades submersas?
> Os homens submersos—voltarão?
>
> "MUNDO GRANDE", **SM**

Na *água* como representação do fluxo do tempo, outra sobrevivência da simbologia tradicional (cf. "Sabará", **AP**). Na maioria das vezes em que recorre a esse símbolo, Drummond o revitaliza: substitui os signos linguísticos *rio*, *fonte* e cognatos—que o concretizavam na tradição—pelo signo *chuva* que, referindo-se ao espaço urbano e à realidade imediata, demonstra a tendência, tão peculiar ao poeta, de atribuir dimensão simbólica a circunstâncias do cotidiano:

> A chuva pingando
> desenterrou meu pai.
> Nunca o imaginara
> assim sepultado
> ao peso dos bondes
> em rua de asfalto,
> [...]
>
> "RUA DA MADRUGADA", **RP**

Em "A um hotel em demolição" (VPL), o empréstimo à tradição reverte em lucro expressivo, pela novidade da metáfora, que reativa a velha correlação água-tempo, por reescrevê-la com signos tidos como prosaicos e vulgares: "Ele reza ele morre e solitária/uma torneira/pinga/e o chuveiro/chuvilha".

Uma metáfora se desgasta na medida em que, pela repetição excessiva, deixa de ser sentida como metáfora, isto é, como translação de sentido. (Por exemplo: na metáfora *cabelos de ouro*, se não se evoca o signo *ouro* e não se percebe sua transferência de significação, *de ouro* é recebido apenas como sinônimo de louro, transformando-se em uma metáfora lexicalizada, ou seja, incorporada ao léxico da língua e, como tal, dicionarizada—ou passível de dicionarização.) Para que uma metáfora continue a funcionar como tal, é necessário ter presente o sentido literal da palavra que a estrutura, e perceber que ela está empregada em sentido translato.

As conotações negativas da palavra *noite*—angústia, opressão, morte, solidão, guerra, sofrimento—ressurgem constantemente na poesia drummondiana.

Para assegurar a esse signo a condição de imagem, Drummond agencia sua carga conotativa ao lado da carga denotativa. A justaposição dos dois sentidos—literal e translato—garante o efeito poético do discurso:

> Voltava a noite, mais noite, mais completa.
> "MAS VIVEREMOS", **RP**

> esse amanhecer
> mais noite que a noite.
> "SENTIMENTO DO MUNDO", **SM**

São inúmeros os exemplos desse agenciamento. Ao próprio Drummond aplica-se o verso: "Ó Goeldi: pesquisador da noite moral sob a noite física" ("A Goeldi", VPL).

Manejo semelhante aparece na metáfora, também tradicional, *amor-fogo*, valendo-se o poeta de algum recurso que, evocando o sentido denotativo da palavra, supere o desgaste da correspondência, devolvendo-lhe o valor de figura enfática.

Em várias passagens da poesia de Drummond constata-se o processo de reativação das imagens. Um registro: o velho e gasto "manto da noite" rejuvenesce na invulgar imagem *pregas do sono* ("Agora dormes/um dormir tão sereno que dormimos/nas pregas de teu sono—"Pranto geral dos índios", VPL).

a dialética expansão-retração

> "ó poeta de uma poesia que se furta e se expande"
>
> "OS BENS E O SANGUE", **CE**

"Confidência do itabirano" (**SM**) exemplifica a dialética furtar-se-expandir-se característica da poesia de Drummond: o poeta faz uma "confidência", mas freia sua emoção, evitando todo excesso sentimental e qualquer acento grandiloquente.

O conflito entre os dois movimentos se projeta e concretiza na estruturação do poema, manifestando-se em vários níveis.

CONFIDÊNCIA DO ITABIRANO

Alguns anos vivi em Itabira.
Principalmente nasci em Itabira.
Por isso sou triste, orgulhoso: de ferro.
Noventa por cento de ferro nas calçadas.
Oitenta por cento de ferro nas almas.
E esse alheamento do que na vida é porosidade e comunicação.

A vontade de amar, que me paralisa o trabalho,
vem de Itabira, de suas noites brancas, sem mulheres e
[sem horizontes.
E o hábito de sofrer, que tanto me diverte,
é doce herança itabirana.

De Itabira trouxe prendas diversas que ora te ofereço:
este São Benedito do velho santeiro Alfredo Duval;
este couro de anta, estendido no sofá da sala de visitas;
este orgulho, esta cabeça baixa...

Tive ouro, tive gado, tive fazendas.
Hoje sou funcionário público.
Itabira é apenas uma fotografia na parede.
Mas como dói!

Drummond organiza a sua "confidência" como um *relatório*: faz uma relação, uma lista, dos elementos que compõem a sua herança itabirana. O discurso enumerativo representa a seleção de uma forma impessoal e seca para um conteúdo subjetivo e emocional. Locuções do vocabulário estatístico reiteram a escolha de um modelo de linguagem objetiva e precisa. Nesse relatório, a síntese: economia de palavras, escassez de adjetivos, várias frases curtas. O emprego de estruturas sintáticas semelhantes (v. 1-2; 4-5; 7, 9, 11) funciona como recurso para disciplinar a emoção, fazendo-a caber em esquemas paralelos, a fim de evitar qualquer transbordamento. A pontuação de caráter lógico, o uso de sinais mais conotados com a prosa (dois-pontos, ponto e vírgula) valem como índice do controle sobre a emotividade.

O movimento oposto — o de expansão — registra-se sobretudo na repetição de palavras. *Itabira* aparece cinco vezes na "confidência", além de estar compreendida no termo *itabirano*. A repetição confere ao nome próprio especial relevo no texto, valorizando sentimentalmente a terra natal, e sugerindo sua permanência obsessiva na memória do eu lírico.

Com a repetição de *este*, Drummond enfatiza a proximidade física e/ou afetiva dos objetos trazidos de Itabira, que assim se define como presença viva. No verso 13 seria mais lógico o emprego de *aquele*, visto que o contexto deixa subentender que o "couro de anta" não está localizado espacialmente muito perto do falante. No caso, o uso de *este* é essencialmente afetivo, assinalando uma proximidade subjetiva do objeto.

A repetição da forma verbal *tive* intensifica a contraposição passado *versus* presente, realçando a perda dos bens e a frustração dela decorrente.

Emoção contida não se confunde com ausência de emoção. Ao contrário, reprimida ganha maior densidade, porque deixa adivinhar o choque entre duas forças e a cada momento em que irrompe comunica sua violência irrepresável: "Mas como dói!"

A tensão entre essas duas forças — o furtar-se e o expandir-se —, o conflito entre a tendência à desordem passional e a tendência à ordem intelectual que a refreie contagiam a poesia de Drummond de inconfundível dramaticidade.

Em princípio, a dialética ordem-desordem caracteriza a arte como categoria. No equilíbrio ou desequilíbrio das forças, no maior ou menor ímpeto do embate, na dinâmica dos lances do jogo é que reside a fisionomia própria de sistemas poéticos pessoais. O de Drummond se particulariza pelo repensamento das paixões, pelo re-sentimento das ideias, pela calculada fúria do arremesso.

Presença ao longo de toda a obra do poeta, o humor configura o controle sobre a emoção. Em "Poema de sete faces" (**AP**), depois do *pathos* da 5ª estrofe —

> Meu Deus, por que me abandonaste
> se sabias que eu não era Deus
> se sabias que eu era fraco.

—que faz uso do discurso alusivo (discurso que remete a outro discurso, no caso, a uma das sete frases de Cristo na cruz: Pai, por que me abandonaste?), Drummond dá uma "cambalhota" humorística:

> Mundo mundo vasto mundo,
> se eu me chamasse Raimundo
> seria uma rima, não seria uma solução.

"Consolo na praia" (RP) equaciona o humor como defesa contra o sofrimento, coincidindo essa constatação empírica com a análise empreendida por Freud, que o define como afirmação vitoriosa do eu, que se recusa a deixar-se abater pelos traumatismos do mundo.

Como categoria do discurso, o humor representa a fuga ou a correção do patético e do confessionalismo exacerbadamente emocional, implicando a atitude de distanciamento do falante em relação ao objeto de que fala, negando-se a deixar-se envolver afetivamente por ele.

O humor possibilita a expressão de conteúdos trágicos em uma linguagem ambígua, tragicômica; na dialética retração-expansão, insere-se no movimento de retração.

drummond e o processo poético brasileiro

Quando situada no processo da poesia brasileira, a obra de Drummond garante a continuidade de alguns dos temas mais presentes na tradição lírica: o amor, a família, a terra natal. No tratamento dos temas, porém, ela representa a ruptura com a tradição.

A poesia amorosa anterior ao Modernismo identifica-se em geral com a exaltação da amada e da paixão do amante, ou com a lamentação de amores perdidos ou frustrados. Suscitados ou não por vivências pessoais, os poemas obedeciam a um princípio expressional: deviam apresentar-se ao leitor como recriação de experiências de vida. O eu lírico celebrava ou verberava uma mulher. Poesia de musa, portanto. Não importa se no plano do real existia ou não uma inspiradora; interessa que no plano da expressão registrava-se uma presença feminina como fonte imediata do texto. O tema recebia um tratamento predominantemente narrativo, que fazia da lírica amorosa uma poesia do caso, do acontecimento. "Minha vida e meus amores", título de um poema de Gonçalves Dias, sintetiza o desenvolvimento romântico do tema do amor como crônica sentimental, em que um eu poemático (a primeira pessoa do discurso do poema, não necessariamente o eu do poeta) relata experiências, fatos e episódios.

Como possibilidades de fuga do enfoque narrativo, a tradição apresentava, até 1922, as seguintes perspectivas diante do tema: a exaltação da beleza física ou espiritual da amada; o desabafo dos anseios amorosos do eu; a descrição dos efeitos da paixão.

Essas eram as linhas dominantes do lirismo amoroso, pontilhado aqui e ali de conceituações, na maioria tópicos literários do tempo, que não demonstram maior aprofundamento na problemática amorosa. Só esporadicamente se encontra a discussão em termos genéricos e abstratos sobre o amor.

O tratamento narrativo, a poesia do acontecimento e da musa, atenuam-se mas continuam no próprio Modernismo. Se aparecem com mais frequência as especulações sobre o amor, configurando um enfoque filosófico, predomina ainda a prática da poesia amorosa como relato ou expansão esteticamente organizada de experiências e aspirações do eu lírico.

Os versos de Drummond — "Não cantarei amores que não tenho, / e, quando tive, nunca celebrei" ("Nudez", vpl) — resumem a ruptura com o tratamento tradicional. A sua poesia ou omite ou transcende a circunstância apresentada como situação poemática.

A fuga ou superação do circunstancial se processa quer pela expressão das reações do eu diante de um complexo cultural definido, quer pela expressão da problemática existencial do eu, que não decorre das condições históricas que o envolvem, apresentando-se como imanente ao "estar-no-mundo".

Vários poemas expressam o conflito do eu lírico com a ética amorosa da civilização em que se inscreve. Neles geralmente o poeta assume um discurso humorístico ("Desdobramento de Adalgisa", "Sombra das moças em flor", "Um homem e seu carnaval", ba; "Indecisão do Méier", sm; "Sweet home", ap; "O mito", rp etc.). A "consciência do tempo" e a sua transformação em matéria literária — que Drummond, no prefácio de *Confissões de Minas*, exige do escritor — manifestam-se também na sua lírica amorosa, conferindo-lhe um caráter inédito na poesia brasileira, tradicionalmente "pura".

Por outro lado, o poeta especula sobre o que lhe parece inerente ao amor, busca-lhe a essência, sem situá-lo historicamente. "O quarto em desordem" (fa) exemplifica essa abordagem. Nos primeiros versos, a notação de circunstâncias — "Na curva perigosa dos *cinquenta* / derrapei *neste* amor" —; mas logo o poema as transcende, para filtrar dessa experiência particular ("pétala") aquilo que é a síntese definidora da essência do amor ("flor").

Na dupla dimensão histórica e filosófica reside a originalidade da lírica amorosa de Drummond no panorama da poesia brasileira. Dupla dimensão que peculiariza a sua obra em geral, voltada tanto para as "relações" do "indivíduo com o formidável período histórico em que lhe é dado viver" (Prefácio de *Confissões de Minas*) quanto para a "visão ou tentativa de, da existência", e que dá origem ao mesmo tempo à poesia politicamente engajada e à poesia metafísica e existencial mais significativa da modernidade brasileira.

O poeta assume perspectiva semelhante em relação ao tema da família. Fugindo à tônica da lírica brasileira, que incide particularmente sobre os aspectos sentimentais do tema e sobre o motivo da saudade dos familiares, dele extrai ilações de ordem filosófica e existencial: a incomunicabilidade do homem; o "contato" como fator de deterioração das relações afetivas; a irreversibilidade do tempo etc. Apesar do intenso confessionalismo, dado inseparável da poesia do autor, e apesar da riqueza de informações sobre a figura do pai e a história do clã, bem como sobre a paisagem econômico-social de Minas Gerais, a preocupação primeira reside no "significado extra-noticial" e na dimensão ontológica.

No enfoque da terra natal, idêntica originalidade. Recusa o poeta tanto a exaltação nacionalista dos românticos e parnasianos, quanto as perspectivas dos modernistas—a lírico-crítica, a satírica, a ufanista—empenhados na pesquisa do homem e da realidade brasileira, buscando-lhes os traços diferenciais, desvendando-lhes os aspectos negativos escamoteados na mitificação romântica.

Vários poemas de *Alguma poesia* demonstram a passageira identificação com os propósitos brasileiristas do Modernismo da primeira fase (1922-1930). Não é neles, no entanto, que se constata a marca pessoal de Drummond. Esta se evidencia na conversão do tema em motivo de reflexão extranatal e meditação extranacional, encontráveis já no livro de estreia, coexistindo com elementos flagrantemente modernistas (o registro da linguagem popular e a notação "ingênua" do real), e exemplarmente realizada em "Evocação Mariana", "São Francisco de Assis", "Morte das casas de Ouro Preto", todos de *Claro enigma*.

Mesmo "Confidência do itabirano" (**SM**), tão diretamente impregnado do sentimento da terra natal, extrapola do localismo, pelas implicações filosóficas do tópico da mudança e do motivo da fugacidade dos bens ("Tive ouro, tive gado, tive fazendas" *versus* "Hoje sou funcionário público").

A indagação metafísica e existencial, praticamente inexplorada no passado, invade todas as "seções" da poesia de Drummond, trazendo um acento novo aos velhos temas.

poética da pedra

para Iracéia

É com ironia que Carlos Drummond de Andrade conclui sua "Autobiografia para uma revista": "[...] sou o autor confesso de certo poema, insignificante em si, mas que a partir de 1928 vem escandalizando meu tempo, e serve até hoje para dividir no Brasil as pessoas em duas categorias mentais."[1]

O poema em questão é "No meio do caminho" (AP):

> No meio do caminho tinha uma pedra
> tinha uma pedra no meio do caminho
> tinha uma pedra
> no meio do caminho tinha uma pedra.
>
> Nunca me esquecerei desse acontecimento
> na vida de minhas retinas tão fatigadas.
> Nunca me esquecerei que no meio do caminho
> tinha uma pedra
> tinha uma pedra no meio do caminho
> no meio do caminho tinha uma pedra.

De fato esse breve texto provocou grande celeuma quando publicado, tornando-se peça-chave na história do Modernismo brasileiro, por ter-se constituído em alvo principal e constante das zombarias dos adversários do Movimento. Se para estes o poema não fazia nenhum sentido, para os partidários a sua extrema condensação transformou-o em enigma plurívoco, motivador de interpretações diversas.

Definido pelo autor—seja por modéstia irônica, seja por sincera avaliação—como "insignificante em si", "No meio do caminho", quando inserido em *Reunião*, ganha rica significação suplementar. Independentemente (ou não) da intenção e consciência do poeta na época, ele assume o valor de metáfora de seu percurso e ascende, para o leitor, à condição de signo não só desse percurso em sua dinâmica da composição, mas também da fatura dos textos de Drummond e da forma pela qual com eles se relaciona o público.

O sintagma-núcleo *uma pedra no meio do caminho* reaparecerá anos depois no poema "Legado" (CE), que se abre pela pergunta: "Que lembrança darei ao país que me deu/tudo que lembro e sei, tudo quanto senti?"

A essa indagação o leitor comum responderia empiricamente que o poeta lhe proporcionou uma experiência de leitura marcada pela tensão e inquietação, permeada de choques e surpresas; o leitor por ofício tomaria como ponto de referência a resposta do leitor comum—pois ela representa também nele a primeira reação diante do poeta—e, assimilando-a a categorias teóricas e fundamentando-se em estudos

---

1 ANDRADE, Carlos Drummond de. *Confissões de Minas*. Rio de Janeiro: Americ-Edit, 1944, p.73.

de especialistas da lírica moderna, diria que Drummond lega ao Brasil uma obra em que o espírito, o sentimento, a poética da modernidade, enfim, se realizam de forma mais integral e radical.

Chegando-se aos tercetos de "Legado" (**CE**), depara-se com a resposta do poeta à sua pergunta inicial:

> Não deixarei de mim nenhum canto radioso,
> uma voz matinal palpitando na bruma
> e que arranque de alguém seu mais secreto espinho.
>
> De tudo quanto foi meu passo caprichoso
> na vida, restará, pois o resto se esfuma,
> uma pedra que havia em meio do caminho.

Aqueles dois leitores pressentirão resíduos da mágoa que teria causado a este poeta de "eu todo retorcido", avesso a publicidade, o escândalo desencadeado por "No meio do caminho", mágoa que se dissimulara em humor na "Autobiografia para uma revista" e que reponta em "Canto ao homem do povo Charlie Chaplin" (**RP**): "Era preciso que um poeta brasileiro,/não dos maiores, porém dos mais expostos à galhofa" [...]. Perceberão ainda uma alusão mista de ironia, tédio e tristeza à extraordinária repercussão do verso-núcleo de "No meio do caminho", que extrapolou do poema e penetrou nos mais variados tipos de discurso (político, jornalístico, esportivo etc.), adquirindo vida autônoma e transformando-se em propriedade coletiva.[2]

A significação do verso final de "Legado" não se restringe, porém, a esse elemento da biografia do autor e do poema escandalizante em que surgiu originariamente. Integrando-o no contexto do terceto anterior, o leitor comum percebe que existe uma relação de oposição entre ele e os sintagmas "canto radioso" e "voz matinal", modalidades de poesia às quais o poema atribui a função catártica de aliviar dores e aflições. (Drummond vê a própria obra portanto como oposta à de Manuel Bandeira, de quem diz, na ode com a qual lhe presta homenagem por seu cinquentenário: "e que o seu canto confidencial ressoe para consolo de muitos e esperança de todos".) A partir da contextualização referida, o leitor comum intui que a "pedra no meio do caminho" lhe fornece uma metáfora daquela inquietação que experimentara no convívio com a poesia de Drummond, daqueles impactos sofridos no seu trajeto de leitura; e o leitor por ofício conclui que a imagem da pedra se converte em signo configurador de uma poética da modernidade, que se define pela tensão dissonante, pela agressiva dramaticidade, pela força traumatizante e pelo relacionamento de choque—poética essa que se explicitará de forma radical e crua em "Oficina irritada" (**CE**):

---

2 Cf. ANDRADE, Carlos Drummond de. *Uma pedra no meio do caminho—Biografia de um poema*. Rio de Janeiro: Editora do Autor, 1967. Edição revista e ampliada: São Paulo: Instituto Moreira Salles, 2010.

> Eu quero compor um soneto duro
> como poeta algum ousara escrever.
> Eu quero pintar um soneto escuro,
> seco, abafado, difícil de ler.
> [...]
> Esse meu verbo antipático e impuro
> há de pungir, há de fazer sofrer,
> tendão de Vênus sob o pedicuro.

O que no poema de 1928 poderá ter sido premonição de Drummond quanto ao desenvolvimento de sua obra parece aflorar ao nível da consciência no "Legado" de 1948-1951: a pedra no meio do caminho como sinal da concepção e execução de sua poesia, do relacionamento contundente entre leitor e texto, e como sinal de uma autobiografia poética traumatizada e dramatizada por contínuos questionamentos, tensões e desconfianças — fato ressaltado pelo próprio poeta:

> [...] a vida começou a impor-se, a desafiar-me com seus pontos de interrogação, que se desmanchavam para dar lugar a outros. Eu liquidava esses outros, mas apareciam novos.[3]

"que é poesia...?"
"CONCLUSÃO", FA

Se para Carlos Drummond de Andrade "tudo é pergunta na criação" ("Pacto", VPL), a interrogação-desafio-pedra básica diz respeito ao próprio ser de sua atividade criadora. Na tentativa de elucidar a questão, ele examina a natureza ambígua da poesia, decorrente da interpenetração de seus dois níveis, o imaginativo e o material. No conjunto de seus metapoemas, "Procura da poesia" (RP) se distingue como a formulação mais explícita da tensão entre os dois modos de existência da poesia: entre o que ela representa — ideias, emoções, seres e coisas — e o que ela é — um objeto verbal:

3 ANDRADE, Carlos Drummond de. *Confissões de Minas*. *Op. cit.*, p.72.

Não faças versos sobre acontecimentos.
Não há criação nem morte perante a poesia.
Diante dela, a vida é um sol estático,
não aquece nem ilumina.
[...]
Não cantes tua cidade, deixa-a em paz.
O canto não é o movimento das máquinas nem o segredo das casas.
Não é música ouvida de passagem; rumor do mar nas
[ruas junto à linha de espuma.
O canto não é a natureza
nem os homens em sociedade.
Para ele, chuva e noite, fadiga e esperança nada significam.
[...]
Não dramatizes, não invoques,
não indagues. Não percas tempo em mentir.
Não te aborreças.
Teu iate de marfim, teu sapato de diamante,
vossas mazurcas e abusões, vossos esqueletos de família
desaparecem na curva do tempo, é algo imprestável.
Não recomponhas
tua sepultada e merencória infância.

Nesse primeiro movimento do poema, Drummond alude ao seu repertório de temas mais constantes; ordenando ao tu, desdobramento do eu, que não faça versos sobre eles, o poeta surpreende e desconcerta o público, na medida em que os preceitos que vai arrolando parecem contradizer a sua própria obra. Essa intertextualidade paradoxal e dramática mobiliza a expectativa do leitor, inseguro diante dessa "pedra no meio do caminho" entre ele e o poema, que lhe lança o desafio de um entendimento adequado do paradoxo.

Precedida que foi da negação de suficiência poética aos assuntos dominantes em sua obra, a afirmação de Drummond, no segundo movimento do poema, de que o traço definidor da poesia—a poeticidade propriamente dita—radica no nível material e em sua específica manipulação do "reino das palavras", convence de modo mais eficaz o leitor, antes submetido à difícil prova da perplexidade, solucionando-lhe o impasse e devolvendo-lhe a distensão:

Penetra surdamente no reino das palavras.
Lá estão os poemas que esperam ser escritos.
Estão paralisados, mas não há desespero,
há calma e frescura na superfície intata.
Ei-los sós e mudos, em estado de dicionário.
[...]
Chega mais perto e contempla as palavras.
Cada uma
tem mil faces secretas sob a face neutra
e te pergunta, sem interesse pela resposta,
pobre ou terrível, que lhe deres:
Trouxeste a chave?

Mas "Procura da poesia" é antecedido de "Consideração do poema" (**RP**), que aborda o problema da duplicidade existencial da poesia em termos de recíproca determinação entre os planos material e representativo. Iniciando-se com um projeto poético como operação verbal—"Não rimarei a palavra sono/com a incorrespondente palavra outono./Rimarei com a palavra carne/ou qualquer outra, que todas me convêm"—, desenrolando-se em contínuo ir-e-vir de um plano a outro, com reflexões tanto sobre o espaço imaginativo quanto sobre o espaço da linguagem, o texto se fecha por uma decidida opção temática—"Tal uma lâmina,/o povo, meu poema, te atravessa."

A situação dos dois textos no espaço-tempo de *A rosa do povo*—compõem a abertura do livro, em relação de vizinhança imediata—causa impacto no leitor, visto que um parece negar incontinente algumas proposições do outro, e o obriga a deter-se, retroceder e empreender a releitura dialógica de ambos, que atente para a concordância/discordância entre eles.

O pensar a poesia como operação combinatória de palavras aproxima os dois poemas, que apresentam inclusive semelhanças na imagística: as palavras são "no céu livre por vezes um desenho" ("Consideração..."); o poema é "forma definitiva e concentrada no espaço" ("Procura..."). A partir da constatação de que a poeticidade independe do assunto, "Procura da poesia" conclui implicitamente que todo assunto é poetizável, reagindo a preceptivas restringidoras, e concordando portanto com "Consideração do poema": "Como fugir ao mínimo objeto/ou recusar--se ao grande? Os temas passam,/eu sei que passarão, mas tu resistes".

Discordam, porém, quanto à importância do nível representativo. "Consideração do poema" o inclui em seu projeto e faz uma incisiva opção pelo tema político-social—enfatizada por sua localização no final do texto, que a configura como irretorquível conclusão da "consideração" que nele se processara; "Procura da poesia" o exclui de sua proposta e dilui a categórica validade de que aquela opção se investira ("O canto não é [...] os homens em sociedade"), por nivelá-la às demais e atribuir a todas insuficiência poética.

Porque tece uma dissonância entre eles, e porque se trama com fios convergentes-divergentes, a articulação entre os dois textos é de natureza irônica: corrige dogmatismos, relativiza verdades absolutas e insinua que apenas uma atitude ambivalente pode apreender a contra-ditória totalidade da poesia em geral e de *A rosa do povo* em particular. Esse livro, clímax do engajamento de Drummond, que contém vários poemas sobre "acontecimentos" da Segunda Guerra Mundial ("Carta a Stalingrado", "Telegrama de Moscou", "Visão 1944", "Com o russo em Berlim"), sobre sentimentos do indivíduo e de sua classe ("O medo"), e que se encerra com "Canto ao homem do povo Charlie Chaplin", tem assim a sua fruição orientada por aqueles dois textos de abertura, que previnem o risco de leituras unilaterais que, ao invés de integrarem informação semântica e informação estética, maximizam/minimizam uma ou outra.

As tensões entre os dois poemas no nível do significado repercutem no plano da expressão. Em consonância com sua lição de que o poético não consiste na expansão da subjetividade em sua experiência do real, "Procura da poesia" adota como registro estilístico um tom de isenção didática, e dirige-se a um tu ambíguo, que engloba um eu desdobrado e distanciado e um destinatário segundo, simulação de algum "jovem poeta" a quem o texto aconselharia; os versos, em sua maioria, contêm um enunciado completo, a sintaxe é linear, predomina o ritmo pausado e lento, a dicção geral é seca e contida.

Em "Consideração do poema" expande-se um eu "explosivo, sem fronteiras", que se apropria do real ("é tudo meu"), que incorpora a poesia alheia ao "fatal meu lado esquerdo", e que faz da própria experiência criadora ato existencial que compromete a totalidade do ser—"é toda a minha vida que joguei". A emoção acelera o ritmo, os enunciados não cabem nos limites dos versos, que são dinamizados por constantes *enjambements*.

Assim, logo na entrada de *A rosa do povo* trava-se um embate de dicções divergentes, embate desenvolvido ao longo do livro, e que é uma característica da obra global de Drummond—que se compõe como "reunião" tensa, dissonante e conflitante de poemas.

O diálogo entre "Consideração do poema" e "Procura da poesia" sintetiza o problema crucial que se propõe a obra do poeta, a linearidade do caminho de um a outro sendo interceptada pela pedra-desafio: o impasse entre a impureza da referência ao universo do eu e das coisas e a aspiração à pureza de uma linguagem abstrata e autônoma, que se codifique segundo relações imanentes.

"—mas haverá lugar para a poesia?"

indaga-se Drummond em "Ode no cinquentenário do poeta brasileiro" (**SM**). Manifesta-se nesse questionamento a consciência de uma situação de crise da poesia, que se vê ameaçada pela civilização industrial e cultura de massas, e pelo domínio político-social da burguesia, regida por valores pragmáticos. O poeta sente-se condenado à marginalização, na medida em que a poesia lhe parece carecer de sentido e prestígio nesse contexto que transforma tudo em mercadoria e tudo hierarquiza pela escala da utilidade imediata.

"O tempo pobre, o poeta pobre/fundem-se no mesmo impasse" ("A flor e a náusea", **RP**). Pobreza do espaço-tempo histórico da grande cidade enquanto conjunto de destinatários pouco receptivos à poesia, por sua condição de alienados, mecânicos "servos do negócio" que são; e pobreza desse espaço-tempo enquanto fornecedor de matéria poética.

O impasse é superado quando Drummond se apossa efetivamente desse "tempo pobre", convertendo-o em assunto de uma poesia assumidamente sem aura, identificada com o homem anônimo das ruas:

> Uma flor nasceu na rua!
> Passem de longe, bondes, ônibus, rio de aço do tráfego.
> Uma flor ainda desbotada
> ilude a polícia, rompe o asfalto.
> Façam completo silêncio, paralisem os negócios,
> garanto que uma flor nasceu.
>
> Sua cor não se percebe.
> Suas pétalas não se abrem.
> Seu nome não está nos livros.
> É feia. Mas é realmente uma flor.
>
> Sento-me no chão da capital do país às cinco horas da tarde
> e lentamente passo a mão nessa forma insegura.
>
> "A FLOR E A NÁUSEA", **RP**

Mas... (palavra implicitamente articuladora do diálogo entre os textos da poesia de Drummond, alerta e aberta a todos os contrários), se "as coisas findas/muito mais que lindas,/essas ficarão", idealizadas que são pela "Memória" (**CE**), o passado rural ressurge com a sua aura, e se impõe como tempo poeticamente rico, contracenando com a atualidade urbana. E a categórica opção — "Não serei o poeta de um mundo caduco./[...] O tempo é a minha matéria, o tempo presente, os homens presentes,/a vida presente" ("Mãos dadas", **SM**) — tem sua convicção abalada pela recriação do apogeu e decadência dos antepassados mineradores e fazendeiros do interior de Minas Gerais.

Essa tensão espaçotemporal origina o paradoxo: o maior cantor urbano da poesia brasileira é igualmente o seu maior memorialista rural, o que o torna duplamente despaisado — "No elevador penso na roça,/na roça penso no elevador" ("Explicação", **AP**).

O tratamento dos temas da família e da terra natal representa uma "pedra no meio do caminho" da tradição lírica, a qual, centrada no motivo da saudade, deles abordava prioritariamente (ou apenas) os componentes sentimentais. Drummond imprime a ambos significação filosófica e existencial. O "convívio sem contato" com seus mortos instiga-lhe a indagação sobre o homem e sua incomunicabilidade, o tempo e seu fluxo destruidor, a morte e seu mistério, Deus e o nada. A especulação metafísica, praticamente inexplorada na tradição da poesia brasileira, permeia essas duas seções temáticas, dando inflexão nova aos temas antigos, e instaurando mais um conflito no "eu todo retorcido" — o qual se define como "poeta do finito e da matéria" ("Consideração do poema", **RP**).

A nostalgia do passado épico da família rural é tão mais premente quanto mais mesquinha e rotineira se afigura ao seu descendente a condição de burocrata:

> Tive ouro, tive gado, tive fazendas.
> Hoje sou funcionário público.
> Itabira é apenas uma fotografia na parede.
> Mas como dói!
> "CONFIDÊNCIA DO ITABIRANO", **SM**

O poeta partilha do sentimento heróico-feudal da vida e do orgulho de estirpe, identificando-se com o aristocratismo de suas origens. Reconhecendo o seu condicionamento social — "Preso à minha classe e a algumas roupas", diz em "A flor e a náusea" (**RP**) —, empenha-se no entanto em rompê-lo para irmanar-se ao operário que "não tem blusa". Não se ilude quanto às barreiras entre os dois. Mas acalenta a esperança de transpô-las: "Sim, quem sabe se um dia o compreenderei?" ("O operário no mar", **SM**). Confrontando-se com determinismos socioeconômicos — "Assim nos criam burgueses/Nosso caminho: traçado" ("O medo", **SM**) —, o poeta enevreda por outras trilhas que não as previstas por sua classe e se engaja na luta contra o sistema capitalista, que promete ajudar a destruir com "suas palavras, intuições, símbolos e outras armas" ("Nosso tempo", **RP**).

No processo da poesia brasileira, raro é o poeta que tenha desnudado na cena do texto suas contradições com tanta insistência e veemência e que tenha sido o protagonista de tão "implacável guerra" dentro de si mesmo quanto Drummond—o que testemunha a veracidade de sua fala quando diz: "Me exponho cruamente nas livrarias" ("Mundo grande", **SM**).

"que metro serve / para medir-nos?"

é outra pergunta-desafio que, explícita ou tacitamente, se apresenta ao poeta ao longo do seu caminho, com tanta frequência e contundência, que em torno dela se organiza o eixo de oposições de seu sistema semântico, e dela se irradiam inquietações que configuram uma consciência traumatizada e dilacerada em obsessiva busca de uma resposta apaziguadora.

O poeta se debate entre a posição individualista, que orgulhosamente proclama encontrar-se no próprio eu a medida do homem e do real—"Mundo mundo vasto mundo,/mais vasto é meu coração"—e a correção dessa hipertrofia da individualidade, pelo reconhecimento de que a medida do homem reside na relação do eu com uma instância que o transcende:

> Não, meu coração não é maior que o mundo.
> É muito menor.
> [...]
> Sim, meu coração é muito pequeno.
> Só agora vejo que nele não cabem os homens.
> Os homens estão cá fora, estão na rua.
> A rua é enorme. Maior, muito maior do que eu esperava.
> Mas também a rua não cabe todos os homens.
> A rua é menor que o mundo.
> O mundo é grande.
>
> "MUNDO GRANDE", **SM**

O intenso egotismo constitui uma atitude recorrente na poesia brasileira, marcando, por exemplo, a obra de Álvares de Azevedo e de Augusto dos Anjos. Em Drummond, no entanto, ele adquire feição problemática e alcança invulgar dramaticidade. O debruçar-se sobre si mesmo, o voluntário isolamento e a desejada solidão que esse movimento pressupõe são dolorosamente questionados pela consciência crítica do poeta, que se incrimina por superdimensionar a própria subjetividade em prejuízo da aproximação e do conhecimento do outro.

Esse conflito ganha especial interesse porque ultrapassa o âmbito da representação literária de um possível problema do sujeito empírico, para caracterizar-se como dilema do sujeito poético, que se tortura e se interroga sobre qual deva ser a matéria do seu canto — se o eu, se o outro.

Semelhante dilaceramento interior, que na poesia brasileira só encontra paralelo em Mário de Andrade, impele Drummond a acercar-se do outro e a tentar situar-se e definir-se perante as diversas configurações que ele possa assumir. A tônica dos poemas sobre a família, o outro mais imediato, incide no afã de compreender e conciliar dois modos de ser em aparência irredutíveis — o do poeta e o do grupo rural-patriarcal — numa síntese que assegure tanto a individualidade do eu quanto a integração no clã, resolvendo-se os contrários na descoberta de uma identidade pessoal que se reconhece como atualização de um dos possíveis de uma identidade transpessoal, confirmadora da unidade no múltiplo: "Não importa: sou teu filho/com ser uma negativa/maneira de te afirmar". ("A mesa", **CE**)

A partir da ligação com as origens, necessária à construção de sua identidade familiar e ao início de seu processo de autoconhecimento e relacionamento com o mundo, mas insuficiente para atender ao imperativo de expansão da consciência, Drummond se impõe a superação de sua estória pessoal e de suas circunstâncias, o alargamento de seu universo temático e a identificação com o outro mais longínquo, aferindo a própria medida enquanto poeta na intenção social e preocupação universal de sua obra:

> Uma rua começa em Itabira, que vai dar no meu coração.
> Nessa rua passam meus pais, meus tios, a preta que me criou.
> [...]
> Uma rua começa em Itabira, que vai dar em qualquer ponto da terra.
> Nessa rua passam chineses, índios, negros, mexicanos, turcos, uruguaios.
>
> "AMÉRICA", **RP**

A especulação sobre a medida do homem é empreendida por uma consciência dividida entre, de um lado, a exploração do "eu todo retorcido" e, de outro, o "sentimento do mundo" e sua ação "na praça de convites" — cisão que se expressa poeticamente em termos de pungente dramaticidade.

"que forma é nossa / e que conteúdo?"

são as indagações que completam a quadra iniciada por "que metro serve / para medir-nos?" Essas três perguntas, se denotativamente se referem à esfera do humano, incitam no entanto uma leitura conotativa, que aponta para a esfera do poético — leitura autorizada pela obra de Drummond, de renitente reflexão metapoética, a qual não se circunscreve nos textos coletados na seção "poesia contemplada", mas penetra em outros espaços temáticos. A possível acepção de "metro" como medida de verso, sentido plausível no microcontexto da quadra, e cabível no procedimento drummondiano de usar bissemicamente termos relativos a componentes do fazer poético, é outro fator que legitima a leitura metalinguística dos versos.

A palavra "cavalo-marinho" do título do poema a que pertencem esses versos — "Perguntas em forma de cavalo-marinho" (**CE**) — além de sugerir a natureza ambígua do homem e a forma ambivalente das perguntas ("contemos algo?" / somos contidos?"), remete oblíqua e humoristicamente ao nível ótico do texto, em sua reiterada incidência do sinal de interrogação, que evocaria a imagem simplificada e estilizada de um hipocampo. (cf. "Aliança", **NP**, e sua referência à matéria visual da poesia, o papel e os sinais gráficos: "vou arrumando esses bens / em preto na face branca".)

Essa constelação de elementos estimula a leitura polissêmica da quadra, que inclui uma pergunta do autor quanto ao "conteúdo" de sua poesia, reincidentemente questionado, e quanto à "forma" e ao "metro" em que ela se realiza. Consciente de seu ofício e de sua medida, Drummond dá a resposta-chave na autocaracterização: "ó poeta de uma poesia que se furta e se expande". ("Os bens e o sangue", **CE**)

Esse duplo movimento resulta da tensão entre dois polos: o pudor da confissão e a dificuldade de comunicação — "E esse alheamento do que na vida é porosidade e comunicação" — e a compulsão de revelar-se e a necessidade de ecoar em outrem:

> Por isso gosto tanto de me contar.
> Por isso me dispo,
> por isso me grito,
> por isso frequento os jornais, me exponho cruamente nas livrarias:
> preciso de todos.
> "MUNDO GRANDE", **SM**

A dinâmica ocultação-desnudamento não atinge somente o nível do "conteúdo", mas se projeta na "forma", na qual se trava o conflito represamento-extravasamento da emoção. Esse conflito dá origem à multiplicidade de dicções do poeta, ora disseminada por textos vários, ora concentrada num único texto, entremesclando-se o discurso econômico e seco, que visa a um efeito de mero registro informativo pretensamente neutro, e o discurso lírico, o patético, o humorístico.

Categoria constante na obra do poeta, o *humour* promove o equilíbrio entre paixão e lucidez, envolvimento sentimental e distanciamento crítico, exercendo o controle da emoção, inibindo ou coibindo o desbordamento do *pathos* ou o excesso de efusão lírica. É bastante frequente na poesia sobre o amor, na qual, a par de outras funções, atua como elemento dessacralizador do tema, tradicionalmente nobre; mas vários poemas amorosos assumem uma dicção hierática, em consonância com uma interpretação do amor como rito de iniciação e/ou de sacrifício.

O movimento de expansão se executa mais livremente nos poemas engajados na guerra contra o nazifascismo, quer pela entrega sem reservas do poeta ao seu empenho de comunicar, comover e convencer, quer em função do imediatismo dos acontecimentos que inspiram os textos: "É preciso tirar da boca urgente/o canto rápido, ziguezagueante, rouco,/feito da impureza do minuto" ("Mário de Andrade desce aos infernos", RP).

A alternância e oposição entre modos de dizer indiciam uma consciência poética inquietada por questionamentos e desconfianças da validade ou eficácia de sua expressão—obstáculos que lhe interceptam um caminho linear e que levam o poeta à contínua experimentação de novas formas.

Nesse pluriestilismo configura-se uma prática da linguagem como espaço de tensão e lugar de drama—o que distingue a obra de Drummond, no processo da poesia brasileira, como de radical modernidade. Nele se concretiza uma poética que induz o público a um comportamento caracterizado pela anti-inércia, que lhe impede a aquisição de hábitos de leitura e lhe impossibilita um consumo tranquilo e passivo. O percurso de cada texto e/ou o caminho pelos vários textos, por seu conflito de dicções e dissonância de estilos, mobilizam-no em direções diversas e contrárias, obstruindo-lhe uma fruição pautada no repouso e na distensão.

A combinatória de palavras, por sua imprevisibilidade, produz efeito semelhante. O poeta combina palavras de áreas muito diferentes ("melancólico e vertical"); justapõe o concreto e o abstrato ("estrada de pó e esperança"); vincula um substantivo a um verbo que se costuma empregar com substantivos de outros campos semânticos ("usar este raio de sol e não aquele, certo copo e não outro"; "inaugurar novos antepassados"); aproxima palavras que, no código da língua, têm entre si possibilidades denotativas e conotativas muito remotas ("Irmão, saber que és irmão,/na carne como nos domingos").

Sensibilidade sempre atenta e consciência crítica sempre alerta diante do fato linguístico, Drummond repudia alianças previsíveis de palavras, que já perderam força expressiva. Alianças que—digamos—entrariam por um ouvido e sairiam pelo outro, sem ressonância no leitor. Ao seu procedimento na combinatória sintagmática poderia ser aplicada a personalíssima imagem—"[...] a morte engana,/como um jogador de futebol a morte engana" ("Morte no avião", **RP**)—imagem que aproxima termos de conotações divergentes no uso social da língua, desprezando o poeta as antinomias flagrantes em favor de uma analogia que *ele* imprime aos objetos, dando um chute nos hábitos associativos e inaugurando uma "ordem nova" ou "nova desordem" no "reino das palavras" e na apreensão do real.

Em função das várias técnicas de choque que presidem à sua fatura, essa poesia impõe ao leitor uma percepção particularmente dinâmica, uma atenção alerta e ágil, que fazem de sua leitura uma experiência de expectativa e tensão. Daí o seu caráter traumatizante e o relacionamento dramático que se cria entre o público e ela.

O sintagma *uma pedra no meio do caminho* ocorre também em "Consideração do poema" (**RP**): "Uma pedra no meio do caminho/ou apenas um rastro, não importa./Estes poetas são meus. [...]" Nesse contexto, a "pedra" se enriquece de nova significação, identificando-se como metáfora da noção de permanência tangível, viva, duradoura. Carlos Drummond de Andrade, por haver traçado a sua autobiografia poética como um percurso dinamizado e angustiado por sucessivos questionamentos e desafios, assegurou à sua obra uma permanência contundente na poesia brasileira.

reinvenção de *topoi* modernistas

para Sylvia, a dileta,
e Simone e Margarida, amigas de fé, irmãs, camaradas

De que modo se processa na poesia de Carlos Drummond de Andrade a apropriação de elementos constitutivos do Modernismo brasileiro é o que nos interessa surpreender e enfatizar neste estudo. Antes de escrevê-lo, ainda na fase de mera reflexão sobre o tema, guiava-nos uma intuição: a de que, embora sem negligenciar a prospecção na obra do poeta de suas origens e raízes modernistas, deveríamos dar um peso maior aos dados decisivos de sua individuação no panorama poético brasileiro desenrolado a partir da deflagração da Semana de Arte Moderna em 1922. Alguns desses dados resultam, exatamente, de uma maneira extremamente singular pela qual evoluíram aquelas origens e aquelas raízes se expandiram.

A nossa intuição fortaleceu-se em decisão consciente quando deparamos, no número 7 da revista *Klaxon*, com uma resenha sobre *Pauliceia desvairada* assinada por Carlos Alberto de Araújo, mas que deixava entrever traços afins aos assumidos por Mário de Andrade em seus comentários críticos. O autor propunha a seguinte perspectiva de análise: "num artista, o que importa justamente descobrir é o que ele tem de próprio, de diferente, de seu".[1]

O objetivo deste ensaio consiste portanto—reitere-se—em investigar aquilo que Drummond "tem de próprio, de diferente, de seu" em sua práxis poética como realização do ideário modernista—de seus postulados teóricos, de seu programa de ação, de seu repertório temático, de suas marcas discursivas.

1 europa, frança e minas

É fato por demais sabido e consabido que a obra de estreia em livro de Drummond deveria intitular-se inicialmente *Minha terra tem palmeiras*, e com este nome foi ele anunciado em revistas da época ligadas ao movimento modernista. *Minha terra tem palmeiras* mudou de título, transformando-se em *Alguma poesia*. Mudou de título e de substância: muitos textos que o integravam não comparecem nesta nova coletânea; outros tantos que dele não constavam originariamente agora vêm à luz. Em que reside e a que se deve esse desvio de rota?

O próprio poeta o assinala humoristicamente em "Também já fui brasileiro" (**sm**):

> Eu também já fui brasileiro
> moreno como vocês.
> Ponteei viola, guiei forde
> e aprendi na mesa dos bares
> que o nacionalismo é uma virtude.
> Mas há uma hora em que os bares se fecham
> e todas as virtudes se negam.

---

1 ARAÚJO, Carlos Alberto de. "Pauliceia desvairada". *Klaxon: Mensário de Arte Moderna*, São Paulo, n. 7, 30.11.1922, pp. 12-13.

Drummond dessacraliza parodisticamente o projeto brasileirista da fase heroica do Modernismo, reduzindo-o nesses versos perversos[2] a um conjunto de signos exteriores e insignificantes, aleatórios e contraditórios.

Os dois versos finais já apontam no livro de estreia aspectos que irão constituir-se posteriormente em marcas personalíssimas do autor: o gosto da solidão e o ceticismo.

O verso inicial "Eu também já fui brasileiro" alude com autoironia à passageira adesão aos propósitos brasileiristas da década de 1920, adesão que, embora (ou por isso mesmo), parcial e restrita, mostrou-se extraordinariamente profícua, por encordoá-los Drummond com timbre próprio e por mesclá-los com tópicos que viriam a definir-se como emblemáticos em sua posterior trajetória.

Ao que tudo indica, esse registro brasileirista, que em *Alguma poesia* encontrou sua dicção mais bem-sucedida em poemas da série "Lanterna mágica" e em "Jardim da praça da Liberdade", "Fuga", "Europa, França e Bahia", "Explicação", "Romaria", entre outros, deve haver nascido da influência de Mário de Andrade e sua persistente campanha a fim de levar Drummond a interessar-se poeticamente pelo Brasil, conforme atestam passagens das cartas do poeta paulista ao jovem mineiro: "Carlos, devote-se ao Brasil junto comigo"; "Você faça um esforcinho para abrasileirar-se".[3]

O poema "Fuga" atende com humor a esse apelo de Mário: faz uma caricatura do poeta inadaptado ao Brasil, que padece da "moléstia de Nabuco",[4] e por isso anseia evadir-se para a Europa. Se o poema tem qualidades intrínsecas, como, entre outras, os jogos fonológicos que valorizam o teor parodístico, o seu interesse torna-se mais relevante quando contextualizado em relação à correspondência trocada entre Mário e Drummond. À luz dessas cartas, "Fuga" ganha uma dimensão nova, configurando-se como discurso autoirônico, traço que viria a definir-se como distintivo do poeta ao longo de sua obra:

> Povo feio, moreno, bruto
> não respeita meu fraque preto.
> Na Europa reina a geometria
> e todo mundo anda—como eu—de luto.
>
> Estou de luto por Anatole
> France, o de *Thaïs*, joia soberba.
> Não há cocaína, não há morfina
> igual a essa divina
> papa-fina.
>
> Vou perder-me nas mil orgias
> do pensamento greco-latino.
> Museus! estátuas! catedrais!
> O Brasil só tem canibais.

---

2 Sintagrama da autoria de Drummond em "O procurador do amor", do livro *Brejo das almas*.

3 Cf. ANDRADE, Carlos Drummond de (org.). *A lição do amigo. Cartas de Mário de Andrade a Carlos Drummond de Andrade*. Rio de Janeiro: José Olympio, 1982, pp. 5, 16.

4 *Ibidem*, p. 15. Mário de Andrade assim nomeia criticamente o eurocentrismo de Joaquim Nabuco, posto em foco em sua autobiografia *Minha formação*.

Drummond glosa humoristicamente sua admiração por Anatole France, confessada em carta a Mário: "Devo imenso a Anatole France que me ensinou a duvidar, a sorrir e a não ser exigente com a vida".[5] Mais ainda: em "Fuga" o poeta empenha-se em corroer pela autoderrisão a forma exasperada pela qual nele se manifestava a moléstia de Nabuco de que padecia na época, confidenciada com ousada franqueza ao poeta paulista: "Pessoalmente acho lastimável essa história de nascer entre paisagens incultas e sob céus pouco civilizados. Acho o Brasil infecto. Perdoe o desabafo que a você, inteligência clara, não causará escândalo".[6]

"Europa, França e Bahia" situa-se entre os poemas de *Alguma poesia* que melhor consubstanciam a assimilação do ideário brasileirista da fase heroica do Modernismo e que melhor testemunham a repercussão no jovem poeta mineiro da pregação de Mário de Andrade.

(Lembre-se que Mário declarava explicitamente em cartas sua admiração pela Europa,[7] esclarecendo que, ao transformá-la em alvo de zombaria desmitificadora, movia-o a intenção de combater a atração desmedida que ela exercia sobre o brasileiro de cultura média ou superior, o qual, em consequência, menosprezava as manifestações culturais brasileiras. Zombar da Europa, portanto, era uma forma de exorcizar o fascínio da metrópole sobre os corações e mentes da colônia, desejosos de recalcar seu sentimento de inferioridade e de mascarar sua condição de cultura periférica.)

A aguda e irreverente percepção de aspectos econômicos, políticos e ideológicos da Europa de então, a visada humorística, a dissimulada e eficiente ambiguidade, os eficazes recursos de estranhamento do objeto fazem de "Europa, França e Bahia" uma das mais bem realizadas concretizações drummondianas do projeto de dessacralização da Europa promovido pelo Modernismo.

No percurso imaginário do texto, somente a Rússia escapa da perspectiva galhofeira do sujeito poético; este, porém, se expressa seu entusiasmo pelo homem e cultura bolchevistas, nega no entanto a possibilidade de com eles identificar-se no plano da emoção. Na última estrofe, o sujeito poético, ainda que em discurso marcado por ardilosa ambiguidade, repudia a atração pela Europa e redescobre a sua identidade na confirmação da sensibilidade nacional representada no eu lírico da "Canção do exílio", de cujos versos ele se apropria de modo um tanto equívoco:

> Chega!
> Meus olhos brasileiros se fecham saudosos.
> Minha boca procura a "Canção do Exílio".
> Como era mesmo a "Canção do Exílio"?
> Eu tão esquecido de minha terra...
> Ai terra que tem palmeiras
> onde canta o sabiá!

---

5 *Ibidem*, p.12.
6 *Ibidem*, p.13.
7 Cf. MORAES, Marcos Antonio de (org.). *Correspondência Mário de Andrade & Manuel Bandeira*. São Paulo: Edusp/Instituto de Estudos Brasileiros da Universidade de São Paulo, 2000. Coleção Correspondência de Mário de Andrade, p.222.

A incorporação de versos da "Canção do exílio", ainda que desprovida de univocidade, difere radicalmente das paródias do poema de Gonçalves Dias feitas por Oswald de Andrade e Murilo Mendes. Em "Europa, França e Bahia" não ocorre a "desqualificação dos emblemas da pátria", que Walnice Nogueira Galvão aponta no texto de Oswald e que sem dúvida caracteriza também o de Murilo.[8] Quase que se poderia dizer que a postura de Drummond, cujas incursões no terreno brasileirista do Modernismo se norteiam pelas propostas de Mário de Andrade, representa uma atenuação questionadora da paródia exacerbada e agressiva desses dois autores.

Drummond, ao contrário, leva a cabo a "desqualificação de emblemas" europeus, que encontra sua realização mais original no jogo entre duas imagens capitais do poema: "A Torre Eiffel alastrada de antenas como um caranguejo" e "A lua de Londres como um remorso", símile este referente ao imperialismo e colonialismo britânicos, que já sinaliza a perspectiva crítica do poeta em relação aos processos históricos, explicitamente formulada no verso "toda história é remorso" ("Museu da Inconfidência", **ce**).

"Explicação", antepenúltimo poema do livro, retoma temas e motivos de "Europa, França e Bahia". Trata-se de um metapoema singularíssimo, verdadeiramente único na poesia do autor, que aglutina elementos radicalmente díspares, como a transitória identificação com estratégias do discurso brasileirista da primeira fase modernista e a persistente e permanente consciência por parte do poeta do seu duplo despaisamento — "No elevador penso na roça,/na roça penso no elevador" — o qual pulsa latente ou patente ao longo de sua obra e que dá origem ao paradoxo: o maior cantor urbano da poesia brasileira é igualmente o seu maior memorialista rural.

A singularidade de "Explicação" é reforçada na autocaracterização do sujeito lírico, irrepetível na obra de Drummond, como poeta de cunho popular, à maneira de cantador ou seresteiro, tributo talvez ao amigo Mário de Andrade:

> Meu verso é minha consolação.
> Meu verso é minha cachaça. [...]
>
> Para louvar a Deus como para aliviar o peito,
> queixar o desprezo da morena, cantar minha vida e trabalhos
> é que faço meu verso. [...]

Ao lado dessa autocaracterização que se demonstrará momentânea, irrompe a imagem definitiva da "cambalhota" clownesca, configuração

---

8 GALVÃO. Walnice Nogueira. *Desconversa*. Rio de Janeiro: Editora da UFRJ, 1998, p.36.

metafórica da imprevisibilidade e irreverência, do humor e da ironia, às vezes de sabor chapliniano, que perpassa a obra de Drummond.

O sujeito poético reafirma como traço diferencial do brasileiro uma específica forma de sensibilidade—"é sempre a mesma sen-si--bi-li-da-de"—com a qual prazerosamente se identifica. E de novo o poeta se rende à proposta de Mário-Macunaíma de desmoralização cômica da Europa:

> Quem me fez assim foi minha gente e minha terra
> e eu gosto bem de ter nascido com essa tara.
> Para mim, de todas as burrices a maior é suspirar pela Europa.
> A Europa é uma cidade muito velha onde só fazem caso de dinheiro
> e tem umas atrizes de pernas adjetivas que passam a perna na gente.
> O francês, o italiano, o judeu falam uma língua de farrapos.

Na série sugestivamente intitulada "Lanterna mágica" (AP), Carlos Drummond traz à cena poética algumas cidades históricas de Minas Gerais. Na apresentação de *A lição do amigo*, ele evoca o seu primeiro encontro com Mário de Andrade, o qual, na companhia de Oswald de Andrade, Tarsila do Amaral, Blaise Cendrars, entre outros, realizara um périplo pelas cidades mais significativas do barroco mineiro. Essa viagem, que provocou como resultado imediato em seus participantes a valorização do passado colonial, o entusiasmo pela obra do Aleijadinho e outros artistas e/ou artesãos e a apreensão da justa dimensão do barroco na cultura brasileira, deu origem a vários poemas dos dois Andrades. A par das qualidades intrínsecas desses textos, eles são extraordinariamente significativos do Modernismo brasileiro, por consubstanciarem uma de suas singularidades mais surpreendentes: a interferência da tradição nos redutos vanguardistas.[9]

Quanto ao terceiro Andrade, o Carlos Drummond, parece-nos arbitrário e temerário afirmar terminantemente que seus textos de "Lanterna mágica" e outros na mesma linha em *Alguma poesia* tenham derivado da influência dos dois autores paulistas e sua experiência viageira e poética. Isso porque a sua condição de mineiro aferrado à sua terra e ao convívio com seu passado cultural e artístico provavelmente o teriam levado a, por iniciativa própria, transformar em matéria de poesia o acervo da tradição estética e histórica de Minas.

Que o poeta parece recusar imperativos de celebrar poeticamente espaços considerados por vertentes do Modernismo como genuinamente brasileiros, mas que não se integram em seu roteiro existencial e vital, é o que se pode inferir do poema "Bahia", de *Alguma poesia*: "É preciso fazer um poema sobre a Bahia... // Mas eu nunca fui lá".[10]

---

9 Cf. SANTIAGO, Silviano. "A permanência do discurso da tradição no modernismo". *In: Nas malhas da letra*. São Paulo: Companhia das Letras, 1989, pp.94-123.
10 Drummond propõe essa interpretação em entrevista de 1955 ao *Jornal de Letras* e em "O poema da Bahia que não foi escrito", de *Amar se aprende amando*. Cremos tratar-se, no entanto, de um texto bissêmico, que sugere duas leituras: como minipoética da autenticidade e como a ironia à frequente conclusão do leitor entre o eu lírico e o eu empírico.

Não cabe dúvida de que Drummond, fosse quando fosse, por impulso autônomo faria de Minas—como fez efetivamente—um dos temas nucleares de sua poesia. Mas o teria feito no livro de estreia, em 1930, sem a influência do Modernismo? Se não é possível asseverar que a valorização do espaço histórico e artístico mineiro empreendida pelos modernistas Mário e Oswald tenha sido o fator determinante da viagem poética de *Alguma poesia* pelas cidades de Minas, é lícito assegurar que os poemas "mineiros" dos dois autores paulistas já consagrados atuou no espírito do jovem itabirano como fator legitimador de sua escolha temática.

Dois poemas se destacam do conjunto "Lanterna mágica" por apresentarem traços distintivos—que depois se mostrariam definitivos—do enfoque drummondiano desse *topos* modernista, o qual transcende o seu "interesse imediatamente brasileiro", para trazer à luz reflexões e preocupações que se tomariam marcas pessoais permanentes do autor.

Em "Sabará" (**AP**) e "Romaria" ocorrem vários procedimentos modernistas: o registro da linguagem popular; "a contribuição milionária de todos os erros" pregada por Oswald no manifesto Pau-Brasil; trocadilhos e jogos de palavras valorizados por Mário e Oswald; a ênfase em aspectos "bárbaros, pitorescos e crédulos" do povo brasileiro reivindicada por este último; a notação "ingênua" do real, que parece corresponder à visada do mundo com olhos infantis sugerida por Oswald no poema "3 de maio", e que se realiza, por exemplo, nas imagens: "Só as igrejas/só as torres pontudas das igrejas/não brincam de esconder" ou "E o trem bufando na ponte preta! é um bicho comendo as casas velhas".

Segundo a nossa proposta de detectar no Drummond modernista o que ele tem de "próprio, de diferente, de seu", apontaríamos em "Sabará" a reflexão sobre o incessante fluxo do tempo, representado na imagem da "água [...] que não para nunca de correr" e a consequente meditação sobre o tema da fugacidade da vida, que retoma o tópico tradicional do *ubi sunt*, reativando-o em linguagem popular de sabor modernista: "Quede os bandeirantes?/O Borba sumiu./Dona Maria Pimenta morreu".

Em "Romaria", a par da encenação "costumbrista" e do tom *naïf* dos personagens, ambos de cunho modernista, irrompe o Drummond em sua face mais radical e originalmente transgressora e iconoclasta, que subverte o sagrado e as "verdades" estabelecidas:

> Os romeiros pedem com os olhos,
> pedem com a boca, pedem com as mãos.
> Jesus já cansado de tanto pedido
> dorme sonhando com outra humanidade.

Esses versos finais contêm uma interpretação da esfera do divino recorrente na obra do poeta, a qual encontra expressão similar em futuros textos, como "Tristeza no céu" (J) e "Os dois vigários" (LC).

Retornando à questão que propusemos a respeito do volume de estreia de Drummond: a que se deve a mudança do título e o desvio de rota do livro? Embora conscientes de que tal reviravolta dificilmente poderá ser explicada por uma única razão, não hesitamos em apontar como um de seus fatores decisivos—senão o mais decisivo—a lição do amigo Mário de Andrade:

> Quanto ao nome *Minha terra tem palmeiras* como nome é fraco mesmo. [...] é mais uma glosa de coisa muito glosada, não acha? [...] Talvez convenha abandonar pra revistas ou pra morte alguns dos poemas já feitos... Porque está se tornando tarde pra você publicá-los agora. [...] Minha opinião creio que é esta mesmo: uma seleção severa escolhendo o que você já fez de mais *forte* e de mais *original*. Poemas de interesse imediatamente brasileiro estão em moda positivamente. Estão em moda até por demais. *Minha terra tem palmeiras* viria reforçar esse ritmo tomado, já um pouco com caráter de "apoiado". [...] Me parece um pouco tardio pra você ir na onda. Tanto mais que o espírito individualistamente contemplativo e observador de você, bem livre, não combina com isso. Mais liberdade de inspiração, mais variedade *déroutante* é que é você. O *Minha terra tem palmeiras* não parece mesmo pra você também que vinha agora meio de cambulhada? Talvez fosse melhor sacrificar a unidade do livro em prol duma maior unidade de você ...[11]

Em nota a essa passagem de *Lição do amigo* diz Drummond: "Desisti de publicar livro com esse título".

Minha terra tem palmeiras virou *Alguma poesia*, título aparentemente desinteressante e inodoro, "desbotado" (como a flor de "A flor e a náusea"), mas que se afina admiravelmente com o espírito que anima a obra de Drummond, por seu componente de autoironia: o pronome indefinido "alguma" tem sentido quantitativo—pois se trata de alguns poemas coligidos em livro—e sentido qualitativo, pois contém uma lítotes que, em seu valor de atenuação, insinua derrisoriamente que a poesia ali existente é apenas precária e relativa, e não absoluta e plena, como talvez a quisera o poeta.

Os poemas de matriz modernista que foram mantidos no novo volume de título novo transcendem "o interesse imediatamente brasileiro", por apresentarem e anteciparem, conforme se constatou, "características, preocupações e tendências"[12] que impregnam e fecundam a poesia de Drummond como totalidade. E mostram, como queria Mário, um poeta em unidade consigo mesmo.

---

[11] ANDRADE, Carlos Drummond de (org.). *A lição do amigo. Cartas de Mário de Andrade a Carlos Drummond de Andrade. Op. cit.*, pp. 129-131.

[12] Cf. *Idem*. "Informação". *In: Antologia poética*. Rio de Janeiro: Editora do Autor, 1963, p.5.

O *topos* das cidades coloniais de Minas e sua arte barroca ultrapassou o âmbito do Modernismo e se instalou no território da modernidade, como atestam a poesia do próprio Carlos Drummond, de Manuel Bandeira, Murilo Mendes, Cecília Meireles, entre outros.

2 o cinema

> Meu bem, não chores,
> hoje tem filme de Carlito!
> "O AMOR BATE NA AORTA", (**BA**)

São dois poemas de *Pauliceia desvairada* que introduzem o *topos* CINEMA no repertório urbano da poesia modernista. Em "A escalada", Mário de Andrade sugere uma relação entre o espaço ficcional da tela e o espaço socioeconômico da cidade, fazendo do título do filme, certamente por ele inventado, a metáfora dos métodos violentos e escusos utilizados na luta pela ascensão social indiciada no título do poema: "(Há fita de série no Colombo./'O empurrão na escuridão'. Filme nacional)". Em "Domingo" retoma esse procedimento ("Central. Drama de adultério"), para em seguida focalizar o cinema (explicitamente o alemão...) como estímulo a fantasias eróticas das adolescentes burguesas. É na revista *Klaxon*, no entanto, que o cinema ganha foros de manifestação artística representativa da modernidade. Não é no poema de Ribeiro Couto publicado no número 6 que ocorre tal conquista, pois "Cinema de arrabalde", apesar do verso livre, do registro prosaico (quase nunca bem-sucedido), perde-se em minúcias costumbristas e pouco diz de efetivamente original e poético sobre o assunto.[13] Mais importante para conferir ao cinema aquela verdadeira e nova significação é a seção de crítica do número 5, assinada por Mário de Andrade, o qual inicia o seu artigo com eloquente convicção: "*O Garoto* por Charlie Chaplin é bem uma das obras-primas mais completas da modernidade para que sobre ele insista mais uma vez a irriquieta petulância de *Klaxon*".[14]

É, porém, o texto-manifesto do número inaugural de *Klaxon*, no segmento intitulado "Estética", que atribui explicitamente ao cinema o estatuto de *topos* ou emblema privilegiado do ideário modernista:

> *Klaxon* sabe que o cinematógrafo existe. Pérola White é preferível a Sarah Bernhardt. Sarah é tragédia, romantismo sentimental e técnico. Pérola é raciocínio, instrução, esporte, rapidez, alegria, vida. Sarah Bernhardt = século 19. Pérola White = século 20. A cinematografia é a criação artística mais representativa de nossa época. É preciso observar-lhe a lição.[15]

---

13 *In Klaxon: Mensário de Arte Moderna*, São Paulo, n.6, 15.10.1922, p.4.
14 ANDRADE, Mário de. "Ainda *O garoto*". *Klaxon: Mensário de Arte Moderna*, São Paulo, n.5, 15.09.1922, p.13.
15 *Klaxon: Mensário de Arte Moderna*. São Paulo, n.1, maio 1922, p.2.

Carlos Drummond, ainda que imprima a "Balada do amor através das idades" (AP) várias características que a tornam ímpar, mantém na última estrofe um risonho diálogo com o manifesto de *Klaxon*:

> Hoje sou moço moderno,
> remo, pulo, danço, boxo,
> tenho dinheiro no banco.
> Você é uma loura notável,
> boxa, dança, pula, rema.
> Seu pai é que não faz gosto.
> Mas depois de mil peripécias,
> eu, herói da Paramount,
> te abraço, beijo e casamos.

Diálogo marcado por discordâncias mas também por ressonâncias. Entre estas, a consciência do papel do cinema na construção de um novo imaginário e de novos padrões de comportamento e sensibilidade. Existe no entanto uma divergência de perspectiva entre os dois textos: em *Klaxon* faz-se a exaltação unívoca da mulher moderna representada por Pérola White; em "Balada", a atitude do sujeito poético em relação aos paradigmas de modernidade veiculados pelo cinema é marcada pela ambiguidade do humor.

Já se insinua no texto a percepção do cinema como discurso e máquina produtores de mitos, concepção que será desenvolvida e aprofundada em "O mito" de *A rosa do povo*.

A significação do poema é enriquecida pelo subtexto de teor metaliterário: repetindo em todas as estrofes o mesmo esquema narrativo — amor contrariado por imposições culturais e sangrento *unhappy-end*, com exceção da última, que segue o modelo dos filmes americanos da época —, Drummond dissimuladamente aponta para a vigência na literatura e na arte de um código de convenções e deixa entrever a possibilidade de deslizamento de referências do nível representativo ou imaginativo para o nível estrutural — fato do qual decorre a formalização de elementos conteudísticos, que passam a integrar uma morfologia da narrativa. O poeta desnorteia, desilude e diverte os leitores: o que eles haviam lido em seu contexto próprio (nas estórias conotadas no poema) como mensagem original não era senão código convencional.

Mário de Andrade interpreta "Balada do amor através das idades" como expressão máxima do "sequestro da vida besta" que, segundo ele, se manifesta em vários poemas de *Alguma poesia*:

> E finalmente como clímax do sequestro, vem a "Balada do amor através das idades". Agora o caso é admiravelmente expressivo. O poeta se vinga da vida besta, botando miríficos suicídios e martírios estrondosos em casos de amor de diferentes épocas passadas. Menos na contemporânea, em que faz o amor dar em casamento, em burguesice, em... vida besta: é ele.[16]

---

16 ANDRADE, Mário de. "A poesia em 1930". *In: Aspectos da literatura brasileira*. Rio de Janeiro: Americ-Edit, 1945, p.53. "Eta vida besta, meu Deus" é o verso final de "Cidadezinha qualquer", de *Alguma poesia*.

Dos poetas modernistas—ou oriundos do Modernismo—é Drummond quem fez maior número de alusões ao cinema, o qual se destaca assim como *topos* recorrente em sua obra. Ainda em *Alguma poesia* encontram-se mais três registros. O do poema "Sabará" é particularmente expressivo, pois mostra uma feliz tentativa de transposição para o discurso verbal de características da linguagem cinematográfica:

> O presente vem de mansinho
> de repente dá um salto:
> cartaz de cinema com fita americana.

Signo do "tempo presente", o cinema irrompe no texto com as conotações de descontinuidade, de movimentação rápida, de veloz substituição de imagens, de produção de choques e surpresas, em discurso acessível mas sugestivo da especificidade da narrativa filmográfica e sua técnica de montagem.

Embora não faça referência explícita a cinema, o poema "Sentimental", ainda do livro de estreia, sugere uma inspiração—consciente ou inconsciente—em filmes de Chaplin:

> Ponho-me a escrever teu nome
> com letras de macarrão.
> No prato, a sopa esfria, cheia de escamas
> e debruçados na mesa todos contemplam
> esse romântico trabalho.

A construção do sujeito poético, particularmente no que respeita ao peculiar uso e manipulação da sopa de macarrão, evoca a *persona* de Carlitos, na medida em que este mantém com os objetos uma relação marcada pelo desvio de sua função originária, socialmente codificada.

Em termos precisos e poéticos, André Bazin ressalta esse traço da criatura chapliniana:

> Parece que os objetos só concordam em ajudar Carlitos à margem do significado que a sociedade lhes designou. O mais belo exemplo deste deslocamento é a famosa dança dos pãezinhos, onde a cumplicidade dos objetos explode em uma gratuita coreografia.[17]

Em "Canto ao homem do povo Charlie Chaplin" Drummond omite essa imagem paradigmática da inventividade de Carlitos, imagem que alcançou extraordinária celebridade; resgata no entanto uma cena menos notável, mas igualmente representativa do deslocamento lúdico que o

---

17 BAZIN, André *apud* TRUFFAUT, François. *Os filmes de minha vida.* 2. ed. Rio de Janeiro: Nova Fronteira, 1989, p.89.

personagem empresta aos objetos: "Mais uma vez jantaste: a vida é boa./Cabe um cigarro; e o tiras/da lata de sardinhas."

Os versos finais de "Sentimental" completam a estilização carlitiana do sujeito poético, reiterada ainda pelo procedimento humorístico denominado por Robert Escarpit de "vingança do cego, frequente nos filmes de Chaplin":[18]

> — Está sonhando? Olhe que a sopa esfria!
>
> Eu estava sonhando...
> E há em todas as consciências um cartaz amarelo:
> "Neste país é proibido sonhar."

O tema da dificuldade ou mesmo impossibilidade de fazer o homem sua opção amorosa, desenvolvido em vários poemas de Drummond, e que adquiriu feição emblemática em "Desdobramento de Adalgisa" (BA), é metaforicamente concretizado nos dois cinemas de "Indecisão do Méier" (SM) — "ambos com a melhor artista e a bilheteira mais bela" — metáfora que sinaliza para o processo de introjeção desse *topos* na vida psíquica do homem urbano.

A obra de Drummond mostra uma indissolúvel relação amorosa com o cinema, que ele incorpora à sua experiência existencial, e que surge, quando menos se espera, no percurso do texto. Essa relação atinge o seu momento máximo em "Canto ao homem do povo Charlie Chaplin", longo e belo poema que ocupa uma situação privilegiada em *A rosa do povo*: é o último texto do livro, que assim se encerra-e-se-abre com um discurso de celebração animado pela crença na utopia, que descortina o advento de um mundo novo:

> ó Carlito, meu e nosso amigo, teus sapatos e teu bigode caminham numa
> [estrada de pó e esperança.

O poema se inicia com uma declaração de afinidades entre a poesia de Carlos Drummond e o cinema de Chaplin: ambos gravitam "na poética e essencial atmosfera dos sonhos lúcidos"; na obra dos dois "a opressão é detestada" e nela com frequência "o heroísmo se banha em ironia".

Um dos procedimentos que de imediato chamam a atenção na estruturação do texto é a constante evocação de cenas de filmes de Carlitos. O poeta como que efetua uma montagem de sequências de películas diversas — certamente aquelas que lhe parecem compor com mais riqueza a multifacetada *persona* do artista homenageado, e (ou sobretudo) aquelas que farão do poema um todo coerente, convincente e comovente.

---

18 ESCARPIT, Robert. *L'humour*. Paris: Presses Universitaires de France, 1967, pp. 102-106.

Drummond se apropria portanto da filmografia de Chaplin como se ela fosse uma obra aberta: dela recorta cenas, episódios, sequências, procede à sua montagem e encena virtualmente um filme síntese ou súmula da arte do cineasta. Esse procedimento é isomorfo da leitura que faz o poeta do personagem Carlitos: embora coisificado e fragmentado pelo trabalho alienante, e apesar de repartido em múltiplos ofícios, ele mantém íntegra a sua identidade:

> És parafuso, gesto, esgar.
> Recolho teus pedaços: ainda vibram,
> lagarto mutilado.
>
> Colo teus pedaços. Unidade
> estranha é a tua, em mundo assim pulverizado.

Ainda que as citações dos filmes de Chaplin sejam de natureza diversa, observa-se certa insistência nas que se referem ao motivo *comida*:

> falam os tocos de vela, que comes na extrema penúria
> [...]
> e sabes a arte sutil de transformar em macarrão
> o humilde cordão de teus sapatos.

Mais relevante, no entanto, do que o seu índice de ocorrência é o espaço textual que elas ocupam no poema: além de por ele se disseminarem recorrentemente, toda a parte III faz da *comida* seu mote exclusivo e —fato ainda mais importante— contém a metáfora alimentar de maior impacto da obra de Chaplin. Trata-se do filme *Em busca do ouro*, no qual um personagem transtornado de fome vê em suas alucinações Carlitos transformado em frango, imagem tragicômica, contundente e espetacular, da qual Drummond faz uma leitura que extrai, explicita e enfatiza o seu substrato político-ideológico e à qual imprime uma dimensão utópica:

> [...] Entre o frango e a fome,
> o cristal infrangível. Entre a mão e a fome,
> os valos da lei, as léguas. Então te transformas
> tu mesmo no grande frango assado que flutua
> sobre todas as fomes, no ar; frango de ouro
> e chama, comida geral
> para o dia geral, que tarda.

Drummond ressalta portanto a função social da obra do cineasta e do seu próprio poema. A sequência dos versos 29-36 reforça tal função; ela se compõe de longa enumeração referente aos seres de quem o poeta se faz porta-voz na louvação a Chaplin. Múltiplos e diversos, assemelham-se e assimilam-se, no entanto, por trazerem todos, cada qual a seu modo, a marca da exclusão da sociedade representada no poema:

> Falam por mim os abandonados de justiça, os simples de coração,
> os párias, os falidos, os mutilados, os deficientes, os recalcados,
> os oprimidos, os solitários, os indecisos, os líricos, os cismarentos,
> os irresponsáveis, os pueris, os caridosos, os loucos e os patéticos.

Alguns traços semânticos esboçam a intertextualidade dessa enumeração com o discurso do Novo Testamento; essa relação intertextual retroage sobre os versos imediatamente anteriores e os ilumina com nova luz:

> Falam por mim os que estavam sujos de tristeza e feroz desgosto de tudo,
> que entraram no cinema com a aflição de ratos fugindo da vida,
> são duas horas de anestesia, ouçamos um pouco de música,
> visitemos no escuro as imagens—e te descobriram e salvaram-se.

Situados no referido contexto, esses versos têm sua significação enriquecida, atribuindo dimensão messiânica à obra de Chaplin e caracterizando a recepção do espectador como experiência epifânica. A leitura poética da filmografia chapliniana empreendida por Drummond coincide nesse aspecto com a análise do crítico de cultura Siegfried Kracauer, que aponta traços de messianismo nos filmes do cineasta.[19]

A interpretação do poeta e a investigação do crítico apresentam outro ponto de convergência: a apreensão do significado político da comédia-pastelão. Kracauer a considera um gênero portador de um antídoto popular ao sistema americano. Pondo em foco a imbricação do mundo mecânico com a vida, ela desmonta o regime imposto pela ordem econômica em "orgias de destruição, confusão e paródia".

Ainda segundo Kracauer

> [...] com os filmes pastelão, os americanos criaram uma forma que serve de contrapeso à sua realidade. Se naquela realidade eles sujeitam o mundo a uma disciplina muitas vezes insuportável, o cinema, por sua vez, desmantela essa ordem autoimpositiva de modo bastante contundente.[20]

Walter Benjamin também atribuiu valiosa função política à comédia-pastelão, a qual foi prestigiada e exaltada ainda pela vanguarda europeia,

---

19 KRACAUER, Siegfried. *Apud* CHARNEY, Leo e; SCHWARTZ, Vanessa R. (org.). *O cinema e a invenção da vida moderna*. São Paulo: Cosac Naify, 2001, p.515. Truffaut (Em *Os filmes de minha vida, op. cit.*, p.80) é enfático a esse respeito.
20 *Ibidem*, p.513.

notadamente o surrealismo. Esse coro de entusiastas foi ampliado e reforçado pela contribuição renovadora de Chaplin ao gênero.

Em sua celebração, Carlos Drummond mostra-se atento a essas várias implicações da obra de Chaplin, também detectadas por teóricos da cultura de massa. Entre seus recortês e citações da filmografia do cineasta, inclui episódios e sequências características da comédia-pastelão, e lhes dá significação política, reiterando e enfatizando o seu valor de subversão de um sistema repressivo e de uma rígida diferenciação e compartimentação de espaços e classes sociais:

> Já não é o escritório de mil fichas,
> nem a garagem, a universidade, o alarme,
> é realmente a rua abolida, lojas repletas,
> e vamos contigo arrebentar vidraças,
> e vamos jogar o guarda no chão,
> e na pessoa humana vamos redescobrir
> aquele lugar—cuidado!—que atrai os pontapés: sentenças
> de uma justiça não oficial.

Se, por um lado, existem diferenças irredutíveis entre os poemas "Nosso tempo" e "Canto ao homem do povo Charlie Chaplin" (ambos de *A rosa do povo*), percebe-se, por outro, entre eles uma rede de semelhanças derivada da convergência de perspectivas diante do capitalismo industrial e da sociedade burguesa. O dístico de abertura de "Nosso tempo"—"Este é tempo de partido, / tempo de homens partidos"—lança o *leitmotiv* do poema, em torno do qual gravita uma constelação de noções e significados, que irão reunir-se e concentrar-se sobretudo na parte v: à imagem de fragmentação do homem, juntam-se as de sua mecanização e coisificação, que implicam a alienação de sua condição humana.

Esses significados se imbricam no interior de "Canto ao homem do povo Charlie Chaplin": no "mundo pulverizado", Carlitos—reitere-se—é "parafuso, gesto, esgar" e "lagarto mutilado". Essa leitura de Drummond apresenta traços afins ao pensamento de Walter Benjamin sobre a comédia-pastelão, que ele—valendo-se dos conceitos de "choque" e "enervação"—focaliza em suas relações com a tecnologia. Nesse sentido, Chaplin realiza "na tecnologia da linha de montagem" uma demonstração "gestual" da descontinuidade perceptiva:

> Ele faz um recorte do movimento expressivo do corpo humano em uma sequência de fugazes tensionamentos dos nervos (enervações), um procedimento que "impõe a lei das imagens cinematográficas sobre a lei do sistema motor humano". Ao praticar essa autofragmentação sistemática, "ele interpreta a si próprio de forma alegórica".[21]

21 *Ibidem*, p.514.

Em "Canto ao homem do povo Charlie Chaplin", apesar de fragmentado e coisificado pela máquina alienante no trabalho industrial, Carlitos não perde a inteireza de consciência nem a unidade consigo mesmo—"apenas sempre entretanto tu mesmo"—e encarna uma humanidade exemplar de natureza utópica. A interpretação de Drummond, a de críticos da cultura, a de historiadores e especialistas do discurso cinematográfico confluem para essa configuração do personagem chapliniano.[22]

Esses estudos especializados insistem no vínculo entre a humanidade de Carlitos e a sua popularidade mundial. Edgar Morin, para quem Chaplin representa a realização máxima do "esperanto gestual" do cinema mudo, afirma com convicção e emoção que os seus filmes "são acolhidos por adultos, negros, brancos, letrados, analfabetos. Os nômades do Irã, as crianças da China se juntam a Elie Faure e Louis Delluc em uma participação e uma compreensão, se não a mesma, pelo menos comum".[23]

Drummond confere especial relevo a essa universalidade, proclamando-a reiteradamente em dois momentos do poema:

> Para dizer-te como os brasileiros te amam
> e que nisso, como em tudo mais, nossa gente se parece
> com qualquer gente do mundo [...]
> [...]
> falar assim a chinês, a maranhense,
> a russo, a negro: ser um só, de todos,
> sem palavra, sem filtro,
> sem opala:
> há uma cidade em ti, que não sabemos.

Tanto o poema de Drummond quanto os textos teórico-críticos sobre os filmes de Chaplin creditam a sua universalidade e popularidade ao seu poder de resgatar no público a experiência da infância: "como se ao contato de tua bengala mágica voltássemos / ao país secreto onde dormem meninos".[24] Para Kracauer, essa faculdade da filmografia chapliniana de transcender distinções de classe social, nacionalidade e geração implica "a possibilidade, em última análise, de uma linguagem universal de comportamento mimético que faria da cultura de massa um horizonte imaginativo e reflexivo para as pessoas que tentam viver suas vidas no terreno conflitivo da modernização".[25]

Voltando ao confronto entre "Nosso tempo" e "Canto ao homem do povo Charlie Chaplin", parece-nos incontestável que existe entre eles um tácito diálogo quanto à visão crítica do "mundo capitalista". Separa-os no entanto uma radical oposição de linguagem poética. Embora "Nosso

---

22 *Ibidem*, p.515.
23 MORIN, Edgar. *Le Cinéma ou l'homme imaginaire: essai d'anthropologie*. Paris: Minuit, 1977, p.201.
24 Verso de "Canto ao homem do povo Charlie Chaplin".
25 KRACAUER, Siegfried. *Apud* CHARNEY; SCHWARTZ, Vanessa R. (org.). *Op. cit.*, p.515.

tempo" não seja, em absoluto, um texto hermético, é inegável que sua leitura se caracteriza por tropeços na compreensão adequada de algumas passagens, em virtude da estrutura fragmentária do poema, de sua profusão de metáforas e de alguns "símbolos obscuros" de difícil descodificação—o que gera no leitor uma sensação de insegurança e desconforto. O percurso do poema parece concretizar um esforço e um ensaio do emissor em superar o enredamento num discurso altamente metafórico, um tanto imune à "porosidade" e pouco afeito à comunicação. A última estrofe, que destoa flagrantemente da linguagem usada até então, se investiria do valor de resultado daquele empenho em dominar a inclinação à opacidade do discurso em favor de sua transparência.

A louvação a Chaplin enfatiza, como se viu, a acessibilidade, a universalidade e o poder de comunicação do seu discurso filmográfico. Aquele embate de Drummond consigo mesmo em favor de uma dicção que concilie alto teor poético e força comunicativa talvez pulse latente na origem dos seguintes versos:

> nem faço muita questão da matéria de meu canto ora em torno de ti
> como um ramo de flores absurdas mandado por via postal ao inventor dos
> [jardins.

Drummond assume diante da *persona* de Carlitos uma perspectiva pouco usual: ao invés de nela ressaltar somente os traços que a tornam paradigma do vagabundo irreverente e lírico, põe em foco igualmente os seus múltiplos ofícios. Depois de agrupá-los em longa enumeração, que dá relevo ao fator *trabalho* na representação do personagem, o poeta conclui: "o ofício, é o ofício/que assim te põe no meio de nós todos,/vagabundo entre dois horários".

O final do poema se encaminha para a reflexão sobre o conflito entre o trabalho fracionário do capitalismo industrial, que aprisiona o operário em engrenagens mecânicas alienantes de sua integridade e individualidade, convertendo-o em minúscula peça da "Grande Máquina" ("Elegia 1938", sm), e o trabalho lúdico e criativo, de feição artesanal, em que há uma relação próxima e humana, quase mágica, entre o trabalhador e o seu ofício:

> [...] Estranho relojoeiro,
> cheiras a peça desmontada: as molas unem-se,
> o tempo anda.
> [...]
> a mão pega a ferramenta: é uma navalha,
> e ao compasso de Brahms fazes a barba
> neste salão desmemoriado no centro do mundo oprimido

Drummond individualiza assim a sua leitura de Carlitos, nela promovendo a aliança entre dois arquétipos: o do vagabundo lírico e sonhador e o do trabalhador excêntrico, poético e inventivo:

Há o trabalho em ti, mas caprichoso,
mas benigno,
e dele surgem artes não burguesas,
[...]

A relação da poesia drummondiana com o cinema não se esgota nessa extensa e intensa louvação à filmografia de Chaplin. O amor consistente e persistente do poeta pela nova arte do século XX se consubstancia em alusões recorrentes ao longo de sua obra, na reiteração da homenagem a Chaplin (cf. "A Carlito", LC) e no culto ao mito Greta Garbo, glorificada em *Farewell*.

É, porém, em "Canto ao homem do povo Charlie Chaplin" que o *topos* modernista do cinema ganha sua expressão mais notável. As qualidades que o notabilizam instigam (mais uma vez) a famigerada discussão em torno dos conceitos de Modernismo e de modernidade. Ainda que Henri Lefebvre explicite que a história do Modernismo não pode ser escrita sem a história do conceito de modernidade—e vice-versa—ele propõe uma diferenciação entre as duas categorias: o Modernismo se peculiariza pela "consciência exaltante e exaltada do novo", pela "orgulhosa certeza" e "arrogância", por "glorificações cheias de ilusões"; a modernidade, ao contrário, tem como traços distintivos uma atitude de "interrogação e de reflexão crítica", de "incerteza inquieta" e de "temor". O espírito crítico e autocrítico da modernidade, sua tentativa de conhecimento ultrapassam a incitação da Moda e a excitação da novidade inerentes ao Modernismo. Lefebvre, porém, considera inseparáveis os referidos conceitos, que caracterizam dois aspectos complementares do mundo moderno.[26]

Partindo desses pressupostos, impõe-se a conclusão de que Carlos Drummond, apropriando-se de um *topos* originário do Modernismo, acabou por imprimir-lhe, ao longo de sua evolução poética, o selo da modernidade. Além de elaborar uma leitura lírica, mas substancial e lúcida, do mito mais universal e popular do século XX—interpretação em vários pontos coincidente com a dos teóricos e críticos da cultura de massas—e de fazer dos filmes de Chaplin uma forma de conhecimento do seu tempo histórico-social, ele compõe o seu poema-celebração como discurso de reflexão crítica sobre a situação do homem no contexto do capitalismo industrial e como construção "num todo sábio, posto que sensível"[27] de uma imagem modelizadora do futuro utópico.

---

26 LEFEBVRE, Henri. *Introduction à la modernité*. Paris: Éditions de Minuit, 1962, p. 10.
27 Verso de Drummond em "Versos à boca da noite" (**RP**).

3 o avião

> [...] nada mais moderno do que vós, ó sorrisos bonitos de chegada e
> [partida nos aeroportos.
> Quem sem verdade e sem alma vos classificou de aeroviárias
> A vós, autênticas aeronautas, irmãs intrépidas dos aviadores?
>
> MANUEL BANDEIRA, "DISCURSO EM LOUVOR DA AEROMOÇA", *OPUS 10*.

Na poesia de Drummond, o tratamento moderno, mais que modernista, de temas e motivos lançados no Brasil pelo movimento de 1922 mostra-se de forma igualmente inequívoca na poetização do *topos* AVIÃO.

É Mário de Andrade quem sugere a incorporação desse ícone do século XX ao repertório temático e imagístico do Modernismo. Em "A escrava que não é Isaura", depois de investir contra a hierarquia tradicional entre temas poéticos e apoéticos, de reivindicar a total liberdade de assunto ("Todos os assuntos são vitais"), de propor a adesão lírica à realidade cotidiana e de incitar a poesia a "cantar a vida de hoje", Mário exemplifica a "Califórnia de imagens novas, tiradas das coisas modernas" com o surpreendente verso de Apollinaire: "C'est le Christ qui monte au ciel mieux que les aviateurs".[28]

Participante da Semana de 1922, o poeta Luís Aranha, que mereceu de Mário de Andrade um longo ensaio e uma pequena antologia de sua curta mas singularíssima obra—incluídos ambos em *Aspectos da literatura brasileira*—publica no número 2 da revista *Klaxon* um poema intitulado "O aeroplano". Permeado pela "consciência exaltante e exaltada do novo" de que fala Henri Lefebvre, e insuflado pela ideologia futurista, o texto expressa as aspirações do sujeito poético, nas quais se esboça a "orgulhosa certeza" e a "arrogância" apontadas pelo crítico francês como representativas do ideário modernista:

> Dar cambalhotas repentinas
> Loopings fantásticos
> Saltos mortais
> Como um atleta elástico de aço.

O poema se encaminha para o clímax final, que reitera com arrebatado entusiasmo a glorificação da máquina e da velocidade e celebra o surgimento do herói dos novos tempos:

---

28 ANDRADE, Mário de. "A escrava que não é Isaura". *In: Obra imatura*. São Paulo: Martins, 1960, pp. 208, 218, 220.

Riscando o céu na minha queda brusca
Rápida e precisa,
Cortando o ar em êxtase no espaço
Meu corpo cantaria
Sibilando
A sinfonia da velocidade...
E eu tombaria
Entre os braços abertos da cidade...

Ser aviador para voar bem alto![29]

Dois poemas de Murilo Mendes inseridos em *O visionário* (1930--1933)[30] valem-se da imagem do avião como emblema-síntese do século xx. Inscrevem-se em ambos sinais inconfundíveis do autor: a atualização de mitos do passado, a fusão do sagrado e do profano, o misticismo irreverente, a ambiguidade tragicômica, características estas que configuram a carnavalização do discurso dos textos, sintomaticamente intitulados "Novo Prometeu" e "O filho do século":

Então o ditador do mundo
Mandou me prender no Pão de Açúcar:
Vem esquadrilhas de aviões
Bicar o meu pobre fígado.

Misérias de todos os países uni-vos
Fogem a galope os anjos-aviões
Carregando o cálice da esperança
Tempo espaço firmes porque me abandonastes.

Na obra de Drummond a primeira alusão ao *topos* AVIÃO ocorre em "O procurador do amor" (**BA**): trata-se de uma referência indireta e oblíqua, de valor metonímico, expressa no termo *loopings*, estrangeirismo que concretiza a reivindicação modernista de irrestrita liberdade vocabular.

Seguindo a diretriz geral que orienta o uso de estrangeirismos por Drummond, o termo adquire no texto feição humorística. *Looping*, como se viu, aparece em "O aeroplano" de Luís Aranha; nele, porém, prevalece o sentido denotativo, enquanto "O procurador do amor" lhe confere sentido metafórico de cunho erótico, eivado de insinuações e subentendidos maliciosos que configuram o "verso perverso [...] e lúbrico":

Eu sei que o êxtase supremo,
o *looping* no céu espiritual
pode enredar-se, malicioso,
no que as mulheres mais (?) escondem
no que meus olhos mais indagam.

---

29 "O aeroplano" é um poema muito ruim, muito distante da qualidade da poesia de Luís Aranha.

30 MENDES, Murilo. *Poesia completa e prosa*. Rio de Janeiro: Nova Aguilar, 1994, pp. 237, 239.

Já se delineia, portanto, o processo drummondiano de interiorização dos ícones do século XX e sua conversão em signos de estados anímicos, de experiências existenciais ou emocionais. Nesse sentido, o poeta efetuou de modo exemplar ao longo de sua obra a criação de imagens novas extraídas das coisas modernas, proposta por Mário de Andrade.

É "Morte no avião" (RP) no entanto o poema que exibe de modo decisivo e definitivo o que Drummond "tem de próprio, de diferente, de seu" no tratamento desse *topos* representativo do Modernismo:

> Acordo para a morte.
> Barbeio-me, visto-me, calço-me.
> É meu último dia: um dia
> cortado de nenhum pressentimento.
> Tudo funciona como sempre.
> Saio para a rua. Vou morrer.

O leitor afeito à poesia do autor percebe já nessa estrofe de abertura algumas de suas marcas mais relevantes: a morte, tema nobre, prestigiado pela tradição, é inserido num contexto cotidiano, misturando-se a detalhes prosaicos; a dicção sóbria e seca, contundente em sua economia de meios, que constitui uma das vertentes discursivas do poeta, ganha aqui fatura quase minimalista.

Aquele leitor sensível e atento — como diria Machado de Assis — vai-se dando conta de que o elemento prioritário do texto é a reflexão sobre a morte, recorrente na obra do poeta, que na maioria das vezes o desenvolve com perspectiva atemporal. Nesse poema, no entanto, valendo-se do signo AVIÃO, Drummond contextualiza histórica e culturalmente o tema, atendendo assim ao dever e função que exige do escritor no prefácio de *Confissões de Minas*: a de focalizar as "relações desse indivíduo com o formidável período histórico em que lhe é dado viver".

Além desse valor, o *topos* AVIÃO concretiza metaforicamente de forma radical significações disseminadas nas constantes especulações drummondianas sobre a vida e a morte. A partir da ambiguidade do verso de abertura — "Acordo para a morte" — no qual se aglutinam o sentido literal de término do estado de sono e o sentido metafórico de nascimento, instala-se sub-repticiamente no texto o paradoxo: ao nascer o homem começa a morrer, paradoxo frequente na tradição barroca, na qual recebeu formulação particularmente expressiva nos versos de Francisco de Quevedo — "Antes que sepa andar el pie, se mueve / camino de la muerte" — e na qual foi cunhado de modo exemplar na impactante imagem-síntese "cuna y sepulcro" de Calderón de la Barca.[31]

---

31 Cf. *The Oxford Book of Spanish Verse*. Oxford: At the Clarendon Press, 1949, pp.228, 236. Título do poema de Quevedo: "Que la vida es siempre breve y fugitiva". Tradução dos versos: "Antes que o pé saiba andar, já se move / a caminho da morte". O sintagma de Calderón de la Barca "berço e sepultura" vem em "Soneto".

O tema da vida breve, que ocupa lugar privilegiado no barroco, fundindo-se e confundindo-se com seu arcabouço ideológico, ultrapassa esse período histórico-cultural e invade a literatura moderna, na qual assume implicações próprias.

Com seus motivos correlatos—a fugacidade dos bens e a perenidade dos valores espirituais, antítese que encontra sua expressão paradigmática em "Os bens e o sangue" (CE)—ele transpassa a poesia de Drummond, que lhe imprime modulações várias e dicções diversas. Na abertura de "Elegia" (FA) o poeta retoma o paradoxo matriz "Acordo para a morte", reescrevendo-o em sua vertente metafórica com outros signos e novas ilações: "Ganhei (perdi) meu dia". Os matizes distintos de sentido não apagam no entanto a invariante de significação que aproxima os dois versos: a noção de que viver é caminhar para a morte, o paradoxo de que um dia de vida é simultaneamente ganho e perda, aumento e diminuição do percurso humano sobre a terra.

A vida interpretada metaforicamente como viagem que desemboca na morte é um tópico da tradição poética, frequentando assiduamente a literatura medieval e a barroca. Retomado na obra de Drummond, nela ganha sua expressão mais soberba e espetacular em "A um hotel em demolição" (VPL).

Em "Morte no avião" a imagem AVIÃO investe-se de múltiplas funções. Signo de velocidade, assume o valor de metáfora que consubstancia e radicaliza o tópico da brevidade da vida e instantaneidade da morte e que ressalta, hiperbolizando-a, a extrema rapidez com a qual se perfaz a viagem-trajeto do homem no mundo. Outro atributo que Drummond, em suas reflexões sobre o tema, frequentemente confere à noção de morte reside na sua imprevisibilidade, expressa no poema por meio do surpreendente símile—"a morte engana,/como um jogador de futebol a morte engana"—e por meio do discurso explícito do sintagma "a violência da morte sem aviso prévio" e do verso "os que vão morrer e não sabem".

Drummond faz portanto de um *topos* do século XX nova imagem arquetípica da morte. E constrói para ela um ícone novo: não mais o ceifeiro com a foice cavalgando um cavalo, mas "a máquina [que] corta/blocos cada vez maiores de ar" e que "dispôs poltronas para o conforto/de espera".

Observa-se um tácito diálogo entre "Morte no avião" e outros poemas do autor que refletem sobre a morte. O título "Habilitação para a noite" (FA) vale como síntese do tratamento que Drummond imprime ao tema ao longo de sua poesia, na qual ele realiza uma contínua "habilitação" para a morte. E de tanto mentá-la, de tanto preparar-se para ela e com ela conviver, como que neutraliza sua condição existencial de objeto de escolha de uma instância superior ou ordem da natureza e se assenhoreia simbolicamente da morte como sujeito que passa a geri-la:

Outra noite vem descendo
com seu bico de rapina.

E não quero ser dobrado
nem por astros nem por deuses,
polícia estrita do nada.

Quero de mim a sentença
como, até o fim, o desgaste
de suportar o meu rosto.

Assumindo o que está predeterminado sem apelação, o poeta passa a determinar como se processará sua confrontação com a morte: "Em minha falta de recursos para dominar o fim,/entretanto me sinta grande, tamanho de criança, tamanho de torre" ("Os últimos dias", **RP**). Em "Elegia" (**FA**) o poeta registra o fluxo do tempo e suas sequelas e o enfrenta com serenidade: "assisto/a meu desmonte palmo a palmo e não me aflijo/de me tornar planície".

Essa intertextualidade traz à luz valores e significações nucleares de "Morte no avião": o poema representa simbolicamente um exercício de "habilitação" para a morte. Apesar de saber que à noite irá morrer, o sujeito poético realiza meticulosamente as tarefas de sua rotina diária: barbeia-se, veste-se, calça-se, vai ao banco, passa nos escritórios, almoça, compra um jornal, faz "mil coisas que criarão outras mil" etc.

Ao cumprir passo a passo esse ritual cotidiano, o eu poético afirma sua condição de sujeito e agente que autodetermina o seu comportamento diante do inexorável: "Fecho meu quarto. Fecho minha vida./O elevador me fecha. Estou sereno". O "elevador", signo de morte em "Edifício Esplendor" (**J**), aqui reitera essa função, valendo como imagem correlata e antecipatória do "avião".

Esse exercício de disciplina e autocontrole, de domínio da situação, de conquista de serenidade, enfim, manifesta-se no nível do discurso, marcado pela contenção, pela dicção enxuta, pelo registro factual, pelo tom de relatório de atividades cotidianas do homem urbano, pela fuga do patético e do extravasamento emocional.

Na economia semântica do poema, as repetidas referências a ações triviais praticadas pelo sujeito poético, pertinentes à sua condição de homem que se move no espaço da cidade grande, desempenham outra função além das já assinaladas. O próprio emissor do discurso comenta insistentemente—assim ressaltando-as—a gratuidade e inutilidade daquelas ações, visto que, antes de cumprirem o objetivo a que se destinam, ele morrerá em iminente desastre aéreo:

> Visito o banco. Para que
> esse dinheiro azul se algumas horas
> mais, vem a polícia retirá-lo
> do que foi meu peito e está aberto?
> [...]
> Almoço. Para quê? [...]
> [...]
> Comprometo-me ao extremo, combino encontros
> a que nunca irei, pronuncio palavras vãs,
> minto dizendo: até amanhã. Pois não haverá.

Para identificar com mais rigor e segurança esta nova função, sugerimos articular "Morte no avião" com outros textos de Drummond — método que ele mesmo referendaria, já que intitula ambiguamente de *Reunião* sua mais abrangente coletânea de livros, indiciando portanto que o leitor deve atentar ao diálogo entre os poemas, feito de ressonâncias e discordâncias, de reiterações e negações, de avanços e recuos. Recorrendo a essa estratégia, evoquem-se os seguintes versos de "Por quê?", do livro *Corpo*, nos quais a meditação sobre a morte propõe ao poeta a pergunta-limite, que lhe dá consciência de que o homem é prisioneiro do absurdo e que esvazia de significado a sua aventura:

> Por que nascemos para amar, se vamos morrer?
> Por que morrer, se amamos?
> Por que falta sentido
> Ao sentido de viver, amar, morrer?

Em "Morte no avião", qual outro Ulisses a perfazer entre a manhã e a noite o seu périplo pela cidade — metáfora do percurso humano no mundo — o sujeito poético (reitere-se) executa uma série de ações e reincidentemente se indaga e especula sobre elas, constatando (reitere-se mais uma vez...) a sua falta de sentido, pois dali a pouco morrerá. Esse esvaziamento de sentido não afeta apenas aquelas ações rotineiras e corriqueiras e aquelas 12 horas imediatamente anteriores ao desastre. No nível metafórico do texto ele atinge o coração da matéria — é a própria existência humana que perde o sentido.

"Morte no avião" consubstancia portanto de modo exemplar a tendência drummondiana de atribuir dimensão existencial a situações e objetos do dia a dia do espaço urbano ao estatuto de elementos propulsores de sua "tentativa de exploração e de interpretação do estar-no-mundo" — tendência admiravelmente concretizada em "A um hotel em demolição" (VPL).

Essa "interpretação do estar-no-mundo" elabora-se a partir de uma cosmovisão de natureza trágica, que recorrentemente se interroga sobre problemas debatidos pela tragédia, tais como o conflito entre necessidade e liberdade e a condição ambígua do homem, simultaneamente objeto de escolha—sujeito de escolha—, problemas que permeiam "Morte no avião":

> Pela última vez miro a cidade.
> Ainda posso desistir, adiar a morte,
> não tomar esse carro. Não seguir para.
> Posso voltar, dizer: amigos,
> esqueci um papel, não há viagem,
> ir ao cassino, ler um livro.
>
> Mas tomo o carro. Indico o lugar
> onde algo espera. O campo. Refletores.
> Passo entre mármores, vidro, aço cromado.
> Subo uma escada. Curvo-me. Penetro
> no interior da morte.

Com sabedoria e orgulho trágicos, o sujeito poético ultrapassa a situação de vítima e torna-se senhor da própria morte.

Como esta análise tentou demonstrar, Carlos Drummond confere ao *topos* AVIÃO densidade simbólica e dimensão filosófica que ele não havia alcançado antes nos quadros do modernismo brasileiro. Não se minimize no entanto o significado histórico do poema, o qual encena uma experiência virtual de morte inserida no tempo e no espaço e demarcada culturalmente: "Estou na cidade grande e sou um homem/na engrenagem".

A investigação sobre o *topos* AVIÃO pôs em foco alguns textos que parecem compor uma minitradição do tema. Além dos anteriormente focalizados neste estudo, nela se inclui um poema de Agenor Barbosa intitulado "Os pássaros de aço", transcrito em artigo de Oswald de Andrade,[32] que classifica o autor de "futurista" e qualifica a sua obra de "página linda". A perspectiva de Agenor é similar à de Luís Aranha: tom triunfalista, visão heroica do aviador—"intrépido Paulista" que "atirou-se" "à conquista do azul de onde, jamais, voltou...".

Em "Morte no avião", Drummond transgride o tratamento mais usual do *topos*, rompe com as convenções integrantes daquela minitradição e repudia tanto os clichês metafóricos—dos quais não escapou nem o antilírico João Cabral,[33] que metaforiza *avião* em "pássaro manso" e "gavião"—quanto as alusões míticas:

> sinto-me natural a milhares de metros de altura,
> nem ave nem mito,
> guardo consciência de meus poderes,
> e sem mistificação eu voo,
> [...]

---

32 Cf. BRITO, Mário da Silva. *História do modernismo brasileiro, vol. I: Antecedentes da Semana de Arte Moderna*. Rio de Janeiro: Civilização Brasileira, 1964, pp. 242-245.

33 MELO NETO, João Cabral de. *Poesias completas*. Rio de Janeiro: Sabiá, 1968, p. 137. O poema intitula-se "De um avião" e pertence a *Quaderna*.

Tampouco deixa-se seduzir por qualquer intento de heroicização ou sopro de epopeia; ao contrário, finaliza o poema com uma notação realista e um toque de ironia:

> choque estrondo fulguração
> rolamos pulverizados
> caio verticalmente e me transformo em notícia.

4 o jornal

> A poesia fugiu dos livros, agora está nos jornais.
> "CARTA A STALINGRADO", **RP**

A obra de Drummond é insistentemente percorrida por indagações sobre a possibilidade de sobrevivência da poesia no contexto contemporâneo. Algumas vezes, mais que perguntas, ela faz afirmações radicais: "A poesia é incomunicável". ("Segredo", **BA**). Outras, a pergunta se esboça mais como tropos retórico, pois o próprio poeta a responde com uma assertiva fundamentada em dados factuais, que equivale tacitamente a uma negativa:

> —mas haverá lugar para a poesia?

> Efetivamente o poeta Rimbaud fartou-se de escrever,
> o poeta Maiakovski suicidou-se,
> o poeta Schmidt abastece de água o Distrito Federal ...
> "ODE NO CINQUENTENÁRIO DO POETA BRASILEIRO", **SM**

Sentindo-se condenado à exclusão e à falta de público com quem compartilhar a sua experiência, Drummond se queixa e acusa: "Esses monstros atuais não os cativa Orfeu" ("Legado", **CE**). O lamento desalentado transforma-se em agressividade explícita em "Oficina irritada" (**CE**): "Esse meu verbo antipático e impuro/há de pungir, há de fazer sofrer". A hostilidade modulada pelo *humour* atribui ao leitor a responsabilidade pelo descompasso entre poeta e público:

> Se meu verso não deu certo, foi seu ouvido que entortou.
> Eu não disse ao senhor que não sou senão poeta?
> "EXPLICAÇÃO", **AP**

As diversas transcrições obedecem ao intuito de relembrar aqui e agora a frequência e intensidade dessa inquietação, para interpretá-las como sinal de uma angústia que afeta aos poetas de nosso tempo, dos quais Drummond se faz porta-voz, angústia coletiva, portanto, mais que individual, ainda que nele manifeste-se ela mais reiteradamente e com mais contundência.

A diminuição da receptividade do público à poesia lírica remonta a meados do século XIX. Na tentativa de elucidá-la, Walter Benjamin propõe a tese de que aquela receptividade insuficiente e inconsistente decorreria de que apenas excepcionalmente a poesia lírica manteria contato com a experiência do leitor — o que se explicaria pela mudança na estrutura dessa experiência. Embora explicitando sua dificuldade em caracterizar tal mudança, e após tecer considerações sobre o conceito de *duração* em *Matéria e memória* de Bergson e sobre a *memória involuntária* de Proust, Benjamin atribuiu à imprensa ação relevante na transformação da estrutura da experiência do público.

Segundo o pensador alemão, os acontecimentos de nossa vida interior não possuem, por natureza, um caráter necessariamente privado. Eles só adquirem esse caráter quando se reduzem as chances de incorporarmos os acontecimentos exteriores à nossa experiência pessoal. Os jornais constituem um dos indícios dessa redução. O objetivo da imprensa consiste em apresentar os acontecimentos de tal forma que eles não possam penetrar no domínio de nossa experiência pessoal. Os próprios princípios da informação jornalística — novidade, concisão, clareza e sobretudo falta de conexão entre uma notícia e outra — contribuem para esse resultado, assim como a paginação e o jargão jornalístico. Diferentemente da informação, que não se integra à "tradição", a narração não tem por objetivo transmitir um acontecimento por si mesmo, pura e simplesmente; ao contrário, ela o incorpora à vida do narrador para que este o transmita como experiência aos ouvintes. Dessa forma, o narrador deixa seus traços na narração, assim como o oleiro deixa as marcas da mão no vaso de argila.[34]

A lírica moderna no entanto assumiu essa relação problemática com a imprensa e enfrentou o desafio que ela lhe propunha: o de converter a informação em narração, a notícia em experiência, e assim resgatar a função do poeta-narrador, que imprime no poema o selo de sua singularidade.

A primeira apropriação do *topos* JORNAL pela poesia do Modernismo ocorre no poema "A caçada", de *Pauliceia desvairada*, e se inclui no amplo programa levado a cabo por Mário de Andrade de representar poeticamente o cotidiano da cidade de São Paulo em seus múltiplos aspectos. A preocupação social e os ideais humanitários que perpassam o livro põem em cena pequenos jornaleiros que em seus "lívidos doze

---

34 BENJAMIN, Walter. "Sur quelques thémes baudelairiens". *In: Poésie et révolution.* Paris: Denoël, 1971, pp.225-229.

anos" "tossem" os títulos e as manchetes dos jornais: "Mais um crime na Mooca!"

No manifesto Pau-Brasil, Oswald de Andrade sintetiza o valor e a significação do *topos*, válidos para os modernistas em geral: "No jornal anda todo o presente". No bloco final do seu texto Oswald enumera traços que lhe parecem caracterizar psicológica e culturalmente o brasileiro e propõe que a poesia os assuma sem pudor: "Bárbaros, crédulos, pitorescos e meigos. Leitores de jornais. Pau-Brasil".[35]

Em entrevista de 1985, declara Carlos Drummond: "[...] o jornal sempre me fascinou".[36] Segundo dois poemas de *Menino antigo*—"Imprensa" e "Primeiro jornal"—essa atração remonta à infância. Ao reivindicarem a valorização do tempo presente e do espaço cotidiano, o momento e o movimento literários que norteiam a formação do poeta criaram condições propícias ao desdobramento desse fascínio em matéria poética. Em *Alguma poesia* ele dá origem ao "Poema do jornal":

> O fato não acabou de acontecer
> e já a mão nervosa do repórter
> o transforma em notícia.
> O marido está matando a mulher.
> A mulher ensanguentada grita.
> Ladrões arrombam o cofre.
> A polícia dissolve o *meeting*.
> A pena escreve.
>
> Vem da sala de linotipos a doce música mecânica.

No nível do significado, ressalta como um dos fatores do poder de sedução do jornal a instantaneidade entre o acontecimento e o seu registro em notícia, enfatizada pela hipérbole dos três versos iniciais. Tendo como ponto de referência o tempo decorrido entre a escrita e o fato, cria-se tacitamente a oposição "repórter" *versus* poeta: aquele escreve sempre com "mão nervosa" imediatamente depois de ocorrido o fato; este só eventualmente, premido por circunstâncias especiais, escreve o seu poema "feito da impureza do minuto" ("Mário de Andrade desce aos infernos", RP), sendo inerente ao seu ofício a necessidade de um tempo de maturação do poema: "Convive com teus poemas, antes de escrevê-los" ("Procura da poesia", RP).

A fascinação pelo jornal não anula no poeta a sinuosa mirada autoirônica: ao conjunto de notícias, marcadas todas pela noção invariante de violência, e algumas pela nota sensacionalista, contrapõe-se a avaliação lírica do verso final: "Vem da sala de linotipos a doce música mecânica".

---

35 ANDRADE, Oswald de. "Manifesto da poesia Pau-Brasil". *In*: TELES, Gilberto Mendonça. *Vanguarda europeia e modernismo brasileiro*. 7. ed. Petrópolis: Vozes, 1983, p. 331.
36 CURY, Maria Zilda Ferreira. *Horizontes modernistas—O jovem Drummond e seu grupo em papel jornal*. Belo Horizonte: Autêntica, 1998, p. 140.

Se a relação da poesia de Drummond com o noticiário da imprensa alcança seu clímax em "Morte do leiteiro" (**RP**) e "Desaparecimento de Luísa Porto" (**NP**), não se devem no entanto menosprezar as suas recorrentes alusões a esse *topos* modernista, pois, embora elas não constituam o assunto dominante dos poemas nos quais aparecem, compõem um vasto painel revelador da diversidade de perspectivas do poeta diante dos veículos de comunicação de massa.

A referência mais valorativa surge em "Carta a Stalingrado" (**RP**):

> A poesia fugiu dos livros, agora está nos jornais.
> Os telegramas de Moscou repetem Homero.
> Mas Homero é velho. Os telegramas cantam um mundo novo
> que nós, na escuridão, ignorávamos.

Essa alusão é óbvia e univocamente enaltecedora da imprensa como fonte de informação, conhecimento e esclarecimento do mundo e da História. Ao reelaborar em matéria poética os sucessos da Segunda Guerra Mundial que lhe são coetâneos, o poeta como que atenua aquela distância temporal que o distingue do "repórter" e sua "mão nervosa", e também ele, resguardadas as devidas proporções, tira da "boca urgente/o canto rápido" ("Mário de Andrade desce aos infernos"). Em consequência, o movimento de expansão — Drummond autodefine-se como "poeta de uma poesia que se furta e se expande" ("Os bens e o sangue", **CE**) — realiza-se com mais liberdade nos poemas engajados na guerra contra o nazifascismo, quer em função desse imediatismo dos acontecimentos, quer em função da entrega sem reservas do poeta ao seu empenho de comover e convencer.

O "fascínio" pela imprensa não obscurece a perspectiva crítica do poeta, que não se deixa empolgar pela função informativa do jornal, questionada como precária e insuficiente para mudar a realidade histórica. Cético, Drummond constata o paradoxo da sociedade capitalista: o acesso à informação não acarreta necessariamente o acesso a instâncias de decisão e poder capazes de intervir na História e de transformar o real:

> Todos os homens voltam para casa.
> Estão menos livres mas levam jornais
> e soletram o mundo, sabendo que o perdem.
> "A FLOR E A NÁUSEA", **RP**

Em "Nosso tempo" o ceticismo se aguça em denúncia do comprometimento da imprensa com a ideologia dominante e sua consequente distorção e manipulação da linguagem: "Escuta [...] a falsificação das palavras pingando nos jornais".

A reflexão crítica de Drummond sobre o *topos* em pauta assume visada irônica e discurso humorístico em "Necrológio dos desiludidos do amor" (**BA**), o qual põe em foco a atuação da imprensa como instrumento de reificação do homem e seus sentimentos e como espaço cobiçado pela massa de leitores, ávidos de saírem do anonimato da grande cidade:

> Os desiludidos do amor
> estão desfechando tiros no peito.
> Do meu quarto ouço a fuzilaria.
> As amadas torcem-se de gozo.
> Oh quanta matéria para os jornais.
>
> Desiludidos mas fotografados,
> [...]

(O suicídio como matéria cara ao sensacionalismo jornalístico havia sido anteriormente apontado por João do Rio: "Uma notícia de suicídio tem mais leitores que a crônica mais lavorada").[37]

A expressão máxima, porém, do *topos* JORNAL na poesia de Drummond encontra-se em "Morte do leiteiro" e "Desaparecimento de Luísa Porto", que lhe dão inusitada reverberação poética e atualizam com plenitude sua potencialidade dramática. Ambos têm como ponto de partida uma notícia de jornal e segundo precisa avaliação de José Guilherme Merquior "os dois se tornaram (a justo título) clássicos na moderna literatura brasileira".[38]

"Morte do leiteiro" é um poema-chave para a apreensão dos matizes da singular sensibilidade social e política de Carlos Drummond. Este mostra-se atento—o poema o comprova—não somente a acontecimentos históricos de proporções excepcionais, que envolvem povos e nações, a humanidade inteira, enfim, e a episódios de natureza heroica, os quais demandam entoação épica e diapasão veemente, como ocorre em vários poemas de *A rosa do povo*.

Referindo-se à Stalingrado reconquistada, diz o poeta: "quando abrirmos o jornal pela manhã teu nome (em ouro oculto) estará firme no alto da página./Terá custado milhares de homens, tanques e aviões, mas valeu a pena".

Não são, porém, reitere-se, apenas as manchetes grandiosas que se impõem à leitura comovida do poeta. Uma pequena notícia relatando a morte de um leiteiro "morador na Rua Namur,/empregado no entreposto,/com 21 anos de idade" nele repercute com intensidade e se transforma em poema.

---

37 Cf. *Nosso século: 1990-1910*. São Paulo: Abril Cultural, 1980, p.216.
38 MERQUIOR, José Guilherme. *Verso universo em Drummond*. Rio de Janeiro: José Olympio/SECCT, 1975, p.109.

Em consonância com a dimensão desse *fait divers* que relata o destino de um obscuro trabalhador perdido no anonimato da cidade grande, "Morte do leiteiro" assume dicção intimista e se desenvolve em padrão discursivo indiciador de um ideal estético e estilístico interessado em criar o efeito de naturalidade e simplicidade. Distingue-se como poema modelar de certas peculiaridades da poesia de Drummond: nele sobressaem a economia de meios, o pudor e a discrição, que repudiam a grandiloquência e dosam sabiamente o *pathos* e o *humour*, e que se negam a manipular emocional e sentimentalmente o leitor por meio de recursos fáceis.

O poeta se furta a qualquer heroicização ou mitificação do personagem. À sua leitura idealista, lírica e utópica do episódio, ele contrapõe a perspectiva pragmática e rasteira do leiteiro, contraposição que atende não só ao imperativo de objetividade e verossimilhança, mas também ao intuito de atenuar leitura com acentos levemente autoirônicos:

> [...] alguém acordou cedinho
> e veio do último subúrbio
> trazer o leite mais frio
> e mais alvo da melhor vaca
> para todos criarem força
> na luta brava da cidade.
>
> Na mão a garrafa branca
> não tem tempo de dizer
> as coisas que lhe atribuo
> nem o moço leiteiro ignaro,
> [...]
> sabe lá o que seja impulso
> de humana compreensão.
> E já que tem pressa, o corpo
> vai deixando à beira das casas
> uma apenas mercadoria.

Tampouco Drummond propõe uma interpretação maniqueísta do real representado: o homem que mata o leiteiro por confundi-lo com um ladrão não aparece como insensível ou desumano. Tanto quanto o leiteiro, ele é vítima de uma estrutura socioeconômica alicerçada no direito à propriedade, em nome do qual foram disparados o equívoco e a bala: "Está salva a propriedade", diz o verso 73.

A poética da lítotes, que configura uma das vertentes discursivas da obra de Drummond, realiza-se neste texto de forma exemplar. Nele ocorre o delicado equilíbrio entre a objetividade narrativa, sintonizada com a matriz jornalística que lhe deu origem, e a subjetividade do narrador, que deixa entrever com marcas discretas seu envolvimento emotivo com o episódio e sua adesão afetiva ao personagem: ora é o possessivo "meu leiteiro"; ora é o uso da primeira pessoa do plural para designar ações do personagem com o qual o narrador se identifica e solidariza ("avancemos por esse beco,/peguemos o corredor,/depositemos o litro..."); ora a transfiguração dos movimentos do personagem, e mais parece bailar que andar: "Meu leiteiro tão sutil/de passo maneiro leve,/antes desliza que marcha".

Em contrapartida, Drummond vale-se de alguns recursos para preservar distanciamento diante do fato narrado: notações realistas, algumas em linguagem coloquial, entretecidas com um tênue fio de *caritas* e *humour*, provocam estranhamento: "Os tiros na madrugada/liquidaram meu leiteiro"; "Mas o leiteiro/estatelado ao relento/perdeu a pressa que tinha". Registre-se ainda a tensão subjetividade-objetividade na delicadeza e na rudeza da caracterização do personagem: "meu leiteiro tão sutil"; "o moço leiteiro ignaro".

Outro traço distintivo da poesia drummondiana se inscreve no discurso do poema: a justaposição de referências de sabor realista ao espaço cotidiano—"vaso de flor no caminho,/cão latindo por princípio,/ou um gato quizilento."—e a atribuição de valor simbólico a fragmentos da realidade prosaica:

> Da garrafa estilhaçada,
> no ladrilho já sereno
> escorre uma coisa espessa
> que é leite, sangue... não sei.
> Por entre objetos confusos,
> mal redimidos da noite,
> duas cores se procuram,
> suavemente se tocam,
> amorosamente se enlaçam,
> formando um terceiro tom
> a que chamamos aurora.

De natureza social e política, o significado extranoticial de "Morte do leiteiro" se perfaz em utopia, prenunciada em "Cidade prevista" (**RP**): "Uma cidade sem portas,/de casas sem armadilha".

"Desaparecimento de Luísa Porto" é motivado por um anúncio de jornal. Já na estrofe de abertura, o leitor depara com uma matéria de poesia de teor virtualmente melodramático:

> Pede-se a quem souber
> do paradeiro de Luísa Porto
> avise sua residência
> à Rua Santos Óleos, 48.
> Previna urgente
> solitária mãe enferma
> entrevada há longos anos
> erma de seus cuidados.

Ao longo do poema vão-se desenrolando e acumulando referências que apontam reiteradamente para situações, tópicos e clichês encontráveis nos melodramas. Nas mãos de um poeta mais propenso a enredar-se na trama da própria subjetividade, menos afeito à paixão medida e lúcida, e mais vulnerável às ciladas do sentimentalismo, certamente sua pena escorregaria para o enfático e o melodramático. Não é o que ocorre em "Desaparecimento de Luísa Porto". Com um tecido discursivo em que se entremeiam fios diversos, o poema se peculiariza pela exploração invulgarmente eficiente das possibilidades expressivas do procedimento nomeado por Mikhail Bakhtine[39] de o *discurso do outro*.

Superpõem-se no texto discursos de vários outros: o da mãe aflita, marcado por repetidos apelos de acentuado sentimentalismo e emotividade que confinam com o diapasão melodramático, e recheado de clichês que andam na boca do povo humilde, simplório, de fé e religiosidade ingênuas; o do noticiário jornalístico, econômico, objetivo e seco; o de vozes anônimas que pontilham o texto com observações e detalhes de cunho realista, vasados em estilo simples e coloquial.

Nesse entrecruzamento de linguagens distintas,[40] que obstrui o fluxo do discurso de entoação lacrimosa da mãe, percebe-se a fala do poeta que, preservando ou recobrando o distanciamento diante do fato narrado, dá o tiro de misericórdia no melodrama, com suas notações de tonalidade discretamente humorística, suficiente no entanto para contrapor-se ao sentimentalismo e instaurar o equilíbrio entre lágrima e sorriso: "a filha volatizada"; "afável posto que estrábica"; "se diluiria sem explicação"; "nada de insinuações quanto à moça casta"; "o olhar desviado e terno"; "ou talvez não seja preciso esse favor divino".

A certa altura de seu trajeto o poema vai-se depurando do discurso intencionalmente melodramático—sempre representado com inflexão irônica que lhe imprime o poeta-narrador distanciado—e se encaminha para um final de descarnada emoção:

---

39 BAKHTINE, Mikhail. *La Poétique de Dostoievski*. Paris: Seuil, 1970.
40 As variações de discurso do poema são primorosamente estudadas por Paulo Rónai em prefácio do livro de Drummond *José & outros*. Rio de Janeiro: José Olympio, 1967, pp. 18-19.

Deus terá compaixão da abandonada e da ausente,
erguerá a enferma, e os membros perclusos
já se desatam em forma de busca.
Deus lhe dirá:
Vai,
procura tua filha, beija-a e fecha-a para sempre em teu coração.
[...]
Já não adianta procurar
minha querida filha Luísa
que enquanto vagueio pelas cinzas do mundo
com inúteis pés fixados, enquanto sofro
e sofrendo me solto e me recomponho
e torno a viver e ando,
está inerte
cravada no centro da estrela invisível
Amor.

Em "Morte do leiteiro" e "Desaparecimento de Luísa Porto" Drummond extrai da notícia de jornal um valor que transcende o circunstancial e o efêmero, desdobrando-a num significado extranoticial, que ele—e o leitor solidário—incorporam à sua experiência pessoal e ao seu sentimento do mundo.

Ainda que o *corpus* prioritário—quando não exclusivo—deste estudo seja a poesia de Drummond, constituiria omissão lamentável não aludir ao justamente célebre "Poema tirado de uma notícia de jornal" de Manuel Bandeira. Objeto de excelente análise de Davi Arrigucci Jr.,[41] tão rica e meticulosa que inibe qualquer tentativa de abordagem, por excrescente que seria, o poema de Bandeira difere radicalmente dos de Drummond. A extraordinária qualidade dos três textos, aos quais os dois poetas imprimiram rasgos inconfundíveis de sua personalidade poética, mostra quão fecunda pode ser a relação entre poesia e JORNAL e quão acertado andou o Modernismo ao transformar esse *topos* em insólita celebração do espaço cotidiano da grande cidade.

Em "O padre, a moça" (LC) Drummond retorna ao *topos*, dando-lhe um tratamento inédito em sua poesia:

---

[41] ARRIGUCCI JR., Davi. *A poesia de Manuel Bandeira—Humildade, paixão e morte*. São Paulo: Companhia das Letras, 1990, pp.89-119.

> Que repórteres são esses
> entrevistando um silêncio?
> *O Correio*, *Globo*, *Estado*,
> *Manchete*, France-Presse, telef
> otografando o invisível?
> Quem alça
> a cabeça pensa
> e nas pupilas rastreia
> uma luz de danação,
> mas a luz fosforescente
> responde não?
> Quem roga ao padre que pose
> e o padre posa e não sente
> que está posando
> entre secas oliveiras
> de um jardim onde não chega
> o retintim deste mundo?

Esse segmento contém a realização talvez mais expressiva de alguns traços distintivos do poema: a convivência de elementos míticos com elementos cotidianos e a paródia de textos sagrados, elementos que, aliados a outros do poema, são relevantes para configurá-lo como representativo da sátira menipeia—integrante do gênero cômico-sério—tal como a caracteriza Bakhtine.[42]

Drummond remete nesses versos aos relatos do Novo Testamento que encenam a reunião de Cristo com alguns discípulos no Monte das Oliveiras: "Assentando-se ele no Monte das Oliveiras, defronte do templo, Pedro, Tiago, João e André lhe perguntaram em particular: Dize-nos quando acontecerão essas coisas, e que sinal haverá quando todas elas estiverem para cumprir-se".[43]

Na atualização do mito e em sua reescritura em registro de paródia, Cristo transforma-se no padre-protagonista, os apóstolos em repórteres de jornais na maioria familiares aos leitores, e a reunião entre Mestre e discípulos vira entrevista.

A essas metamorfoses parodísticas que provocam o sorriso do leitor e o conquistam por sua imprevisibilidade, segue-se o lance surpreendente da reflexão proposta nos versos finais desse segmento:

> E que vale uma entrevista
> se o que não alcança a vista
> nem a razão apreende
> é a verdadeira notícia?

---

42 BAKHTINE, Mikhail. *Op. cit.*, cap. IV, pp. 145-186.
43 *Bíblia sagrada*. Marcos, 13, 34.

Reflexão condizente com a significação nuclear do poema—a impossibilidade de discernir-se a verdade, difusa e inapreensível no jogo de ambiguidades que regem o homem e o mundo: o padre "vai levando o Cristo e o Crime no alforje". E reflexão coerente com o espírito global da poesia do autor, que constata a "habitual incorrespondência ou contradição entre o real e sua face aparente", a qual, segundo Hélcio Martins,[44] constitui o "étimo" da obra de Drummond.

5 *men-in-the-street...*

> vou de branco pela rua cinzenta
> "A FLOR E A NÁUSEA", **RP**.

Este é o *topos* que Mário de Andrade, em "A escrava que não é Isaura"[45] consagra como síntese das inovações temáticas e expressionais do Modernismo. *Pauliceia desvairada* o elege como seu assunto exclusivo ou, quando menos, prioritário. A maioria dos poemas do livro apresenta a situação textual típica da modernidade: o sujeito poético, anônimo em meio a multidão, locomove-se no espaço urbano, vai registrando os estímulos que dele recebe e as reações com que a eles responde.

Para dizer este novo real, Mário sistematicamente experimenta uma linguagem nova, da qual o poema "Rua de São Bento" constitui um exemplo representativo. Ele se desenvolve com bruscas mudanças de foco, que ora se centra nos aspectos da cidade, ora incide sobre as sensações e impressões do eu lírico. O espaço externo e o espaço da intimidade do sujeito entrecruzam-se e superpõem-se, indiciando a tentativa do poeta de exprimir a apreensão rápida—quando não simultânea—dos aspectos heterogêneos da cidade e a interação entre eles e o dinamismo psíquico do sujeito.

Essa estratégia discursiva visa a integrar ao percurso do texto a revolução na experiência humana do tempo e do espaço operada pela máquina e pela velocidade. Além dos súbitos deslocamentos e da incessante sucessão de referências e imagens diversas, relativas àquelas duas esferas de realidade, "Rua de São Bento" é concebido e realizado como espaço de tensões, dissonâncias, colisões entre padrões verbais e estético-estilísticos divergentes. A fatura do poema visa assim a representar iconicamente a experiência de choque vivida pelo homem contemporâneo nos grandes centros urbanos.

O texto de abertura de *Alguma poesia*—o célebre "Poema de sete faces"—mostra um Carlos Drummond em plena posse e domínio das matrizes discursivas do *topos* MEN-IN-THE-STREET lançadas em *Pauliceia*

---

44 MARTINS, Hélcio. *A rima na poesia de Carlos Drummond de Andrade*. Rio de Janeiro: José Olympio, 1968, p.39.
45 ANDRADE, Mário de. "A escrava que não é Isaura". *Op. cit.*, p.224.

desvairada. O próprio título já aponta para a diversidade e multiplicidade, as quais se efetuam de modo variado: os dois núcleos de referências—espaço do eu lírico e espaço da rua—alternam-se abruptamente; colidem-convivem diferentes claves emotivo-estéticas do discurso—a pretensamente isenta e neutra, que simula teor meramente informativo ("é sério, simples e forte./Quase não conversa./ Tem poucos, raros amigos"), a do *pathos* (5ª estrofe) e a do *humour*; a do lirismo envergonhado, com acentos de autoironia (última estrofe); a despudoramente lírica ("Mundo mundo vasto mundo,/mais vasto é meu coração").

Drummond tece ainda no interior do poema relações intertextuais de natureza discordante, que conotam noções contrastantes: a que evoca a quinta das Palavras do Cristo e seu sacrifício (Pai, por que me abandonastes?) e a que glosa o verso egotista de Tomás Antônio Gonzaga ("Eu tenho um coração maior que o mundo").[46]

Tudo isso e mais as notações à maneira de caricatura ("o homem atrás dos óculos e do bigode") e à maneira de desenho animado ou comédia-pastelão ("As casas espiam os homens/que correm atrás de mulheres."), e ainda a dicção coloquial chocando-se com a elegância clássica ("A tarde talvez fosse azul/não houvesse tantos desejos") fazem de "Poema de sete faces" uma pequena obra-prima que demonstra a assimilação original e inventiva da experimentação da linguagem levada a cabo por Mário de Andrade. Assimilação enriquecida por notável singularidade—a construção mitológica do eu lírico, a qual permaneceria, em alguns dos seus traços distintivos, ao longo da obra de Drummond. Nesse sentido, "Poema de sete faces" é um texto fundador.

O intenso dinamismo do discurso concretiza-se metaforicamente em outro *topos*—o BONDE—de larga difusão no Modernismo, sobretudo na poesia de Mário de Andrade, que se definiu, com a ambiguidade do humor, no verso "Eu sou o poeta das viagens de bonde",[47] e que aparece também em vários textos de Oswald de Andrade. O caráter fundador de "Poema de sete faces" é reiterado pelo tratamento desse *topos*, pois nele já se evidencia um sinal decisivo da singularidade de Drummond nos quadros do modernismo brasileiro—a atribuição de significado existencial a aspectos cotidianos do espaço urbano. Diferentemente dos poemas de Mário, o sujeito lírico não está situado dentro do *bonde*, mas *fora* dele, o que não dilui o valor desse *topos* como metáfora da extrema mobilidade do olhar moderno e do discurso do texto. Dentro do bonde passam as imagens que deflagram no eu lírico a percepção do seu drama: o dilaceramento de sua consciência, aqui representado como dicotomia entre espírito e matéria, entre sexualidade e afetividade. Seguindo uma tendência da poesia moderna, reiteradamente manifestada na obra de Drummond, herdeira da ironia romântica, tal conteúdo

---

46 GONZAGA, Tomás Antônio. *Marília de Dirceu*. Salvador: Livraria Progresso, 1956, p. 111.
47 ANDRADE. Mário de. "Poema abúlico". *Klaxon: Mensário de Arte Moderna*, São Paulo, n. 8-9, dez. 1922/jan. 1923, p. 14.

problemático é expresso em linguagem coloquial de tonalidade intencionalmente "ingênua": "Para que tanta perna, meu Deus, pergunta meu coração./Porém meus olhos não perguntam nada".

Espaço do desejo, o BONDE é também o espaço simbólico do dilema existencial do eu lírico, que ao longo da poesia de Drummond confessa insistentemente a impossibilidade de fazer qualquer opção amorosa, pois "os homens preferem duas" ("Desdobramento de Adalgisa", BA) — anseio de liberdade erótica que lhe é vedado pelas interdições culturais vigentes. Nesse sentido, "Poema de sete faces" parece referendar, com a ambiguidade do *humour*, a constatação de Freud de que nenhuma exigência toca mais pessoalmente o homem do que a da liberdade sexual.[48] Não será esse conflito entre o eu e o mundo um dos fatores de "Carlos ser *gauche* na vida"?

Apesar de "Poema de sete faces" mostrar a identificação e a intimidade de Drummond com o projeto modernista, que o fazem absorver e recriar, já no livro de estreia, a lição do amigo Mário de Andrade no que concerne à poetização dos MEN-IN-THE-STREET, será no entanto "A flor e a náusea", de *A rosa do povo*, que se destacará no conjunto de sua obra como o poema-paradigma do *topos* em questão.

As sucessivas e repentinas mudanças de imagens e lugares — entendendo-se por este termo no discurso poético o núcleo de referências contido em segmento(s), verso(s) e/ ou estrofe(s) — fazem de "A flor e a náusea" um poema de estruturação cinematográfica:

> Preso à minha classe e a algumas roupas,
> vou de branco pela rua cinzenta.
> Melancolias, mercadorias espreitam-me.
> Devo seguir até o enjoo?
> Posso, sem armas, revoltar-me?

O poema se inicia como um filme: uma imagem (um homem de "branco") em movimento ("vou") por um cenário ("rua cinzenta"), na sua roupa e jeito identificando-se a classe social a que pertence. A essa cena externa segue-se um verso que, pela significação moral do primeiro termo — "melancolias" —, efetua uma mudança do "lugar" anteriormente focalizado (aspectos físicos e objetivos do sujeito e da cidade). A continuação do verso, porém, transporta para fora do eu a referência "melancolias", pois ela e a seguinte — "mercadorias" — esta relativa ao espaço social, são ambas percebidas como imagens exteriores, pois as duas "espreitam-me". O leitor-espectador atento ao poema-filme visualiza o sujeito caminhando por uma rua comercial, ladeado de lojas e vitrinas, e cruzando com transeuntes que, como ele, estampam no rosto sinais de melancolia.[49]

---

[48] FREUD, Sigmund. *Le Mot d'esprit et ses rapports avec l'inconscient*. Paris: Gallimard, 1969, p. 165.

[49] Cf. v. 19-21 e sua alusão a "homens menos livres" que "perdem" o "mundo".

Os versos subsequentes realizam uma brusca mudança de "lugar": põem em foco o espaço da interioridade do sujeito lírico, que neles aparece em *close-up* pensando e monologando: "Devo seguir até o enjoo?/ Posso sem armas revoltar-me?" Na passagem para a estrofe seguinte, salta-se desse espaço interior para uma cena exterior, que reúne duas imagens de natureza física—um segmento do corpo do caminhante e um segmento da paisagem arquitetônica da cidade: "olhos sujos no relógio da torre". Em seguida, reaparece na tela do poema o "lugar" da reflexão do eu lírico: "Não, o tempo não chegou de completa justiça", em que se processa a mudança de sentido da noção temporal, que, de tempo cronológico marcado pelo "relógio da torre", passa para tempo histórico.

Essa estruturação caracterizada por contínuas e súbitas alternâncias de "lugares" se mantém ao longo do poema—mal o leitor apreende uma imagem, logo esta é substituída por outra. Em vez do encadeamento lógico-discursivo, Drummond faz uso da técnica de montagem cinematográfica, justapondo imagens-referências sem elo explícito entre si, cujo desenrolar exige do leitor mobilidade de percepção e continuidade de atenção. (Veja-se nesse sentido a pontuação do poema: a maioria dos versos se compõem de enunciados que têm autonomia sintático-semântica, assinalada graficamente por ponto final, que faz o "corte" entre um e outro).

> Em vão me tento explicar, os muros são surdos.
> Sob a pele das palavras há cifras e códigos.
> O sol consola os doentes e não os renova.
> As coisas. Que tristes são as coisas, consideradas sem ênfase.

A técnica de montagem é particularmente flagrante nessa terceira estrofe; ela se inicia com a confissão do poeta sobre a sua dificuldade de comunicação que, tal como é formulada, engloba e alterna os dois "lugares" centrais do filme-poema: o *eu* lírico e a cidade (cf. "os muros"). Essa referência enseja a reflexão sobre a natureza da linguagem e das palavras no verso seguinte. Abruptamente surge uma imagem que não se encadeia nem sintática nem semanticamente com as anteriores: "O *sol* consola os doentes e não os renova".[50] Mal esta é percebida, aparece uma nova referência-imagem: "As *coisas*. Que tristes são as *coisas*, consideradas sem ênfase".[51]

Na quarta estrofe sucedem-se referências ao sujeito e à cidade. O primeiro verso põe em foco a disposição íntima do *eu* ("tédio"), o espaço exterior ("a cidade") e a tensão entre um e outro, expressa agressivamente em "vomitar", que remete à "náusea" do título e ao "enjoo" do

---

50 O destaque é nosso.
51 Os destaques são nossos.

verso 5. De súbito, a surpresa de uma informação meramente biográfica e circunstancial—a idade do sujeito—nesse poema que até então o enfocara como ser social, em sua "classe" e em sua função de poeta.

A tensão entre o sujeito lírico e o espaço socioeconômico em que ele se situa atinge o seu ponto culminante na estrofe 6—as sensações de "náusea", "enjoo", "tédio", experimentadas na sua caminhada crítica pela cidade, evoluem para o clímax do "ódio" e da vontade de destruição ("pôr fogo em tudo"). A abertura da sétima estrofe produz extraordinário impacto no leitor, projetando uma imagem inesperada na tela do poema—"Uma flor nasceu na rua!"—que em seu discurso até então pusera em foco um polo semântico gritantemente oposto.

> Sento-me no chão da capital do país às cinco horas da tarde
> e lentamente passo a mão nessa forma insegura.
> Do lado das montanhas, nuvens maciças avolumam-se.
> Pequenos pontos brancos movem-se no mar, galinhas em pânico.
>
> É feia. Mas é uma flor. Furou o asfalto, o tédio, o nojo e o ódio.

Transpondo para o discurso verbal as peculiaridades do discurso cinematográfico na poetização do *topos* MEN-IN-THE-STREET, "A flor e a náusea" corrobora a pertinência da análise do crítico alemão Hermann Kiengl, quando afirma que os filmes constituíam a principal expressão da nova experiência urbana:

> A psicologia do triunfo do cinema é a psicologia metropolitana. A alma metropolitana, aquela alma sempre atormentada, curiosa e desancorada, deslocando-se de impressão fugaz em impressão fugaz, é com muita razão a alma cinematográfica.[52]

No poema de Drummond, no entanto, a "alma atormentada e desancorada" do sujeito lírico em seu percurso pela cidade encontra âncora e esperança na utopia: os últimos versos evocam o mito escatológico/cosmogônico do dilúvio, que destruirá a ordem econômico-social injusta. De sua destruição nascerá um mundo novo, e é nesse processo que a poesia descobre sua função e razão de ser.

Como conclusão deste estudo sobre as origens e raízes modernistas da obra poética de Carlos Drummond de Andrade, que se deteve particularmente no tratamento que ela imprimiu a alguns *topoi* e/ou ícones do século XX incorporados à poesia pela fase heroica do movimento de 1922, recorremos mais uma vez à lição de Mário de Andrade, exposta em carta a Manuel Bandeira:

---

52 KIENGL, Hermann. *Apud* CHARNEY, Leo e SCHWARTZ, Vanessa R. (org.). *Op. cit.*, p. 138.

> És moderno, és bem moderno. O que eu faço [...] é uma distinção entre modernos e modernistas. [...] Não sou mais modernista. Mas sou moderno, como você. [...] O moderno evoluciona. Está certo nisso. O que também não impede que os modernistas tenham descoberto suas coisas e que se não fossem eles muito moderno de hoje estaria ainda bom e rijo passadista. Não é isso mesmo?[53]

A individualidade poderosa, a irreverência, a atitude iconoclasta que animam a poesia de Drummond o impediriam, em qualquer época, de ser um escritor "passadista". Tais qualidades, no entanto, encontraram no Modernismo vigoroso impulso para sua eclosão e plena expansão. Não é isso mesmo?

[53] MORAES, Marcos Antonio de (org.). *Op. cit.*, p. 169.

a inteligência trágica do universo

> E como ficou chato ser moderno.
> Agora serei eterno.
>
> "ETERNO", **FA**

Publicado inicialmente na revista *Anhembi* de fevereiro de 1951, o poema "Os bens e o sangue" nesse mesmo ano vem a ser editado no livro *Claro enigma*.

Na *Antologia poética* organizada pelo próprio Drummond, ele é incluído na seção temática intitulada "A família que me dei". Segundo a "Informação" do autor que precede a coletânea, "algumas poesias caberiam talvez em outra seção que não a escolhida, ou em mais de uma", a repartição atendendo à "tônica da composição".[1]

Sem dúvida a tônica de "Os bens e o sangue" incide no relacionamento entre o poeta e o grupo familiar. Nele, porém, ressoa o entrelaçamento de outros "pontos de partida ou matéria de poesia". Nesse sentido, o poema se caracteriza como peça polifônica na obra de Drummond: vários elementos da configuração poética "um eu todo retorcido" reúnem-se na composição da figura central do texto; mais do que cenário do choque entre as forças antagônicas, e mais do que processo econômico e histórico a determinar a estória da família, "a terra natal", com seus valores e sistema de vida, fornece os próprios motivos do conflito; as ilações filosóficas e metafísicas suscitadas pelo específico tratamento do assunto compõem "uma visão, ou tentativa de, da existência". Embora transcenda a disponibilidade da seção "Uma, duas argolinhas", a intensa ocorrência de jogos morfológicos e fonossemânticos atesta, porém, o quanto de "exercícios lúdicos" compreende a criação poética, que, se a eles não se reduz, deles não pode prescindir. Finalmente infere-se do texto a reflexão sobre a própria poesia, fato que o aproxima da seção "Poesia contemplada".

Comunicam-se portanto no poema seis das nove seções indicadas pelo autor como "matéria" de sua poesia. Regidas pelo "ponto de partida" "a família", nele repercutem as seções: "o indivíduo", "uma província: esta", "a própria poesia", "exercícios lúdicos" e "tentativa de exploração e de interpretação do estar-no-mundo".

Quando de sua publicação na revista *Anhembi*, "Os bens e o sangue" vinha precedido de uma nota esclarecedora do autor, que julgamos oportuno transcrever:

---

1 ANDRADE, Carlos Drummond de. *Antologia poética*. Rio de Janeiro: Editora do Autor, 1962, p.5. Na "Informação" Drummond enumera como "pontos de partida ou matéria de poesia": 1) o indivíduo; 2) a terra natal; 3) a família; 4) amigos; 5) o choque social; 6) o conhecimento amoroso; 7) a própria poesia; 8) exercícios lúdicos; 9) uma visão, ou tentativa de, da existência. No índice o poeta atribui títulos a cada uma dessas seções temáticas. São eles: 1) "Um eu todo retorcido"; 2) "Uma província: esta"; 3) "A família que me dei"; 4) "Cantar de amigos"; 5) "Na praça de convites"; 6) "Amar-amaro"; 7) "Poesia contemplada"; 8) "Uma, duas argolinhas"; 9) "Tentativa de exploração e de interpretação do estar-no-mundo".

Embora persuadido de que não cabe explicação para um poema, além da que ele mesmo traz consigo, o autor julga conveniente informar quanto à gênese desta composição. Resultou ela da leitura de um maço de documentos de compra e venda de datas de ouro no nordeste de Minas Gerais, operações essas realizadas em meados do século xix. Simultaneamente, certo número de proprietários, integrantes da mesma família, resolveu dispor de tais bens, havidos por meio de herança ou de casamento. Até então, permaneciam sob domínio do mesmo grupo familiar os terrenos auríferos descobertos em 1781, na serra de Itabira, pelo capitão João Francisco de Andrade, que os transmitiu a um seu sobrinho e sócio, o major Laje. Diz Eschwege que as lavras de João Francisco, em 1814, produziam mais de 3 mil oitavas de ouro. A exploração declinou com o tempo, e por volta de 1850 vemos os donos se desfazerem de jazidas e benfeitorias. Não se procure em dicionário o significado de lajos e andridos, palavras existentes no contexto, e que são meras variações de nomes de famílias da região. O nome Belisa, dado a animais, consta de inventário da época.

A importância de "Os bens e o sangue" não se restringe a seu valor de microcosmo temático do autor. Mais relevante é desenhar-se o texto como espaço poético de confluência e radicalização de "características, preocupações e tendências que… condicionam ou definem"[2] o sistema da poesia drummondiana. Entre elas a nossa leitura elegeu como objeto de análise no referido poema a inteligência trágica do universo,[3] tão entranhada e disseminada na obra do poeta que parece instituir-se, no nível do significado, como uma das marcas por excelência da sua individuação no processo da poesia moderna brasileira.

Mário de Andrade teve a percepção desse traço decisivo e distintivo de Drummond, a quem diz categoricamente em uma de suas cartas: "Você é o mais trágico dos nossos poetas, o único que me dá com toda a sua violência a sensação e o sentimento do trágico."[4]

Em "Poema-orelha", Drummond faz uma síntese de características do livro *A vida passada a limpo* que são válidas para a sua poesia em geral:

Aquilo que revelo
e o mais que segue oculto
em vítreos alçapões
são notícias humanas,
simples estar-no-mundo,
e brincos de palavra,
um não-estar-estando,
mas de tal jeito urdidos
o jogo e a confissão
que nem distingo eu mesmo
o vivido e o inventado.

2 *Ibidem*, p.5.
3 O presente ensaio apropriou-se da combinação sintagmática "inteligência do universo", cunhada por Drummond no poema "Versos à boca da noite" (**RP**).
4 ANDRADE, Carlos Drummond de. *A lição do amigo. Cartas de Mário de Andrade*. Rio de Janeiro: José Olympio, 1982, p.238.

Em "Os bens e o sangue" o poeta submete o seu conflito com a família e a sua inadaptação ao contexto rural-patriarcal, que constituem a "confissão" do poema, a um processo de estilização—a um "jogo"—de natureza trágica, que extrai as suas regras da tragédia grega e dos relatos bíblicos.

A reelaboração poética da matéria representada no poema, o "jogo" trágico que lhe dá forma, corrobora de modo exemplar a reflexão de Octavio Paz sobre a criação poética:

> Cada poeta inventa sua própria mitologia e cada uma dessas mitologias é uma mistura de crenças díspares, mitos desenterrados e obsessões pessoais.[5]

Em "A um morto, na Índia" (vpl), poema sobre o pintor e cenógrafo Santa Rosa, diz Drummond: "a face do artista é sempre mítica". Em "Os bens e o sangue" ele delineia a sua própria "face mítica", face trágica por excelência.

Qualquer que tenha sido o seu grau de consciência-inconsciência, a escolha de um *pattern* trágico para "Os bens e o sangue" materializou-se na construção de uma estrutura e na elaboração de uma forma que integram como seus elementos constitutivos—e não apenas como assunto ou tema do qual se fala—as significações sociológicas e psicológicas acionadas pelo poema: o ilimitado poder dos patriarcas rurais sobre todos os que gravitam à sua volta; o choque do poeta com a autoridade ancestral e com o meio rural; o processo de decadência de seu clã familiar; a plasmação do seu modo de ser por essas instâncias e circunstâncias.

A "matéria de poesia" de "Os bens e o sangue" é portanto duplamente ancorada na realidade: além de originada da leitura do documento de compra e venda das minas, ela está profundamente enraizada na organização da sociedade agrária brasileira, mais especificamente no regime do patriarcalismo rural.

A fim de fornecer ao leitor uma descrição precisa e minuciosa dessa realidade histórico-cultural que será poeticamente transfigurada por Drummond em "Os bens e o sangue" e em expressiva parte de sua poesia, recorremos à análise feita por Oliveira Vianna das prerrogativas do patriarca rural:

> Na alta classe rural... é imensa a ação educadora do *pater-familias* sobre os filhos, parentes e agregados, adscritos ao seu poder. É o *pater-familias* que, por exemplo, dá noivo às filhas, escolhendo-o segundo as conveniências da posição e da fortuna. Ele é quem consente no casamento do filho, embora já em maioridade. Ele é quem lhe determina a profissão, ou lhe destina uma função na economia da fazenda. Ele é quem instala na sua vizinhança os domínios dos filhos casados, e nunca deixa de exercer sobre eles a sua absoluta ascendência patriarcal. Ele é quem os disciplina, quando menores, com um rigor que hoje parecerá bárbaro, tamanha a severidade e a rudeza. Por esse tempo, os filhos têm pelos pais um respeito que raia pelo terror.[6]

[5] PAZ, Octavio. *Os filhos do barro*. Rio de Janeiro: Nova Fronteira, 1984, pp. 67-68.
[6] VIANNA, Oliveira. *Populações meridionais do Brasil*. Niterói: EdUFF, 1987, v. 1, p. 49.

Ao evocar a figura do pai em "Como um presente" (**RP**), Drummond faz uma singular recriação poética de seus atributos de patriarca:

> o domínio total sobre irmãos, tios, primos, camaradas, caixeiros,
> [fiscais de governo, beatas, padres, médicos, mendigos, loucos
> [mansos, loucos agitados, animais, coisas:
> [...]

Também "O beijo", de *Menino antigo*, narra em terceira pessoa um episódio ilustrativo da relação entre pai e filho, que o poeta define como "exigência/de terroramor".

Mais que qualquer outro poema, no entanto, "Os bens e o sangue" mostra—reportando-nos à proposição de Octavio Paz—que o regime rural patriarcal constitui para Drummond um terreno extraordinariamente fértil para a invenção de sua própria mitologia. Mitologia de feição trágica, talvez, entre outras razões, por ser a tragédia "uma forma de arte que configura o que é amado dentro de uma estrutura do que é temido".[7]

Como estratégia de leitura, que visa a promover uma convivência mais íntima com o poema e uma preparação para o estudo do trágico, focalizaremos inicialmente a estruturação dramática do texto, aspecto afim e necessário à tragicidade que dele emerge.

os bens e o sangue

I
Às duas horas da tarde deste nove de agosto de 1847
nesta fazenda do Tanque e em dez outras casas de rei, q̃ não de valete,
em Itabira Ferros Guanhães Cocais Joanésia Capão
diante do estrume em q̃ se movem nossos escravos, e da viração
perfumada dos cafezais q̃ trança na palma dos coqueiros
fiéis servidores de nossa paisagem e de nossos fins primeiros,
deliberamos vender, como de fato vendemos, cedendo posse jus e domínio
e abrangendo desde os engenhos de secar areia até o ouro mais fino,
nossas lavras mto. nossas por herança de nossos pais e sogros bem-amados q̃
dormem na paz de Deus entre santas e santos martirizados.
Por isso neste papel azul Bath escrevemos com a nossa melhor letra
estes nomes q̃ em qualquer tempo desafiarão tramoia trapaça e treta:

ESMERIL   PISSARRÃO
CANDONGA   CONCEIÇÃO

---

7 PEACOCK, Ronald. *Formas da literatura dramática*. Rio de Janeiro: Zahar, 1968, p. 121.

E tudo damos por vendido ao compadre e nosso amigo o snr Raimundo
[Procópio
e a d. Maria Narcisa sua mulher, e o q̃ não for vendido, por alborque
de nossa mão passará, e trocaremos lavras por matas,
lavras por títulos, lavras por mulas, lavras por mulatas e arriatas, q̃ trocar é
nosso fraco e lucrar é nosso forte. Mas fique esclarecido:
somos levados menos por gosto do sempre negócio q̃ no sentido
de nossa remota descendência ainda mal debuxada no longe dos serros.
De nossa mente lavamos o ouro como de nossa alma um dia os erros
se lavarão na pia da penitência. E filhos netos bisnetos
tataranetos despojados dos bens mais sólidos e rutilantes portanto os mais
[completos
irão tomando a pouco e pouco desapego de toda fortuna
e concentrando seu fervor numa riqueza só, abstrata e una.

LAVRA DA PACIÊNCIA
LAVRINHA DE CUBAS
ITABIRUÇU

II
Mais que todos deserdamos
deste nosso oblíquo modo
um menino inda não nado
(e melhor não fora nado)
que de nada lhe daremos
sua parte de nonada
e que nada, porém nada
o há de ter desenganado.

E nossa rica fazenda
já presto se desfazendo
vai-se em sal cristalizando
na porta de sua casa
ou até na ponta da asa
de seu nariz fino e frágil,
de sua alma fina e frágil,
de sua certeza frágil
frágil frágil frágil frágil

mas que por frágil é ágil,
e na sua mala-sorte
se rirá ele da morte.

III

Este figura em nosso
pensamento secreto.
Num magoado alvoroço
o queremos marcado
a nos negar; depois
de sua negação
nos buscará. Em tudo
será pelo contrário
seu fado extra-ordinário.
Vergonha da família
que de nobre se humilha
na sua malincônica
tristura meio cômica,
dulciamara nux-vômica.

IV

Este hemos por bem
reduzir à simples
condição ninguém.
Não lavrará campo.
Tirará sustento
de algum mel nojento.
Há de ser violento
sem ter movimento.
Sofrerá tormenta
no melhor momento.
Não se sujeitando
a um poder celeste
ei-lo senão quando
de nudez se veste,
roga à escuridão
abrir-se em clarão.
Este será tonto
e amará no vinho
um novo equilíbrio
e seu passo tíbio
sairá na cola
de nenhum caminho.

V

—Não judie com o menino,
compadre.
—Não torça tanto o pepino,
major.
—Assim vai crescer mofino,
sinhô!

—Pedimos pelo menino porque pedir é nosso destino.
Pedimos pelo menino porque vamos acalentá-lo.
Pedimos pelo menino porque já se ouve planger o sino
do tombo que ele levar quando monte a cavalo.

—Vai cair do cavalo
de cabeça no valo.
Vai ter catapora
amarelão e gálico
vai errar o caminho
vai quebrar o pescoço
vai deitar-se no espinho
fazer tanta besteira
e dar tanto desgosto
que nem a vida inteira
dava para contar.
E vai muito chorar.
(A praga que te rogo
para teu bem será.)

VI

Os urubus no telhado:

E virá a companhia inglesa e por sua vez comprará tudo
e por sua vez perderá tudo e tudo volverá a nada
e secado o ouro escorrerá ferro, e secos morros de ferro
taparão o vale sinistro onde não mais haverá privilégios,
e se irão os últimos escravos, e virão os primeiros camaradas;
e a besta Belisa renderá os arrogantes corcéis da monarquia,
e a vaca Belisa dará leite no curral vazio para o menino doentio,
e o menino crescerá sombrio, e os antepassados no cemitério
se rirão se rirão porque os mortos não choram.

VII

Ó monstros lajos e andridos que me perseguis com vossas barganhas
sobre meu berço imaturo e de minhas minas me expulsais.
Os parentes que eu amo expiraram solteiros.
Os parentes que eu tenho não circulam em mim.
Meu sangue é dos que não negociaram, minha alma é dos pretos,
minha carne dos palhaços, minha fome das nuvens,
e não tenho outro amor a não ser o dos doidos.

Onde estás, capitão, onde estás, João Francisco,
do alto de tua serra eu te sinto sozinho
e sem filhos e netos interrompes a linha
que veio dar a mim neste chão esgotado.
Salva-me, capitão, de um passado voraz.
Livra-me, capitão, da conjura dos mortos.
Inclui-me entre os que não são, sendo filhos de ti.
E no fundo da mina, ó capitão, me esconde.

VIII

—Ó meu, ó nosso filho de cem anos depois,
que não sabes viver nem conheces os bois
pelos seus nomes tradicionais... nem suas cores
marcadas em padrões eternos desde o Egito.
Ó filho pobre, e descorçoado, e finito,
ó inapto para as cavalhadas e os trabalhos brutais
com a faca, o formão, o couro... Ó tal como quiséramos
para tristeza nossa e consumação das eras,
para o fim de tudo que foi grande!
Ó desejado,
ó poeta de uma poesia que se furta e se expande
à maneira de um lago de pez e resíduos letais...
És nosso fim natural e somos teu adubo,
tua explicação e tua mais singela virtude...
Pois carecia que um de nós nos recusasse
para melhor servir-nos. Face a face
te contemplamos, e é teu esse primeiro
e úmido beijo em nossa boca de barro e de sarro.

a dramaticidade

A matéria de "Os bens e o sangue" se organiza numa estrutura que o faz distinguir-se, na produção global de Drummond, como o texto de atualização mais plena das potencialidades dramáticas características de sua voz poética.

Ao simular pessoas falando, ouvindo, respondendo e reagindo umas às outras, a distribuição do material verbal em falas corais e diálogos atribui ao poema amplificação dramática, nos seus aspectos mais diretamente relacionados com a representação e o espetáculo. A virtualidade teatral insinua-se também na parte I, que sugere, em adaptação para o palco—e mesmo fora dele, em consumo silencioso e individual—a figura de um arauto lendo em voz alta o documento.

Conflito, progressão, expectativa, tensão, mudança e surpresa asseguram movimento e tempo dramáticos ao texto.

O documento de venda e troca das minas (I) instala a situação geradora do conflito entre o deserdado e os antepassados, conflito que atinge o seu clímax na parte VII.

A profecia dos ancestrais (II-III-IV) vai-se fazendo cada vez mais abrangente, predeterminando o modo-de-ser e a existência do "menino inda não nado", augurando-lhe toda sorte de infortúnios. A fala II deixa, no entanto, entrever uma disposição anímica de simpatia em relação ao menino, por conceder-lhe a possibilidade de agenciamento positivo, defensivo quando menos, da fragilidade, condição potencial de sofrimento: "mas que por frágil é ágil". A sugestão de simpatia investe-se de rendimento dramático, por provocar no leitor a pergunta: por que então os vaticínios funestos? e assim aguçar-lhe o interesse para a decifração do enigma.

Justifica-se a pergunta aparentemente ingênua do leitor. É certo que o documento apresenta, como motivação da venda e troca das minas, a intenção dos assinantes de despojarem os descendentes "dos bens mais sólidos e rutilantes", a fim de levá-los a concentrar "seu fervor numa riqueza só, abstrata e una". É certo também que, jogando-se esses versos com o título "Os bens e o sangue", impõe-se a descodificação: "riqueza só, abstrata e una" = "sangue". É certo mas é cedo. No tempo dramático do poema, o título só se esclarece inteiramente no final. Inclusive o testemunho de devoção e ascetismo religioso—"de nossa mente lavamos o ouro como de nossa alma um dia os erros/se lavarão na pia da penitência"—induz, no tempo de I a VII, à ambiguidade de interpretação da "riqueza só, abstrata e una", sobretudo levando-se em conta que na tradição poética, particularmente na barroca, à qual Drummond é afeiçoado, o tópico do *de contemptu mundi* pregava o menosprezo dos bens mundanos em benefício do amor a Deus.

Já começa portanto a esboçar-se a estrutura problemática do texto, geradora da tensão dramática, e que se peculiariza pelo fato de que o sentido capital da história só é revelado no fim.[8]

Em III, os antepassados explicitam a finalidade de sua ação exterminadora: negação inicial-aceitação final do clã pelo poeta. Quanto ao mais, silenciam: "este figura em nosso pensamento secreto". O indício do desenlace "aceitação" não neutraliza a expectativa do leitor, pois a fala dos ancestrais se articula como oráculo, e como tal constitui um meio eficaz de estimular e manter vivo o *suspense*, por produzir uma divisão no leitor ou espectador: em termos racionais, ele sabe que a profecia deverá cumprir-se; em termos emocionais, porém, alimenta a esperança de que ela não se realize.[9]

A essa expectativa somam-se mais três: uma relativa ao *como?* do processo resolutório da antítese negação-aceitação, expectativa que não anula a anterior, vivenciada, conforme se viu, de maneira insegura, com alternância de suspeitas e de respostas; outra referente ao *para quê?* da aceitação; e uma terceira alusiva ao *por quê?* do sacrifício, ou seja, por que, para a adesão do menino aos antepassados, é necessário fazê-lo vítima expiatória?

Por que razão?, segundo Staiger[10], é a pergunta que orienta o ator dramático. Acrescentem-se: para quê? como?

A progressão do patético — a partir da *Poética* de Aristóteles[11] aqui interpretado como ação destruidora e dolorosa — atinge o clímax na fala IV: nela se completa o envolvimento gradativo, iniciado na parte II, de todas as esferas do ser e do agir do menino, a quem os antepassados não permitem nenhuma manifestação vital isenta de martírio.

A fala V introduz novas vozes, agora de figurantes: um coro de escravos e agregados. No sistema de interdependência das partes vigente no texto, ela opera, em certa medida, a distensão do clímax patético da cena precedente:

a) por constituir, no seu conjunto, a glosa de motivos anteriores — fragilidade física em II, "vergonha da família" em III, "não lavrará campo" em IV — sem acrescentar motivos novos de padecimento aos já prenunciados no trajeto de II a IV;

b) por substituir o espaço mítico por um espaço do real imediato. Em vez de divindades ancestrais, rigorosas e atemorizantes, gente humilde e compassiva, que intercede pelo menino (embora na terceira estrofe retome as profecias dos senhores, fato que se discutirá posteriormente);

c) pela natureza da maioria das predições: confrontadas com as outras do poema, e sobretudo com as da fala antecedente, sugerem pequenas desventuras do cotidiano, viváveis por qualquer criança do

---

8 STAIGER, Emil. *Conceitos fundamentais da poética*. Rio de Janeiro: Tempo Brasileiro, 1969, p. 135.

9 BENTLEY, Eric. *A experiência viva do teatro*. Rio de Janeiro: Zahar, 1967, pp. 39, 138.

10 STAIGER, Emil. *Op. cit.*, p. 141.

11 ARISTÓTELES. *Poétique*. Paris: Les Belles Lettres, 1932, 1452b, p. 45.

ambiente rural, manifestando-se a ação em seus lances aparentemente menos destruidores e dolorosos;

d) pela linguagem oral-popular, de comunicação mais imediata, em oposição à linguagem bíblica de IV, de caráter mais criptográfico. Observe-se ainda que as formas verbais "vai cair", "vai ter", apesar do tom profético, atenuam o valor imperativo e infalível de "sofrerá" e "há de ser".

A distensão do clímax patético (repita-se: *pathos* aqui conceituado como ação destruidora e dolorosa) não prejudica o efeito dramático da parte V, que contribui para a movimentação cênica do poema e concorre para a expectação do leitor por lançar um novo enigma e propor nova pergunta: por que a praga que rogam ao menino será para seu bem?

Outro recurso que promove a funcionalidade dramática do coro dos escravos: a extrema dinamização do ritmo do terceiro momento, com a sequência de hexassílabos anapésticos (v. 5-9), sua dicção rapidíssima indicada pela ausência de pontuação e realçada pela anáfora e paralelismo sintático (também anapestos: v.1-2; v.12). A fala em hexassílabos se constrói em regime de tensão entre o estrato semântico e o estrato fônico: a qualidade trágica dos fatos agourados parece resultar mais do ritmo enfatizante do que das unidades de sentido.

(Esclareça-se: ao chegar-se à parte VIII, fecho do poema, os males arrolados na fala dos escravos assumem a dimensão de calamidade, por formarem um conjunto de signos de desajustamento do menino à vida agrária, de inépcia "para os trabalhos brutais", determinantes de sua marginalização do contexto patriarcal, e decorrente solidão. A fala V vive, por assim dizer, dois tempos: no segundo, por efeito da iluminação retroativa de VIII — fato comum em estruturas problemáticas — ganha maior densidade de significado.)

O ritmo acelerado da série de hexassílabos concretiza na camada fônica a precipitação dos acontecimentos e se articula com o ritmo voraginoso de VI. O estrato fônico antecipa o que o estrato do significado virá a formular no verso 7 de VI: a fusão do destino individual do menino e do destino coletivo da região.

A dinâmica do texto vai abarcando diversos níveis de realidade: o coro dos urubus amplia o universo das predições, agora extensivas ao processo econômico da região, mas repercutindo todas no menino, foco do interesse dramático do poema. Com a oposição "menino doentio", "menino [...] sombrio" *versus* "os antepassados se rirão se rirão", os versos finais aproximam as figuras em conflito, preparando a cena VII.

Adaptando a "Os bens e o sangue" reflexões e palavras de Helen Gardner relativas às reações do espectador de uma peça teatral, diríamos que as partes II-VI desenrolam uma situação que provoca no leitor a resposta: "isto não pode continuar assim; alguma coisa *precisa* acontecer."[12]

Na parte VII, acontece: o menino, até então *ele* na fala dos outros, surge com a sua própria fala, que inaugura no texto o regime de diálogo entre as duas principais forças em conflito. A linguagem de alta tensão emocional faz localizar-se nessa fala o clímax do *pathos* — agora no sentido de "tom que provoca paixões", conceituação de Staiger fundamentada na *Retórica* de Aristóteles. Clímax sabiamente armado pela elocução em crescendo das falas V e VI.

> Ó monstros lajos e andridos que me perseguis com vossas barganhas
> sobre meu berço imaturo e de minhas minas me expulsais.
> Os parentes que eu amo expiraram solteiros.
> Os parentes que eu tenho não circulam em mim.
> Meu sangue é dos que não negociaram, minha alma é dos pretos,
> minha carne dos palhaços, minha fome das nuvens,
> e não tenho outro amor a não ser o dos doidos.

O menino repudia os antepassados, cumprindo-se portanto a negação profetizada na parte III. E a aceitação, também se efetuará? — indaga a expectativa do leitor.

Na fala VIII, a resposta dos ancestrais, e uma surpresa: a radical mudança no tom emotivo do discurso, antes seco e incisivo, ameaçador e imperativo, agora intensamente afetuoso. Ainda valendo-nos de considerações de Helen Gardner, os sete primeiros versos (até "com a faca, o formão, o couro...") produzem no leitor a reação: "Alguma coisa *está acontecendo* que está mudando tudo o que diz respeito a eles."

A partir de "ó tal como quiséramos" vai-se decifrando o enigma. Consuma-se a aceitação profetizada em III. "Algo *aconteceu*; tudo agora está diferente" — pensa o leitor.

Completou-se o drama.

Texto em que os elementos dramáticos da poesia de Drummond encontram sua arquitetura mais coesa, "Os bens e o sangue" determina uma fruição intensamente dramática. Quase teatral.

a tragicidade

O CONFLITO E AS PERSONAGENS

O conteúdo manifesto predominante em "Os bens e o sangue" — o relacionamento entre o poeta e o grupo familiar, tema recorrente na

---

12 GARDNER, Helen. *The Art of T.S. Eliot*. Londres: Faber and Faber, 1969, p.131. Esta nota abrange as duas outras referências que se farão à possível reação do leitor.

obra de Drummond—recebe um tratamento específico, caracterizado pela conformação da matéria segundo o modelo trágico, haurido tanto na tragédia grega quanto nos relatos bíblicos.

Nesse conteúdo manifesto interpenetram-se duas referências. O progressivo declínio de uma família da aristocracia rural[13] compõe a referência histórica; as relações entre o poeta e o clã, a referência privada. Por meio de uma constelação de dados, percebe-se um processo de estilização trágica na organização poética dessa dupla matéria, estilização que incide sobre os vários elementos em jogo no poema, percorrendo-lhe os diversos níveis.

No nível dos personagens, os ancestrais são estilizados em divindades-oráculos, que ordenam o destino de sua criatura—"o menino inda não nado" (II); este, por sua vez, estiliza-se na figura do suplicante, um dos padrões de personagem da tragédia, definido por Northrop Frye como impotente (ver VII) e merecedor de compaixão, rejeitado pelo grupo social (ver III: "vergonha da família"), geralmente mulher ou criança, por meio de quem a piedade e o terror atingem o máximo de intensidade.[14]

Antepassados-divindades e menino-suplicante são colocados em situação de conflito. Conflito que, a partir de seus pressupostos—de um lado o homem, e de outro, a ordem em que se insere—esboça-se como trágico.[15] No conteúdo manifesto, o regime agrário patriarcal representa o horizonte existencial do menino; na tensão entre os dois polos instala-se o conflito. A partir do documento de venda e troca das minas, da autocaracterização dos ancestrais, do lugar que ocupam na escala social do tempo e da inadaptação do menino ao contexto familiar, cria-se uma analogia entre o conflito de "Os bens e o sangue" e os choques trágicos, na medida em que estes se constroem em torno dos valores sobre os quais se assenta a base moral da aristocracia em crise.[16]

A estilização dos ancestrais em divindades oraculares desempenha múltiplas funções no texto. Em relação ao conflito manifesto, institui uma hipérbole do poder dos patriarcas rurais, que moldavam a existência e decidiam o destino dos familiares. Vários poemas de *Menino antigo* retomam a visão amplificadora do patriarca, ali particularizada na figura do pai, atribuindo-lhe proporções míticas que o alçam do chão em que se movem os demais membros do grupo.

Na criação de um novo contexto referencial descobre-se a segunda função da estilização dos ancestrais em divindades. Essa específica estruturação da matéria produz significado, um "significado extra-noticial",[17]

13 Ao longo deste ensaio, explícita ou implicitamente, identificamos como aristocrática a classe dos grandes proprietários rurais, seguindo lição de Caio Prado Júnior em *Formação do Brasil contemporâneo* (São Paulo: Brasiliense, 1963, pp. 287-289). O autor aponta na pecuária do sul de Minas "uma certa democratização dos hábitos e dos costumes nas classes superiores", o que não chega no entanto a afetar a condição aristocrática e patriarcal dos senhores de terra.
14 FRYE, Northrop. *Anatomie de la critique*. Paris: Gallimard, 1969, p. 265.
15 BORNHEIM, Gerd. "Breves observações sobre o sentido e a evolução do trágico". In: *O sentido e a máscara*. São Paulo: Perspectiva, 1969, p. 74: "Se o homem é um dos pressupostos fundamentais do trágico, outro pressuposto não menos importante é constituído pela ordem ou pelo sentido que forma o horizonte existencial do homem. Evidentemente a natureza da ordem varia: pode ser o cosmo, os deuses, a justiça, o bem ou outros valores morais, o amor e até mesmo (e sobretudo) o sentido último da realidade."
16 HAUSER, Arnold. *Historia social de la literatura y el arte*. 2 volumes. Madri: Guadarrama, 1968, p. 269.
17 Na orelha do livro *Lição de coisas* (Rio de Janeiro: José Olympio, 1962), que apresenta fortes indícios de haver sido redigida pelo próprio Drummond, ou pelo menos sob sua orientação direta, lê-se que nele "são contadas estórias veroimaginárias, sem contudo o menor interesse do narrador pela fábula, que só o seduz por um possível significado extra-noticial".

que vai além da referência histórica e da referência familiar do conteúdo manifesto, tecendo uma rede de significações metafísicas, que integram o conteúdo latente do poema. Em decorrência, pode-se e deve-se incluir "Os bens e o sangue" também na seção da poesia de Drummond intitulada "tentativa de exploração e de interpretação do estar-no-mundo", que versa sobre uma "visão, ou tentativa de, da existência".

O emergir de uma dimensão filosófica e metafísica repercute necessariamente no conflito e nos seus dois polos: amplia a ordem e desparticulariza o herói, existencializando o conflito, que desenha nitidamente a sua tragicidade ao identificar-se como tensão entre deuses e homem. Se a tragédia não tem nessa polaridade a sua matéria exclusiva, sem dúvida dela faz a sua matéria privilegiada, de tal forma que filósofos do trágico estabelecem a equação entre uma e outra.

A relação problemática com a divindade como substância objetiva e ordem transcendente, à qual o poeta não adere, mas da qual não se desliga totalmente, instaura na obra de Drummond a crise do divino,[18] tema próprio da tragédia. No sistema poético do autor, "Os bens e o sangue" se define portanto como forma dramática e estrutura trágica desse dado conteudístico recorrente, liricamente sintetizado em "Elegia" (FA): "meu Deus e meu conflito". No "eu todo retorcido" percebe-se o desejo de crer, grau suficiente da religiosidade que parece caracterizar os artistas trágicos.[19]

A dialética particular-geral afirma-se como movimento próprio da tragédia: o indivíduo e seu acontecer só adquirem significação trágica se relacionados com os problemas fundamentais que se propõem ao homem no seu percurso existencial. Ao herói e suas vicissitudes deve-se enfocá--los como exemplos da própria condição humana, sem o que carecem de tragicidade. Assim, Jacqueline de Romilly, fazendo a redução de *Fedra* e *Édipo-rei* aos acontecimentos objetivadores do conflito, observa que eles não ultrapassariam a qualidade de matéria-prima para melodramas, não fosse a especial "luz"[20] que os ilumina, neles evidenciando um signo do ser do homem e do seu estar-no-mundo.

O movimento particular-geral percorre a obra de Drummond, invadindo-lhe as diversas seções temáticas; dos componentes pessoais e dados biográficos o poeta extrai um "significado extranoticial", que aponta uma problemática existencial e ontológica. Essa dimensão já se insinua em "Poema de sete faces", que é—lembre-se—o texto de abertura de *Alguma poesia*, livro de estreia do poeta: "Mundo mundo vasto mundo/se eu me chamasse Raimundo/seria uma rima, não seria uma solução." Uma das leituras possíveis desses polissêmicos versos sugere que o sentimento de inadequação entre o sujeito poético e o mundo independe de circunstâncias biográficas—chamar-se ele Carlos, ser filho de fazendeiro, haver nascido

---

18 Conforme Gerd. Bornheim: "Crise não quer dizer, evidentemente, exclusão ou neutralização". BORNHEIM, Gerd. *Aspectos filosóficos do romantismo*. Porto Alegre: INL, 1959, p.82
19 ABEL, Lionel. *Metateatro*. Rio de Janeiro: Zahar, 1968, p.49. O desejo de crer e a tristeza de não crer, ainda que presentes em outros poemas, alcançam incomparável expressão em "São Francisco de Assis" de "Estampas de Vila Rica", ambos de *Claro enigma*.
20 ROMILLY, Jacqueline de. *La Tragédie grecque*. Paris: PUF, 1970, p.168.

em Minas, ter um trajeto de vida até então marcado por certos acontecimentos etc. Se existe uma variante entre Carlos e Raimundo—o nome de um não rima com "mundo", o do outro rima—, uma invariante no entanto os aproxima: ambos são irmãos na insolução com o mundo. Cria--se no texto uma analogia entre o particular e o geral, entre *este homem* (ou estes homens) e *o homem*, e o relacionamento de insolução com o real se delineia como inerente à condição humana, esses versos deixando entrever, sob a máscara da galhofa, uma melancólica reflexão existencial.

Por envolver implicações dessa natureza, o conflito de "Os bens e o sangue", embora eivado de biografismo, supera a história do indivíduo e do grupo, e extrapola do tempo e do espaço. A estilização dos ancestrais em divindades oraculares intensifica a perspectiva trágica e drummondiana, por trazer à luz o conflito latente e transcendente entre o homem e uma ordem superior. Ascendendo ao questionamento do humano e do divino, propondo problemas existenciais e metafísicos que afligem o homem enquanto Homem, os conflitos do texto em análise preenchem um dos requisitos do trágico.

O coro da parte v desempenha a função de elemento mediador do conflito. Um conjunto de sinais estabelece seu parentesco com o coro da tragédia, a começar por sua atuação ambivalente—ora pedindo pelo menino, ora reiterando os vaticínios dos oráculos-patriarcas—na qual se projeta tanto a sua fidelidade ao herói quanto a sua inclusão na sociedade e ordem das quais o herói se vai separando.[21]

Composto de escravos, aproxima-se do coro trágico "por definição impotente",[22] em virtude do que geralmente é formado de servidores, mulheres e anciãos, desprovidos de poder no sistema social representado, e portanto incapazes de atuar diretamente na solução do conflito, para a qual não realizam ações propriamente, as suas falas e intervenções em cena valendo somente como tentativas de conciliação das forças em choque.

Sem levar em conta a fundamentação histórica nem a argumentação filosófica de Nietzsche, detendo-nos apenas na síntese conclusiva delas resultante—qual seja, a de que o coro da tragédia funciona como portador de consolação metafísica[23]—observa-se que o coro dos escravos cumpre essa função em nível referencial e formal condizente com a sua classe: "a praga que te rogo/para teu bem será."

Na parte vi, intervêm os agourentos urubus, homólogos das aves pressagas frequentemente aludidas na tragédia como porta-vozes oraculares ou configurações de sinais dos deuses e do Fatum a serem decifrados pelos adivinhos. Vinculando ao destino individual do menino o destino coletivo da região, o coro dos urubus efetua o encadeamento indispensável à dinâmica trágica, que faz depender do herói a sorte do grupo (dependência que se confirmará na fala viii).

---

21 FRYE, Northrop. *Op. cit.*, p.266.
22 ROMILLY, Jacqueline de. *Op. cit.*, p.28.
23 NIETZSCHE, Friedrich. *La Naissance de la tragédie*. Paris: Gonthier, 1964, p.59.

A AÇÃO

Tanto no gênero quanto no desenvolvimento estrutural, a ação de "Os bens e o sangue" assemelha-se ao modelo trágico. Trata-se de uma ação destruidora e dolorosa, na qual se consubstancia o elemento patético da tragédia. Envolvendo pessoas da mesma família, antepassados e descendente, excita de modo mais eficaz o horror e a piedade.[24]

Ao indicar os fatores determinantes do terror e da compaixão, Aristóteles privilegia a composição das ações sobre os efeitos do espetáculo. Na medida em que subordina a produção desses sentimentos mais à estruturação interna do texto do que aos recursos de montagem, e na medida em que chega mesmo a autonomizá-los da representação teatral, de forma que "mesmo sem vê-los, quem ouve contar os fatos, estremece e é tomado de piedade",[25] a *Poética* possibilita a extensão do fenômeno trágico a gêneros e textos que não se destinam necessariamente à encenação. É o que sucede com "Os bens e o sangue": o leitor ou ouvinte vive a experiência trágica do horror e da piedade graças à organização da matéria e à composição da ação.

Queda, divindades, destino integram o modelo triádico de que se vale Drummond na elaboração estética de sua "confissão" em termos de conflito e ação trágicos.

Mais impacto causará o revés e mais patética será a queda quanto mais elevada a situação de que se precipita o personagem: os heróis trágicos pertencem ao mais alto nível da escala social e humana. Com a venda e a troca das minas, os antepassados lançam o "menino inda não nado" da posição de futuro herdeiro do poder e da riqueza da mineração para a "simples/condição ninguém". "Os bens e o sangue" responde portanto a uma das exigências da ação trágica: a dignidade da queda.[26]

Como na tragédia grega, os deuses do poema estão sujeitos à ordem da natureza e ao Fatum.[27] Também eles sofrem a queda: o documento de venda e troca das minas representa o declínio do clã, obrigado a substituir a mineração pela pecuária. Mas a personalidade orgulhosa e dominadora, típica do herói trágico, leva-o a não discernir a determinação histórica de sua queda e a interpretá-la como necessidade sublime e como decisão autossuficiente. Como fundamento da decisão, a consciência da inexorabilidade do tempo, que consome e destrói todos os "bens", e a valorização da unidade espiritual do clã:

> somos levados menos por gosto do sempre negócio q no sentido
> de nossa remota descendência ainda mal debuxada no longe dos serros.
> De nossa mente lavamos o ouro como de nossa alma um dia os erros
> se lavarão na pia da penitência. E filhos netos bisnetos
> tataranetos despojados dos bens mais sólidos e rutilantes portanto os mais
> [completos
> irão tomando a pouco e pouco desapego de toda fortuna
> e concentrando seu fervor numa riqueza só, abstrata e una.

---

24 ARISTÓTELES. *Op. cit.*, 1453b, pp.48-49.
25 *Ibidem*.
26 LESKY, Albin. *A tragédia grega*. São Paulo: Perspectiva, 1971, p.25.
27 FRYE, Northrop. *Op. cit.*, p.254.

Essa perspectiva dos antepassados diante de sua queda é análoga à das classes em decadência das épocas trágicas, as quais "encontram consolo na ideia de que neste mundo toda grandeza e toda nobreza estão condenadas à ruína, e iluminam esta ruína com uma luz transfiguradora".[28]

A ideologia dos personagens (e do poema)—sentimento heroico-feudal da vida e orgulho de estirpe—indicia o aristocratismo característico da tragédia. (Vale lembrar que os dois períodos de apogeu do gênero, Atenas do século v a.C. e Europa do XVI e XVII, situam-se num momento histórico-social em que uma aristocracia encontra-se em vias de perder sua supremacia efetiva, embora ainda beneficiando-se, no plano ideológico, de um incontestável prestígio.)

A queda trágica, porém, não corresponde somente à perda de uma situação de poder e comando; ela transpõe o âmbito do social, ferindo o herói na globalidade de seu ser e existência. Representa a queda de uma situação ilusória de felicidade[29]—a perda de uma inocência—e a experiência do desastre que o atinge em sua totalidade de vida.

A ação dos deuses-ancestrais não se limita a deserdar o menino, derrubando-o do mais alto patamar econômico-social da realidade representada no poema; ela se aplica a moldar-lhe o destino e a plasmar-lhe a personalidade, investindo-se de um significado que vai ao encontro de uma concepção da cultura grega presente na tragédia: a de que "o ser de um homem é uma grandeza previamente dada, irrevogavelmente determinada",[30] a herança transmitida por sua ascendência decidindo a sua natureza. Semelhante concepção da *physis*, implícita na ação, emerge ao nível do discurso na última fala dos antepassados:

> És nosso fim natural e somos teu adubo,
> tua explicação e tua mais singela virtude...

O modo pelo qual agem os ancestrais é "oblíquo" (ver II): a sua ação destruidora e dolorosa apenas na aparência é sinal de desamor, pois oculta uma preferência e uma eleição: escolhem o "menino inda não nado" para remir a queda do clã, concentrando-se a sua ação na morfologia deste eleito. "A eleição divina e a eleição trágica são ambas terríveis."[31] Eleição implica sacrifício. O eleito será sacrificado em favor da unidade e vitalidade do grupo; estas serão instauradas somente por um membro do grupo que dele seja diferente, pois requerem aptidão para outras atividades que não as "cavalhadas e os trabalhos brutais/com a faca, o formão, o couro..." (VIII)

Consequentemente, a eleição impõe ao menino uma individualidade que o fará entrar em choque com o seu contexto familiar e sociocultural,

---

28 HAUSER, Arnold. *Op. cit.*, v.2, p.270.
29 LESKY, Albin. *Op. cit.*, p.26.
30 *Ibidem*, p.151.
31 BARTHES, Roland. *Sur Racine*. Paris: Gallimard, 1967, p.50. Ver FRYE, Northrop. *Op. cit.*, pp.180-181, 252-253. Ver ELIADE, Mircea. "Morphologie de l'élection". *In: Mythes, rêves et mystères*. Paris: Gallimard, 1957, pp.106-110.

que o estigmatizará como "vergonha da família" (ver III), condenando-o
à solidão, estado essencial do herói trágico.

O "jogo" trágico que preside à reelaboração literária da "confissão" drummondiana executa o seu lance de maior impacto na última
parte do poema, quando se esclarece que a eleição do menino pelos
antepassados impõe-lhe fundamentalmente a condição de poeta, pois
as contradições transitoriedade-permanência, morte-vida, se resolverão
na "poesia que se furta e se expande", reconstrução indestrutível "de
tudo que foi grande". O preço do renascimento do clã: a trajetória
existencial do eleito marcada pelo martírio.

A dialética do poema atualiza dois padrões básicos da tragédia:
destruição e renovação, sacrifício e expiação.

Como na tragédia, a evolução do conflito de "Os bens e o sangue"
apresenta dois momentos-acontecimentos decisivos: a peripécia e a
anagnórisis.

A peripécia ou reviravolta registra-se na súbita (no tempo do poema)
mudança em sentido inverso da situação do protagonista, o qual ascende
da "condição ninguém" (IV) e do estado de "vergonha da família" (III)
à condição suprema de redentor da família, a quem resgata da morte
por assegurar-lhe a ressurreição e a perenidade na criação poética.

A peripécia, tal como praticada por Drummond, tece uma tácita
intertextualidade entre o poema e a tragédia de Édipo. À semelhança
do herói grego, o protagonista do texto se caracteriza por sua dupla
condição excluído-eleito; ambos encarnam a figura do *pharmakos*: vítima
expiatória, que é sacrificada para garantir a vitalidade do grupo. Ambos
são personagens de duas faces: em Édipo, à face do bode expiatório
contrapõe-se a do rei-divino, semideus, portador de uma qualificação
religiosa;[32] ao estatuto de bode expiatório, o protagonista de "Os bens
e o sangue" contrapõe o de detentor de um atributo análogo ao dos
deuses—o poder da criação, que imortalizará os antepassados na palavra poética.

Nas duas representações—a de *pharmakos* e a de eleito—Édipo
e o poeta-protagonista são responsáveis pela saúde coletiva do grupo.

Ao definir o destino do menino como "fado extra-ordinário" (III),
Drummond imprime a essa polaridade uma formulação sintética, a que
não falta um toque de humor. Ao bipartir o adjetivo, assim transgredindo
a norma linguística, o poeta nele injeta duplicidade de significação: o
fado do menino é mais do que ordinário, mais do que comum e insignificante, e, ao mesmo tempo, é fora do comum, excepcional, notável.

Tanto na tragédia quanto em "Os bens e o sangue", a significação da
peripécia não se esgota na radical mudança de situação do protagonista.
Fenômeno complexo por suas múltiplas implicações, ela diz respeito à

---

32 VERNANT, Jean-Pierre e VIDAL-NAQUET, Pierre. *Mito e tragédia na Grécia antiga*. São
Paulo: Duas Cidades, 1972, pp.96-97.

relação do homem com os seus atos e designa o efeito de uma ação em direção contrária à pretendida pelo agente. Ela ocorre no poema na articulação entre a parte VII e a VIII. Em VII o menino age: nega os antepassados, proclamando a sua diferença frente a eles; em VIII constata-se, por voz dos ancestrais, que a negação se inverte e reverte em afirmação, pela tácita concordância do protagonista com a revelação de que sua diferença—sua identidade pessoal—não é senão a atualização de um dos possíveis da identidade do grupo ancestral.

No poema "A mesa" (CE), centrado na figura do pai, Drummond tematiza de forma mais explícita a ambivalência negação-afirmação: "Não importa: sou teu filho / com ser uma negativa / maneira de te afirmar."

A *anagnórisis* ou reconhecimento consiste na passagem do estado de desconhecimento para o de conhecimento e envolve questões da identidade do herói trágico.

Em "Os bens e o sangue" ela se processa na passagem da fala VII—"Os parentes que eu amo expiraram solteiros. / Os parentes que eu tenho não circulam em mim."—à fala VIII: a voz dos ancestrais deixa implícito que o poeta-protagonista reconhece amorosa e espiritualmente os antepassados sanguíneos, restabelecendo-se o equilíbrio laços de sangue = laços de amor, que fora rompido.

Na descoberta de uma identidade afetiva e filiação espiritual reside a originalidade da prática da *anagnórisis* no poema, visto que a descoberta de uma identidade sanguínea constitui o caso de reconhecimento mais frequente na tragédia. Essa originalidade não desfigura a natureza do fenômeno, em algumas edições da *Poética* relacionado com as significações de amor e ódio, em outras amplamente conceituado.

O reconhecimento amoroso, que é acionado em "Os bens e o sangue" como fator estruturante da ação dramática e da configuração trágica, elabora-se como *leitmotiv* recorrente na lírica de Drummond que rememora a figura do pai.

Em "Viagem na família" (J), qual outro e diferente Virgílio, o pai guia o poeta em sua incursão no espaço do passado e da morte: "No deserto de Itabira / a sombra de meu pai / tomou-me pela mão". O traço mais relevante na caracterização do filho é o seu empenho em obter do pai uma palavra esclarecedora a respeito da relação entre eles: "Gritei-lhe: Fala!" Esse empenho é enfatizado pela eloquente repetição: "Fala fala fala fala." A reiterada ocorrência do verso "Porém nada dizia", que aparece oito vezes, quase sempre em posição privilegiada de fecho de estrofe, e sua variante "Porém ficava calada" conferem valor de emblema ao silêncio do personagem paterno, que ganha assim conotações de representação enigmática. O personagem do filho consegue no entanto extrair um significado desse silêncio: "Senti que me perdoava/porém nada dizia."

A relação problemática entre os dois protagonistas e o conflito que os separara em vida resolvem-se na descoberta recíproca de seus modos-de-ser e no mútuo reconhecimento amoroso, retardados pela falta, em cada um deles, do conhecimento de si mesmo e do outro. No dístico final, fundem-se na metáfora "águas" uma alusão ao fluxo do tempo e uma significação mítica, evocadora da totalidade indiferenciada do caos, imagem arquetípica da unidade familiar, restaurada graças à *anagnórisis*: "As águas cobrem o bigode,/a família, Itabira, tudo."

O poema "Perguntas" (**CE**) nomeia de "enigma" e de "segredo" o fato de a imagem do pai ser uma presença constante na memória e na sensibilidade do filho. Este, mais uma vez, tem como traço distintivo a obstinação em desvendar o "segredo" e decifrar o "enigma" (a forma verbal "perguntei" repete-se quatro vezes). É o "fantasma" do pai quem lhe reaviva a consciência de sua origem rural, instigando-o portanto a deter-se na questão de sua identidade. Também neste poema o silêncio é atributo constitutivo da figura paterna; ele encerra, no entanto, uma resposta às indagações do filho, resposta que consubstancia um "mistério" e que exprime, em fórmula sentenciosa e concisa, o tardio reconhecimento amoroso: "Amar, depois de perder."

De todos os poemas relativos ao pai, "Como um presente" (**RP**) sobressai como o mais rico em fatos e episódios representativos de sua autoridade patriarcal e de sua personalidade poderosa, retratada pelo filho como possuidora de excepcional carisma — traços que o tornavam capaz de exercer "domínio total" sobre a família e a comunidade.

Coexistem no poema sutilmente imbricadas as perspectivas do filho quando menino e quando adulto. É possivelmente aquele carisma que o sujeito poético, assumindo a perspectiva infantil, chama de "teu segredo", que o filho maduro obsessivamente insiste em descobrir (o referido sintagma se repete cinco vezes ao longo do texto). O silêncio, dado recorrente na recriação da figura paterna, contém significações latentes, no final apreendidas pela personagem do filho.

O movimento negação-afirmação, que na estrutura dramática de "Os bens e o sangue" assinala a reviravolta da situação, adquire aqui modulação própria: a negação é poeticamente vivenciada apenas como aspiração e desejo, que não chegam a consumar-se em fato, pois a afirmação — a *anagnórisis* espiritual e amorosa — se impõe como realidade mais forte:

> Quisera abandonar-te, negar-te, fugir-te,
> mas curioso:
> já não estás, e te sinto,
> não me falas, e te converso.
> E tanto nos entendemos, no escuro,
> no pó, no sono.

Os poemas que focalizam o motivo do reconhecimento apresentam alguns elementos invariantes, dos quais se depreendem a composição da figura paterna como personagem enigmática e a caracterização do filho como personagem que se investe da função ou missão de interpretar este enigma. Cabe a ele entender o que "os lábios cerrados" (CE) não falam, compreender o modo de ser do pai "lendo-lhe a face, ruga a ruga" ("Encontro", CE) e elucidar o enigma, transformando-o em *claro enigma*. Tacitamente lhe é atribuída, portanto, a condição de eleito.

De tal modo a *anagnórisis* afetiva e espiritual se afirma como núcleo significativo dos textos sobre a família, que se projeta no título geral da seção concernente ao tema: "A família que me dei." E é possível surpreendê-la, mesclada de autoironia e humor, no título do livro *Fazendeiro do ar*, que obliquamente constata o reconhecimento, na identidade do poeta, de resíduos da identidade rural do grupo familiar.

"Bota", de *Menino antigo*, funde os motivos da queda e do reconhecimento, aos quais se aliam o da eleição e o da dimensão mítica do pai, reagrupando-se o mesmo conjunto simbólico de "Os bens e o sangue":

A bota enorme
rendilhada de lama, esterco e carrapicho
regressa do dia penoso no curral,

no pasto, no capoeirão.
A bota agiganta
seu portador cansado mas olímpico.
Privilégio de filho
é ser chamado a fazer força
para descalçá-la, e a força é tanta
que caio de costas com a bota nas mãos
e rio, rio de me ver enlameado.

Apesar das diferenças de perspectiva e estrutura, ressalte-se ainda a afinidade semântica entre os dois poemas: por meio da queda estabelece-se a identificação do menino com o pai, identificação telúrica e amorosa, a lama funcionando no texto como signo de participação no mundo rural, reconhecimento fonte de alegria.

Em "Os bens e o sangue", a *anagnórisis* e a peripécia, esta em suas duas acepções e mais particularmente na primeira, ocorrem simultaneamente, uma contendo a outra. (A título de informação suplementar: Aristóteles valoriza em *Édipo-Rei* a coincidência dos dois fenômenos, afirmando que "o mais belo reconhecimento é aquele que é acompanhado de peripécia."[33])

---

33 ARISTÓTELES. *Op. cit.*, 1452a, p.44.

O conflito do poema, nos dois níveis, manifesto e latente, dramatiza algumas das "potências substanciais" apontadas por Hegel como propiciadoras do "verdadeiro conteúdo da ação trágica": o amor dos pais pelos filhos e dos filhos pelos pais; a vida pública; a vontade dos chefes; "a vida religiosa... sob a forma de uma intervenção ativa nos interesses reais e de uma busca ativa destes interesses".[34]

A HAMARTIA E A HYBRIS

No capítulo XIII da *Poética*, Aristóteles assinala como causa da queda trágica uma falha ou erro—*hamartia*—do herói, explícita e reiteradamente desvinculando-a de qualquer motivação de ordem moral, antes configurando-a como erro de julgamento inerente ao homem, como signo da falibilidade de sua condição.

O fato de pertencer a vítima à mais alta categoria social, e de destacar-se por seus atributos excepcionais, nesse sentido distanciando-se da média do público, mais enfatiza a identificação da *hamartia* como consequência da própria natureza do homem, visto que até os indivíduos mais heroicos e afortunados nela podem incorrer. Se por um lado o protagonista encarna a atualização exemplar das potencialidades humanas, a sua queda evidencia, por outro, as limitações de sua humanidade. Porque a catástrofe implica um doloroso processo de autoconscientização do indivíduo como particularização de uma categoria geral, "a tragédia representa a forma patética da Sofia".[35]

A prospecção do eu como ocorrência particular da entidade homem, iniciada em "Poema de sete faces" (**AP**)—"Meu Deus, por que me abandonaste/se sabias que eu não era Deus/se sabias que eu era fraco."—e continuada ao longo da produção poética drummondiana, envolve uma série de reflexões que se constelam numa "inteligência do universo" basicamente trágica.

Como núcleo da constelação, o homem em estado de carência, de falta de, frágil e falível, condenado à cegueira no plano do conhecimento, impelido portanto ao erro, a partir mesmo das duas contingências obscuras que lhe demarcam o trajeto existencial:

> E cada instante é diferente, e cada
> homem é diferente, e somos todos iguais.
> No mesmo ventre o escuro inicial, na mesma terra
> o silêncio global, [...]
> "OS ÚLTIMOS DIAS", **RP**

---

34 HEGEL, Georg Wilhelm Friedrich. *Esthétique*. Paris: Aubier, v.8, p.374.
35 ZUBIRI, Xavier. *Naturaleza, historia, Dios. Apud* BORNHEIM, Gerd. *Op. cit.*, p.76.

Falha implícita no modo de ser do homem e no seu estar-no--mundo, a *hamartia* situa-se, reitere-se, no centro da cosmovisão do poeta, objetivando-se em formas várias — fragilidade, finitude, parcialidade de visão, limitação no agir e conhecer — e recorrentemente metaforizando-se em opacidade e escuridão.

Em "Opaco" (**CE**), por exemplo, Drummond conclui que o obstáculo à visão de um espaço transcendente não se localiza fora do homem nem é acidental, mas é parte integrante de sua condição essencial:

> Noite. Certo
> muitos são os astros.
> Mas o edifício
> barra-me a vista.
> [...]
> Nada escrito no céu,
> sei.
> Mas queria vê-lo.
> O edifício barra-me
> a vista.
> [...]
> Assim ao luar é mais humilde.
> Por ele é que sei do luar.
> Não, não me barra
> a vista. A vista se barra
> a si mesma.

E em "Quarto escuro" (**MA**) um episódio da infância transfigura--se em imagem da *hamartia* enquanto impossibilidade cognoscitiva, no termo "antigos" fundindo-se duas significações, que remetem tanto às autoridades familiares do conteúdo manifesto, quanto a instâncias superiores do conteúdo latente, que aponta para a circunstância existencial do homem — condenado ao desconhecimento do eu e do não eu:

> Por que este nome, ao sol? Tudo escurece
> de súbito na casa. Estou sem olhos.
> Aqui decerto guardam-se guardados
> sem forma, sem sentido. É quarto feito
> pensadamente para me intrigar.
> [...]
> O quarto escuro em mim habita. Sou
> o quarto escuro. Sem lucarna.
> Sem óculo. Os antigos
> condenam-me a esta forma de castigo.

(Os episódios narrados em *Menino antigo* têm interesse e validade em si mesmos, mas o tratamento da matéria representada e a leitura intertextual autorizam o leitor a deles inferir um "significado extra-noticial", compondo-se o poema de duas camadas de significação que ambiguamente se imbricam, e o episódio narrado ganha ilações existenciais e metafísicas.)

Da forte incidência de palavras do campo semântico *visão* precedidas de signos de negatividade, e do metaforismo organizado em torno da noção de *escuridão*, infere-se que na linguagem poética de Drummond a cegueira se institui como imagem fulcral das limitações do homem, da sua *hamartia*, que pode no entanto desdobrar-se em outras imagens:

> Mundo desintegrado, tua essência
> paira talvez na luz, mas neutra aos olhos
> desaprendidos de ver; e sob a pele,
> que turva imporosidade nos limita?
> "CANTO ÓRFICO", **FA**

Em consequência da cegueira cognoscitiva, o homem ignora a sua própria medida: "Que metro serve/para medir-nos?"

Assim formulada explicitamente em "Perguntas em forma de cavalo-marinho" (**CE**), esta é a indagação crucial que se propõe, muitas vezes tácita e subjacentemente, grande parte da obra de Drummond.

Como resposta, a tensão entre duas posições: de um lado a exorbitação individualista, que afirma encontrar-se no próprio eu a medida do homem; de outro, a concepção antipersonalista, que descobre a medida do homem na sua relação com uma totalidade que o transcende.

Com a primeira — "Mundo mundo vasto mundo,/mais vasto é meu coração." ("Poema de sete faces, **AP**) — Drummond incorre na forma peculiar da *hamartia* trágica: na *hybris*, desmedida do herói, que transgride os limites de sua condição ao proclamar a autonomia da própria particularidade, assim convertida em medida do real.

Com a segunda — "Não, meu coração não é maior que o mundo./ É muito menor." ("Mundo grande", **SM**) — o poeta corrige o erro da *hybris*, e formula originalmente a lição do aprendizado trágico, que redimensiona o homem, reduzindo-o às justas proporções de parcela de uma totalidade, de manifestação, na ordem da multiplicidade, de uma unidade que o engloba.

Em "Breves observações sobre o sentido e a evolução do trágico", Gerd Bornheim sintetiza a questão fundamental levantada pela tragédia:

> Em última análise, toda tragédia quer saber qual é a medida do homem. Toda tragédia pergunta se o homem encontra a sua medida em sua particularidade ou se ela reside em algo que o transcende; e a tragédia pergunta para fazer ver que a segunda hipótese é a verdadeira. O não reconhecimento dessa medida do homem acarreta, pois, o trágico.[36]

---

[36] BORNHEIM, Gerd. *Op. cit.*, p.80.

Organizando-se em torno do eixo de oposições medida do homem na própria individualidade x medida do homem na sua relação com instâncias que o transcendem, o sistema semântico da poesia de Drummond se ergue e constrói a partir de um fundamento trágico.

Com sua filosofia centrada no processo multiplicidade-unidade cósmica, Anaximandro é um pensador básico para a compreensão da *hybris*:[37]

> Aí, de onde vem a geração dos seres, também se realiza a sua dissolução, segundo uma lei necessária, pois eles devem pagar reciprocamente a culpa e a pena da injustiça na ordem do tempo.[38]

Anaximandro identifica portanto a multiplicidade com injustiça e culpa, que só se repara e expia pela reintegração do múltiplo na unidade. Heráclito interpreta igualmente a pretensão à autonomia da multiplicidade como foco gerador de erro e desequilíbrio.

Um exacerbado egotismo percorre a obra de Drummond, manifestando-se inclusive em *A rosa do povo*, livro ápice de seu engajamento político-social. Essa hipertrofia da individualidade, porém, é vivenciada poeticamente como crime e culpa. Se a sensação de separação ontológica entre o sujeito e o universo radica no cerne mesmo de sua poesia, o poeta no entanto "anda à procura/dessa unidade áurea que perdemos" ("Canto órfico", **FA**) e se empenha em deixar-se possuir pelo sentimento do mundo.

"Um boi vê os homens" (**CE**), espécie de súmula da *hamartia*, atualizada sob diversas formas no conjunto de atributos que o boi descobre no homem, reconhece a marca da condição humana na cegueira da *hybris*, em virtude da qual os homens não percebem a unidade essencial existente sob a aparente multiplicidade e diversidade do cosmo:

> [...] Coitados, dir-se-ia não escutam
> nem o canto do ar nem os segredos do feno,
> como também parecem não enxergar o que é visível
> e comum a cada um de nós, no espaço. [...]

O poeta paga um alto preço por enovelar-se na própria particularidade, o remorso decorrente desse movimento concretizando-se em imagens de expiação, automutilação e consequente redenção.[39] Como meio de superar o egocentrismo, Drummond busca identificar-se com o outro pela participação em sua problemática social, dessa forma tentando alcançar uma experiência específica de unidade: "Venceste o desgosto,/calcaste o indivíduo,/já teu passo avança/em terra diversa" ("Uma hora e mais outra", **RP**). Ainda no nível do social, na utopia

---

37 *Ibidem*, pp. 76-77.
38 *Apud* MONDOLFO, Rodolfo. *O pensamento antigo*. São Paulo: Mestre Jou, 1966, v. 1, p. 40.
39 CANDIDO, Antonio. "Inquietudes na poesia de Drummond". *In*: *Vários escritos*. São Paulo: Duas Cidades, 1970, pp. 100-102.

de "Cidade prevista" (**RP**) aspira a uma ordem que resolva a tensão subjacente nos conflitos trágicos: "um jeito só de viver,/mas nesse jeito a variedade,/a multiplicidade toda/que há dentro de cada um." Em "Os últimos dias" (**RP**), conquista outra forma de unidade, agora no nível existencial—"E cada instante é diferente, e cada/homem é diferente, e somos todos iguais."

E em "Relógio do Rosário" (**CE**) Drummond transpõe o abismo entre o eu e o universo e vive dionisiacamente no plano cósmico a síntese particularidade-unidade ensinada pela sabedoria trágica:

> Era tão claro o dia, mas a treva,
> do som baixando, em seu baixar me leva
>
> pelo âmago de tudo, e no mais fundo
> decifro o choro pânico do mundo,
>
> que se entrelaça no meu próprio choro,
> e compomos os dois um vasto coro.
>
> Oh dor individual, afrodisíaco
> selo gravado em plano dionisíaco,
> [...]
> dor do espaço e do caos e das esferas.
> do tempo que há de vir, das velhas eras!

Retomando nossa proposição: no sistema da obra de Drummond, "Os bens e o sangue" vale como espaço poético de convergência e concentração da sua inteligência trágica do universo. Na medida em que se estrutura a partir da tensão entre duas forças, individualismo-anti-individualismo, essa inteligência contém uma potencialidade dramática, marca geral da produção do autor. A organização da matéria em termos de conflito entre forças personificadas e de ação destruidora e dolorosa caracteriza o poema em exame quer como realização radical daquelas virtualidades dramáticas, quer como forma patética do saber trágico drummondiano.

Em "Os bens e o sangue" a *hamartia*, entendida genericamente como cegueira cognoscitiva, é agenciada dramaticamente, inserindo-se no conflito e na ação: ao acreditar-se afetiva e espiritualmente desligado do clã (VII), o poeta-protagonista comete um erro de julgamento, incorrendo no desconhecimento do próprio eu. Também a *hybris*, modalidade específica da *hamartia*, é acionada dramaticamente: no repúdio aos antepassados revela-se a desmedida do poeta-personagem, que superdimensiona a sua individualidade, sem dar-se conta de que ela representa tão-somente um dos modos possíveis de manifestação do ser do grupo familiar. Ao negar os ancestrais, o "menino inda não nado" incorre no erro trágico, tal como o apresenta Gerd Bornheim:

> Heráclito diz que a sabedoria consiste em "agir conforme a natureza, ouvindo a sua voz". A recusa em ouvir a voz da *physis* ou a teimosia da multiplicidade que se afirma como independente e se recusa a confessar a unidade de todas as coisas (Heráclito, fr. 50) é o princípio do *pseudos*, do erro, gerador de culpa e injustiça. A compreensão da sabedoria como um saber escutar a voz do ser é um patrimônio comum da filosofia pré-socrática.[40]

O doloroso processo existencial de descoberta da própria identidade — que constitui o substrato temático de "Os bens e o sangue" — e que é sintetizado na *anagnórisis* implica o reconhecimento da natureza do poeta como entrelaçamento de unidade e multiplicidade, descobrimento retardado por sua *hybris*, maximização da própria particularidade, que se acredita independente do conjunto ancestral, enfatizando no múltiplo seus componentes de diferença em detrimento dos componentes de semelhança que o vinculam à uma fonte originária.

O poeta repara a culpa da *hybris* pela reintegração no grupo familiar, a qual parece impor-se como condição prévia e estágio necessário para a identificação com outros grupos (ver VII ou aspiração à unidade em outros níveis, pois somente a partir de sua ligação com as origens pode ele definir-se a si próprio, acercar-se do problema da existência e relacionar-se com o mundo). Essa é a conclusão que se extrai dos poemas de Drummond sobre a família, e que é sugerida por "Especulações em torno da palavra homem" (**VPL**):

> Como se fazer
> a si mesmo, antes
>
> de fazer o homem?
> Fabricar o pai
> e o pai e outro pai
>
> e um pai mais remoto
> que o primeiro homem?

"Os bens e o sangue" afirma portanto a dependência da subjetividade com uma realidade substancial e objetiva (no caso a família), relação que, segundo Kierkegaard, caracteriza a tragédia antiga, na qual "embora

---

40 BORNHEIM, Gerd. *Op. cit.*, p.78.

o indivíduo aja livremente, depende não obstante de determinações substanciais, do Estado, da família, do destino". Na tragédia moderna, ao contrário,

> o herói trágico está subjetivamente voltado para si mesmo, o que o expulsou não somente de todo contato direto com Estado, família e destino, mas frequentemente também de sua própria vida anterior... A tragédia moderna não tem portanto nenhum primeiro plano épico, nem nenhuma herança épica.[41]

No poema em análise, como na obra de Drummond em termos gerais, constata-se a herança épica presente no trágico antigo.

O desenlace (fala VIII) descobre a *physis* do poeta-protagonista, oculta num modo-de-ser aparentemente contrário ao de suas origens:

> Ó filho pobre e descorçoado, e finito
> Ó inapto para as cavalhadas e os trabalhos brutais
> com a faca, o formão, o couro... [...]
> [...]
> És nosso fim natural e somos teu adubo,
> tua explicação e tua mais singela virtude...

Nessa descoberta da verdade pelo destecer de uma aparência que privilegia a particularidade em prejuízo da unidade[42] encerra-se uma sabedoria básica da tragédia grega, expressa por Sófocles na fórmula: "Tornaste visível, meu filho, o modo de ser do qual surgiste."[43] Essas palavras de Filoctetes a Neoptolemo são aplicáveis a "Os bens e o sangue".

Ao fim do processo tipicamente trágico de conhecimento do eu através da dor, o poeta-protagonista alcança a sua verdadeira medida na conciliação das duas categorias em jogo no conflito, localizando-a na interação da sua individualidade com uma instância que a transcende: a "riqueza só, abstrata e una" do sangue.

A noção de *physis* aparece repetidas vezes na poesia de Drummond. Em "A mesa" (CE), surge com a mesma dialética negação-afirmação, processando-se igualmente a síntese oposição-identidade entre filho e pai: "não importa: sou teu filho / com ser uma negativa / maneira de te afirmar." "Especulações em torno da palavra homem" (VPL) retoma o conceito em termos de pergunta sobre a alteração da *physis* ao longo do roteiro vital: "e o sal que ele come / nada lhe acrescenta // nem lhe subtrai / da doação do pai?". "A um varão que acaba de nascer" (CE), poema em que ocorre a fusão de dois motivos — a *physis* e a *hamartia* — questiona e problematiza a atualização, na experiência existencial do homem, da sua constelação de possíveis previamente desenhada na *physis*:

---

41 KIERKEGAARD, Soren. "Le Reflet du tragique ancien sur le moderne". *In*: *Ou bien... ou bien*. Paris: Gallimard, s.d., p. 112.
42 BORNHEIM, Gerd. *Op. cit.*, p. 78.
43 *Apud* LESKY, Albin. *Op. cit.*, p. 151.

Como saber que foi
nossa aventura, e não
outra, que nos legaram?
No escuro prosseguimos.
Num vale de onde a luz
se exilou [...]

Superestimando um eu que não conhece os seus limites, a *hybris* pode manifestar-se sob as formas de orgulho, arrogância, prepotência, imoderada autoconfiança, especialmente ressaltadas na tragédia grega. Na composição dos personagens-ancestrais, Drummond reúne uma série de índices dessas modalidades de desmedida, que lhes definem o ser e o agir. Já no segundo verso do documento registra-se a sugestão de orgulho—"casas de rei, *q.* não de valete"—reiterado e modulado em abusivo sentimento de propriedade, que os leva a encarar a própria paisagem com perspectiva senhorial, incorporando-a ao seu serviço e interesse. A estilização em divindades funciona como signo de sua vontade que se pretende onipotente e do desmesurado exercício do poder, que a todos submete, egoisticamente traçando-lhes o destino.

Semelhante comportamento pressupõe uma ilimitada confiança na estabilidade do próprio poderio. Nesse sentido, a queda do clã ultrapassa a esfera do puramente econômico, revestindo-se de significação mais ampla: a perda de um mundo ilusório de segurança e a experiência da inflexibilidade da lei cósmica de dissolução no tempo.

(O poema executa portanto a variação trágico-dramática do tema obsessivo de Drummond—"O tempo é a minha matéria" ["Mãos dadas", **sm**]—que penetra praticamente todas as seções de sua poesia, convertendo-a em vasta e contínua reflexão sobre a ação do tempo no homem e no mundo).

Se tomam consciência da destruição de toda grandeza pela dinâmica do tempo, os antepassados compreendem igualmente que esse incessante fluir temporal cria novas formas de vida. Elaborados como personagens trágicos, vivenciam a sua decadência em termos de autodecisão e de autodeterminação de fecundar outras manifestações vitais—a poesia do descendente—que assegurem a permanência do transitório. Não só na *hybris* do menino, mas também na dos ancestrais, observa-se portanto a ambivalência destruição-construção, negatividade-positividade, queda-bênção.[44]

Com a *hybris* do poeta-protagonista e dos personagens-antepassados, Drummond promove o agenciamento dramático da sua inteligência dialética do universo, que opera a síntese dos contrários diferença-identidade, multiplicidade-unidade, morte-vida, mudança-permanência.

---

44 ABEL, Lionel. *Op. cit.*, p. 17: "*Hybris*, portanto, é uma coisa ambígua que pode levar à destruição, mas que também pode conduzir ao que na concepção de uma mente grega seria algo semelhante à graça."

Essas antinomias encontram-se subjacentes na tragédia grega, na qual parece projetar-se o pensamento de Heráclito, que as resolve dialeticamente.

O fluxo incessante das coisas e do sujeito cognoscitivo é um dado fundamental na cosmovisão de Drummond: "nem esta árvore/balança o galho/que balançava." ("Ontem", RP); "e cada folha é uma diferente. // E cada instante é diferente [...]" ("Os últimos dias", RP); "A água que corre/já viu o Borba./Não a que corre,/mas a que não para nunca/de correr." ("Sabará", AP)

Essa concepção vai ao encontro do princípio do fluxo universal dos seres, primeiro momento da filosofia de Heráclito:

> Não é possível descer duas vezes no mesmo rio, nem duas vezes tocar uma substância mortal no mesmo estado; mas pelo ímpeto e a velocidade da mutação (se) dispersa e novamente se reúne, e vem e desaparece (fr. 91). A quem desce os mesmos rios, alcança-os novos e novas águas (fr. 12). Descemos e não descemos no mesmo rio, nós mesmos somos e não somos (fr. 49).[45]

A tragédia aproxima-se ainda da especulação de Heráclito na oposição entre, de um lado, o fluxo universal enquanto dado empírico e, de outro, a exigência da razão e a necessidade religiosa da unidade permanente, satisfeita somente pela fé e autoconsciência.[46]

"Os bens e o sangue" propõe a reconciliação dos termos mudança-permanência, a dissolução de "tudo que foi grande" sendo superada pela unidade do clã, conquistada ao fim do processo de autoconhecimento do poeta-protagonista.

O poema se destaca—reitere-se—como espaço privilegiado de concentração da inteligência e do sentimento trágicos do mundo sobre os quais se alicerça a poesia de Carlos Drummond de Andrade. A cosmovisão nele dramatizada é homóloga à doutrina da tragédia, tal como Nietzsche a resumiu:

> [...] unidade fundamental de tudo que existe, individuação concebida como fonte do mal, esperança alegre de que os grilhões da individuação serão rompidos e pressentimento de uma unidade restaurada—esperança e pressentimento que se traduzem na arte.[47]

---

[45] *Apud* MONDOLFO, Rodolfo. *Op. cit.*, p.43.
[46] *Ibidem.*
[47] NIETZSCHE, Friedrich. *Op. cit.*, p.70.

O DESTINO

No homem consciente de sua irrecorrível implicação nas situações reside outra afinidade entre o saber trágico e o saber drummondiano:

> Este é de resto o mal
> superior a todos:
> a todos como a tudo
> estamos presos. [...]
> "A UM VARÃO, QUE ACABA DE NASCER", **CE**

Na tragédia, tais situações se distinguem como situações-limite pela tomada de consciência do herói da impossibilidade de suprimi-las e substituí-las por outras: não foi ele quem as criou; elas são o que são em virtude de um dado que lhe escapa.[48] Ao constatar a irreversibilidade das situações em que se encontra implicado, a consciência da própria identidade torna-se extremamente dolorosa para o homem e ele preferiria não ser quem é:

> A identidade do sangue age como cadeia,
> fora melhor rompê-la. Procurar meus parentes na Ásia,
> onde o pão seja outro e não haja bens de família a preservar.
> Por que ficar neste município, neste sobrenome?
> Taras, doenças, dívidas: mal se respira no sótão.
> Quisera abrir um buraco, varar o túnel, largar minha terra,
> passando por baixo de seus problemas e lavouras, da eterna agência do correio,
> e inaugurar novos antepassados em uma nova cidade.
> "COMO UM PRESENTE", **RP**

"Os bens e o sangue" apresenta a situação básica do herói trágico: o poeta-personagem não pode escolher não ser quem é. Se na parte VII pensa escolher, ao repudiar os antepassados e negar sua identidade espiritual e afetiva, no final descobre e reconhece, por voz dos ancestrais, ser exatamente o contrário do que acreditava e parecia ser. A sua liberdade restringe-se a assumir a sua condição de objeto de uma escolha, a partir do que se transforma em sujeito de escolhas.[49] Na estilização trágica da matéria autobiográfica empreendida no poema, o poeta-protagonista, ainda que o questione, assume seu papel de eleito e bode expiatório da família e cumpre a missão que lhe fora predestinada pelos antepassados: redimi-los da decadência e morte, promover a comunhão e assegurar a perenidade do grupo familiar pela poesia. Concluindo pela impossibilidade de abolir suas circunstâncias existenciais determinantes, ele as incorpora à

---

48 MONNEROT, Jules. *Les Lois du tragique*. Paris: PUF, 1969, p. 12.
49 *Ibidem*, p. 50.

própria vontade, decidindo-se a vivê-las conscientemente. É nessa decisão que se manifesta a sua liberdade, similar à do protagonista da tragédia:

> A liberdade trágica que é a do herói não é a escolha de qualquer possível entre os possíveis. Orestes, aceitando ser Orestes, olha de frente o fato de ser determinado por aquilo que o precede e escolhe ser conscientemente, ativamente, determinante do que se segue.[50]

Em "Banho de bacia" (MA), Drummond retoma a problemática implícita em "Os bens e o sangue": colisão inicial e identificação final entre, de um lado, uma circunstância que se instala fora do controle do homem e, de outro, a sua vontade, que se exerce quando ele resolve assumir a circunstância, dessa forma fazendo-a sua e governando-a:

> No meio do quarto a piscina móvel
> tem o tamanho do corpo sentado.
> Água tá pelando! mas quem ouve o grito
> deste menino condenado ao banho?
> Grite à vontade.
> [...]
> O mundo é estreito. Uma prisão de água
> envolve o ser, uma prisão redonda.
> Então me faço prisioneiro livre.
> Livre de estar preso. Que ninguém me solte
> deste círculo de água, na distância
> de tudo mais. O quarto. O banho. O só.
> O morno. O ensaboado. O toda-vida.

Nessa identificação, define-se o destino do herói trágico. Como muitos outros poemas de *Menino antigo*, "Banho de bacia" sugere dois níveis de leitura. O primeiro presentifica um episódio da infância representativo do seu contexto familiar; o segundo confere "significado extra--noticial" ao episódio, tornando-o representativo do estar-no-mundo do sujeito; à dimensão sociológica superpõe-se pois uma dimensão ontológica, que possibilita ler-se o texto também como expressão de uma "visão, ou tentativa de, da existência", na qual afloram questões pertinentes à categoria do trágico: a condição ambígua do homem objeto de escolha-sujeito de escolha, a relação do agente com suas ações, a tensão entre necessidade e liberdade, o papel do destino.

"Banho de bacia" exemplifica de forma categórica a teoria da dupla motivação proposta por Albin Lesky[51] para definir os limites da liberdade do herói trágico, aquilatar o peso do destino e avaliar o poder de instân-

---

[50] MONNEROT, Jules. *Les Lois du tragique*. Paris: PUF, 1969, p. 13.
[51] LESKY, Albin. *Op. cit.*, p. 98.

cias superiores: o protagonista defronta-se com uma necessidade exterior que o compele e coage, mas, por uma decisão e atuação próprias de seu caráter, ele se apossa dessa necessidade e a faz sua, a ponto de querer com veemência aquilo que, num outro sentido, é constrangido a fazer.

No jogo trágico de "Os bens e o sangue" a dupla motivação não se mostra com tanta clareza quanto em "Banho de bacia", parecendo esmaecer-se o papel da deliberação do poeta-protagonista e fortalecer-se o da intervenção do grupo familiar. Tal atenuação decorre em parte do fato de não ser explicitada a adesão cabal do "menino inda não nado" aos desígnios dos ancestrais, a quem cabe a última fala do poema. Nesse sentido, a sua estilização em divindades oraculares compõe uma metáfora radical da perspectiva de Drummond frente aos antepassados, esparsa ao longo de sua poesia: ele como que lhes atribui estatuto divino e os cultua como potências sagradas, que inspiram "terroramor", que presidem à constituição de seu ser e nas quais radica o significado de seu percurso existencial:

> Lá onde não chegou minha ironia,
> entre ídolos de rosto carregado,
> ficaste, explicação de minha vida,
> como os objetos perdidos na rua.
> "VERSOS À BOCA DA NOITE", **RP**

O motivo do destino, imprescindível à reflexão trágica sobre o ser e o mundo, reaparece em "Signo" e "Brasão", de *Boitempo*. No primeiro, o destino parece delinear-se como força coercitiva que se origina no íntimo do sujeito, que o assedia desde dentro, comandando-o por inteiro. A imagem do "escorpião", signo zodiacal de Drummond, funciona como emblema da condição ambígua "mordido e mordente". A dupla motivação é suprimida por completo, anulando-se portanto a margem de escolha e liberdade do sujeito. Este, embora impotente diante do inexorável, não se comporta como vítima passiva e resignada, atitude que seria incompatível com a dimensão trágica da poesia de Drummond.

Em "Brasão" (**B**), o motivo do destino funde-se ao da *anagnórisis* ou reconhecimento do grupo familiar, o qual volta a ser interpretado como instância modeladora da identidade do poeta. Como em "Os bens e o sangue", a ação do clã efetua-se de modo ambíguo e oblíquo, conotando ao mesmo tempo violência e amor e deixando entrever o motivo da eleição.

A situação de contiguidade imediata dos dois poemas põe em relevo o diálogo entre eles e não deve se descartar a hipótese de que, a par da relação de complementação, verifique-se entre os dois uma relação de correção. Levando-se em conta que "Brasão" reitera a *anagnórisis* tão presente na poesia de Drummond, seria ele que faria uma sutil retificação de "Signo", ao religar o destino do poeta, ainda quando traçado pela dinâmica interna das inclinações do indivíduo, à coesão do grupo familiar, potência sagrada que exerce o seu domínio a partir da própria interioridade do descendente. A *anagnórisis* reintroduz a dupla motivação e a consequente ambiguidade objeto de escolha-sujeito de escolha e se realiza à maneira de epifania.

OS ARQUÉTIPOS BÍBLICOS

Reitera-se o "jogo" trágico que norteia a reelaboração estética da matéria autobiográfica em "Os bens e o sangue" quando se percebe outra de suas regras estruturais: a inserção, no discurso poéticodramático, de figuras arquetípicas da Bíblia, que desse modo se define como segunda matriz da estilização empreendida no poema.

Na mimese do sacrifício desenha-se o amplo *pattern* comum à tragédia e aos relatos bíblicos. Com essa perspectiva, Maud Bodkin analisa alguns heróis trágicos — Édipo, Hamlet, Lear — registrando-lhes o parentesco com o Cristo e concluindo que

> as religiões de mistério, como os dramas trágicos de Sófocles e Shakespeare, e como as narrativas do Evangelho, são penetradas e em parte moldadas por forças ativas no seio da relação do indivíduo com a sociedade, projetando-se a si mesmas como o modelo trágico de sacrifício ou de renascimento.[52]

Outras semelhanças entre as duas formas de expressão: a mobilização do terror e da piedade no público e o tema da queda como núcleo dramático narrativo.

ADÃO

Com o discurso alusivo da parte IV, Drummond introduz no poema o mito da expulsão do paraíso. A associação entre o menino e Adão, personagem arquetípico da queda, estabelece-se portanto no interior do próprio texto.

Na síntese, na sintaxe e no emprego do futuro com valor imperativo, a estrutura frasal segue o modelo bíblico de sentenças que exprimem ordem-maldição, indiciando o registro conotativo da fala e funcionando como elemento reafirmador da estilização dos antepassados em divindades, hipérbole de sua atuação condicionante na formação do *gauche* "fazendeiro do ar".

---

[52] BODKIN, Maud. *Archetypal Patterns in Poetry.* Londres: Oxford University Press, 1968, p.285.

Observa-se a intertextualidade com o discurso bíblico também no paralelismo semântico, que se efetua ora em regime de oposição—"o menino inda não nado" "não lavrará campo" e "de nudez se veste", ao contrário de Adão (cf. Gênesis, 3, 23 e 3, 7)—ora em regime de semelhança, na glosa poética pessoal dos significados-motivos básicos da maldição divina: *subsistência* ("tirará sustento / de algum mel nojento"); *desobediência* ("não se sujeitando / a um poder celeste"); *errância* ("e seu passo tíbio / sairá na cola / de nenhum caminho", errância antecipada em II no bissêmico sintagma "mala-sorte"); *criação-sofrimento* ("sofrerá tormenta / no melhor momento").

As correlações entre a fala IV e o relato da queda de Adão e Eva são, pois, numerosas e pertencentes a níveis diversos, podendo-se dizer que a articulação entre o discurso de Drummond e o discurso bíblico se realiza em termos de isotopia ou redundância, a fim de permitir a identificação do arquétipo.

A fala VII, na qual o menino responde aos vaticínios dos ancestrais, finalizados exatamente na parte IV, reinsere o mito da expulsão do paraíso na estilização trágico-poética da referência pessoal:

> Ó monstros lajos e andridos que me perseguis com vossas barganhas sobre meu berço imaturo e de minhas minas me expulsais.

Confronte-se ainda o verso "E no fundo da mina, ó capitão, me esconde" com o texto do Gênesis 3,8: "E escondeu-se Adão e sua mulher da presença do Senhor, entre as árvores do jardim."[53]

MESSIAS

O arquétipo do Messias vincula-se à dialética morte-vida e ao processo sacrifício-redenção de "Os bens e o sangue". Conforme já se assinalou, o sacrifício do poeta-protagonista resgata da morte os ancestrais-personagens. Subjaz nesse resgate o arquétipo do Cristo, em sua face de eleito que deve ser sacrificado para redimir a queda de Adão.

Como enfatizaram os etnólogos, o episódio da queda de Adão representa o tema do tempo funesto e mortal. A segunda árvore do paraíso, cujos frutos são proibidos, sua degustação acarretando a queda, não é a árvore do conhecimento como dizem interpretações recentes, mas a árvore da morte. O conhecimento da morte e a tomada de consciência da angústia temporal enquanto catástrofes primordiais foram substituídos pelo problema mais secundário do conhecimento do bem e do mal, que pouco a pouco foi sendo grosseiramente sexualizado.[54] Essa

---

53 Consultaram-se duas edições da Bíblia: *Bíblia sagrada*. Tradução de padre João Ferreira d'Almeida; *Bíblia sagrada*. Tradução de Centro Bíblico de São Paulo.
54 DURAND, Gilbert. *Les Structures anthropologiques de l'imaginaire*. Paris: Bordas, 1969, pp. 125-127.

interpretação recupera o valor arquetípico primitivo da serpente—renovação e perenidade, projeção no imaginário coletivo de sua qualidade de animal lunar que muda ciclicamente de pele. Embora polivalente e por vezes contraditório, o simbolismo ofidiano reiteradamente encerra significação temporal, representando em diversas culturas as imagens de regeneração e imortalidade, de guardiã da perpetuidade ancestral, e de guardiã do mistério último do tempo, a morte.[55]

Na obra de Drummond, a imagem da serpente investe-se desse triplo significado simbólico. Atraído pelo enigma do tempo e da morte, temas obsessivos que provavelmente associa no seu imaginário ao animal lunar, o poeta autodefine-se como "amador de serpentes" ("Nudez", VPL). Em "Cisma" (B), pequena peça bucólica que transfigura o ambiente rural em cenário edênico, evocando o mito bíblico do confronto entre o homem e a serpente surge uma "cobra-coral", que assume no texto a função de símbolo do "sonho" de imortalidade. Em "Brasão" (B), poema no qual, como já se disse, reaparece o motivo da *anagnórisis* da família, "duas serpentes enlaçadas" compõem o emblema totêmico da perenidade do grupo ancestral, e se afirmam, no seu valor metafórico de vínculo com o descendente e na sua ambivalência picada-abraço, como símbolo "do momento difícil de uma revelação ou de um mistério: o mistério da morte vencida pela promessa de recomeço":[56]

> Ao ataque de duas línguas
> bífidas, todo te contrais
> e na dupla, ardente picada,
>
> a alegria te invade ao veres
> sobre a pele de teu destino
> que uma pulseira inquebrantável
> surge do abraço viperino.

Nesses poemas, a recorrência de valores temporais na simbologia ofidiana reforça a interpretação, no imaginário de "Os bens e o sangue", da queda de Adão como queda na temporalidade, o seu delito conotando, de acordo com a lição bíblica menos difundida, a pretensão e a tentação potenciais à eternidade (reincidência virtual da insubmissão ao poder celeste), causa efetiva da expulsão do paraíso. É com essa significação temporal que ela assume uma segunda face no poema, a de imagem arquetípica do declínio e morte do clã.

Uma das normas do jogo com os arquétipos consiste na reversibilidade do seu emprego. Na fala IV, Adão é a figura arquetípica do poeta--protagonista; mas a partir da aplicação ao poeta do arquétipo Messias,

---

[55] DURAND, Gilbert. *Les structures anthropologiques de l'imaginaire*. Paris: Bordas, 1969, pp. 368.
[56] *Ibidem.*

os antepassados passam a identificar-se com o arquétipo Adão; por sua vez, a associação entre o poeta e o apóstolo Pedro implica a relação Cristo--antepassados. Estabelecem-se, em consequência, as séries paradigmáticas:

Adão	Deus
Cristo (logo Deus também)	Adão
Pedro	Cristo
poeta-protagonista	antepassados-personagens

O manejo reversível dos arquétipos reitera no plano mítico do poema a assimilação entre o poeta e os ancestrais processada no nível do real representado.

A pretensão potencial à eternidade, que se configurou como origem da queda de Adão, é sugerida na composição das personagens às quais se aplica o seu arquétipo. Quanto aos ascendentes, ela se encontra implícita na sua estilização em entidades divinas e nas manifestações de seu orgulho senhorial e autoridade despótica, as quais pressupõem a crença na durabilidade da própria supremacia. A queda do clã significa, conforme se observou, a ruptura dessa ilusão e a imersão na temporalidade, que lhe arrebata o poderio. Quanto ao poeta-protagonista, o discurso da parte VII deixa entrever (o que será desenvolvido posteriormente) o anseio de liberar-se das leis do tempo, de situar-se "fora dele" (ver "Cisma", B). "Os bens e o sangue" atesta a interpretação da *hybris* como "presunção a uma certa espécie de divindade que poderá ou não ser concedida".[57]

O arquétipo do Messias não permanece apenas no nível do subjacente, pelo paralelismo das situações sacrifício e resgate. Ele emerge ao nível do discurso no epíteto "desejado" (VIII, v.10), variante pessoal do termo *esperado*, com o qual a tradição bíblica, poética e religiosa alude ao Cristo. De importância decisiva na reelaboração mítica do real representado no poema, a imagem *sangue* reafirma a apropriação do arquétipo do Messias na composição do poeta-protagonista. Polissêmica, ela vai se desdobrando em múltiplas significações. Em VII "sangue" significa simbolicamente filiação espiritual e afetiva:

> Os parentes que eu amo expiraram solteiros.
> Os parentes que eu tenho não circulam em mim.
> Meu sangue é dos que não negociaram [...]

No jogo antitético do título, "sangue" é signo de perenidade, em oposição à fugacidade dos "bens". No poema como todo, "sangue" indica filiação genética. Em sua polissemia, a imagem reinstala o equilíbrio laços de sangue = laços de amor.

---

[57] ABEL, Lionel. *Op. cit.*, p. 18.

Finalmente — e aqui culmina o arquétipo do Messias —, do contexto ritualístico do poema infere-se que *sangue* é metáfora do sacrifício do poeta, que ligará o presente ao passado, mantendo em cada indivíduo o sentido de comunhão com o grupo, não só com os membros vivos, mas também com os ancestrais.

> No derramamento ritual de sangue, não é o tirar a vida que é fundamental, mas o dar a vida para promover e preservar vida, e para estabelecer união entre o indivíduo e as forças invisíveis que o circundam.[58]

Portanto, "sangue" é símbolo da aliança do clã, conquistada pela Paixão do poeta. Ou seja: símbolo da eucaristia, na sua acepção síntese de celebração em memória, refeição como anamnese, refeição comunitária, sacrifício, refeição sacrificial.[59] No simbolismo eucarístico e epifânico descobre-se um parentesco entre o poema e o auto sacramental.[60]

A simbologia eucarística aparece em outros textos de Drummond: em "A mesa" (**CE**), como ceia comunitária que mantém viva a memória dos mortos e garante a união do grupo familiar. Em "Comunhão" (**B**), ressurge a imagem do poeta como elemento instaurador da comunhão dos membros do clã:

> Todos os meus mortos estavam de pé, em círculo,
> eu no centro.
> [...]
> Nenhum tinha rosto. O que diziam
> escusava resposta,
> ficava parado, suspenso no salão, objeto
> denso, tranquilo.
> Notei um lugar vazio na roda.
> Lentamente fui ocupá-lo.
> Surgiram todos os rostos, iluminados.

As duas matrizes da estilização da matéria representada em "Os bens e o sangue" — a tragédia e as narrativas bíblicas — convergem para uma perspectiva similar quanto à relação entre o indivíduo e o grupo. Nos conflitos trágicos, o herói descobre uma totalidade de vida que o transcende, a ela retornando e dando-lhe continuidade, dessa forma expiando a culpa da separação — *pattern* que se desentranha do poema de Drummond. Nos relatos do Novo Testamento, a individualidade autocentrada implica solidão e sofrimento, sanados pela submersão do eu num poder espiritual maior — a consciência comunitária — a multiplicidade recuperando a unidade na fusão em torno do Cristo.[61]

---

58 BODKIN, Maud. *Op. cit.*, p.285.
59 VAN DEN BORN, A. (org.). *Dicionário enciclopédico da Bíblia*. Petrópolis: Vozes, 1971, p.9.
60 Sobre a relação entre auto sacramental e tragédia, ver: FRYE, Northrop. *Op. cit.*, pp.143-157.
61 BODKIN, Maud. *Op. cit.*, p.275.

PEDRO

O arquétipo de Pedro insinua-se no texto pela dialética negação-afirmação e pelo processo eleição-missão. Registre-se o paralelismo entre a narrativa do Novo Testamento e o conflito dramático de "Os bens e o sangue".

Os deuses-antepassados preveem a negação do menino: "Num magoado alvoroço/o queremos marcado/a nos negar; depois/de sua negação/nos buscará"; Cristo prevê a negação de Pedro: "Em verdade te digo que, nesta mesma noite, antes que o galo cante, três vezes me negarás" (Mat., 26, 34; Marc. 14, 30; Luc. 22, 34; João, 13, 18).

A "certeza frágil", atributo do poeta-personagem, também caracteriza Pedro: naquele ela se concentra em sua negação apaixonada e radical dos antepassados, que logo reverterá, no entanto, em reconhecimento e afirmação; neste ela se comprova em seu veemente protesto, que logo se mostrará inconsistente, contra a previsão do Cristo: "disse-lhe Pedro: ainda que me seja necessário morrer contigo, de modo nenhum te negarei" (Mat. 26, 35; Marc. 14, 31; Luc. 22, 33; João, 13, 37).

O menino nega os ancestrais; Pedro nega a Cristo (Mat. 27, 69-75; Marc. 14, 66-72; Luc. 22, 54-62; João, 13, 37).

O poeta-protagonista reconhece amorosamente os antepassados; Pedro é o discípulo que mais ama o Cristo (João, 21, 15-17).

O arquétipo de Pedro alcança no poema sua plenitude significativa no processo eleição-missão. Pedro é o apóstolo escolhido para congregar universalmente os membros da comunidade cristã, e preservar a memória do Cristo: "E também te digo que tu és Pedro, e sobre esta pedra edificarei a minha igreja..." (Mat. 16, 18); o poeta é o descendente eleito para instaurar a comunhão do grupo familiar e assegurar-lhe a perenidade na poesia.

No nível do discurso poético-linguístico, a metáfora do sal ratifica o paralelismo assinalado. Plurivalente, ela institui no poema várias significações, todas fundadas no próprio texto. Signo da perenidade espiritual dos ancestrais em outro espaço e outro ser:

> E nossa rica fazenda
> já presto se desfazendo
> vai-se em sal cristalizando
> na porta de sua casa
> ou até na ponta da asa
> de seu nariz fino e frágil,
> de sua alma fina e frágil,
> [...]

é ainda signo de esterilidade da terra em que se situa a "casa" do poeta, relacionando-se com "não lavrará campo" (ver "salgar o chão é condená-lo à improdutividade").[62] Como metáfora metonímica de lágrima, associa-se a "vai muito chorar".

A primeira significação permite remeter a metáfora de Drummond às palavras de Cristo aos apóstolos: "Vós sois o sal da terra" (Mat. 5, 13), sendo "sal" interpretado pelos teólogos como princípio de conservação espiritual, significado simbólico este confirmado pelas pesquisas antropológicas de Gilbert Durand: "A prova da perenidade da substância através das peripécias dos acidentes."[63] Se a pregação dos apóstolos é sal que garante a perpetuidade da mensagem de Cristo, a palavra poética do descendente no poema de Drummond é sal que possibilita a perpetuidade da substância familiar.

JÓ

Vislumbra-se ainda no texto o arquétipo de Jó, que nele se reflete e ressoa com menos impacto e visibilidade e mais em surdina que os arquétipos de Adão, Cristo e Pedro. Várias semelhanças esboçam no entanto o paralelismo entre o livro bíblico e o poema drummondiano:

A condição de Jó—servo preferido de Deus (1, 8; 2, 3)—e a do poeta-protagonista, descendente preferido dos antepassados: "e é teu esse primeiro/e úmido beijo em nossa boca de barro e de sarro".

O protesto de Jó contra a violência de Deus e o seu pedido de socorro (19, 7); o protesto do menino contra a ação dos ancestrais e o seu apelo de ajuda ao capitão João Francisco (VII).

A acusação de Jó: "Deus se ri da prova dos inocentes" (9, 23); a constatação na fala VI: "e os antepassados no cemitério/se rirão se rirão".

O princípio pequeno e o fim grande de Jó (8, 7); o princípio pequeno do menino "vergonha da família" e o seu fim grande como poeta redentor da família.

As doenças de Jó (2, 7; 7, 5) e do menino: "vai ter catapora/amarelão e gálico"; o choro de um (16, 16, 20) e de outro: "E vai muito chorar"; a marginalização de ambos do grupo social (19, 14; III, IV).

A obstinação de Jó em descobrir os desígnios de Deus, *leitmotiv* do seu livro; a inquietação metafísica do poeta-protagonista, que "roga à escuridão/abrir-se em clarão".

Embora no espírito popular Jó simbolize a paciência, o seu traço individualizador é a necessidade de compreender a causa do seu sofrimento, é a exigência de uma palavra divina que lhe explique a razão de sua queda. Jó contende com Deus, quer desvendar os

---

62 CÂMARA CASCUDO, Luís da. *Dicionário do folclore brasileiro.* 2. ed. Rio de Janeiro: INL/MEC, 1962, v.1, p.673.
63 DURAND, Gilbert. *Op. cit.*, p.301.

caminhos ocultos de Deus, por isso seus "passos se desviaram do caminho" (31, 7).

Percebe-se, ainda, na trama do discurso dos dois textos, uma sutil afinidade entre os males prenunciados pelo coro dos escravos e a linguagem simbólica com a qual Jó se queixa da sua desgraça (12, 5; 16, 12; 16, 15; 30, 12-13; 30, 19; 30, 22; 31, 7).

Retomando a proposição inicial: a realidade representada em "Os bens e o sangue" se organiza em um esquema de estilização trágica que tem por modelos a tragédia grega e a Bíblia, a inserção de arquétipos do processo eleição-queda-sacrifício-resgate instituindo-se como uma das leis estruturadoras do jogo poético. O poema mostra de modo eloquente e radical o método de Drummond no tratamento da matéria autobiográfica: ele a submete a um processo de composição que, tendo em vista a configuração de uma Forma, opera a estilização da experiência pessoal. Mesmo os poemas que podem, enganadoramente, parecer confessionalismo direto, são de fato a construção literária de uma vivência, o "eu todo retorcido" sendo uma elaboração estética e uma criação de um personagem poemático, que não se obriga a um estrito compromisso com o real, porquanto "a face do artista é sempre mítica" ("A um morto, na Índia", VPL).

A apreensão desse princípio plasmador do biografismo orienta a leitura bissêmica dos versos finais de "Os últimos dias" (RP):

> E a matéria se veja acabar: adeus, composição
> que um dia se chamou Carlos Drummond de Andrade.
> [...]
> vida aos outros legada.

neles descobrindo uma significação metalinguística, alusiva à organização poética de uma "matéria" humana e de uma "vida", dessa forma "aos outros legada" como reelaboração e comunicação artísticas, o termo "composição" remetendo à noção de organismo biológico e também à de organismo verbal, textual—"composição" de uma entidade-personagem poética.

O DESENLACE

A ambiguidade inerente à linguagem poética é particularmente reforçada pela estrutura específica de "Os bens e o sangue": a finalização do poema pelo silêncio de uma das forças em conflito admite a possibilidade de leituras diversas, que atingem a própria significação do desenlace.

A leitura que considera implícita a *anagnórisis* amorosa dos antepassados por parte do descendente não propõe que se incluam necessariamente nesse reconhecimento nem a justificação da ação do clã, nem a ausência de contida revolta diante dela; mas tampouco nega a viabilidade dessas três tácitas reações frente à fala dos ancestrais.

Se em vários poemas de Drummond a *anagnórisis* afetiva envolve a adesão integral à figura do pai, com a aceitação do seu ser e agir, autocensurando-se o poeta por só tardiamente descobri-lo e reconhecê--lo e resolvendo-se o conflito entre eles pela total reconciliação, o poema "Raiz" (**MA**) reconhece o amor, mas afirma a manutenção do impasse:

> o mesmo instinto, o mesmo
> fero exigente amor
> crucificante
> crucificado
> a mesma insolução
> o mesmo não
> explodindo em trovão
> ou morrendo calado.

O diálogo entre os dois textos justifica portanto a indagação: o conflito de "Os bens e o sangue" se decide por um sim absoluto ou por um sim relativo com ecos de não morrendo calado?

Na ambivalência diante de um mesmo objeto delineia-se o *pattern* emocional correspondente à tragédia, na qual o herói vive a experiência da tensão entre sentimentos contrastantes. De um lado, amor, admiração e fidelidade; de outro, ressentimento, hostilidade e independência. Essa dicotomia decorre do mesmo conflito fundamental: a luta entre o impulso à autoafirmação e a tendência à submissão.

Esse *pattern* geral se particulariza frequentemente na dualidade em relação à figura paterna ou materna, que tanto pode ser representada indivisamente em um único personagem (*Édipo Rei*), quanto pode decompor-se em dois, o do pai ou mãe reverenciados e o do tirano usurpador (*Orestes, Hamlet*). O conflito não se investe forçosamente de significação sexual; seu componente decisivo reside na convergência de afeto e agressividade sobre a imagem dos pais.

A figura ancestral objeto da ambivalência solidariedade-revolta encarna o poder espiritual de uma forma coletiva de vida e de uma experiência comunitária, preservado graças ao triunfo final da tendência à submissão sobre a tendência à autoafirmação.[64] A divisão interior do herói configura, em termos psicológicos, emocionais e estéticos, o substrato filosófico da tragédia, centrado na oposição multiplicidade--unidade, a qual se soluciona, conforme já se apontou, pela reintegração do múltiplo no uno.

---

64 BODKIN, Maud. *Op. cit.*, pp. 13-25.

Sem prejuízo do reconhecimento amoroso e da descoberta da *physis* do poeta-protagonista, afinal identificado com a totalidade espiritual da qual se separara, a estrutura de "Os bens e o sangue" suscita as seguintes questões quanto ao desfecho: solução global do conflito e reconciliação plena entre pais e filho? Permanência de resíduos da "energia da hostilidade reprimida, como compensação do amor ideali-zado"[65], que deixam em suspenso certas áreas do conflito em estado de "insolução"?

A primeira leitura—a que, reitere-se, interpreta a *anagnórisis* afe-tiva e o descobrimento da *physis* como adesão sem restrições ao grupo familiar—enfatiza um paradoxo basicamente trágico: a mesma força que impele o homem à desgraça, com esse movimento o atrai para mais perto de si, e o encaminha à glória final (ver o dialogismo entre *Édipo-rei* e *Édipo em Colona*). No poema de Drummond, como nas duas tragédias de Sófocles, a mesma voz que profetiza a queda do protagonista, enuncia as palavras que haverão de conduzi-lo ao apa-ziguamento interior.

Na segunda hipótese, a ambivalência própria do *pattern* emocional da tragédia não se resolveria integralmente no final, por faltar caráter de absoluto ao triunfo da tendência à submissão, persistindo no desenlace vestígios da tendência contrária—impulso à autoafirmação—consubs-tanciados talvez no silêncio de protesto contra o "fero exigente amor" do grupo ancestral, que egoisticamente dirige a vida dos descendentes para a glorificação de seus próprios valores: "Pois carecia que um de nós nos recusasse/para melhor *servir-nos*." (O grifo é nosso.)

No poema "A corrente", de *A paixão medida*, rompe-se o silêncio e a ambiguidade emocional em relação aos antepassados, e vem à tona, unívoco e explícito, o rancor por tanto tempo represado contra o passado familiar:

> Sente raiva do passado
> que o mantém acorrentado.
> Sente raiva da corrente
> a puxá-lo para a frente
> e a fazer do seu futuro
> o retorno ao chão escuro
> onde jaz envilecida
> certa promessa de vida
> de onde brotam cogumelos
> venenosos, amarelos,
> e encaracoladas lesmas
> deglutindo-se a si mesmas.

---

[65] *Ibidem*, p. 19.

No nível objetivo da ação, ambos os desenlaces no entanto promovem a ascensão do deserdado, classificando-se pois como finais felizes.

Do ponto de vista do trágico enquanto estrutura do assunto, a *Poética* de Aristóteles admite, como solução do conflito e resultado da ação, tanto a mudança da felicidade em desgraça, quanto a transformação da desgraça em felicidade.[66]

Do ponto de vista do trágico enquanto específica concepção do mundo, o tema do desfecho feliz tem sido objeto de discussão, divergindo as conclusões. Para alguns autores faz-se imprescindível a catástrofe final do herói. Nessa linha situa-se Goethe, para quem o trágico se fundamenta numa contradição irreconciliável, afirmando ele radicalmente que "tão logo aparece ou se torna possível uma acomodação, desaparece o trágico".[67] Staiger partilha da mesma posição, indicando como única resolução possível da crise "um fracasso irrecorrível, um desespero mortífero que não visualiza salvação".[68] Em campo contrário alinha-se Albin Lesky, que, tendo em vista a série de tragédias áticas a que falta o desastre final e/ou que terminam pela "completa reconciliação e ajuste" entre as forças antagônicas, conclui pela compatibilidade entre a categoria do trágico e o final feliz ou a solução conciliadora.[69]

Como já se observou, a estilização trágica da matéria de "Os bens e o sangue" cria um significado extra-noticial de natureza metafísica, que aponta para a crise do divino esparsa na poesia de Drummond, e que funda o conteúdo latente do poema: o conflito homem *versus* deuses.

Também nesse nível de leitura reafirma-se o agenciamento do silêncio final do protagonista como fator estruturante da plurivocidade do desenlace. Encerrando o poema na fala VIII, Drummond concretiza de forma radical no espaço do texto (em termos de teatro, o procedimento equivaleria à retirada de cena do personagem) uma atitude que vai ao encontro do comportamento padrão do herói trágico, caracterizado pela mudez — segundo Walter Benjamin traço distintivo não apenas de Édipo mas de todos os heróis da tragédia grega: "o herói trágico só tem uma linguagem inteiramente à sua altura, é o silêncio".[70]

O silêncio a que se refere Walter Benjamin não é um silêncio físico (daí classificarmos de concreto e radical o de Drummond), mas o silêncio das faculdades intelectivas: Édipo se lamenta e grita; seu discurso, porém, se imobiliza na área da emoção, por carecer de pensamento reflexivo que lhe permita ao herói definir-se, enquanto ser de razão e espírito especulativo, diante da sua queda. Ainda segundo Walter Benjamin, Édipo se cala porque não consegue destrinçar a malha que lhe veda discernir a causa de sua desgraça: se o crime em si, se o oráculo de Apolo, se a sua própria maldição contra o assassino de Laios.

---

66 ARISTÓTELES. *Op. cit.*, 1451a, p.41.
67 *Apud* LESKY, Albin. *Op. cit.*, p.25.
68 STAIGER, Emil. *Op. cit.*, p.148.
69 LESKY, Albin. *Op. cit.*, p.29.
70 BENJAMIN, Walter. "Œdipe ou Le Mythe raisonnable". *In: Poésie et révolution*. Paris: Denöel, 1971, p.46.

Infere-se portanto que o silêncio do herói deriva de sua cegueira cognoscitiva, da *hamartia* de sua condição humana, impondo-se como elemento portador de coerência da mensagem trágica. O processo de conhecimento do eu se perfaz na consciência da impossibilidade de atingir a explicação última da existência, na consciência portanto dos próprios limites.

No final de "Os bens e o sangue", o espaço do silêncio se preenche de hipóteses, configurando-se como signo da "certeza frágil", que torna inviável o julgamento unívoco e definitivo da ação divina. (Tal inviabilidade virá a constituir-se em núcleo temático de "Os dois vigários", lc.) Nesse vazio instala-se a *hamartia* judicativa, que não permite senão suposições e perguntas e efetua-se tacitamente a antecipação ou retomada de questões e perguntas do universo drummondiano, tais como: "Por que Deus é horrendo em seu amor?" ("A santa", lc), que focaliza o tema da eleição divina. Deuses e homens se nivelam? — pergunta sugerida pela reversibilidade dos arquétipos bíblicos, nivelamento tema de "Tristeza no céu" (J), que tem como núcleo significativo a *hamartia* divina: "Por que fiz o mundo? Deus se pergunta / e se responde: Não sei."

É o homem quem resgata Deus e lhe assegura a imortalidade? — indagação levantada em "Especulações em torno da palavra homem" (vpl): "Para que serve o homem? / [...] para criar Deus?" Semelhantes perguntas, instigadas pela estruturação do texto, possibilitam o parentesco de "Os bens e o sangue" com a visão trágica do século xx, a qual transpõe a *hybris* do âmbito humano para o divino.[71] Nesse sentido, a injustiça radicaria em Deus, sua ação resumindo-se a um egoísta e caprichoso movimento de precipitar e elevar o homem, seu ofício consistindo em infligir-lhe a morte e o sofrimento. Essa concepção ressurge no poema "Matar" (ma): a estória do menino e as formigas compõe uma metáfora do relacionamento entre Deus e os homens; a inconformação e o protesto marcariam a grandeza da vítima, que assim "cobra sua morte / ferindo a divindade".

Nessa linha de interpretação, a fala vii a enriqueceria de significação metafísica, conotando uma aspiração ao não-ser. O apelo ao capitão João Francisco — "Inclui-me entre os que não são, sendo filhos de ti" — tem duplo sentido, em virtude da convergência na forma verbal "são", de funções diversas e valores semânticos diferentes: é verbo de ligação, que tem como predicativo o termo "filhos", elíptico mas subentendido (em linguagem prática e prosaica, o verso corresponderia à frase "inclui-me entre os que não são filhos de ti, sendo filhos de ti", o termo repetido significando respectivamente filiação genética e filiação espiritual); e também é verbo com plenitude significativa com o sentido de existir.

Considerando-se a segunda acepção de "são", o verso-apelo ao capitão expressaria o desejo de não existir, o anseio de não ser para o

---

71 BORNHEIM, Gerd. *Op. cit.*, pp.88-91.

sofrimento e a morte inerentes à experiência humana (ver "Comemoração", MA): "o presente/arrependimento de nascer"). Coerente com a leitura que atribui dimensão metafísica e existencial a "Os bens e o sangue", o mito da expulsão do paraíso receberia um segundo significado no texto, o refúgio "no fundo da mina" compondo a representação simbólica do edênico estado pré-natal (ver "menino inda não nado", "berço imaturo"), e a expulsão das minas desenhando-se como imagem arquetípica do nascimento, queda trágica na temporalidade[72] (ver "Elegia", FA: "Ganhei (perdi) meu dia").

Em *Menino antigo*, Drummond reestabelece a homologia entre o não ser e um estado paradisíaco, agora imaginados como vida biológica inocente da angústia existencial, situados na infância:

> Que vou ser quando crescer? Sou obrigado a? Posso escolher?
> Não dá para entender. Não vou ser. Não quero ser.
> Vou crescer assim mesmo. Sem ser. Esquecer.
>
> "VERBO SER", **MA**

(Atente-se para a sugestiva disposição do texto no volume: imediatamente anterior a "Matar".)

A fala IV fornece dados paralelos, na composição do poeta enquanto personagem, da aspiração e nostalgia do não-ser: na imagem da errância nos versos "e seu passo tíbio/sairá na cola/de nenhum caminho", descobre-se a metaforização da tendência ao niilismo, uma das faces do dialético "eu todo retorcido" drummondiano: "Minha matéria é o nada" ("Nudez", VPL).

Essa leitura simbólico-metafísica, uma das propostas para a fala VII no nível do conteúdo latente, concorda com a sabedoria dionisíaca de Sileno segundo Nietzsche, implícita na tragédia grega:

> Miserável raça dos homens, filhos do acaso e do sofrimento! Por que queres tu ouvir o que não te trará nenhum proveito? Este bem supremo, tu não poderás atingi-lo: é o de não haver nascido, de não *ser*, de ser *nada*.[73]

A concepção trágica do mundo não se esgota nem se unilateraliza, porém, na visão negativista da existência. Ao contrário, ela encerra, em última instância, um sentido afirmativo do homem e/ou da ordem cósmica. Na afirmação da vida como "potência indestrutível apesar de todas as mudanças", e da essência do ser, "eterna apesar da sucessão de fenômenos",[74] resolvem-se as contradições morte-vida, nada-tudo, multiplicidade-unidade que compõem a dialética da tragédia e a síntese de "Os bens e o sangue", uma das vozes da plurivocidade do desenlace.

---

72 Sobre o mito do paraíso como arquétipo do refúgio pré-natal e do nascimento, ver: GUHL, Marie-Cécile. "Le Paradis ou la configuration mythique et archétypale du refuge". *In*: BURGOS, Jean (org.). *Le refuge II*. Paris: Lettres Modernes, 1972 (*Cahiers du Centre de Recherche sur l'Imaginaire*, n.3), pp.11-103.

73 NIETZSCHE, Friedrich. *Op. cit.*, p.28. Cf. MONDOLFO, Rodolfo. *Op. cit.*, p.26.

74 *Ibidem*, p.51.

A atitude vital trágica e drummondiana se definiria, em consequência, por um sintético não-sim ao mundo — significação latente do movimento negação-aceitação estruturador da semântica manifesta do poema — por "um não estar-estando" no mundo ("Poema-orelha", **VPL**).

Com heroicidade trágica, o poeta-protagonista assume a morte, contingência maior da existência humana, incorporando-a como ímpeto criador ambivalentemente afirmado: aceitação de uma ordem cósmica superior e "traição" do homem "à sorte" dos homens "traçada pelos deuses" (ver "Matar", **MA**).

Vitória da Musa sobre Chronos, "Os bens e o sangue" realiza a Forma dramática e trágica do processo morte-vida recorrente na poesia de Drummond:

> E que eu desapareça mas fique este chão varrido onde pousou uma sombra
> e que não fique o chão nem fique a sombra
> mas que a precisão urgente de ser eterno boie como uma esponja no caos
> e entre oceanos de nada
> gere um ritmo.
>
> "ETERNO", **FA**

amor-humor

A poesia de Carlos Drummond de Andrade é de tal modo rica e multifacetada que instiga respostas várias à pergunta que ele se propõe na abertura do poema "Legado" (ᴄᴇ): "Que lembrança darei ao país que me deu/tudo que lembro e sei, tudo quanto senti?"

Nós mesmos no passado optamos por soluções diversas a essa questão. Embora as consideremos ainda válidas, no presente momento interessa-nos enfatizar o seguinte legado de Drummond à literatura e cultura brasileiras: a poesia mais insistente e provocantemente contestadora da civilização burguesa e, por vezes, da civilização *tout court*. Em seu desafio aos valores estabelecidos e aos conceitos ou preconceitos sedimentados, a obra drummondiana recorrentemente faz do humor a sua arma privilegiada para demolir crenças e mitos, questionar a moral instituída e transgredir normas e tabus.

Ainda que o discurso do poema "Idade madura" não se desenvolva em registro humorístico, é a partir dele que daremos início ao estudo da categoria do humor na poesia de temática amorosa de Drummond. Apesar de sua extraordinária qualidade poética, não nos deteremos em análise minuciosa e abrangente, que nos desviaria da proposta central de nossa investigação. Por ora, é imprescindível apenas ressaltar seus traços de significação pertinentes ao nosso objeto de trabalho.

Nesse belo poema de *A rosa do povo*, a idade madura é celebrada como plenitude vital; o sujeito lírico, em estado de euforia dionisíaca, transcende simbolicamente as múltiplas causas de angústia e dor que a realidade inflige ao homem.

Segundo o pensamento de Freud, exposto em *O mal-estar na civilização*, são fundamentalmente três as fontes de sofrimento que dificultam ou mesmo impossibilitam o projeto humano de conquista de felicidade. São elas: a precariedade de nosso próprio corpo, sujeito à voracidade do tempo e portanto condenado ao envelhecimento, à decadência e à morte; o poder superior da natureza, efetiva ou virtualmente desencadeadora de forças destrutivas; e sobretudo nossos relacionamentos com outros homens, em especial no que se refere à inadequação das normas que regem as relações mútuas das pessoas na família, no Estado e na sociedade.[1]

No espaço imaginário e simbólico de "Idade madura", o sujeito poético não se reconhece impotente diante da natureza, nem se sente ameaçado pela voragem do tempo cronológico, visto que não está submetido à sua linearidade e irreversibilidade, como se lê na segunda estrofe:

> Sou varado pela noite, atravesso os lagos frios,
> absorvo epopeia e carne,
> bebo tudo,
> desfaço tudo,
> torno a criar, a esquecer-me:
> durmo agora, recomeço ontem.

---

[1] FREUD, Sigmund. *O mal-estar na civilização*. Rio de Janeiro: Imago, 2002, pp. 25-27.

Os versos 47-51 reiteram essa subversão das leis da temporalidade histórica:

> Já não dirão que estou resignado
> e perdi os melhores dias.
> Dentro de mim, bem no fundo,
> há reservas colossais de tempo,
> futuro, pós-futuro, pretérito,
> [...]

A *persona* lírica ultrapassa não só essas limitações diagnosticadas por Freud, como também várias outras indiciadas no poema e que são representativas das questões problemáticas que se colocam a literatura do século XX em geral e a poesia de Drummond em particular. Destaque-se entre elas a superação da cisão da consciência moderna e a consequente integração harmoniosa de instinto, faculdades intelectuais e espiritualidade:

> Estou solto no mundo largo.
> Lúcido cavalo
> com substância de anjo
> circula através de mim.

E no fecho do poema o sujeito do discurso transpõe a posição ambígua do poeta moderno diante do contexto urbano-industrial e a ele adere por inteiro; e finalmente derrota a solidão, seu relacionamento com os outros homens sendo marcado pela identificação e cumplicidade solidária (v. 73-77):

> Mas eu sigo, cada vez menos solitário,
> em ruas extremamente dispersas,
> transito no canto do homem ou da máquina que roda,
> [...]

Em "Idade madura" intrincam-se o plano mítico, ressaltado em versos anteriormente transcritos, que apontam para a liberação do sujeito lírico dos limites e entraves inerentes à condição humana em qualquer tempo e lugar, e o plano histórico, que domina a cena final do texto, após iterativas incursões em seu percurso, ora trilhando o terreno do político-social, ora adentrando-se na interioridade de Drummond enquanto homem e particularmente enquanto poeta. Concentrando-se sobretudo na quarta estrofe, ocorrem discretas alusões à Segunda Guerra Mundial, vazadas em registro mais intimista, que diferem flagrantemente das referências claras e diretas dos poemas engajados na luta contra o nazifascismo, em geral entoadas em clave mais eloquente e de comunicação impactante. Dilemas e conflitos com os quais se confronta obsessivamente o autor, tais como o sentimento de culpa por focalizar reiteradamente o próprio *eu* como matéria de poesia e a implacável autoexigência de sair da órbita do indivíduo e privilegiar o coletivo, são apaziguados e resolvidos. Em surpreendente antecipação de "Desaparecimento de Luísa Porto" (**NP**), o fascínio pelos dramas individuais é aceito com serenidade pela instância discursiva, que o legitima como vertente temática:

> De longe vieram chamar-me.
> Havia fogo na mata.
> Nada pude fazer,
> nem tinha vontade.
> Toda a água que possuía
> irrigava jardins particulares
> de atletas retirados, freiras surdas, funcionários demitidos.

Porque situados no coração da matéria de *A rosa do povo*, esses versos desconcertam o leitor, causando-lhe mesmo certa perplexidade.[2] Perplexidade que se dilui, contudo, se ele atenta para a concepção e elaboração de "Idade madura" como espaço de liberdade radical e de irrestrita e plena fruição de todo e qualquer bem:

> Tenho todos os elementos
> ao alcance do braço.
> Todas as frutas
> e consentimentos.

Liberdade radical de não se impor o poeta escolher como tema isso ou aquilo, mas permitir-se, sem remorso nem angústia, escrever sobre isso e aquilo.

O plano mítico e o histórico-social entranham-se tão intimamente que se fundem em unidade coesa e inteiriça:

> serei, no circo, o palhaço,
> serei médico, faca de pão, remédio, toalha,
> serei bonde, barco, loja de calçados, igreja, enxovia,
> serei as coisas mais ordinárias e humanas, e também as excepcionais:
> tudo depende da hora
> e de certa inclinação feérica,
> viva em mim qual um inseto.

---

2 Em "Desaparecimento de Luísa Porto", versos de teor semelhante — "Mas / se acharem que a sorte dos povos é mais importante / e que não devemos atentar nas dores individuais" — já não produzem tanta surpresa, pois pertencem ao contexto diverso de *Novos poemas*, livro seguinte a *A rosa do povo*, incluídos em *Poesia até agora*, publicado em 1948.

Convergem indistintas nesses versos a embriaguez da fusão dionisíaca (cf. v. 46: "e resolvo embriagar-me") e a lucidez do programa metapoético de identificação com o outro e de absorção do sentimento do mundo. O sujeito do espaço utópico esboçado em "Idade madura" não se obriga, no entanto, a compromissos irreversíveis e paralisantes; ao contrário, elege como valores fundamentais a mudança, a dinâmica transformadora, o impulso para a aventura:

> aborreço-me de tanta riqueza, jogo-a toda por um número de casa,
> e ganho.

No espaço-tempo de "Idade madura" desaparece a figura do *gauche*, produto, em parte, do mal-estar na civilização. Irrompem, em seu lugar, a autoconfiança, a desenvoltura e o à-vontade dos movimentos. E primordialmente a celebração da liberdade como valor supremo.

Não se deve menosprezar o fato de que o poema imediatamente posterior a "Idade madura" é "Versos à boca da noite" (**RP**), que se inicia com os seguintes versos:

> Sinto que o tempo sobre mim abate
> sua mão pesada. Rugas, dentes, calva...
> Uma aceitação maior de tudo,
> e o medo de novas descobertas.

O diálogo entre os dois textos, intencionalmente amplificado por essa disposição no espaço de *A rosa do povo*, reafirma o significado de "Idade madura" como triunfo do *eu* sobre o real, por meio da imaginação libertária e criadora.

Antes de prosseguirmos, reiteramos enfaticamente observação anterior: a linguagem de "Idade madura" não tem uma pitada sequer de humor; ela se caracteriza, ao contrário, pela homogeneidade discursiva, marcada pela exaltação lírica de alta voltagem poética. Nós o consideramos, no entanto, um poema de grande valia para a abordagem do fenômeno humorístico na poesia de Drummond, tendo em vista, em primeira instância, a constelação, em seu estrato semântico, de múltiplos significados que apontam em uníssono para a configuração de um "estar-no-mundo" propício ao *humour*: a interpretação do *eu* e do mundo como categorias dinâmicas, em processo de incessante mutação, e o consequente repúdio da rigidez, do imobilismo e do hábito; a autoconsciência, o arraigado individualismo e o culto da liberdade enquanto bem inalienável; a disponibilidade lúdica e o gosto do imprevisível—para ater-nos aos mais ressaltados no poema.

Esse feixe de traços significativos define-se como condição necessária—embora não suficiente, esclareça-se e insista-se—para a manifestação do *humour* e para a caracterização do modo de "estar-no-mundo" do humorista, aqui entendido não como sujeito empírico, e sim como entidade criadora.

A reflexão em torno da categoria do humor e o progressivo adentramento no imbricado jogo de significações do poema levaram-nos a conclusão mais específica e afirmativa: "Idade madura" propicia substancial *ponto de partida* para a compreensão do fenômeno humorístico na poesia de Drummond, pois deixa entrever alguns de seus elementos fundadores e propulsores. Muito particularmente quando se confere o devido relevo aos seguintes versos, incisivos e decisivos para penetrar-se no cerne da postura social e existencial do sujeito lírico:

> Ninguém me fará calar, gritarei sempre
> que se abafe um prazer.

"Idade madura" como um todo e esses versos em especial compõem a figura de uma *persona* poética que proclama com veemência ter o homem direito ao pleno exercício do prazer. Essa brevíssima e singular proclamação dos direitos do homem, efetuada empiricamente pela *persona* poética e alicerçada em seu próprio desejo, leva-nos a evocar a ponderação de Freud formulada em *O mal-estar na civilização*:

> o que decide o propósito da vida é simplesmente o princípio de prazer. Esse princípio domina o funcionamento do aparelho psíquico desde o início.[3]

Freud nega peremptoriamente, no entanto, a possibilidade de realizar-se o projeto humano orientado pelo princípio do prazer, argumentando que ele se encontra em desacordo com o mundo—tanto como macrocosmo quanto como microcosmo—e é cerceado pela civilização e pelo princípio de realidade que a fundamenta e a preside. E com (in)disfarçada ironia afirma que a intenção de que o homem seja feliz não se inclui no plano da "Criação"...

Constatação similar percorre, implicitamente, a poesia de Drummond, dramatizada por problemas e dilemas, dualidades e conflitos, impregnada de desalento e desencanto, de ceticismo e pessimismo. Com frequência mas não sempre, pois esta é a poesia da contradição.

Recorrentemente, ela se pergunta como escapar de becos sem saída que se interpõem ao homem em seu percurso vital. Um deles: o tácito reconhecimento da prevalência da necessidade de prazer no funcionamento do nosso psiquismo e de sua importância no projeto humano de

---

3 FREUD, Sigmund. *Op. cit.*, p.28.

vida, em confronto com a experiência de que semelhante projeto é irrealizável. Como transpor o impasse: aspirar à felicidade e não conseguir alcançá-la? Como administrar o embate entre — valendo-nos dos termos de Freud — o princípio de prazer e o princípio de realidade?

Embora extremamente pessimista, *O mal-estar na civilização* deixa acesa uma luzinha no fim do túnel: apesar de difícil ou impossível de realizar-se o objetivo de ser feliz que lhe impõe o princípio de prazer, o homem não deve desistir de buscar caminhos para, senão alcançá--lo, ao menos tangenciá-lo ou, na pior das hipóteses, atenuar os males resultantes do princípio de realidade. Negando a existência de uma regra de ouro aplicável a todos, Freud admite que cada homem tem de descobrir por si mesmo de que modo específico pode ser salvo.

No poema "O arco" (**NP**), Drummond sugere o *seu* modo de decidir o embate, ou, no mínimo, travá-lo:

> Que quer a canção? erguer-se
> em arco sobre os abismos.
> Que quer o homem? salvar-se,
> ao prêmio de uma canção.

Essa "salvação" — ou tentativa de — é acessível no entanto somente a poucos: aos dotados para a criação artística, a qual pode constituir--se em fonte de prazer, que, embora insuficiente para evitar o impacto dos sofrimentos inevitáveis impostos pela realidade, pode abrandá-lo ou compensá-lo. Apesar dessas ressalvas, Freud lhe confere particular ênfase.[4]

drummond e freud: pontos de convergência sobre o *humour*

No poema "Consolo na praia" (**RP**), Drummond abre outra via ou vereda de salvação, ensinando a sua estratégia para enfrentar o impasse e contorná-lo:

---

4 Ver FREUD, Sigmund. *Op. cit.*, p.28. Outra técnica para afastar o sofrimento reside no emprego dos deslocamentos da libido que nosso aparelho mental possibilita e através dos quais ela ganha tanta flexibilidade. A tarefa aqui consiste em reorientar os objetivos instintivos de maneira que eludam a frustração do mundo externo. Para isso, ela conta com a assistência da sublimação dos instintos. Obtém-se o máximo quando se consegue intensificar suficientemente a produção de prazer a partir das fontes do trabalho psíquico e intelectual... Uma satisfação desse tipo, como, por exemplo, a alegria do artista em criar, em dar corpo às suas fantasias... possui uma qualidade especial.

Vamos, não chores...
A infância está perdida.
A mocidade está perdida.
Mas a vida não se perdeu.

O primeiro amor passou.
O segundo amor passou.
O terceiro amor passou.
Mas o coração continua.

Perdeste o melhor amigo.
Não tentaste qualquer viagem.
Não possuis casa, navio, terra.
Mas tens um cão.

Algumas palavras duras,
em voz mansa, te golpearam.
Nunca, nunca cicatrizam.
Mas, e o *humour*?

A injustiça não se resolve.
À sombra do mundo errado
murmuraste um protesto tímido.
Mas virão outros.

Tudo somado, devias
precipitar-te—de vez—nas águas.
Estás nu na areia, no vento...
Dorme, meu filho.

O discurso do poema, dirigido a um ambíguo *tu* intrapoemático, que engloba o desdobramento do *eu* poético em diálogo consigo mesmo e um destinatário segundo—o leitor ou ouvinte—, levanta um inventário de danos e perdas, com os quais a realidade golpeia o homem, aqui desnudado em sua fragilidade e desamparo.

A quarta estrofe revela de forma inequívoca a função que Drummond atribui ao *humour*: a de defesa contra o sofrimento. A avaliação do poeta coincide com a interpretação de Freud, exposta em breve mas notável estudo sobre o tema,[5] no qual desenvolve a tese de que o humor consubstancia a afirmação vitoriosa do *eu*, que se recusa, por meio dele, a deixar-se sucumbir, abatido pelos traumas que o mundo lhe produz. Com precisão didática, Freud fundamenta a sua argumentação a partir

---

5 FREUD, Sigmund. "Appendice: l'humour". *In*: *Le Mot d'esprit et ses rapports avec l'inconscient*. Paris: Gallimard, 1969, pp.353-376.

de um exemplo concreto—um condenado à morte, ao ser conduzido numa segunda-feira ao pátio de execução, exclama: Ora viva! Eis aqui uma semana que começa bem!

Semelhante atitude, conclui Freud, implica não somente o triunfo narcísico do *eu*, que se enaltece ao proclamar-se invulnerável aos ataques do mundo, como também o triunfo do princípio de prazer, que encontra um meio de manifestar-se apesar da realidade desfavorável. Este, pois, o traço essencial do humor defensivo: um específico agenciamento de imagens e fatos dolorosos que proporciona, por meio de uma atividade intelectual, a aquisição de prazer. Prazer é, pois, palavra-chave do humor; é pela exigência de prazer que se manifesta a rebeldia inerente ao humorista. É nesse sentido, reitere-se, que valorizamos o poema "Idade madura"—e particularmente os versos "Ninguém me fará calar, gritarei sempre/que se abafe um prazer"—como espaço textual emblemático de pré-requisitos de algumas manifestações do fenômeno humorístico em Drummond.

Na frase do condenado à morte citada por Freud, como em poemas de nosso autor, o triunfo do *eu* e o triunfo do princípio de prazer são transitórios e ilusórios, mas, por seu caráter de desafio e insubmissão, constituem fonte de prazer para o *eu* assim enaltecido.

Em seu breve poema, ambígua mas lucidamente, Drummond questiona a eficácia do consolo e a suficiência da vitória do *eu* sobre o real promovidos pelo *humour*. É a própria estruturação do texto que o comprova: os três primeiros versos de cada estrofe enunciam múltiplas causas de desprazer e dor sofridos pelo *tu*, duplo do sujeito poético e referência ao leitor; o último verso, sempre iniciado pela conjunção adversativa *mas*, acena com possibilidades de "consolo" a este *tu*: "mas a vida não se perdeu"; "mas o coração continua" etc. Na sexta estrofe ocorre a ruptura desse esquema, fato que confere especial relevo ao seu significado, já por si posto em evidência por situar-se no fecho do poema: nela há uma sugestão de suicídio—"devias/precipitar-te, de vez, nas águas"—; nela ocorre uma insistência enfática na condição de desamparo do *tu*—"Estás nu, na areia, no vento"—; e nela ocorre ainda uma breve mas afetuosa cantiga de ninar—"Dorme, meu filho", indução ao sono, termo recorrentemente associado à morte na obra do poeta.

Ainda que escasso e efêmero o "consolo" proporcionado pelo *humour*, o emissor do discurso aconselha a sua prática como atitude existencial. Se ele não traz uma efetiva solução para o choque entre o *eu* e o mundo, ao menos propõe ao homem o domínio sobre si mesmo, para não se deixar subjugar pela realidade desfavorável e desprazerosa. O valor de insurreição imanente ao comportamento humorístico—reitere-se—não

assegura de fato ao homem uma vitória objetiva sobre o real. Transmite-
-lhe, no entanto, um sentimento de altivez e sobranceria, que afaga
narcisicamente o seu ego, dinâmica esta que o poeta exprime de forma
exemplar em um verso conciso e taxativo: "Nem eu posso com Deus
nem pode ele comigo" ("Combate", **c**). Cremos não exagerar quando
afirmamos que o *humour* na poesia de Drummond assume relevante
estatuto ético.

(Um parêntese para quebrar a gravidade... No poema "Isso é aquilo"
(**Lc**), construído pela justaposição de estruturas binárias, muitas delas
perpassadas de sutilezas humorísticas, o leitor-ouvinte sorri diante da
combinatória: "o *know-how* o nocaute". A leitura afinada com a poesia
de Drummond e que assuma diante do texto uma recepção ativa, marcada por imaginação produtora, mobilidade associativa e sensibilidade
à criação metafórica, é sutilmente induzida a receber esses dois termos
como metáforas da dinâmica do *humour* exposta em "Consolo na praia"
e realizada em grande parte da obra do poeta: o *humour* fornece ao
homem o "*know-how*" para ele erguer-se e recuperar-se do "nocaute"
da realidade dolorosa. Feche-se o parêntese).

O reconhecimento da natureza defensiva do humor e a valoração
de sua função consoladora—e até salvadora—reaparecem em "Canto
ao homem do povo Charlie Chaplin" (**RP**):

> Falam por mim os que estavam sujos de tristeza e feroz desgosto de tudo,
> que entraram no cinema com a aflição de ratos fugindo da vida,
> são duas horas de anestesia, ouçamos um pouco de música,
> visitemos no escuro as imagens—e te descobriram e salvaram-se.

Em "Amar-amaro" (**Lc**) o sujeito poético, embora questione com
ceticismo e ironia o êxito de sua ação, atribui uma vez mais ao humor
a função de consolar dores e dissabores, no caso especificamente os
amorosos: "este querer consolar sem muita convicção". Leia-se o poema
por inteiro:

Por que amou por que a!mou
se sabia
p r o i b i d o   p a s s e a r   s e n t i m e n t o s
ternos ou qɛɹɐɹɐqɐ1ɐqoɔ
nesse museu do pardo indiferente
me diga: mas por que
amar   sofrer talvez   como se morre
de varíola voluntária vágula ev
idente?

ah PORQUEAMOU
e se queimou
todo por dentro por fora nos cantos nos ecos
lúgubres de você mesm(o,a)
irm(ã,o) retrato espéculo por que amou?
se era para
ou era por
como se entretanto todavia
toda vida mas toda vida
é indagação do achado e aguda espostejação
da carne do conhecimento, ora veja

permita cavalheir(o,a)
amig(o,a) me releve
este malestar
cantarino escarninho piedoso
este querer consolar sem muita convicção
o que é inconsolável de ofício
a morte é esconsolável consolatrix consoadíssima
a vida também
tudo também
mas o amor car(o,a) colega este não consola nunca de núncaras

O teórico e crítico Robert Escarpit inclui entre os objetivos primeiros de certas modalidades de humor a conquista da simpatia do leitor, com quem o humorista tenta criar uma relação de cumplicidade benevolente e fraterna.[6] Ao dirigir-se ao destinatário como "irm(ã,o)", "cavalheir(o,a)", "amig(o,a)" e como "car(o,a) colega", Drummond mostra, disfarçado em lúdica e terna ironia, o desejo de aproximar-se do outro e com ele irmanar-se solidário, driblando porém qualquer nota de sentimentalismo e pieguice, substituídos pelo tom de brincalhona camaradagem, presidida por um sorriso ambíguo, um pouco alegre um pouco triste.

6 ESCARPIT, Robert. *L'Humour.* Paris: Presses Universitaires de France, 1991, p. 115.

Em virtude desses laços de empatia e comunhão, estudiosos do tema veem no humor uma manifestação de caridade e uma possibilidade de salvação, tese partilhada por Drummond, como se viu, em relação às comédias de Chaplin, e implícita ou explicitamente assumida em vários poemas. O poeta e crítico Octavio Paz adota perspectiva similar, ao dar o título de "Ironia e compaixão" a breve e brilhante ensaio.

"Amar-amaro" imprime potência das mais elevadas ao exercício lúdico da linguagem, condição imprescindível, embora não suficiente, para fundar-se a poesia. Por reconhecer sua importância e exata dimensão na criação poética, o espírito dessacralizante e gracejante de Drummond define a poesia como "linpin-guapá-gempém" ("Tríptico de Sônia Maria do Recife", **vpl**), pois ela, a poesia, como essa brincadeira linguística de crianças—a antiga (e ainda vigente?) língua do pê—distingue-se pelo estatuto lúdico, pelo caráter cifrado e valor de enigma.

É a partir do intenso e extenso ludismo da linguagem—são raros os versos que não jogam com as palavras—que emerge o humor no texto. Ressalta como princípio estruturador do discurso o procedimento palavra-puxa-palavra, analisado com sensibilidade e argúcia por Othon Moacyr Garcia no livro *Esfinge clara*,[7] pioneiro estudo sobre a obra poética de Drummond.

Parafraseando a imagem de abertura de "O amor bate na aorta" (**ba**), o humor vira o mundo das palavras de cabeça para baixo em "Amar-amaro", executando piruetas e mais piruetas, que fazem de sua leitura uma aventura cheia de surpresas. A par dos constantes jogos fonológicos e paronomásticos que se impõem de imediato à atenção e à fruição do leitor, a seleção lexical constitui outro fator de sedução do poema. Pautada no pluriestilismo, acumula no pequeno espaço textual palavras referentes a áreas diversas de conhecimento, dissonantes combinações de termos coloquiais com termos eruditos, apropriações parodísticas de práticas discursivas inusitadas em poesia (a de formulários burocráticos, a gramatical), cultismos e arcaísmos e criações neológicas de fatura inesperada e surpreendente.[8] Duas nos parecem especialmente eficazes no propósito de subverter humoristicamente as normas linguísticas ditadas pela ortodoxia gramatical: "consoadíssima" agrega ao substantivo consoada um sufixo formador de grau superlativo de adjetivos, compondo um neologismo morfológico, que alia ao seu valor de novidade um atrativo suplementar, pela evocação do belo poema "Consoada" de Manuel Bandeira, que notabilizou esta palavra; o clímax dos malabarismos da criação lexical ocorre no lugar certo e na hora certa: no *gran finale* às avessas do último verso, humoristicamente orquestrado pelo sintagma "nunca de núncaras", formado por reduplicação e pluralização expressiva de feição hiperbólica do advérbio

---

7 GARCIA, Othon Moacyr. *Esfinge clara: palavra puxa palavra em Carlos Drummond de Andrade*. Rio de Janeiro: Livraria São José, 1955.

8 Raymond Jean, em *La Poétique du désir*, observa que a poética do desejo se manifesta em vários níveis do discurso, devendo-se detectá-la de início em nível textual mais preciso, como no interior de um léxico ou de um funcionamento gramatical, visto que também neles a invenção é *erótica* (itálico no original). E considera pertinente, embora "picante", a definição de Roland Barthes — "O neologismo é um ato erótico" — , pois ela mostra que a invenção mesmo "exagerada" (aspas no original) de vocábulos novos pode corresponder a uma necessidade (desejo) de fazer a língua dizer mais e de modo diferente o que ela não quer ou não pode dizer, provocando prazer em quem a pratica e irritação em quem a desaprova. Ver JEAN, Raymond. *La Poétique du désir. Nerval, Lautréamont, Apollinaire, Éluard*. Paris: Seuil, 1974, p.25.

nunca—procedimentos estes geradores de um efeito de humor que o sintagma redundante *nunca jamais*, já dicionarizado, dificilmente lograria obter. Esse lance final ilustra o domínio que tem Drummond do *timing* humorístico.

Diversificada e abrangente, a retórica do humor revira os múltiplos estratos do discurso de "Amar-amaro": do fonológico, com seus reiterados jogos aliterativos, ao semântico, com o emprego polissêmico de palavras, passando pelo morfológico e sintático, com suas construções e torneios insólitos. Em sua propensão para subverter o usual e o rotineiro, o humor invade o estrato ótico do poema, para nele instalar uma disposição tipográfica inusitada, que funciona como metáfora espacial e visual da desordem amorosa—*leitmotif* do texto—que assim ganha, brincalhona, ênfase e concretude.

A irreverência do humor drummondiano não se intimida diante de monstros sagrados da literatura e da cultura: faz em linguagem corriqueira a paródia da célebre metáfora camoniana "Amor é fogo que arde sem se ver" (v. 10-13); o Museu do Prado de Madri torna-se alvo do trocadilho "nesse museu do pardo indiferente",[9] o qual simula derrubar-lhe a aura, quando de fato a restaura e reativa, pelo implícito confronto entre arte e realidade, esta cinzenta e neutra ("nesse museu do *pardo indiferente*"), aquela (Museu do Prado), por oposição, cheia de colorido e movimento, e sensível ao homem e sua condição. O irreverente/reverente trocadilho ultrapassa o estatuto meramente lúdico e, com a síntese peculiar ao chiste, e com a pena da galhofa e a tinta da melancolia, resume desencantada visão de mundo. Como se não lhe bastasse fazer tanta arte com as potencialidades da língua, o *humour* finge inocência e enverada pela malícia da insinuação sexual com o emprego bissêmico de "espéculo"...

Se "a poesia mais rica/é um sinal de menos" ("Poema-orelha", vpl), a diversidade e intensidade da retórica humorística em "Amar-amaro" é um sinal de mais, que sinaliza para a exigência de múltiplas fontes de prazer verbal. O poeta brinca. O poeta se diverte. A começar pelo título "Amar-amaro", em que o cultismo *amaro* em vez do costumeiro *amargo* cria reduplicação fonológica e ótica mais acentuada com o termo *amar*, relação especular que sugere matreiramente a sinonímia entre eles criada pelo poeta para enfatizar a noção de amor como experiência de amargura. A partir do próprio título, portanto, cria-se a tensão significado/ significante, a qual se vai reiterando no decorrer do discurso: o amor é concebido como fonte de sofrimento; a escrita que expressa semelhante concepção tem como traço distintivo o grau máximo de ludismo... E através dos séculos, segundo comprova Johan Huizinga em *Homo ludens*, brincar com palavras é fonte de prazer para todas as idades.

---

9 Existe efetivamente um Museu do Pardo na Espanha, mas o humor no caso independe desse fato, resultando de uma simulação de erro tipográfico (Freud registra ocorrências de chistes que dela se valem) ou distração do falante.

Desde a escolha do título já se entremostra, portanto, a função do humor como escudo defensivo contra a dor e como triunfo, por vias intelectuais, do princípio de prazer sobre o real. As "cambalhotas" vão-se sucedendo velozmente no decurso do poema, o qual tem um ritmo particularmente ágil, que culmina na surpreendente pirueta do último verso, reafirmando o valor de "Amar-amaro" como preciosa joia do *humour* drummondiano.

Se "o amor... não consola nunca de núncaras", existem no entanto humoristas que tentam suprir a necessidade humana de consolo e solidariedade exercitando um humor indulgente e tolerante. Com humildade e benevolência, colocam-se no mesmo barco dos que sofrem. Tal modalidade de humor encontra-se nos autores que buscam incitar o próximo e a si mesmos a enfrentar, com mais *fairplay* e menos drama, tanto as pequenas dores, quanto as graves angústias da condição humana.

Drummond, poeta da contradição e do conflito, não se imobiliza no entanto em uma única perspectiva. O caráter defensivo e a função consoladora do humor de "Amar-amaro" e de outros poemas dissolvem-se no sarcasmo agressivo de "Aurora" (**BA**): "Como é maravilhoso o amor/(o amor e outros produtos)".

Palavra-puxa-palavra. Poema-puxa-poema. Publicado em *Lição de coisas* em 1962, "Amar-amaro" cria um tácito diálogo com um texto distante no tempo—mas próximo no espírito e na fatura—intitulado "O amor bate na aorta", de *Brejo das almas*, que veio à luz em 1934. É irrelevante discernir no momento se a intertextualidade entre os dois poemas (induzida pelo poeta? criada pelo leitor?) se origina de uma permanência subliminar ou de uma ressonância na memória consciente do autor. Relevante—parece-nos—é mostrar que no "Amar-amaro" de agora registram-se ecos do poema de outrora:

Cantiga do amor sem eira
nem beira,
vira o mundo de cabeça
para baixo,
suspende a saia das mulheres,
tira os óculos dos homens,
o amor, seja como for,
é o amor.

Meu bem, não chores,
hoje tem filme de Carlito!

O amor bate na porta
o amor bate na aorta,
fui abrir e me constipei.
Cardíaco e melancólico,
o amor ronca na horta
entre pés de laranjeira
entre uvas meio verdes
e desejos já maduros.
[...]
Olha: o amor pulou o muro
o amor subiu na árvore
em tempo de se estrepar.
[...]
Pronto, o amor se estrepou.
[...]
Essa ferida, meu bem,
às vezes não sara nunca
às vezes sara amanhã.

Os dois poemas evocam-se entre si por semelhanças na retórica humorística, que faz dos jogos paronomásticos e do processo palavra-puxa-palavra um dos atrativos do discurso para iscar o interesse do leitor, que adere de imediato a esse convite para brincar com as palavras, que lhe recupera o prazer do uso lúdico da linguagem e da prática do *nonsense*, desfrutado na infância e posteriormente reprimido pelo jugo da razão crítica. Como assinala Freud em seu estudo sobre o chiste e o inconsciente, "o homem é um procurador infatigável de prazer", e toda renúncia aos prazeres que usufruiu na infância lhe é extremamente penosa.[10] Essa é uma das funções básicas do humor no texto: promover a redescoberta e a refruição do

10 FREUD, Sigmund. *Le Mot d'esprit et ses rapports avec l'inconscient. Op. cit.*, p. 190-191.

prazer da "linpin-guapá-gempém" infantil. A ele soma-se o prazer decorrente da linguagem cifrada da malícia, que sinuosamente sinaliza com subentendidos a transgressão de algum interdito, como ocorre reiteradamente em "O amor bate na aorta", ora de modo mais despachado, com falsa naturalidade e fingida inocência, ora com metonímias de oblíqua insolência ("suspende a saia das mulheres/tira os óculos dos homens"), ora de modo mais sofisticado, como na citação à fábula "A raposa e as uvas"—"entre uvas meio verdes / e desejos já maduros"—, eivada de conotação sexual no duplo sentido da oposição "verdes/maduros".

Outro traço comum entre os dois poemas é a afinidade de intenções da instância discursiva, que em ambos se vale de humor cúmplice e generoso para confortar o destinatário intra (e extra) poemático de sofrimentos por amor. Já nessa cantiga de 1939 Drummond aponta a Carlito como paradigma do humor que visa a compensar lágrimas pelo riso ou sorriso, função que será enfatizada com eloquência e unção, como se viu, no notável "Canto ao homem do povo Charlie Chaplin", de 1945. Finalmente, uma terceira similaridade entre os dois textos: as imagens dessacralizantes, que baixam o amor de alturas românticas para situá-lo no terra a terra da patologia, comparando-o prosaica e comicamente com doenças de todo tipo. Nas diferenças entre eles destaca-se o fato de "Amar-amaro" ser um poema com eira e com beira, pois—diversamente da "cantiga sem eira nem beira" entoada em "O amor bate na aorta"—ele maneja, ao lado de coloquialismos como "ora veja", léxico minoritário e nobre.[11]

Em seu gênero e diapasão, "O amor bate na aorta" não é menos comprovador do domínio do discurso humorístico por parte do poeta. Particularmente na dinâmica furtar-se/expandir-se da emoção, que ora se esconde atrás do *humour*, ora se expõe sem disfarce, como ocorre na guinada de 180° da última estrofe, de estilo sério e grave, tensionado pelo envolvimento da subjetividade:

> Daqui estou vendo o amor
> irritado, desapontado,
> mas também vejo outras coisas:
> vejo corpos, vejo almas
> vejo beijos que se beijam
> ouço mãos que se conversam
> e que viajam sem mapa.
> Vejo muitas outras coisas
> que não ouso compreender...

---

11 No pioneiro estudo "Sobre uma fase de Carlos Drummond de Andrade", observa Antonio Houaiss, a propósito da junção de "eruditismo e vulgarismo" para fins de humor, que o vocabulário tradicionalmente poético é antiburguesado e o vulgarismo é nobilitado, dinâmica da qual resulta o humor, a ironia e a sátira da poesia "*classificada*" (e conformista) e a "*classificação*" do popular, isto é, "*desclassificada*". Ver HOUAISS, Antonio. *Drummond mais seis poetas e um problema*. Rio de Janeiro: Imago, 1976, pp.167-188. Registre-se que Drummond tem consciência dessa dinâmica, como atesta, com ironia, a metalinguagem dos dois primeiros versos: "Cantiga do amor sem eira / nem beira".

adalgisa e adaljosa

Para prosseguirmos em nossa reflexão, daremos um passo atrás e retomaremos a segunda quadra de "Consolo na praia": "O primeiro amor passou./O segundo amor passou./O terceiro amor passou. Mas o coração continua". Esses versos desmitificam o tópico romântico do amor eterno; mais do que isso, no entanto, questionam implicitamente a instituição do matrimônio, que pressupõe um vínculo permanente e indissolúvel com um único parceiro.

O poema deixa entrever uma concepção própria do amor: mais que o relacionamento, na área do afeto, da emoção e do desejo, com determinada pessoa, ele, o amor, responde a uma necessidade interna do homem em busca da consecução do seu projeto de felicidade ancorado no princípio de prazer, e a sua libido pode direcionar-se para vários alvos. Estes, às vezes, sucedem-se no tempo—"O primeiro amor passou./O segundo amor passou" etc. Muito frequentemente, porém, na poesia de Drummond, eles coexistem no tempo, como revela o poema "Desdobramento de Adalgisa" (**BA**):

> Os homens preferem duas.
> Nenhum amor isolado
> habita o rei Salomão
> e seu amplo coração.
> Meu rei, a vossa Adalgisa
> virou duas diferentes
> para mais a adorardes.
> [...]
> Adalgisa e Aldaljosa,
> parti-me para o vosso amor
> que tem tantas direções
> e em nenhuma se define
> mas em todas se resume.
> [...]
>   [...] E o rei
> que se enfarou de Adalgisa
> ainda mais se adalgisará.
> [...]
> Eu mesma não me limito:
> se viro o rosto me encontro,
> quatro pernas, quatro braços,
> duas cinturas e um
> só desejo de amar.
> Sou a quádrupla Adalgisa,
> sou a múltipla, sou a única
> e analgésica Adalgisa.
> Sorvei-me, gastai-me e ide.
> Para onde quer que vades,
> O mundo é só Adalgisa.

Em consequência, o personagem poético é forçado a confrontar-se, na esfera do relacionamento amoroso, com a repressão do seu anseio de liberdade erótica, que lhe é vedada pelas interdições culturais vigentes. A este sujeito lírico-dramático, que em "Versos à boca da noite" (**RP**) se confessa premido por "tanta indecisão entre dois mares,/entre duas mulheres, duas roupas", lhe é extremamente penoso e difícil, senão impossível, sujeitar-se às restrições impostas por uma civilização que cerceia a atividade erótica nos limites da exclusividade e da legitimidade—ou seja, da monogamia.

Raros são os poetas brasileiros que demonstram, tanto quanto Drummond, sofrer do mal-estar na civilização. E sua obra, pela frequência com que tematiza a impossibilidade de fixar-se o erotismo em um único objeto de desejo, parece referendar a constatação de Freud, formulada em *O chiste e sua relação com o inconsciente*, de que nenhuma exigência cultural atinge mais pessoalmente o homem do que a privação da liberdade sexual.[12]

Os poemas sobre o motivo da dificuldade da opção amorosa desenvolvem-se predominantemente na clave do humor, o qual desempenha agora duas funções: defesa contra o desprazer e a frustração da *persona* poética causados pelo refreamento do livre exercício da sexualidade e expressão de hostilidade contra a civilização repressora. Em tais poemas, o compromisso que Drummond viria a assumir em tom maior em "Idade madura"—"gritarei sempre/que se abafe um prazer"—antecipa-se e modula-se no tácito verso em tom menor: zombarei sempre/que se abafe um prazer... Neles o *humour* assume os valores que lhe atribuem os surrealistas, partidários das teorias freudianas sobre essa categoria: o de denúncia da contradição entre o homem com seus desejos e a cultura com suas interdições, e o valor de "insurreição possível do prazer".[13] Daí o seu caráter libertário.

"Desdobramento de Adalgisa" adquiriu feição emblemática entre os poemas que tratam da impossibilidade da opção amorosa, a partir de seus primeiros versos, que provocam um impacto no leitor, por sua linguagem pão pão, queijo queijo, sem eufemismos ou meias-palavras. Freud, ao comentar os chistes que tem como protagonista a figura do casamenteiro, afirma que boa dose do prazer experimentado pela dupla falante-ouvinte provém dessa atitude desabrida de arrancar a máscara da convenção e da hipocrisia e deixar gritar a verdade escandalosa.

Já o poema "Indecisão no Méier" (**SM**) adota procedimento oposto. Ele faz uso do que Freud denomina "fachada cômica", a qual tem a função de dissimular o verdadeiro sentido do discurso, referente a algum interdito sociocultural, no caso, mais uma vez, a duplicidade de objetos de desejo:

---

12 FREUD, Sigmund. *Le Mot d'esprit et ses rapports avec l'inconscient. Op. cit.*, p.165.
13 Cf. DUROZOI, Gérard e LECHERBONNIER, Bernard. *Le Surréalism: théories, thèmes, techniques.* Paris: Larousse, 1972, p.213.

> Teus dois cinemas, um ao pé do outro, por que não se afastam
> para não criar, todas as noites, o problema da opção
> e evitar a humilde perplexidade dos moradores?
> Ambos com a melhor artista e a bilheteira mais bela,
> que tortura lançam no Méier!

O motivo da aspiração à liberdade erótica desponta, ainda meio disfarçado e sinuoso, na terceira estrofe de "Poema de sete faces", situado no pórtico de *Alguma poesia*:

> Quando nasci, um anjo torto
> desses que vivem na sombra
> disse: Vai, Carlos! ser *gauche* na vida.
> As casas espiam os homens
> que correm atrás de mulheres.
> A tarde talvez fosse azul,
> não houvesse tantos desejos.
>
> O bonde passa cheio de pernas:
> pernas brancas pretas amarelas.
> Para que tanta perna, meu Deus, pergunta meu coração.
> Porém meus olhos
> não perguntam nada.
>
> O homem atrás do bigode
> é sério, simples e forte.
> Quase não conversa.
> Tem poucos, raros amigos
> o homem atrás dos óculos e do bigode.

Espaço do desejo, o bonde provoca no sujeito lírico a percepção de uma crise: a dicotomia entre espírito e matéria, entre sexualidade e afetividade. Tal conteúdo problemático, seguindo a proposta da ironia romântica alemã, disseminada na poesia moderna e particularmente na obra de Drummond, é expresso em linguagem coloquial intencionalmente "ingênua", resultando dessa tensão um efeito de *humour* dos mais sofisticados.

Remontando pois à abertura do livro de estreia em 1930, mantendo-se em diversos poemas de *Brejo das almas*, persistindo com "Indecisão do Méier" em *Sentimento do mundo*—obra de 1942, que marca a adesão do autor à poesia politicamente engajada—e direta ou indiretamente aludido em versos posteriores, a multiplicidade de direções do desejo difuso e/ou indeciso afirma-se como motivo insistente na lírica drummondiana.

O poeta dribla o risco de redundância e monotonia que poderia rondar a iterativa poetização desse mote virtualmente de uma nota só, ao contextualizá-lo em cenas culturais distintas, e ao valer-se de padrões expressionais diversos—o que enriquece, reativa e modula suas significações. "Poema de sete faces" e "Indecisão no Méier", a par das diferenças que os individualizam, aproximam-se por situar o motivo em lugares-signos da Modernidade—o bonde e o cinema—representativos ambos da experiência de choque dos grandes centros urbanos, pela multiplicidade e intensidade de reiterados estímulos sobre a estrutura sensorial e psíquica do participante e/ou espectador dos acontecimentos que se desenrolam na rua e na tela. Fazendo do cinema e do bonde o espaço simbólico do desejo e do problema da opção erótica, os dois poemas sinalizam para a introjeção desses *topoi* da Modernidade na poesia de Drummond e reafirmam um dos traços mais decisivos de sua singularidade: a atribuição de significado existencial a aspectos cotidianos da vida urbana.

Em "Poema de sete faces" comprovam-se tanto o domínio das matrizes modernas da poesia sobre a cidade, quanto a rara competência no manejo do *humour*, que nele executa vários lances de mestre. A começar pela paródia do tópico da eleição divina, dessacralizada e degradada na figura do "anjo torto", emissário da "sombra" e não da luz, e no rebaixamento da maldição, que perde a sublimidade da queda trágica, a dramaticidade da predestinação romântica e a magnitude da descensão do albatroz baudelairiano, para resvalar na mediania do vaticínio desdenhoso "Vai, Carlos, ser *gauche* na vida".[14] Paródia dos mitos e modelos da tradição e ao mesmo tempo autoironia do sujeito poético, a primeira estrofe abre o "Poema de sete faces" com chave de ouro às avessas.

A segunda estrofe introduz no texto o motivo do desejo, que apresenta diversidade de dicções: a coloquial e humorística, com notações à maneira de desenho animado ou comédia-pastelão, e a lírica, em linguagem de feição clássica.

Na estrofe seguinte irrompe o *flash* do bonde cheio de mulheres, fragmentadas por deslocamentos metonímicos e reduzidas a cômica profusão de pernas. A instância discursiva imprime outro ângulo à sua câmera de filmar, para exibir em *close-up* a interioridade do sujeito lírico, insinuar seu desejo indiscriminado por todas as mulheres-pernas e formular o seu conflito-reflexão em tom falsamente ingênuo, de grande rendimento humorístico, como se disse. Abruptamente, a câmera muda de foco, afastando-se dos figurantes do filme e da intimidade do *eu* poético, para concentrar-se no anônimo ator principal em que este se desdobra e disfarça, representado com traços de caricatura: "o homem atrás dos óculos e do bigode".

---

14 No poema "L'Albatros", de Baudelaire, o termo *gauche*, nos versos "Ce voyageur ailé, comme il est gauche e veule! / Lui, naguère si beau, qu'il est comique et laid!" (Tradução literal: "Este viajante alado, como está desajeitado e fraco! / Ele, outrora tão belo, como está cômico e feio!"), relativos à ave derrubada pelos marinheiros e estirada nas tábuas do navio, não afeta a magnitude da queda, que se insere em contexto verbal marcado por imagens enaltecedoras, solenes hipérboles e contrastes eloquentes, criando-se no texto a justaposição e fusão do grotesco e do sublime, proposta por Victor Hugo no prefácio de *Cromwell*, marco do Romantismo francês.

A essa altura do texto não restam dúvidas ao leitor de que, em lugar do encadeamento lógico-discursivo, Drummond optou pela técnica de montagem cinematográfica na sequência e articulação das sete estrofes--cenas de "Poema de sete faces". E fornece algumas pistas de que delegou ao *humour* a função de montador ou quando menos de assistente de montagem de seu poema-filme.[15] É o que parece indicar a disposição em estrofes subsequentes da cena relativa às pernas e da cena que põe em foco o "homem sério, simples e forte". Se o desdobramento do *eu* poético no biográfico *tu* de "Vai, Carlos, ser gauche na vida" já tem alcance humorístico, a nova reduplicação no anônimo *ele* desta quarta estrofe prolonga e reitera o *humour*, resultante, em ambas as ocorrências, da invasão do espaço textual pelo sujeito empírico e sua fusão e confusão com o sujeito lírico. Sem questionar a veracidade da caracterização "sério, simples e forte", comprovada tanto por informações externas ao texto, tais como fotografias e depoimentos, quanto pela economia interna das significações do poema, a montagem do discurso a contamina, no entanto, de ambiguidade. Ora a construção da *persona* poética confirma, ora desmente esta caracterização: a estrofe anterior, em sua alusão aos olhos gulosos do sujeito poético e seu comentário fingidamente ingênuo sobre as pernas, contradiz ironicamente o atributo "sério"; este atributo, porém, será corroborado pelo teor problemático e metafísico da estrofe seguinte, a qual, por sua vez, põe em xeque o atributo "forte":

> Meu Deus, por que me abandonaste
> se sabias que eu não era Deus
> se sabias que eu era fraco.

É a ironia, fenômeno afim e correlato ao *humour*, que efetua a montagem das três estrofes citadas, para tacitamente propor uma significação de ordem existencial: a falta de inteireza e a contradição inerentes ao homem em seu percurso vital. A *persona* poética tem, assim, implícita e ironicamente desnudada a sua humana discordância. Tal significação vai-se estruturando à medida em que se desenrolam as sete faces-estrofes do poema, que deve ser lido como um espectador vê um filme — captando os elos e nexos entre as cenas, suscitados por uma montagem eficiente.

> Mundo mundo vasto mundo,
> se eu me chamasse Raimundo
> seria uma rima, não seria uma solução.
> Mundo mundo vasto mundo,
> mais vasto é meu coração.

---

15 A técnica de montagem neste poema vem sendo apontada por vários estudos sobre Drummond, entre os quais um trabalho nosso anterior. Agora, no entanto, acrescentamos a percepção de que compete à dinâmica do *humour* a função de montar as sete faces-cenas do texto.

Nos três primeiros versos dessa sexta estrofe, o *humour* cumpre a função de contrabalançar o *pathos* da anterior, na qual o sujeito lírico, apropriando-se da quinta das Palavras do Cristo na cruz—Deus meu, Deus meu, por que me desamparaste?—desabafa a sua dor.

Mário de Andrade qualifica "seria uma rima, não seria uma solução" de "verso sublime (mas intelectualmente tolo)".[16] Com toda a admiração que devotamos ao crítico, acreditamos que esses polissêmicos versos, em sua concisão essencial ao humor, exprimem um significado complexo, que de tolo não tem nada. Uma de suas leituras possíveis indicia que o sentimento de inadequação entre o sujeito poético e o mundo extrapola circunstâncias biográficas—chamar-se ele Carlos e, por extensão, ser filho de fazendeiros, haver nascido em Minas, ter um trajeto de vida até então marcado por certos acontecimentos etc.

Se existe uma variante entre Carlos e Raimundo—o nome de um não rima com "mundo", o do outro rima—uma invariante no entanto os aproxima: ambos são irmãos na insolução com o mundo. Cria-se no texto uma analogia entre o particular e o geral, entre *este homem* (ou estes homens) e *o homem*, e o relacionamento de insolução com o real se delineia como inerente à condição humana. E sob a máscara da galhofa, esses versos deixam entrever uma melancólica reflexão existencial, propondo-se então como humorístico esboço da "tentativa de exploração e interpretação do estar-no-mundo",[17] de tal forma absorvente na poesia de Drummond, que invade outras seções temáticas, com elas misturando-se.

O fecho do poema não destoa da qualidade do humor mantido até então; rico de sugestões, ele aponta para um sujeito poético como que envergonhado do desbordamento de emoção que o impeliu para o apelo patético e para o extravasamento lírico "mais vasto é meu coração". Astuciosamente tenta (ou finge) atribuí-lo a circunstâncias do momento:

> Eu não devia te dizer
> mas essa lua
> mas esse conhaque
> botam a gente comovido como o diabo.

O estreante Drummond realiza em "Poema de sete faces" uma *performance* de mestre no manejo do *humour*, o qual nele desempenha com desenvoltura, além da função de natureza existencial de defesa contra o sofrimento e de afirmação do princípio de prazer—que repercute, é óbvio, no plano da linguagem artística—várias das múltiplas funções de ordem mais precisamente poética e estética que viria a exercer ao longo da obra do autor.

---

16 ANDRADE, Mário de. "A poesia em 1930". *In: Aspectos da literatura brasileira*. Rio de Janeiro: Americ-Edit, 1945, p.50.
17 É o título dado por Drummond, em sua *Antologia poética*, à seção temática que enfeixa os poemas por ele escolhidos sobre "uma visão, ou tentativa de, da existência".

Enquanto prática discursiva, o *humour* já se configura como freio à impulsão lírica temerosa de desmesurar-se ou correção de seu eventual desbordamento, e como prevenção ou contrapartida do *pathos*, concretizando a dinâmica de "uma poesia que se furta e se expande", como bem a define o próprio Drummond em "Os bens e o sangue" (**CE**). Ele já se delineia também como "cambalhota"[18] a serviço da poética da surpresa e do choque, signos marcantes de escrita drummondiana, a qual, por meio de mudanças abruptas da disposição anímica e da dicção do emissor do discurso, visa a mobilizar com sucessivos impactos a atenção e a emoção do leitor em direções divergentes.

Como se fora pouco, o humor exibe ainda, neste poema seminal, outra de suas faces: a de estratégia de combate contra a opressão e repressão das verdades culturais estabelecidas.

Retomemos "Desdobramento de Adalgisa": o poeta retira do dia a dia da cidade o motivo do investimento do desejo em múltiplas mulheres para encená-lo no contexto cultural dos relatos bíblicos, evocado na alusão ao rei Salomão—arquétipo, na tradição judaico-cristã, de sabedoria e justiça. Protagonista de episódios de grande divulgação, como o da solução do conflito entre duas mulheres que disputavam uma criança, alegando ambas serem a verdadeira mãe, Salomão é uma das figuras mais conhecidas e populares da Bíblia.

O que os leitores do poema talvez desconheçam e Drummond com certeza sabe muitíssimo bem é que no texto bíblico sabedoria e justiça são qualidades atribuídas ao coração e metaforicamente nele sediadas. Nos versos "Nenhum amor isolado/habita o rei Salomão/e seu amplo coração", ele tece-destece comicamente a metáfora coração = morada ao desenvolvê-la em sentido literal, fazendo do coração salomônico, tão sábio e justo como igual não houvera no passado nem haveria no futuro, o imenso espaço físico onde "habita" uma multidão de mulheres—as setecentas esposas e trezentas concubinas do rei, segundo reza a tradição...

O poeta se rebela... O poeta se diverte... O *humour* drummondiano vale-se do personagem bíblico, agraciado por Deus com um coração tão entendido para discernir entre o bem e o mal,[19] como ardiloso argumento de legitimação e nobilitação dos múltiplos apelos eróticos que acossam a *persona* poética criada em seus textos, empurrando-a para a dúvida e o impasse. Com seriedade jocosa, peculiar aos humoristas, Drummond subversivamente desmascara a pretensão de valor absoluto das interdições culturais, mostrando-as como realmente são—variáveis no tempo e no espaço.

Com sorriso solidário, induzido pelas pistas que sub-repticiamente lhe fornece a autoironia do poeta, o leitor conclui que, por conta dessa variabilidade, enquanto "o rei Salomão e seu amplo coração", seduzido

---

18 Cf. "Explicação" (**AP**): "Meu verso me agrada sempre... / Ele às vezes tem o ar sem-vergonha de quem vai dar uma cambalhota, / mas não é para o público, é para mim mesmo essa cambalhota". Trata-se de astucioso fingimento irônico: é *também* para o público a cambalhota...

19 Cf. *Bíblia sagrada*. 9ª impressão, São Paulo: Vida, 1996, p.313: "Dá a teu servo um coração entendido... para discernir entre o bem e o mal"; "Dar-te-ei um coração tão sábio e entendido, que antes de ti igual não houve, e depois de ti igual não se levantará".

por "quatro pernas" e outras mais da "quádrupla" e "múltipla" Adalgisa, são celebrados e festejados, "Carlos", que tem o coração mais vasto que o mundo e os olhos atraídos pelas pernas brancas pretas amarelas, é condenado a ser *gauche* na vida... O poeta se diverte... E o leitor também.

Outra jogada certeira da retórica humorística de "Desdobramento de Adalgisa" nasce da manipulação da camada fônica do poema. Explorada como campo de experimentação de surpresas e invenções, ela se estrutura a partir da insistente repetição do nome próprio Adalgisa, agenciado pela instância discursiva como centro de atração e gravitação de vocábulos, alguns neológicos, outros apenas aliterativos. Nesse ludismo em aparência sem outra função além do prazer de brincar com as palavras, articula-se no entanto a íntima coesão entre o estrato fônico e o estrato semântico, coesão atestada pelo significado dos versos finais: "Para onde quer que vades,/o mundo é só Adalgisa".

Com seus jogos fônicos e semânticos, suas dissonâncias léxico-rítmicas — tais como "Sou loura, trêmula, blândula/e morena esfogueteada"[20] — suas metáforas ambiguamente dessacralizantes-sacralizantes ("analgésica Adalgisa"), o discurso lúdico do poema constitui por si só uma fonte de prazer, ao qual se soma o prazer decorrente do seu caráter contestador e provocador, que o faz reduto da insubmissão do indivíduo contra as imposições da cultura.

"Um homem e seu carnaval" (BA) põe mais uma vez em foco o tema da impossibilidade da opção amorosa, decorrente da incapacidade do sujeito poético de direcionar para um único ser os apelos de sua sexualidade:

20 John Gledson assinala, em nota ao pé de página, que "a frase trêmula, blândula remonta a poema do imperador Hadriano (*sic*), aparece em Ronsard e outros autores, sendo 'lugar-comum poético'". GLEDSON, John. *Poesia e poética de Carlos Drummond de Andrade*. São Paulo: Duas Cidades, 1981, pp.113-114. Na perspectiva de nosso estudo, o interesse maior do sintagma reside na oposição rítmico-semântica entre ele, com seus dois termos aliterativos e rimantes entre si, ambos proparoxítonos, o que lhes dá aura de palavras minoritárias e "nobres" (sobretudo "blândula", pouco usual), e o sintagma seguinte, com o seu brasileirismo "esfogueteada", de uso coloquial-popular. Cf. nota 10. Drummond é mestre na obtenção de sutis efeitos humorísticos por meio de apurados jogos rítmicos e rímicos, como ilustra exemplarmente a "ladainha" de "A um hotel em demolição" (VPL).

Deus me abandonou
no meio da orgia
entre uma baiana e uma egípcia.
[...].
O pandeiro bate
é dentro do peito
mas ninguém percebe.
Estou lívido, gago.
Eternas namoradas
riem para mim
demonstrando os corpos,
os dentes.
Impossível perdoá-las,
sequer esquecê-las.

Deus me abandonou
no meio do rio.
Estou me afogando
peixes sulfúreos
ondas de éter
curvas curvas curvas
bandeiras de préstitos
pneus silenciosos
grandes abraços largos espaços
eternamente.

O impacto humorístico ocorre logo na abertura do poema, provocado pela abrupta e sacrílega inserção do Deus da tradição judaico-cristã no espaço profano de um baile de Carnaval. Em sua extrema concisão—atributo imprescindível ao caráter cifrado do humor—obtida pela economia vocabular, que se restringe ao mínimo de palavras necessárias à configuração da micronarrativa em torno das perguntas *quem? o quê? onde?*, e decisivamente intensificada pela metonímia entre continente e conteúdo (as fantasias e as mulheres), os três primeiros versos produzem forte estranhamento de teor cômico similar ao do teatro do absurdo ou ao do *nonsense*.

Ao contextualizar o problema da opção erótica na "orgia" carnavalesca em que mulheres, "demonstrando os corpos", exacerbam o desejo da *persona* poética, Drummond suscita a evocação dos ritos pagãos de fertilidade e sexualidade, cria neologicamente a etimologia poética de Carnaval como festa da carne, entranhando o título e o texto de ácida ironia, visto que, embora exibam os corpos, as mulheres sonegam a sua entrega e posse, não ultrapassando os limites de "eternas namoradas", pois,—como dirá o sujeito lírico de outro poema—, "As moças vão casar e não é com você". Privado da consumação do desejo, ao frustrado protagonista é "impossível perdoá-las, sequer esquecê-las". Só lhe resta como substitutivo do prazer carnal malogrado, a insurreição do humor e o prazer intelectual da produção do sentido subversivo do seu discurso.

A rebeldia face à realidade coercitiva inerente a certas modalidades de humor aparece reduplicada na imagem da "orgia". Segundo Georges Bataille, "a orgia é o signo de uma subversão perfeita". As reflexões de Bataille são valiosas para deslindar-se o sentido último da teia de metáforas da estrofe final, aparentemente sem maiores implicações, na qual uma leitura redutora não veria mais que a tematização ou glosa do célebre "desregramento de todos os sentidos" proposto por Rimbaud. O pensamento do teórico de *O erotismo* ilumina a leitura de "Um homem e seu carnaval", dando-lhe uma dimensão antes insuspeitada:

> O delírio sexual que afirma em sentido oposto um caráter sagrado é típico da orgia. Da orgia procede um aspecto arcaico do erotismo. O erotismo orgíaco é em sua essência excesso perigoso. Seu contágio explosivo ameaça indistintamente todas as possibilidades de vida. [...] Trata-se de engajar a totalidade do ser num deslizar cego para a perda, que é o momento decisivo da religiosidade.[21]

Elevando a grau máximo a condensação própria ao discurso da poesia, em "Sombra das moças em flor" (BA) Drummond faz uma brevíssima releitura de *A l'ombre des jeunes filles en fleur*, de Marcel Proust, individualizando-a com inflexões de seu multifacetado *humour*. Em função daquela especificidade da linguagem poética, ele concentra a sua incursão no universo proustiano nos elementos de composição da figura do narrador que tenham afinidades com traços distintivos da *persona* lírico-dramática criada em alguns de seus textos. Desbasta "Sombra das moças em flor" de outras possíveis aproximações entre a sua obra e a do romancista francês, para ater-se à convergência de interpretações da experiência amorosa. Como o sujeito poético de "Poema de sete faces", "Indecisão no Méier", "Desdobramento de Adalgisa", "Um homem e seu carnaval", "Consolo na praia", "Amor, sinal estranho" (EPL) e outros, o qual enfrenta ideias sedimentadas e preconceitos arraigados, o narrador de *A l'ombre des jeunes filles en fleur* não dissimula nem tergiversa quando expõe sua doutrina sobre o amor e o seu modo próprio de vivenciá-lo, como ilustra a seguinte passagem do romance:

> Tal era, no meu caso, aquele estado amoroso simultaneamente dividido entre várias moças. Dividido ou antes indiviso, pois as mais das vezes o que me era delicioso, diferente do resto do mundo... era todo o grupo de moças [...] durante aquelas horas ligeiras, naquela faixa de relva onde estavam pousadas aquelas figuras, tão excitantes para a minha imaginação, de Albertine, de Rosemonde, de Andrée, e isto sem que soubesse dizer qual delas me tornava tão preciosos aqueles lugares, qual delas tinha eu mais desejos de amar.[22]

---

21 BATAILLE, Georges. *O erotismo*. 2. ed. Porto Alegre: L&PM, 1987, p.106.
22 PROUST, Marcel. *À sombra das raparigas em flor*. Tradução de Mario Quintana. 2ª reimpressão. São Paulo: Globo, 2006, p.576.

Drummond distingue portanto no narrador-protagonista do romance de Proust uma alma gêmea (ou quase...) de sua inquieta *persona* lírica, hesitante e indecisa na escolha da parceira do jogo amoroso. Seu conciso "Sombra das moças em flor" apropria-se não só do título da obra proustiana, como também do seu núcleo narrativo—a experiência do "desejo em perpétua atividade, móvel, urgente, alimentado de inquietudes, que em mim despertava sua condição de inacessíveis"[23]—legitimando--a como instância temática sua, porque de fato o é, conforme atesta a recorrência em sua poesia do dilema da opção erótica.

"Sombra das moças em flor" oferece aos leitores uma situação textual bastante particular: se nele existem acentos de paródia, e cremos que efetivamente existem, ela se dirige simultaneamente a dois alvos—o romance de Proust, em sua trama central e nas reiteradas considerações do narrador sobre a "errância voluptuosa do desejo", e os próprios poemas de Drummond que versam sobre este motivo. Essa engenhosa relação de cumplicidade irônica criada entre a *persona* drummondiana e a *persona* proustiana é um dos lances mais certeiros do *humour* do poema.

No corpo a corpo com o texto ao longo do seu percurso, o leitor depara a cada passo com demonstrações da diversidade e eficiência da estratégia lúdico-humorística do autor. Os dois primeiros versos desenvolvem em sentido literal o sintagma metafórico *À l'ombre des jeunes filles en fleur*, criando inesperado *nonsense* de malicioso duplo sentido:

> À sombra doce das moças em flor,
> gosto de deitar para descansar.

O jogo entre sentido metafórico e sentido literal contém em si mesmo potencialidade humorística, que Drummond explora com frequência em sua obra. Dependendo do contexto em que é usado, esse procedimento denominado por Freud em seu livro sobre o chiste de "desvio de raciocínio", simula a suspensão da faculdade de abstração e a incapacidade de apreensão da linguagem figurada, sugerindo uma espécie de infantilismo mental ou um lapso de atenção de distraídos crônicos, tipificações que integram a morfologia do cômico e do humor.

Já em outros contextos, ele é frequentemente acionado para configurar falsa *naïveté* ou ingenuidade fingida—atitude não raro necessária e mesmo pressuposta à economia do humor e da ironia. E é esta a função que o procedimento assume em alguns momentos de "Sombra das moças em flor": a de compor um personagem pretensamente *naïf*, para dissimular sua real esperteza e malícia.

Os últimos versos da estrofe inicial retomam o jogo entre sentido figurado e sentido literal, modulando-o em novo diapasão, criado pela

23 *Ibidem*, p.519.

acepção dúbia de "esparramada" e pela dissonante contiguidade desse termo prosaico com a dicção "poética" dos versos imediatamente anteriores:

> É uma sombra verde, macia, vã,
> fruto escasso à beira da mão.
> A mão não colhe... A sombra das moças
> esparramada cobre todo o chão.

De construção econômica e linear, aparentemente corriqueiros e transparentes, os dois versos finais tecem no entanto significações veladas e sinuosas: ao mesmo tempo que esgarçam a metáfora do título de Proust, ao desenvolvê-la literalmente, trançam a metáfora de extensão e intensidade do desejo reprimido do sujeito lírico pelas "moças em flor", desejo que se apossa da totalidade do seu ser, compondo o seu único horizonte perceptivo.

Pela via oblíqua do humor e sob o disfarce de um simples jogo entre sentido literal e sentido figurado sem maiores pretensões senão divertir e fazer sorrir, Drummond introduz no poema, enfatizando-as sub-repticiamente, as noções de corporeidade e concretude, que se desdobrarão em imagens sintomáticas de sensualidade exacerbada, expressas no entanto com discrição e sutileza, por meio de sinestesias e hipálages — "sombra doce", "sombra macia", "o nome delas é uma carícia disfarçada" — que ultrapassam a condição de meras figuras retóricas e recobram plenitude semântica, indiciando, assim reativadas, o estado de hipersensibilidade do sujeito às impressões sensoriais, sobretudo táteis e gustativas. O poeta deixa pois sorrateiramente entrever o erotizado subtexto da primeira estrofe, disfarçado em texto "poético" e "literário".

> As moças sorriem fora de você.
> Dentro de você há um desejo torto
> que elas não sabem. As moças em flor
> estão rindo, dançando, flutuando no ar.
> O nome delas é uma carícia
> disfarçada.
>
> As moças vão casar e não é com você.
> Elas casam mesmo, inútil protestar.
> No meio da praça, no meio da roda
> há um cego querendo pegar um braço,
> todos os braços formam um laço,
> mas não se enforque nem se disperse
> em mil análises proustianas,
> meu filho.

O ambíguo eufemismo "desejo torto" finge camuflar, sem camuflar de fato, os impulsos libidinosos da *persona* poética em relação às "moças em flor". Cheio de artimanhas, o discurso do poema desenvolve-se como um jogo de encobre-descobre: eivado de sensualidade e sexualidade, ele se vale no entanto de subterfúgios para apenas entremostrá-las sem escandalizar, em vez de exibi-las sem evasivas. Furtivamente infiltra-se no texto o uso metafórico de *comer* com o sentido de possuir sexualmente, característico da linguagem chula e vulgar. Na fala acentuadamente erotizada, mas sonsamente refinada do sujeito poético, o substrato chulo transforma-se na imagem nobilitada "fruto escasso à beira da mão" e na menos nobre "frutos maduros se esborrachando no chão".

O impasse entre o protagonista, com seu anseio de liberdade erótica e desejo indiviso por todas as "moças em flor", e as normas socioculturais que lhe interditam a consecução do desejo, termina por compeli-lo a escolher uma única parceira. O problema-dilema da opção amorosa—que constitui o eixo temático de "Sombra das moças em flor"—é metaforizado na brincadeira infantil da cabra-cega,[24] na qual uma criança com venda nos olhos—a cabra-cega—deve escolher outra que a substituirá no meio da roda.[25]

Entrelaçam-se ainda na imagem do cego no meio da roda associações com a iconografia medieval, que representa Cupido com a venda nos olhos, e ressonâncias de frases-clichês do tipo *o amor é cego* e *cego de desejo*.

A fingida *naïveté* ressurge com outros matizes de humor nos versos: "As moças vão casar e não é com você./Elas casam mesmo, inútil protestar".

Na quarta e última estrofe, o "cego", reduplicação metafórica do sujeito lírico, desdobrado também em "você" e "meu filho", escolhe o seu futuro par nas lides do amor. O poema conclui pela improbabilidade de realizar-se a opção amorosa de modo consciente e motivado. Ela será aleatória, fruto do acaso ou de lances de sorte ou azar no jogo da cabra-cega... Jogo que não tem final feliz... pois optar por uma das moças em flor implica ser forçado a abdicar de todas as outras, já que—reitere-se—"as moças vão casar e não é com você". A escolha assume significação ambígua: se conota distensão e alívio da dúvida, como sugere a imagem "dia... tranquilo como um domingo", conota igualmente a noção de castigo em "E todos os sinos *batem* no cego" (os sinos da igreja, metonímia de casamento?).

Discreta e disfarçadamente formulada, a função defensiva e consoladora do humor, perspectiva recorrente na obra do poeta, surge nos versos finais da terceira estrofe. Neles situa-se um dos melhores momentos de *humour* do poema, criado pela ação conjunta e reciprocamente dinâmica de vários procedimentos: o duplo sentido de "não se enforque"

---

24 Registramos a convergência de nossa interpretação da imagem da cabra-cega, desde sempre apresentada em sala de aula, com a efetuada em: MERQUIOR, José Guilherme. *Verso universo em Drummond*. Rio de Janeiro: José Olympio, 1975, p.31.

25 Em *À sombra das raparigas em flor*, o narrador conclui da sua preferência por Albertine no decorrer de um jogo similar ao do poema de Drummond: o jogo do anel, também praticado no Brasil, conforme ensina Câmara Cascudo em seu *Dicionário do folclore brasileiro*: "Divertimento para crianças e pessoas adultas, constando de um anel oculto entre as palmas das mãos fechadas e fingidamente depositado nas mãos de todas as pessoas presentes. Pergunta-se quem tem o anel e o perguntado indicará um dos componentes, pagando prenda quando não coincidir com o verdadeiro depositário". Pagar prenda implica ocupar o centro da roda para adivinhar o depositário do anel no lance seguinte. É o que ocorre com o narrador do romance. Registre-se que, mesmo depois de decidir-se por Albertine, o seu desejo "errava voluptualmente entre todas as raparigas em flor". CÂMARA CASCUDO, Luís da. *Dicionário do folclore brasileiro*. Rio de Janeiro: INL/MEC, 1962.

(o literal e o figurado *não se case*); o choque entre essa gíria plebeia e a aristocrática referência metaliterária; a autoironia do "desnudamento" da fonte do poema e a alusão, entre jocosa e amorosa, aos constantes volteios e ritornelos da esmiuçada investigação psicológica de Proust. O leitor é seduzido de vez por essa autêntica *performance* do *humour* drummondiano, que lhe redobra o sorriso e o prazer do texto.

"Sombra das moças em flor" encena o percurso do "cego" "desejo torto", que esbarra no princípio de realidade consubstanciado na instituição do casamento monogâmico. Para lidar com a frustração, a *persona* poética desaconselha soluções dramáticas e especulações intelectuais... Em lugar de drama, o lúdico e lúcido *humour*, que afirma a superioridade do *eu* sobre o real, assegurando-lhe, pela via intelectual da criptografia erótica do texto, um sucedâneo do prazer sexual anárquico e libertário a que aspirara. Aqui o grito de "Idade madura" se assurdina em protesto escrito com zombaria e melancolia—ambivalência própria à ironia e ao humor.

A feição contestadora do humor nos poemas que tematizam o dilema da opção amorosa induz o leitor a correlacioná-lo com a lição de coisas proposta em "A Luís Maurício, infante" (**FA**): "imagina uma ordem nova; ainda que uma nova desordem, não será bela?"

Embora seja inegável o caráter questionador da ordem institucional e cultural vigente, a qual implica necessariamente "que se abafe um prazer" do indivíduo que a ela não se adapte ou submeta, como ocorre com o sujeito poético de tais poemas, o valor do *humour* drummondiano não se esgota na rebeldia contra a repressão imposta pela realidade social. O seu sentido não é unidirecional nem unívoco, mas multidirecional e ambíguo, coexistindo em um único texto o repúdio à ordem estabelecida e a autoironia do sujeito *gauche*. Talvez menos evidente em "Sombra das moças em flor", essa ambiguidade torna-se no entanto mais nítida em outros poemas.

Menos flagrante e mais dissimulada que em "Amar-amaro" e "Desdobramento de Adalgisa", poemas peculiarizados por iterativos jogos fônicos e paronomásticos, a retórica humorística de "Sombra das moças em flor" é presidida pelo "espírito mineiro", que desenvolve em "passo caprichoso"[26] as manobras discursivas do texto, em sua dinâmica encobre-descobre, vela-desvela, que o individualiza.

A expressão do "desejo torto" em clave espirituosa, na qual o sujeito poético deixa entrever a sua frustração modulada com inflexão discreta e sutilmente autoirônica, ressurge no Drummond maduro de *Claro enigma* (1951), no poema intitulado "Canção para álbum de moça", no qual, mais comportado (ou mais dissimulado?...), ele se integra na entoação juvenilmente lírica:

---

26 Sintagma colhido em "Prece de mineiro no Rio" (**VPL**): "Espírito mineiro, circunspecto / talvez, mas encerrando uma partícula / de fogo embriagador, que lavra súbito, / e, se cabe, a ser doidos nos inclinas". Extraído de "Legado" (**CE**), "passo caprichoso" é sintagma metafórico do percurso poético e existencial do autor.

Bom dia: eu dizia à moça
que de longe me sorria.
Bom dia: mas da distância
ela nem me respondia.
Em vão a fala dos olhos
e dos braços repetia
bom-dia à moça que estava,
de noite como de dia,
bem longe de meu poder
e de meu pobre bom-dia.
[...]
Nem a moça põe reparo,
não sente, não desconfia
o que há de carinho preso
no cerne deste bom-dia.
[...]
A moça, sorrindo ao longe,
não sente, nessa alegria,
o que há de rude também
no clarão deste bom-dia.
[....]
Ah, se um dia respondesses
ao meu bom-dia: bom dia!
Como a noite se mudara
no mais cristalino dia!

(Parêntese: Em *Viola de bolso*, o poema intitulado "Os romances impossíveis", que tem como cenário uma pequena cidade do interior mineiro, evoca risonhamente as moças em flor de *A l'ombre des jeunes filles en fleur*, cuja ação se localiza em Balbec: "No jardim da velha praça,/o grupo, disposto em leque,/lembrava, na sua graça,/as moçoilas de Balbeque. // Raptar alguma seria/meu anelo mais veemente,/não fosse, na tarde fria,/a voz do siso, presente".

A crônica "Vinte livros na ilha", de *Confissões de Minas*, contém uma referência à obra de Proust:

> Um capítulo de *À la recherche du temps perdu*, sobre o sono de Albertina por exemplo, concentra para os leitores avisados toda a melodia proustiana, esparsa em dezesseis desesperadores volumes, que, se levados para a ilha hipotética, apenas deixariam quatro lugares vagos...

Carlos Drummond de Andrade traduziu o romance *Albertine disparue*, volume que se segue a *A l'ombre des jeunes filles en fleur*, sob o título *A fugitiva*, publicado em 1956, pela Editora Globo.)

Em "Oceania" (**BA**), o foco do *humour* incide sobre a configuração do sujeito poético, representado como ser contraditório, de dupla face: um *eu* "adolescente" imerso em devaneios eróticos com a "garota das ilhas Fidji" e um *eu* "adulto", que se afasta criticamente do espaço da imaginação e zomba do próprio sonho. Essa dinâmica envolvimento/distanciamento e a junção fingidamente disparatada dos dois *eus* que se imbricam em desarmonia harmônica dão origem a vasta gama de procedimentos humorísticos: o contraponto entre o voo da fantasia e o terra-a-terra de detalhes prosaicos ("espantar esse mosquito/que pousou no meu papel"); a metáfora autodepreciativa "acender esse foguinho" e seu implícito e risível cotejo com a matriz camoniana "Amor é fogo que arde sem se ver"; as notações desairosas à maneira de "ruídos" que fragmentam o discurso amoroso ("essa menina enjoada"); a cômica desqualificação do arroubo erótico-sentimental ("Amo burra, burramente/certa menina enfezada"). E ainda—ou sobretudo—muita malícia instilada nas elipses, entrelinhas e subentendidos, particularmente na fingida inocência da incidiosa pergunta sobre a existência de "outras meninas"...:

> Amo burra, burramente
> certa menina enfezada
> para lá dos mares do sul.
> [...]
> Ora, eu amo essa menina
> que vem dentro de um romance,
> [...]
> brincar no meu pensamento,
> espantar esse mosquito
> que pousou no meu papel,
> acender esse foguinho
> através da Oceania.
>
> E eu lhe pergunto: Filhinha,
> para lá da Oceania
> decerto que há outras meninas
> e outros coqueiros, decerto!
> Por que você não me conta?
> Eu queria tanto saber.
>
> Ela diz que fique quieto,
> que depois de Oceania
> o mundo acaba... e que a praia
> é só areia e silêncio.
> O mundo acabou para nós!
> Quebra coco, menina,
> dança bem espalhado, menina,
> canta bem machucado, menina,
> com tua voz de Oceania.

No espaço-tempo de *Brejo das almas*, Drummond situa "Oceania" imediatamente em seguida a "Sombra das moças em flor" como estratégia para elaborar uma teia de significações que os levam a complementar-se sorrateiramente entre si. Em função dessa relação de contiguidade, o leitor é "didaticamente" induzido a captar o tácito diálogo entre eles: o desejo indiscriminado por todas as moças em flor, ceifado antes de consumar-se por objeções socioculturais, conquista e legitima o seu direito à existência no livre território da imaginação e da fantasia, infenso às interdições do princípio de realidade, conforme a lição de Freud em *O mal-estar na civilização*,[27] retomada por Marcuse:

> Com a introdução do princípio de realidade, um modo de atividade do pensamento cindiu-se e manteve-se livre do critério de realidade, continuando subordinado exclusivamente ao princípio de prazer. É o ato de *elaboração da fantasia*, que começa logo com os brinquedos infantis e, mais tarde, prossegue como *divagação* e abandona sua dependência dos objetos reais.[28]

"Oceania" delineia-se pois como espaço da desforra do "desejo torto" e da soberania do prazer, instaurado pelo *humour* emancipador de Drummond, que faz das "ilhas Fidji" emblemática metáfora de ilha paradisíaca anterior ao pecado original e às sanções da cultura judaico-cristã. Os três versos finais dão ao poema um último (ou penúltimo...) toque de humor na sub-reptícia, inventiva e divertida sugestão de libertária festa dionisíaca, conduzida porém por canto e dança do Nordeste, sugestão infiltrada pelo duplo sentido de "quebra coco"[29] neste novo contexto.

O leitor tem ainda a oportunidade de desfrutar mais um lance do *humour* drummondiano se percebe em "Oceania" sinais de paródia a poemas do Romantismo brasileiro eivados de devaneio eróticos em espaços remotos e exóticos, como neste passo de "Ideias íntimas", de Álvares de Azevedo:

> E a mente errante devaneia em mundos
> Que esmalta a fantasia! Oh! quantas vezes
> Do levante no sol entre odaliscas
> Momentos não passei que valem vidas!
> Quanta música ouvi que me encantava!
> Quantas virgens amei!

Em "Sweet home" (**AP**), a partir do próprio título de inflexão irônica ao clichê *Home sweet home* (Lar doce lar), Drummond mira com olhar desmitificador e zombeteiro a instituição do casamento, mediante a montagem de um retalho da vida familiar burguesa.

---

27 FREUD, Sigmund. *O mal-estar na civilização. Op. cit.*, pp. 29-30.
28 MARCUSE, Herbert. *Eros e civilização: uma interpretação filosófica do pensamento de Freud*. 8. ed. Rio de Janeiro: LTC, 1999, p. 132.
29 Ver: CÂMARA CASCUDO, Luís da. *Op. cit.*, v. 1, p. 226. Dança popular nordestina, cantado em coro o refrão que responde aos versos do "tirador de coco" ou "coqueiro", quadras, emboladas, sextilhas e décimas. É canto-dança das praias e do sertão... A frase *quebra-coco*... indicaria convite para a tarefa ou para o canto que se tornou dança... "Dançar era *quebrar coco* e ainda presentemente é voz de excitamento: — *quebra! quebra o coco!*"

À maneira de econômico cenógrafo, o poeta dispõe no espaço textual objetos-signos do conforto e bem-estar da burguesia satisfeita de si: "quebra-luz", "cachimbo", "poltrona", "chá com torradas". Contrapondo-se a eles, o "jornal" funciona como signo perturbador dessa ordem, apontando para uma vida mais cheia de surpresas e emoções. Mal se esboça, suscitado pela leitura do jornal, o anseio do protagonista por menos rotina e mais imprevisibilidade e aventura é logo apaziguado pelo "imenso chá com torradas", que não cala, no entanto, a sua fala autocrítica e derrisória:

> Ó gozo da minha poltrona!
> Ó doçura de folhetim!
> Ó bocejo de felicidade!

Drummond dispara um dos mais eficientes lances humorísticos do poema na autodefinição da *persona* poética, ditada pela ambígua retórica da imodéstia irônica, como seguidor do *humour* inglês — para muitos, paradigma de humor inteligente e sutil:

> Quebra-luz, aconchego.
> Teu braço morno me envolvendo.
> A fumaça de meu cachimbo subindo.

> Como estou bem nesta poltrona de humorista inglês.

Com poucos traços, o poeta esboça a caricatura do burguês de olhos voltados para a Europa, em busca de modelos de comportamento e refinamento: em vez do "café preto / café gostoso / café bom" de "Infância" (**AP**), o menos habitual "chá", que evoca e conota costumes ingleses; em lugar do popular cigarro de muitos, o esnobe "cachimbo" de poucos.

"Sweet home" inclui-se entre os poemas de *Alguma poesia* que tematizam o "sequestro da vida besta", denominação usada por Mário de Andrade a partir de "Cidadezinha qualquer" — texto-descrição da morosidade e mesmice da vida em província, finalizado pelo súbito e explosivo desabafo "Eta vida besta, meu Deus", verso que, como vários outros de Drummond, ganhou vida própria, virando propriedade coletiva. Em sua análise, Mário dá especial relevo a "Balada do amor através das idades" (**AP**), com o qual "Sweet home", apesar das gritantes diferenças de fatura, apresenta semelhanças de significação. Nessa balada, o poeta repete em todas as estrofes o mesmo esquema representativo-narrativo: amor contrariado por imposições culturais e sangrento *unhappy-end*. A última rompe abruptamente o esquema:

Hoje sou moço moderno,
remo, pulo, danço, boxo,
tenho dinheiro no banco.
Você é uma loura notável,
boxa, dança, pula, rema.
Seu pai é que não faz gosto.
Mas depois de mil peripécias,
eu, herói da Paramount,
te abraço, beijo e casamos.

Drummond substitui as mirabolantes peripécias das micronarrativas das estrofes anteriores por práticas desportivas e jogos de salão, esvaziando de heroicidade os dois protagonistas; converte os intransponíveis e dramáticos obstáculos à união dos amantes em prosaica desaprovação paterna; e completa a paródia dos filmes americanos da época, ao adotar o seu previsível *happy-end*, com o indefectível matrimônio do jovem par de namorados.

Segundo Mário, quando Drummond "faz o amor dar em casamento, em burguesise, em... vida besta", transforma "Balada do amor através das idades" em "clímax do sequestro" e em "documento precioso de psicologia".[30]

Em carta ao amigo, Mário faz uma "observação psicanalítica" sobre o poema, no qual vê a projeção inconsciente dos problemas que envolveram o casamento de Drummond: "oposição de família, orgulhos ou amor-próprio maltratado [...] Tudo obstáculos que você [...] tinha de vencer. E o seu *desejo* era vencer. Nesse poema você *resolve* o seu caso [...] os obstáculos são fumacinhas, você vence e se casam".[31]

A significação de "Balada" é enriquecida pelo subtexto de feição metaliterária, que agrega ao humor toques de sofisticação metalinguística e de tácita provocação irônica ao leitor desavisado: usando em todas as estrofes o mesmo esquema representativo-narrativo—amor impossibilitado por interdições culturais e violento *unhappy-end*, com exceção da última, que segue o modelo dos filmes americanos da época—Drummond dissimuladamente aponta para a vigência na literatura e na arte de um código de convenções e deixa entrever a possibilidade de deslizamento de referências do nível representativo ou imaginativo para o nível estrutural, fato de que decorre a formalização de elementos conteudísticos, que passam a integrar uma morfologia da narrativa. O poeta desnorteia e desilude o leitor, com um sub-reptício e divertido aviso de alerta: muitas estórias que ele haverá lido como mensagem original não seriam senão código convencional.[32]

---

30 ANDRADE, Mário de. *Op. cit.*, pp. 53-54.
31 ANDRADE, Carlos Drummond. *A lição do amigo*. Rio de Janeiro: José Olympio, 1982. p. 159.
32 Quanto à formalização de elementos semânticos, que os transforma em código, e a semantização de elementos formais, ver: LOTMAN, Iouri. *Structure du texte artistique*. Paris: Gallimard, 1973, cap. I.

Em *Esquecer para lembrar*, livro de 1979, "O grande filme", um dos muitos poemas de Drummond que tematizam o *topos cinema*, reporta-se a esta "Balada" de *Alguma poesia*:

> Vejo *Intolerância*, de Griffith,
> no Cinema Pathé.
> Estudante já não vale nada.
> Pago entrada comum, preço incomum:
> 2 mil réis e mais 100 réis de imposto.
> [...]
> *Intolerância*
> *ou a luta do amor através das idades,*
> Cristo, Babilônia, São Bartolomeu noturno...
> É grandioso demais para a minúscula
> visão minha da História, e tudo aquilo
> se passa num mundo estranho a Minas

"Balada do amor através das idades" apropria-se, portanto, parcial mas literalmente, do título do filme de Griffith, o qual narra quatro estórias situadas em períodos distintos, ilustrativas todas da noção de que a História é atravessada pela luta da intolerância contra o amor. Um texto projetado na tela completa: contra o amor e a caridade, virtudes emblematicamente representadas em recorrentes imagens do berço de Jesus criança e do Cristo adulto em várias passagens do Evangelho.

A apropriação de Drummond não vai muito além do subtítulo e, mais vagamente, da ideia geral do filme, concretizada nas micronarrativas do poema que versam sobre o tópico romântico do amor ceifado por preconceito e intolerância — racial, política, religiosa — ao longo de épocas históricas diversas, envolvendo comicamente pares disparatadamente antagônicos: grego com troiana, soldado romano e pirata mouro com cristã, freira com cortesão devasso de Versailles.

A clave humorística com modulações de paródia na qual Drummond entoa a sua "Balada" exclui — ou quando menos dilui — a ênfase ideológica e o ambicioso ideal humanista do notável melodrama de Griffith. Este, se desconcertou e desagradou o menino antigo, inscreveu-se, no entanto, em seu imaginário, para ressurgir, depois de esquecido/lembrado, na memória do poeta de 1930 — consubstanciando mais um imponderável do delicado equilíbrio da relação parodista-parodiado.[33]

---

33 A propósito da relação entre o parodista e o parodiado, ver: JANKELEVITCH, Vladimir. *L'Ironie*. Paris: Flammarion, 1964, cap. III: "Des pièges de l'ironie".

o desejo torto e o desejo perverso

A par do "sequestro da vida besta", Mário de Andrade assinala em *Alguma poesia* a frequência do "sequestro sexual", que se manifesta predominantemente pelo uso e abuso de referências a pernas de mulher. O crítico as considera produto do "desvio do olhar masculino... com que os homens julgam das qualidades boas duma... peça, olhando-lhe as pernas".[34] Apesar das lacunas e eufemismos—ou por isso mesmo—Mário deixa implícito que o olhar masculino, mais que em pernas, costuma deter-se no exame... dos quadris, quando da avaliação do corpo da mulher enquanto estímulo à sensualidade e sexualidade masculina. Registrando a ausência desse "desvio do olhar" nas civilizações antigas e sua recorrência na civilização cristã, Mário assim o interpreta:

> Deve haver nesse costume um acondicionamento do ser sexual com as proibições dos Mandamentos, uma espécie de *bluff*: o cristão blefa a lei com uma inocência deliciosa. Carlos Drummond de Andrade também foi vítima desse desvio do olhar cristão [...]

Dos poemas de *Alguma poesia*, é em "Moça e soldado" que o "desejo torto" do sujeito poético desencadeia espantosa proliferação de alusões a pernas:

> Meus olhos espiam
> a rua que passa.
>
> Passam mulheres,
> passam soldados.
> Moça bonita foi feita para
> namorar.
> Soldado barbudo foi feito para
> brigar.
>
> Meus olhos espiam
> as pernas que passam.
> Nem todas são grossas...
> Meus olhos espiam.
> Passam soldados.
> ... mas todas são pernas.
> Meus olhos espiam.
> Tambores, clarins
> e pernas que passam.
> Meus olhos espiam
> espiam espiam
> soldados que marcham
> moças bonitas
> soldados barbudos
> ... para namorar,
> para brigar.
> Só eu não brigo.
> Só eu não namoro.

---

34 ANDRADE, Mário de. *Op. cit.*, p.52.

Nos comentários sobre o "sequestro sexual" em *Alguma poesia*, referindo-se especificamente a esse poema, Mário conclui que Drummond "em vez de falar que a mulher não passa dum sexo (que é o que ele queria gritar malvadamente), exclama: 'Todas são pernas'".[35]

Tão relevante quanto o obsessivo e libidinoso "desvio do olhar" que se fixa no desfile de pernas na cena urbana é a insistente e impertinente repetição do verbo que peculiariza a ação e o modo de olhar: espiar. Além da reiteração enfática da forma "espiam" (v. 19), o verso "meus olhos espiam" ocorre cinco vezes na íntegra, funcionando como um bordão em registro humorístico, que sinaliza para a composição de uma *persona* poética em estado de suspensão e paralisia de outras manifestações vitais que não o olhar concupiscente e clandestino—olhar que denuncia com humor o *voyeur* oblíquo e dissimulado.

O binômio pernas-espiar, embora sem reunir-se em um único sintagma, irrompe pela primeira vez na poesia de Drummond em "Poema de sete faces", que abre *Alguma poesia* e que se confirmaria, em muitos aspectos, como texto seminal no conjunto da obra do poeta. Nele já se prenuncia o investimento anárquico da libido em múltiplos objetos de desejo, fator determinante, como se viu, do frequente dilema da opção amorosa. Ocorre nos dois textos, "Poema de sete faces" e "Moça e soldado", uma situação similar à nomeada "*flânerie* invertida".

> [...] o *flâneur*, que vagueia pela cidade observando seus espetáculos e desfrutando seus parques e cafés, é um sujeito cinético, em constante movimento. No entanto, há uma certa *flânerie* invertida que pode ser atribuída tanto às primeiras idas ao cinema quanto às primeiras leituras de catálogos: o sujeito imobiliza-se, ao passo que o objeto da curiosidade é cinético.[36]

Em sua análise de "Poema de sete faces", Alcides Villaça se refere, em outros termos, a essa nova modalidade de *flânerie* da poesia de Drummond, atribuindo-lhe com agudeza significado psicológico e sociocultural:

> A contribuição drummondiana à atividade do voyeur está na substituição da *flânerie* pela imobilidade e pela tocaia mineira, traços agudos da timidez.[37]

O *humour* preside com acerto à composição da *persona* poética de "Moça e soldado", atribuindo-lhe como traço distintivo a coexistência, à primeira vista risível e inverossímil de tão contraditória, de dissimulado *voyeur* com ressabiado *naïf*, este indiciado pela dicção fingidamente ingênua, à maneira de queixa de criança choramingas, que soa aos ouvidos do leitor como manhosamente despropositada e engraçada: "Só eu não brigo. / Só eu não namoro". Falso *naïf*, claro, como convém

---

35 *Ibidem*, p. 52.
36 CHARNEY, Leo e SCHWARTZ, Vanessa R. (org.). *O cinema e a invenção da vida moderna*. São Paulo: Cosac Naify, 2001, p. 224.
37 VILLAÇA, Alcides. *Passos de Drummond*. São Paulo: Cosac Naify, 2006. p. 24.

às regras do jogo humorístico, afeito à duplicidade e useiro e vezeiro em sugerir a impressão de singeleza e espontaneidade onde elas não existem realmente.[38]

Esses versos, ardilosamente situados no fecho do poema, estruturam o jocoso anticlímax do rastreamento erótico de pernas femininas feito pelo olhar enviesado do protagonista. Mais ainda: eles esboçam traços que integram a multifacetada configuração do *gauche*; mais espectador que ator, o sujeito poético, tímido e arredio, situa-se à margem do centro dos acontecimentos, do qual se exclui talvez por sentir-se — provinciano transplantado para a capital — inapto para as exigências da cidade grande. O poema "Rio de Janeiro" (**AP**), no qual o pasmo e a inadequação do interiorano frente à metrópole são hiperbólica e humoristicamente representados, parece corroborar nossa interpretação:

> Fios nervos riscos faíscas.
> As cores nascem e morrem
> com impudor violento.
> [...]
> Nas praias nu nu nu nu nu nu
> Tu tu tu tu tu no meu coração.
>
> Mas tantos assassinatos, meu Deus.
> E tantos adultérios também.
> E tantos, tantíssimos contos-do-vigário...
> (Este povo quer me passar a perna.)
>
> Meu coração vai molemente dentro do táxi.

Sem o refúgio do "táxi", só resta ao desconfiado e arisco *gauche* de "Moça e soldado" exilar-se dos múltiplos embates da cidade na autoirônica e lamentosa constatação: "Só eu não brigo./Só eu não namoro".[39]

O "desejo torto", que ronda intermitente *Alguma poesia*, faz investidas insistentes em *Brejo das almas*, dele fazendo seu espaço textual por excelência e nele se dando conta de sua identidade própria, como tal nomeando-se em "Sombra das moças em flor" e marcando seu território em outros poemas do segundo livro de Drummond.

O desvio do paradigma da cantiga de ninar da literatura oral é o ponto de partida do humor em "Canção para ninar mulher" (**BA**): ao trocar a figura da criança, culturalmente associada à inocência e objeto de ternura e proteção da mãe, pela figura da mulher, arquétipo de sedução desde tempos imemoriais e objeto de desejo do sujeito poético, o poema sinaliza o repúdio do previsível, a apropriação dessacralizante

---

[38] Falando do "tio Elias", Drummond faz um comentário que comprova o seu apreço por essa tática humorística: "A conversa com ele é sempre agradável, pois sabe contar coisas, com *humour* que aparenta ingenuidade e é sutileza". In: ANDRADE, Carlos Drummond de. *O observador no escritório*. 2. ed. Rio de Janeiro: Record, 2006, p. 27.

[39] Drummond fixa residência no Rio de Janeiro em 1934, fato que, é óbvio, não invalida nossa leitura. Quando publica *Alguma poesia*, morava em Belo Horizonte.

de códigos discursivos, a irreverência e a transgressão—atitudes consubstanciais ao *humour* em geral e ao de Drummond em particular.

Em sua matriz originária, a cantiga de ninar é "povoada às vezes de espectros de terror, que os nossos meninos devem afugentar dormindo".[40] As imagens assustadoras da cantiga popular encontram correspondência no poema, mas com acentos de humor, nas ameaças em discurso reticente, com insinuações maliciosas que lhes imprimem conotação sexual. Na mais inesperada, valendo-se da técnica de deslocamento comum ao chiste e ao sonho, Drummond transfere o voyeurismo do sujeito poético para o surpreendente personagem em que ele se desdobra e disfarça: "Dorme que o gatuno/de olho de vidro/e *smoking* furtado/subiu na parede/para te espiar". A justaposição arbitrária de características desconexas fazem desse imprevisível figurante uma caricata imagem surrealista geradora de estranhamento cômico.

As ameaças atingem o seu clímax de "terror-humor" nas últimas estrofes, nas quais o poeta desmascara-escancara o jogo erótico, até então tortuosa e furtivamente jogado:

> Dorme bem de manso,
> senão eu te pego,
> te dou um abraço
> e te espinho toda.
>
> (Eu não sou daqui,
> sou de outra nação,
> eu não sou brinquedo.)
> [...]
> Dorme que o capeta
> está perguntando
> quedê a mulher acordada,
> para dormir com ela.

Significativamente, "Canção para ninar mulher" sucede, no espaço do livro, a "Não se mate" (**BA**), que encerra na estrofe final uma lição de luto e melancolia. Uma vez mais Drummond recorre à disposição dos poemas como tática para cumprir o programa que seria proposto em "Poema-orelha" (**VPL**): "A poesia mais rica/é um sinal de menos". A mera localização de sua erotizada cantiga de ninar imediatamente depois do pungente desenlace de "Não se mate" funciona como "sinal de menos", que indicia a concepção do humor, enquanto atitude existencial, como antídoto contra a dor e como alquimia que dela tenta extrair, espiritual e intelectualmente, uma parcela de prazer, ainda que modesto e fugaz, mas

---

40 CÂMARA CASCUDO, Luís da. *Op. cit.*, v.1, p.8.

suficiente para a afirmação do *eu* frente à realidade que o constrange. E como categoria estética, como expressão—reitere-se uma vez mais—da dialética furtar-se/expandir-se que dinamiza o discurso de Drummond, tributário da prática de choque da modernidade.

No leve e breve "O passarinho dela" (**BA**), o "desejo torto" faz sua incursão mais fugaz e delicada, conjugando, em rara harmonia, a clave maliciosa e o timbre lírico:

> O passarinho dela
> é azul e encarnado.
> Encarnado e azul são
> as cores do meu desejo.
>
> O passarinho dela
> bica meu coração
> Ai ingrato, deixa estar
> que o bicho te pega.
>
> O passarinho dela
> está batendo asas, seu Carlos!
> Ele diz que vai-se embora
> sem você pegar.

O *humour*, tática discursiva do "desejo torto", confluindo ambos em único andamento, vai-se insinuando devagar e mansamente com seus jogos de duplo sentido e subentendidos de cunho erótico. Na segunda quadra ganha mais impulso e audácia na ameaça em discurso direto, mas ainda assim não revela por completo a sua natureza, dissimulando-a na fórmula ambígua e clicherizada de ameaça das cantigas de ninar—"o bicho te pega"—que opera, sonsamente, o deslocamento do agente da ação. Na última estrofe dá um pulo e o bote, não mais disfarça com rodeios a premência da libido, assume por inteiro a sua identidade... E atinge o clímax, demonstrando uma vez mais o quanto Carlos tem o domínio do seu *timing*.

Talvez porque as três quadras fluam com tanto despojamento e tanta naturalidade, o leitor detém sua atenção na figura retórica mais flagrante: o quiasmo "azul e encarnado/Encarnado e azul". E indaga-se se as cores atribuídas ao "passarinho" e ao "desejo" respondem a uma intencionalidade simbólica precisa do autor; se representam "a dileta circunstância/de um achado não perdido/visão de graça fortuita/e ciência não ensinada" de que fala "Aliança" (**NP**) a propósito da intervenção do acaso na criação poética; se evocam lembranças de vivências culturais da infância; se contêm ressonâncias de leituras.

Silviano Santiago, que vê na imagem do *passarinho* "o emblema do desejo erótico e as (des)aventuras do poeta para pegar pássaro tão arisco", propõe a seguinte interpretação das duas cores:

> Passarinho de cores azul e encarnado. Do azul, o celestial, e do encarnado, o flamejante. A distância e a "ardência". Mas também são elas as cores do desejo. A cobiça e a paz. A tensão e o relaxamento. Na concordância colorida dos matizes do desejo e das cores do seu objeto é que se pode chegar à satisfação daquele. O jogo colorido, no entanto, é um jogo em aberto, sem que se marquem diferentemente os antagonistas (ambos trazem as *mesmas* cores), e portanto será um jogo sem vitória e sem fim, in-terminável.[41]

Sem pôr em discussão a leitura de Silviano, convincentemente fundamentada em rede de correlações com vários poemas de Drummond, aventamos a possibilidade de que, a par das significações sugeridas pelo crítico e que endossamos cabalmente, as cores "azul e encarnado", em função talvez de reminiscências de infância ou de leitura, e consubstanciando "um achado não perdido" sugerido pela interferência do acaso na criação poética, evoquem os cordões dos pastoris ou lapinhas brasileiros. Câmara Cascudo assim os descreve:

> Azul e encarnado são as cores que denominam os dois "cordões" nas velhas lapinhas e nos pastoris atuais, fiéis ao passado. Cada "cordão" possui mestra e contramestra, além das pastorinhas aclamadas durante a representação. Nos antigos circos de cavalinho era indispensável a existência de duas artistas polarizadoras do entusiasmo da assistência, a estrela do Norte, encarnada, e a estrela do Sul, azul.
> [...]
> Em fins do século XVIII até princípios do XX, os pastoris ocorriam diante do presépio, e então eram denominados LAPINHAS, cantando as pastoras as "jornadas" oblacionais, divididas nos cordões Azul e Encarnado.
> [...]
> As pastoras cantam com pandeiros... Um pouco antes de findar, há leilão de prendas, frutas, flores, trabalhos manuais...[42]

O poema "Vi nascer um Deus", de *Lição de coisas*, apresenta, no nível do consciente, a ressonância dos ritos natalinos da cultura popular na memória e sensibilidade poética de Drummond. Trata-se da alusão explícita às lapinhas cantadas e dançadas pelas pastorinhas diante do presépio:

---

41 SANTIAGO, Silviano. *Carlos Drummond de Andrade*. Col. Poetas Modernos do Brasil. Petrópolis: Vozes, 1976, p.77. Para o estudo de "O passarinho dela" sugere-se a leitura integral do tópico 3. "Orion e o passarinho", pp.69-80.
42 CÂMARA CASCUDO, Luís da. *Op. cit.*, v.2, pp.619, 575-576. Ver os verbetes "cordão", "Lapinha", "Pastoril" e "Presépio".

Assim o Cristo vem numa cantiga sem rumo, não na prece

com pandeiros alegres tocando
com chapéus de palhinha amarela
companheiros alegres cantando.

Ó lapinha,

menino de barro,
deus de brinquedo,
areia branca de córrego,
musgo de penhasco,
Belém de papel,
primeira utopia,
primeira abordagem
de território místico,
primeiro tremor.
Vi nascer um deus.
Onde, pouco importa.
Como, pouco importa.
Vi nascer um deus
em plena calçada
entre camelôs;

na vitrina da *boutique*
sorria ou chorava,
não sei bem ao certo;
[...]
vi nascer um deus.
O mais pobre,
o mais simples.

Note-se a fidelidade da reconstituição poética da lapinha na menção aos "pandeiros" citados por C. Cascudo, e ao cenário do presépio feito artesanalmente: "Belém de papel". Ainda que não apareçam citadas explicitamente, as pastorinhas são metonimicamente evocadas na cantiga, nos pandeiros e adereços. A lapinha surge situada no tempo da infância—"primeira utopia/primeira abordagem/de território místico,/primeiro tremor". Drummond, no entanto, atualiza o rito, ao transportá--lo para o presente e para o espaço da cidade grande; a sua releitura, porém, cria imprevistas correlações entre a encenação popular e a sua encenação poética, conforme sugere a referência a "camelôs", "*boutique*", "verdureiros", que provavelmente equivalem ao leilão de prendas, frutas, flores etc. de que fala Câmara Cascudo.[43]

Se o leitor incorporar a "O passarinho dela" a hipotética ou possível reminiscência das lapinhas e das pastoras dos cordões azul e encarnado, talvez lhe ocorra espontaneamente a lembrança de "Desdobramento de Adalgisa": "como se duas fossem uma/quando é uma que são duas". Mas, cauteloso, ele nada afirma nem nega, pois "tudo é pergunta na criação".

Nada sobra, nada falta em "O passarinho dela".[44] Despretensioso e despojado, ele evoca ao leitor afeito à obra de Drummond um pequeno texto de *Confissões de Minas* intitulado "A coisa simples":

> Certos espíritos dificilmente admitem que uma coisa simples possa ser bela, e menos ainda que uma coisa bela é, necessariamente, simples, em nada comprometendo a sua simplicidade as operações complexas que forem necessárias para realizá-la. Ignoram que a coisa bela é simples por depuração, e não originariamente; que foi preciso eliminar todo elemento de brilho e sedução formal (coisa espetacular), como todo resíduo sentimental (coisa comovedora), para que somente o essencial permanecesse. E diante da evidente presença do essencial, não o percebendo, até mesmo fugindo a ele, o preconceituoso procura o acessório, que não interessa e foi removido. Mais pura é a obra, e mais perplexa a indagação: "Mas é somente isto? Não há mais nada?" Havia; mas o gato comeu (e ninguém viu o gato).

Ao "desejo torto" contrapõe-se o desejo "perverso". A caracterização de um e de outro vincula-se, neste estudo, aos poemas nos quais surgem os adjetivos que os particularizam, respectivamente "Sombra das moças em flor" e "O procurador do amor", ambos de *Brejo das almas*. O "desejo torto", ardiloso e reticente, exprime-se, como se viu, em discurso marcado por subentendidos, eufemismos e circunlóquios. O "desejo torto" disfarça-se "atrás dos óculos e do bigode."...

Sem meios-tons nem subterfúgios, o desejo "perverso" é desrecalcado e desabrido, chega a ser agressivo e às vezes ofensivo:

> Meu olhar desnuda as passantes.
> Às vezes um bico de seio
> vale mais que o melhor Baedeker.
> Mas onde seio para a minha sede?
>
> O andar, a curva de um joelho,
> vinco de seda no quadril
> (não sabia quanto eras pura),
> faço a polícia dos *dessous*.

---

43 O nascimento de Jesus é um motivo recorrente em Drummond. Citem-se, entre outros, os poemas "O que fizeram do Natal" (**AP**); "Interpretação de dezembro" (**RP**); "Os animais do presépio" (**CE**); "Acontecimento" (**B**); "O rei menino" (**F**). A armação de um presépio é o motor que impulsiona os dilemas da protagonista do conto "Presépio", de *Contos de aprendiz*.

44 Sugere-se a leitura de "Sonetos do pássaro" (**VPL**). É recorrente a metáfora *passarinho* em relação à mulher. Ver "Quero me casar" (**AP**).

Sem falso pudor, o desejo "perverso" define-se abertamente como "lúbrico"; as metáforas do seu discurso mais desvelam que encobrem a lubricidade, e mais rebaixam que enaltecem. O caráter cifrado inerente à linguagem metafórica configura-se mais como matreira manobra de estilo e galhofeiro pacto lúdico com o leitor e menos como efetivo empenho em camuflar a condição perversa, a lubricidade mostrando-se sem constrangimento nos "vítreos alçapões"[45] do discurso figurado:

Namoro a plumagem do galo
no ouro pérfido do coquetel.
Enquanto as mulheres cocoricam
os homens engolem veneno.

Na elaboração desses versos, Drummond vale-se do processo palavra-puxa-palavra já mencionado neste ensaio a propósito de "Amar-amaro" e "O amor bate na aorta". O termo desencadeador da série associativa é "coquetel", tradução do vocábulo inglês *cock-tail*, formado pela junção de *cock* = galo e *tail* = rabo. Como ocorre usualmente, cada um dos termos constituintes de palavra composta esvazia-se do sentido literal que o distingue quando autônomo, em favor de um sentido global, figurado. Drummond repreenche semanticamente os dois termos integrantes de *cock-tail*, reativando-os para fins de humor, e criando maliciosa superposição de sentidos, que fisga a atenção e o sorriso do leitor, divertindo-o com essa demonstração de engenho e arte do discurso oblíquo e sinuoso. Assim, o anglicismo *cock-tail*, embora preterido na superfície do texto em favor da tradução "coquetel", permanece latente no subtexto, originando o torneio metafórico "Namoro a plumagem do galo/no ouro pérfido do coquetel", no qual se espelha narcisicamente o sujeito poético e o seu desejo sexual.

Ao "galo", emblema na imagística coloquial-popular do desejo e mando da ave-macho junto à fêmea, segue-se a metáfora degradadora de *galinha*—implícita no sintagma "as mulheres cocoricam"—que, na linguagem vulgar, designa pejorativamente a chamada mulher fácil, parceira sexual de muitos homens.

O poeta imprime ao verbo *cocoricam* um deslocamento quanto ao agente da ação, atribuindo-a a "mulheres" e não a "homens…". Se desobedece à lição do dicionário—a galinha cacareja, o galo cocorica—obedece, no entanto, às regras do jogo humorístico e sua inerente proposta de virar a língua de cabeça para baixo, de apostar na imprevisibilidade e de promover a síntese à diretriz de sua fala, dizendo o máximo com o mínimo de recursos. Dizer o máximo, no caso, significa insinuar que "as mulheres" assumem a iniciativa da sedução e da

---

45 Sintagma colhido em "Poema-orelha" (**VPL**): "Aquilo que revelo / e o mais que segue oculto / em vítreos alçapões / são notícias humanas".

conquista, já que "os homens" se embriagam com o "ouro pérfido do coquetel" — verso que compõe com o anterior "Namoro a plumagem do galo" um torneio metafórico "nobre", com o qual entrará em violento choque de efeito cômico a imagem sem nobreza nem sutileza "as mulheres cocoricam" e que, logo adiante, se desdobra na metáfora sem pompa nem circunstância "veneno", maliciosa alusão aos efeitos nocivos do álcool sobre a *performance* sexual masculina, indo ao encontro da acepção dicionarizada da frase-feita *ser um galo* como "ter (o homem) o orgasmo demasiado rápido".

A animalização, procedimento frequente na literatura cômica e congêneres, nesse passo de "O procurador do amor" é no entanto apenas um fator necessário mas não suficiente para a criação do *humour* desses versos, o qual resulta, sobretudo, da sofisticada operação de linguagem que a constrói, enriquecendo-a, como se viu, de insuspeitadas significações.

Se a opção lúdica pela linguagem cifrada do enigma ditou o uso da forma *coquetel* em lugar do vocábulo inglês, a retórica do humor drummondiano, que inclui entre seus recursos lexicais o emprego de barbarismos, vale-se em "O procurador do amor" do galicismo *dessous* e do anglicismo *looping*, que compõem com tiques de caricatura a imagem do poeta e intelectual pretensamente refinado, posta em ridículo, por exemplo, no poema "Fuga" (**AP**).

Já a animalização da estrofe inicial, mais simples de procedimento e de comunicação mais direta, surte efeito cômico imediato, que é reforçado pela dissonância com a dicção à maneira camoniana do verso de abertura. Aliada a outras particularidades do discurso, (tais como a imagem "de dorso curvo"), comprova uma vez mais a vocação de Drummond para a caricatura e/ou para cenas de comédia-pastelão:

> Amor, a quanto me obrigas.
> De dorso curvo e olhar aceso,
> troto as avenidas neutras
> atrás da sombra que me inculcas.
>
> Esta sombra que se confunde
> com as mulheres gordas e magras,
> entra numa porta, sai por outra
> como nos filmes americanos,
>
> e reaparece olhando as vitrinas.

Com a comparação das andanças das mulheres na rua com sequências de filmes americanos, Drummond desfecha um dos lances de humor mais eficazes do texto. A função do símile, no entanto, não se esgota na evocação e recriação de cenas típicas de comédias do cinema mudo. Ele se investe de valor metalinguístico, fornecendo ao leitor uma pista quanto à estrutura do poema, desnudando o *pattern* cinematográfico que a modela. Regido pelo isomorfismo entre o estrato semântico e suas iterativas referências a deslocamentos dos personagens na cena urbana e o estrato fônico e seus recursos métrico-rítmicos que dinamizam a narrativa, "O procurador do amor" é um poema cinético por excelência. Ressalta, pois, como traço distintivo de sua composição, a homologia entre o ávido percurso do corpo e dos olhos do protagonista e o ritmo rápido do discurso, tornado ainda mais ágil pelos frequentes *enjambements*.

Dessa homologia decorrem sequências de um *expert* em humor... Exemplo? A que se desenrola no contexto verbal da segunda e terceira estrofes, com o domínio perfeito do entrosamento som-sentido, logrado às mil maravilhas, por exemplo, na manipulação icônica do espaço--tempo que separa dos versos anteriores o verso-estrofe "e reaparece olhando as mulheres". Mas há várias outras, que o leitor não terá dificuldade em encontrar... Como também lhe será fácil concluir que o *timing* cinematográfico é um componente decisivo da bem-sucedida retórica humorística do poema.

A inserção do motivo erótico nos parâmetros da Modernidade torna-se mais flagrante em "O procurador do amor" do que nos textos anteriormente estudados, organizando-se eficientemente em seu discurso a situação e a experiência do sujeito na nova realidade dos centros urbanos. Nele a *práxis* poética de Drummond coincide com a reflexão teórica de especialistas da Modernidade:

> Nesse ambiente, o corpo tornou-se um ponto cada vez mais importante da modernidade, fosse como espectador, veículo de atenção, ícone de circulação ou local de desejo insaciável. Essa experiência sensual da cidade foi expressa na figura do *flâneur*... que perambulava pelas ruas, olhos e sentidos ligados nas distrações que o cercavam. A atividade do *flâneur*, ao mesmo tempo corporal e visual, estabeleceu os termos para o público do cinema e para as outras formas de audiência que dominaram as novas experiências e entretenimentos.[46]

O desejo "perverso" não esconde a sua lubricidade, reitere-se; esconde, no entanto, —ou tenta esconder—a sensibilidade da *persona* poética, e sobretudo o seu pudor em desnudar a sua interioridade, conflagrada por aspirações e inclinações de natureza discordante, que lhe parecem irredutíveis e inconciliáveis. "O procurador do amor" enquadra a

---

[46] CHARNEY, Leo e SCHWARTZ, Vanessa R. (org.). *Op. cit.*, p.25.

perseguição de um ideal erótico-amoroso no espaço da cidade grande transbordante de estímulos à sexualidade sem mais nada e nela encena a cisão e desdobramento do sujeito em um *eu* que sonha e um *eu* que faz troça do próprio sonho.

Tanto quanto a função defensiva, de escudo contra o sofrimento, o humor assume no texto função ofensiva, intensificando seus componentes de agressividade, convertendo-se em instrumento de autopunição, ao escarnecer o *gauche* pendor da *persona* poética à idealização:

> E faço este verso perverso,
> inútil, capenga e lúbrico.
> É possível que neste momento
> ela se ria de mim
> aqui, ali ou em Peiping.
>
> Ora viva o amendoim.

O poeta brinca... O poeta se diverte... Mas o poeta está melancólico... Frustrado na procura da mulher ideal — "sombra" que lhe inculca o amor —, temeroso do ridículo de sua busca e admitindo a derrota, entoa a cínica louvação do "amendoim", afrodisíaco da sexualidade sem mais nada.

No mesmo movimento com que, sem falso pudor, "desnuda as passantes", o desejo "perverso" encobre e protege com pudor legítimo a intimidade do sujeito.

Nesse sentido, as observações de Mário de Andrade a propósito do Drummond de "Moça e soldado" parecem-nos extensíveis ao Drummond de "O procurador do amor", no qual elas cabem como luva:

> O que ele quis foi violentar a delicadeza inata, maltratar tudo o que tinha de mais susceptível na sensibilidade dele, dar largas às tendências sexuais, inebriar-se nelas... pra se vencer interiormente.[47]

"Mas se..." o lugar do poema em *Brejo das almas*, imediatamente em seguida a "Em face dos últimos acontecimentos" e sua constatação, entre queixosa e raivosa, de que "as mulheres podem doer / como dói um soco no olho", for investida de valor semântico — possibilidade que não se deve descartar — essa interpretação se problematiza,[48] infiltrando-se, no subtexto de "O procurador do amor" "sentidos docemente pornográficos", que o delineiam como defesa e desforra da sensibilidade dolorida que, instigada pelo desejo "perverso", "desnuda as passantes" e faz a "polícia dos *dessous*".[49]

---

47 ANDRADE, Mário de. *Op. cit.*, p.52.
48 "Mas se..." é o ambíguo e reticente verso final de "Aliança" (**NP**), que põe sob suspeição a conclusão a que chegara o poema sobre o ser e o fazer-se da Poesia, e que exprime, com extrema concisão e uma pitada de malícia e ironia, o frequente, senão permanente, autoquestionamento de Drummond.
49 José Guilherme Merquior refere-se a "O procurador do amor" como "um poema sobre a frustração sexual", definindo o protagonista como "pobre caçador sem caça". MERQUIOR, José Guilherme. *Op. cit.*, pp.29-30.

Essa leitura não substitui a anterior; elas se complementam e relativizam, em movimento que seria acionado de modo exemplar na justaposição de "Consideração do poema" (**RP**) e "Procura da poesia" (**RP**). Poeta que assume a contradição e a ambiguidade "a vagar taciturno, entre o talvez e o se,"[50] Drummond fundamenta sua consciência do real na percepção de que "isso é aquilo". Não se estranhe portanto a leitura ambivalente de "O procurador do amor", talvez sugerida a partir de seu próprio discurso, mas sem dúvida reforçada pelo tácito diálogo com "Em face dos últimos acontecimentos".

Não se menospreze, no entanto, a autonomia de significação de cada texto, inegável. A par dela—ou apesar dela—, em função do arranjo dos poemas na economia interna do livro, sobrevém a adição de significados a um ou a ambos, fenômeno recorrente na poesia de Drummond, configurando uma *práxis* pessoal de obra aberta e um estímulo à recepção interativa do leitor.

Na vizinhança espacial de "Convite triste" e "Não se mate", também de *Brejo das almas*, é possível entrever-se outro caso de suplementação de significado. Considerando-se a reflexão de Freud em seu estudo sobre o humor, infere-se que o sujeito poético de "Convite triste" deixa-se submergir em processo regressivo de negação psicopatológica da realidade[51], a qual se distingue da dinâmica de evasão implícita no humor sobre temas dolorosos por uma diferença radical: o fenômeno humorístico situa-se no terreno da saúde psíquica e assume valor positivo, pois promove o enaltecimento do *eu*, que se sobrepõe com altivez ao real traumatizante, em vez de, como se vê em "Convite triste", ser por ele subjugado:

> Meu amigo, vamos sofrer,
> [...]
> Vamos beber uísque, vamos
> beber cerveja preta e barata,
> beber, gritar e morrer,
> ou, quem sabe? beber apenas.
>
> Vamos xingar a mulher,
> que está envenenando a vida
> com seus olhos e suas mãos
> e o corpo que tem dois seios
> e tem um embigo também.
> [...]
> depois embriagados vamos
> beber mais outros sequestros
> (o olhar obsceno e a mão idiota)
> depois vomitar e cair
> e dormir.

---

50 Verso extraído de "Legado" (**CE**): "Esses monstros atuais não os cativa Orfeu, / a vagar taciturno, entre o talvez e o se".
51 Entre os processos regressivos psicopatológicos, Freud inclui a neurose e a loucura, o alcoolismo, o êxtase religioso, o ensimesmamento. FREUD, Sigmund. "Appendice: l'humour". *Op. cit.*, 1969, p.370.

Para melhor compreender-se a autodestrutiva sujeição à dor da *persona* poética e seus mecanismos de fuga patológica da realidade, lembre-se a avaliação de Freud de que o homem nunca se sente tão indefeso contra o sofrimento como quando ama e nunca se sente tão desamparadamente infeliz como quando perde o objeto amado ou o seu amor.[52]

A "Convite triste" segue-se "Não se mate", no qual o humor como escudo contra a dor e a tentativa de consolo e afirmação, esboçado na estrofe inicial, tem cassada a sua voz pela subjetividade que se expande na confissão de derrota e se expõe por inteiro no ceticismo e pessimismo que se apossam da estrofe final. Estrofe convulsionada de início pela dramaticidade das imagens do "grito" e da escuridão—signos de potencial trágico a partir da desgraça de Édipo, atualizados e induzidos pela metáfora "teatro"—para em seguida adquirir nos últimos versos dicção ambígua, simuladamente hesitante e reticente, mas de fato unívoca e categórica:

> Carlos, sossegue, o amor
> é isso que você está vendo:
> hoje beija, amanhã não beija,
> depois de amanhã é domingo
> e segunda-feira ninguém sabe
> o que será.
> [...]
> Entretanto você caminha
> melancólico e vertical.
> Você é a palmeira, você é o grito
> que ninguém ouviu no teatro
> e as luzes todas se apagam.
> O amor no escuro, não, no claro,
> é sempre triste, meu filho, Carlos,
> mas não diga nada a ninguém,
> ninguém sabe nem saberá.

um poema chapliniano

Entre os poemas que tematizam o amor na clave do humor, "Sentimental" (AP)[53] distingue-se por um traço singular: a ausência de subentendidos maliciosos e insinuações sexuais que, com maior ou menor intensidade, pontilham os demais. Embora com ambiguidade irônica, entrevista no título e difusa no texto, o foco de interesse da instância narrativa incide nos aspectos do amor mais estreitamente conotados, na ótica da cultura ocidental, com o coração tomado de enlevo e transporte lírico:

---

52 FREUD, Sigmund. *Op. cit.*, p.32.

53 Eucanaã Ferraz informa que "Sentimental", publicado nas revistas *Estética*, de janeiro/março de 1925, e *Para todos*, de agosto de 1925, só foi recolhido em livro no volume *Poesias*, de 1942: "Ali, como se o poeta corrigisse um erro, incorporou 'Sentimental' ao conjunto de *Alguma poesia*". In: FERRAZ, Eucanaã (org.). *Alguma poesia — O livro em seu tempo*. São Paulo: Instituto Moreira Salles, 2010, p.41.

Ponho-me a escrever teu nome
com letras de macarrão.
No prato, a sopa esfria, cheia de escamas
e debruçados na mesa todos contemplam
esse romântico trabalho.

Desgraçadamente falta uma letra,
uma letra somente
para acabar teu nome!

— Está sonhando? Olhe que a sopa esfria!

Eu estava sonhando...
E há em todas as consciências um cartaz amarelo:
"Neste país é proibido sonhar."

É possível vislumbrar-se no texto a inspiração, consciente ou inconsciente, em filmes de Chaplin. A construção do sujeito poético, particularmente no que respeita ao peculiar uso e manipulação das letras de macarrão, evoca a *persona* de Carlitos, na medida em que este mantém com os objetos uma relação marcada pelo desvio de sua função originária, socialmente codificada. Em termos precisos e poéticos, André Bazin ressalta esse traço da criatura chapliniana:

> Parece que os objetos só concordam em ajudar Carlitos à margem do significado que a sociedade lhes designou. O mais belo exemplo deste deslocamento é a famosa dança dos pãezinhos, onde a cumplicidade dos objetos explode em uma gratuita coreografia.[54]

Em "Canto ao homem do povo Charlie Chaplin" Drummond omite essa imagem paradigmática da criatividade de Carlitos, imagem que alcançou notável celebridade; resgata no entanto uma cena menos famosa, mas igualmente representativa do deslocamento lúdico que ele empresta aos objetos: "Mais uma vez jantaste: a vida é boa./Cabe um cigarro; e o tiras/da lata de sardinhas."

Em "Sentimental", o desvio da função prática das letras da sopa de macarrão guarda íntima afinidade com a dança dos pãezinhos encenada por Carlitos em seu devaneio à espera da amada, na noite de Ano Novo, no filme *Em busca do ouro.*

Elogiado por Mário de Andrade em carta para Drummond—"uma obra-prima"[55]—o poema de fato seduz o leitor com a ambígua mescla de delicadeza e ironia na composição do sujeito poético, o qual expressa

54 BAZIN, André. *Apud* TRUFFAUT, François. *Os filmes de minha vida.* 2. ed. Rio de Janeiro: Nova Fronteira, 1989, p.89.
55 Ver FERRAZ, Eucanaã. *Op. cit.*, p.41.

sua frustração, na segunda estrofe, com tanta veemência e eloquência, que suas hipérboles ganham um viés cômico, ao criarem, entre causa e efeito, um sentido de inadequação e desproporção—categorias básicas de diversos *patterns* humorísticos.

A fala da sensatez ditada pela ótica burguesa, avessa, em seu pragmatismo, à atitude lúdica diante da vida e do mundo, manifesta-se explicitamente na prosaica advertência ao sonhador ("—Está sonhando? Olhe que a sopa esfria!"), a qual, destacada espacialmente como verso único de uma estrofe, tem seu significado posto em relevo. Os versos finais completam a estilização carlitiana do protagonista, reiterada ainda pelo procedimento humorístico denominado por Robert Escarpit de "vingança do cego",[56] frequente nos filmes de Chaplin, e que se realiza no poema pela reviravolta na avaliação do comportamento do sujeito poético, avaliação antes reticente e ambígua, mista de simpatia e ironia, e agora univocamente enaltecedora, em sua valorização do sonho como signo de superioridade e como ato de resistência ao senso comum.

Chama a atenção do leitor a especificação da *cor* do cartaz de interdição do sonho: amarelo. Sabe-se que em todas as culturas as cores assumem significação ritualística, simbólica e são socialmente preenchidas de valores conotativos, que os tornam signos de sentimentos e paixões. Frequentemente Drummond rejeita as conotações usuais, liberando as palavras de associações já fixadas e conotando-as por seu código individual, como se vê, por exemplo, nestes versos de "Nos áureos tempos" (**RP**): "os jardins da gripe,/os bondes do tédio,/as lojas do pranto." A imagem "cartaz amarelo" segue no entanto a codificação coletiva, que faz desta cor signo de desespero, raiva, humilhação e opróbio, traição e desejo de vingança.[57]

Distantes no tempo e diferentes na fatura, "Sentimental"[58] e "Essas coisas" (**IB**) compartem, no entanto, além do registro humorístico, visão de mundo similar, demonstrando a fidelidade de Drummond a certos motivos. Neste poema de *Esquecer para lembrar*, o poeta, indefectível questionador das verdades estabelecidas, desestrutura zombeteiramente o lugar-comum conceitual relativo à sensatez da maturidade e da velhice e o clichê linguístico que o formula "Você não está mais na idade/de sofrer por essas coisas". O leitor se diverte com o possível diálogo entre o falante jovem e o falante maduro, irmanados no repúdio a ideias sedimentadas pelo hábito e consagradas pelo bom senso.

"Sentimental" antecipa tacitamente a comovida declaração de afinidade e amor ao cinema de Chaplin efetuada no extenso "Canto ao homem do povo Charlie Chaplin" (**RP**); vivendo, como o cineasta, "na poética e essencial atmosfera dos sonhos lúcidos", Drummond faz de seu breve poema um singelo "ramo de flores... mandado por via postal... ao inventor dos jardins".

---

56 ESCARPIT, Robert. *Op. cit.*, pp.102-106.
57 CÂMARA CASCUDO, Luís da. *Op. cit.*, p.242.
58 Sugere-se a leitura da análise de "Sentimental" como texto ilustrativo da poesia "sentimental", em oposição à poesia "ingênua", categorias propostas por Schiller e o romantismo alemão. ARRIGUCCI JR., Davi. *Coração partido*. São Paulo: Cosac Naify, 2002, pp.54-59. [Sobre a afinidade da poesia de Drummond com a ironia romântica alemã, ver: CORREIA, Marlene de Castro. *Drummond: a magia lúcida*. Rio de Janeiro: Jorge Zahar, 2002.]
Fabio Weintrab, em resenha de livros sobre Drummond, observa que o poeta "certamente pretendeu aludir em "Sentimental" ao poema em prosa de Baudelaire "La Soupe et les nuages".

um poema swiftiano?

"Necrológio dos desiludidos do amor" (BA) distingue-se de imediato por seu humor de violência ímpar (ou quase) no espaço de *Alguma poesia* e *Brejo das almas*. Humor cáustico, que ressoa como se enraivecido e forjado na oficina irritada de uma consciência dolorosamente lúcida, causando no leitor um desconcerto inquietante e perturbador.

Se inserido na tradição da literatura do Ocidente, o poema empreende fulminante desmitificação do suicídio por amor, destroçando a aura que lhe atribuíra o Romantismo. Mais importante, no entanto, parece-nos a crítica ao uso e apropriação pelo contexto cultural do século XIX de acontecimentos similares aos focalizados no texto.

A sensação de inquietude do leitor decorre da rara contundência da defasagem entre tom e assunto criada pela operação básica do humor: a transposição da expressão tida consensualmente como a natural e pertinente aos fatos enunciados para outra modalidade de expressão, usualmente percebida como lhes sendo inadequada e impertinente. Essa discrepância entre tom e sentido encontra na fala de Falstaff, em *Henrique IV*, de Shakespeare, sua fórmula concisa e paradigmática: "a jest with a sad brow"—um gracejo dito com ar triste.[59] Em "Necrológio", o fenômeno ocorre em sentido inverso: um fato triste dito em tom de galhofa.

A transposição da expressão usual e previsível para outra expressão inusitada e inesperada implica, por parte do humorista, a "suspensão de julgamento" ou "suspensão de evidências culturais"[60]—afetivas, morais, filosóficas etc.

"Necrológio dos desiludidos do amor" opera a "suspensão de evidências" morais e afetivas, na medida em que transgride as normas vigentes no grupo cultural em que se inscrevem poeta e leitor, as quais prescrevem o uso, para o assunto morte, de registro sério, grave e reverente, que deve compungir o leitor/ouvinte e suscitar-lhe sentimentos de solidariedade e pesar. Esse código de conduta reforça-se ainda mais quando se trata de suicídio, tema tabu em diversas culturas.

Senhor do seu ofício, Drummond sabe que o *humour* recusa as verdades recebidas, a moral estabelecida, a afetividade padronizada. "Necrológio" é a demonstração cabal de sua consciência de que

> o humor se opõe ao automatismo da reação banal e à espontaneidade da reação impulsiva e nervosa; ao envolvimento sentimental e à paixão oratória e lírica.[61]

Resultado: o poema pulveriza as interpretações correntes sobre o suicídio por amor, enfocando-o de ângulo divergente, distanciado e

---

59 Estudos sobre o humor usualmente atribuem a *sad*, nesta definição de Falstaff, o sentido de *triste*. Cazamian, no entanto, esclarece que o sentido elizabetano do termo é *sério*: ("Sad", of course, in its Elizabethan sense of "serious"). CAZAMIAN, Louis. *The Development of English Humor*. Nova York: Ams Press, 1965, p.251.

60 Louis Cazamian usa a terminologia "suspensão de julgamento". Robert Escarpit retoma a perspectiva sobre o humor adotada por ele, mas propõe a terminologia "suspensão de evidências". ESCARPIT, Robert. *Op. cit.*, p.88.

61 CAZAMIAN, Louis. "Pourquoi nous ne pouvons définir l'humour". *Op. cit.*, p.603.

crítico, que desmascara como reais motivações dos suicidas—em lugar de desespero, como reza a opinião comum—o anseio de vingança e a busca de notoriedade:

> Desiludidos mas fotografados,
> escreveram cartas explicativas,
> tomaram todas as providências
> para o remorso das amadas.

Segundo Robert Escarpit, alguns textos ou autores privilegiam, na multifacetada dialética do humor, a sequência de uma fase geradora de tensão e angústia, provocadas pela suspensão de evidências culturais que dão à vida em sociedade o sentimento de estabilidade e proteção, e uma fase de distensão, recuperadora da segurança e do equilíbrio. Essa dialética ocorre nas representações humorísticas que submetem o mundo real e cotidiano ao processo de redução ao absurdo, em operação de alta potência desestabilizadora.[62]

É o caso de "Necrológio dos desiludidos do amor". O leitor vive a experiência do absurdo ao defrontar-se, aturdido, com a atitude do emissor do discurso, que lhe parece desafiar, em sua zombaria agressiva e aparente hostilidade aos suicidas e suas "amadas", "a lógica da razão e a lógica dos sentimentos e dos instintos".[63] Confrontado com a ética da civilização cristã em que se inserem autor e leitor e sua pregação de solidariedade e compaixão, e comparado com a linguagem habitual do noticiário jornalístico, que tempera sensacionalismo com sentimentalismo, o mundo criado pelo discurso do poema se situa na órbita do absurdo e o leitor, inseguro, perturba-se com a pretensa insensibilidade e falta de compaixão do sujeito poético.

Essa reação instintiva e imediata é logo superada, no entanto, por outra menos emotiva e mais reflexiva, que atenta para os índices sinalizadores do principal alvo do escárnio do poema: a realidade cultural circundante e seu processo de reificação do homem, de seus sentimentos, vida e morte:

> Os desiludidos do amor
> estão desfechando tiros no peito.
> Do meu quarto ouço a fuzilaria.
> As amadas torcem-se de gozo.
> Oh quanta matéria para os jornais.

A par da apropriação sensacionalista e mercantilista feita pela imprensa, da paixão e morte dos suicidas, desinvindualizados e banalizados

---

62 ESCARPIT, Robert. *Op. cit.*, pp.83-92.
63 CAZAMIAN, Louis. "Pourquoi nous ne pouvons définir l'humour". *Op. cit.*, p.603.

a partir do próprio clichê sentimentaloide "os desiludidos do amor", que logo será desconstruído em antítese desmitificadora, Drummond põe a nu a comercialização dos ritos da morte na metonímia—trocadilho coisificante e alienante:

> Agora vamos para o cemitério
> levar os corpos dos desiludidos
> encaixotados competentemente
> (paixões de primeira e de segunda classe).

(O suicídio como matéria cara ao sensacionalismo jornalístico havia sido anteriormente denunciado por João do Rio: "Uma notícia de suicídio tem mais leitores que a crônica mais lavorada".) [64]

Recobrada a confiança no poeta-humorista, o leitor se diverte com a reviravolta promovida pela "vingança do cego", subentendida na dinâmica do humor: o sujeito poético finge não enxergar o que todo mundo vê—as evidências culturais de ordem moral e afetiva reguladoras, no caso, de uma tipologia de discursos—quando na verdade e de fato enxerga o que nem todos ou poucos veem: a engrenagem econômica que aciona, dissimulada e subterrânea, a sociedade, convertendo, pela lógica do mercado e do lucro, o indivíduo em produto. A "vingança do cego" implica a contundente revelação de que efetivamente absurdo é o mundo real e cotidiano e não o mundo do texto. Plasmado por forças econômicas, pelo poder da imprensa, pela fabricação de mitos, pelo culto da notoriedade e celebridade, que deformam os amantes e distorcem seus sentimentos, o universo do real imediato impossibilita a utopia explicitamente almejada no poema "O mito", no qual ressoam tênues mas audíveis ecos deste "Necrológio dos desiludidos do amor"—que a seu modo sonha pelo avesso com um "território mais justo", onde seja possível encenar-se o diálogo enfim travado em *A rosa do povo*:

> E digo a Fulana: Amiga,
> afinal nos compreendemos.
> Já não sofro, já não brilhas,
> mas somos a mesma coisa.
>
> (Uma coisa tão diversa
> da que pensava que fôssemos.)

Modesta proposta, de Jonathan Swift, é unanimamente apontado por especialistas como obra paradigmática do humor feroz, ancorado em radical e angustiante redução ao absurdo da realidade cotidiana. Vio-

---

[64] *Nosso século, 1900-1910*. São Paulo: Abril Cultural, 1980.

lenta sátira ao sistema agrário irlandês, expõe com crueza a miséria dos trabalhadores rurais, em oposição à riqueza e poder dos proprietários ingleses. Segundo o autor, três pragas assolavam a Irlanda: a escassez de produtos alimentícios, o alto índice de natalidade nas classes populares e a extrema penúria em que estas viviam. Com lógica impecável e precisão didática, Swift se vale do método de redução do mundo real ao absurdo, ao propor, como solução daquelas três calamidades, que os pobres vendessem suas crianças para abastecer de carne os açougues — o que sanaria a falta de alimentos, serviria de fonte de renda para os pais e diminuiria o excesso de população e de bocas famintas.

Swift estrutura o seu humor a partir da atitude de extrema impassibilidade voluntária, que dissimula no entanto exaltado sentimento de revolta ético-social. Se é com sangue frio que encaminha sua *Modesta proposta*, nem por isso escapa ao leitor a indignação silenciosa que a permeia, sem afetar, porém, a técnica de aparente suspensão de reações emotivas; desprendem-se entretanto de seu discurso devastador emanações da cólera moral que o origina e alimenta e que, se não interfere no nível dos procedimentos formais, persiste enquanto ressonância de seu humor.[65]

André Breton, que elege *Modesta proposta* como abertura de sua *Antologia de humor negro*, esposa opinião semelhante, ao discernir, sob a "máscara impassível, glacial" de Swift diante do "espetáculo da vida", um homem permanentemente indignado. O líder do Surrealismo lhe atribui o título de inventor da zombaria fúnebre e feroz.[66]

Fenômeno similar, com diferença de grau, em função mesmo das variáveis de amplitude e gravidade dos temas em foco, ocorre com o humor implacável de "Necrológio dos desiludidos do amor". Com distanciamento profissional de um anatomista, Drummond não recua diante do desagradável e do repulsivo em sua dissecação irônica dos cadáveres dos suicidas por amor: "estômago cheio de poesia"; "vísceras imensas"; "tripas sentimentais".

Com rigor e método, o poeta esvazia de qualquer grandeza e dramaticidade o gesto-limite dos protagonistas, ora por meio da hipérbole cômico-dessacralizante "Do meu quarto ouço a fuzilaria", ora por meio do procedimento oposto no verso "Pum pum pum adeus, enjoada", no qual a junção da onomatopeia já clicherizada e do insulto pouco contundente configura uma prática pessoal e singular de lítotes, pois, desprovidos ambos de altissonância condizente com a excepcionalidade da situação, empequenecem o desenlace com mesquinha retórica anticlímax. Embora logo contrabalançado pelo registro oratório do tópico romântico do encontro *pós-mortem* dos amantes, esse anticlímax já havia torcido o pescoço da eloquência[67] e feito o devido estrago na potencial aura de heroicidade e tragicidade do ato fatal.

---

65 Ver CAZAMIAN, Louis. "Pourquoi nous ne pouvons définir l'humour". *Op. cit.*, pp.612-613.
66 BRETON, André. *Anthologie de l'humour noir*. Paris: Jean-Jacques Pauvert, 1972, pp.21-23.
67 Lembrando-se espontaneamente do verso emblemático de "Art poétique", de Verlaine, "Prends l'éloquence et tordos-lui son cou" ("Pega a eloquência e torce-lhe o pescoço"), a autora não resistiu a brincar a sério com ele...

A propósito do verso onomatopeico registre-se a análise de Eucanaã Ferraz:

> ... o uso da onomatopeia cria inequívocos efeitos de *humour*. A imitação do som dos tiros reduz o impacto das cenas porque tira nossa atenção do aspecto abstrato do tema ou do valor moral do evento para nos colocar diante de um detalhe menor: o som produzido pelo disparo da arma de fogo... o poeta está, decerto, apto a extrair resultados humorísticos mais sofisticados, como o choque de tonalidades entre o ridículo cômico das onomatopeias, seguidas da despedida absolutamente prosaica—"adeus, enjoada"—, e a grandiloquência dos versos seguintes: "eu vou, tu ficas, mas nos veremos/seja no claro céu ou turvo inferno".[68]

Sob a máscara da indiferença e insensibilidade diante do drama dos suicidas, pulsam no entanto o espírito contestador da ordem econômica e cultural em que se encena o drama, a mente questionadora das verdadeiras motivações da ação dos protagonistas, o coração enraivecido contra a inabalável frieza, e até mesmo regozijo das "amadas":

> Os desiludidos seguem iludidos,
> sem coração, sem tripas, sem amor.
> Única fortuna, os seus dentes de ouro
> não servirão de lastro financeiro
> e cobertos de terra perderão o brilho
> enquanto as amadas dançarão um samba
> bravo, violento, sobre a tumba deles.[69]

Nessa última estrofe, a atitude distanciada do poeta sofre fissuras mais profundas; percebe-se, ainda que vaga e informe, alguma simpatia e comiseração pelos suicidas, caracterizados em surdina como estúpidos e ingênuos, enquanto a constatação da insensibilidade das "amadas" é expressa com indisfarçada veemência, semanticamente enfatizada pela metáfora do "samba sobre a tumba" e os adjetivos que a compõem, e fonologicamente reforçada pelas aliterações de consoantes oclusivas bilabiais e linguodentais e fricativas labiodentais.

Veemência que detona a impassibilidade e isenção do sujeito poético e deixa entrever incontida, senão ostensiva, hostilidade e cólera em relação às "amadas"...

Se o leitor já havia captado anteriormente em *Brejo das almas* indícios de uma crise pessoal do poeta, "Necrológio dos desiludidos do amor" parece reiterá-los.

---

68 FERRAZ, Eucanaã. "Modos de morrer". *In: Cadernos de Literatura Brasileira — Carlos Drummond de Andrade*, São Paulo: Instituto Moreira Salles, n. 27, out. 2012, p. 123.
69 Causou-nos surpresa, e a repassamos ao leitor, o uso do mesmo jogo antitético em dois poemas próximos no espaço de *Brejo das almas*: "Os desiludidos seguem iludidos" em "Necrológio"; "Desiludido ainda me iludo" em "O procurador do amor". Que o leitor tire as suas conclusões...

a educação sentimental do sujeito poético

Os poemas de *Alguma poesia* e *Brejo das almas* que tematizam o amor com acentos de humor delineiam o périplo erótico do sujeito poético, investido da *persona* de sôfrego procurador do amor, o qual, de início, esconde a natureza sexual do desejo atrás de eufemismos e cincunlóquios:

> Quero me casar
> na noite na rua
> no mar ou no céu
> quero me casar.
>
> Procuro uma noiva
> loura morena
> preta ou azul
> uma noiva verde
> uma noiva no ar
> como um passarinho.
>
> Depressa, que o amor
> não pode esperar!
> "QUERO ME CASAR"[70]

Ao leitor atento, tomado de empatia e simpatia pelos textos, não escapará um discreto fio narrativo que, entrelaçando acontecimentos e sentimentos, lugares e experiências, encena a educação sentimental do protagonista, a partir da iniciação, nos moldes da estrutura patriarcal, com a lavadeira de pernas morenas e tetas imensas, e da lição de cupidez de cem olhos brasileiros que despem a dançarina espanhola rebolando as nádegas no cabaré mineiro.

Em seu aprendizado erótico-sentimental, o procurador do amor desperta da letargia do ritmo moroso e pachorrento da cidadezinha qualquer e despede-se da visão idílica e bucólica das mulheres entre laranjeiras pomar amor cantar. A trepidação da cidade grande em sua profusão de estímulos sensoriais — fios nervos riscos faíscas autos abertos, bondes que tilintam voluptuosidade do calor bicos de seios batendo nos bicos de luz da Avenida — açula o desejo do interiorano, que se deixa empolgar pelas pernas brancas pretas amarelas no bonde e pelas moças bonitas feitas para namorar, apagando-lhe resquícios de inocência e aprimorando-lhe as artes de *voyeur*. Bisonho e desconfiado, temeroso de que lhe passem a perna no Rio de Janeiro, o provinciano almeja ser um homem esperto e ponhamos amar uma loura por espaço de um dia para deixá-la espantada com sua

---

70 "Quero me casar" está incluído na antologia *50 poemas escolhidos pelo autor*, publicada em 1956 pelo Serviço de Documentação do Ministério da Educação e Cultura, coleção Os Cadernos de Cultura, e abrange desde *Alguma poesia* até *Fazendeiro do ar*, de 1954. Na brevíssima introdução, Drummond esclarece que "poemas escolhidos não são, necessariamente, poemas preferidos, pelo menos quando a escolha é feita pelo autor". Segundo ele, a seleção visa a reunir "documentos ilustrativos de preocupações e processos, através de diferentes fases da vida" e não mostrar o que mais agrada ao colecionador, que "preferiu informar". A inclusão de "Quero me casar" entre 50 poemas pareceu-nos significativa, o que nos levou, por nossa vez, a informá-la ao leitor.

esperteza. Se não ganha esperteza, ao menos vai ganhando experiência e algum *fair-play*, que lhe ensinam que o amor briga perdoa perdoa briga, que hoje beija amanhã não beija e segunda-feira ninguém sabe o que será. *Fair-play* que lhe falta, no entanto, quando sofre a "tristeza de comprar um beijo/como quem compra jornal". Aprende sobretudo a entender melhor o sinal estranho do amor, que o deixara tão confuso no passado:

> Amo demais, sem saber que estou amando,
> as moças a caminho da reza.
> Entardecer.
> Elas também não se sabem amadas
> pelo menino de olhos baixos mas atentos.
> Olho uma, olho outra, sinto
> o sinal silencioso de alguma coisa
> que não sei definir—mais tarde saberei.
> Não por Hermínia apenas, ou Marieta
> ou Dulce ou Nazaré ou Carmen.
> Todas me ferem—doce,
> passam sem reparar.
> [...]
> Que fazer deste sentimento
> que nem posso chamar de sentimento?
> Estou me preparando para sofrer
> assim como os rapazes estudam para médico ou advogado.
>
> "AMOR, SINAL ESTRANHO", **EPL**

Cumpre-se o vaticínio do menino: adulto, ele se perturba com a volubilidade do desejo pelas moças em flor, incapaz de definir-se ou decidir-se por uma ou por outra; descobre, inconformado, que "as mulheres podem doer/como dói um soco no olho" e que o amor, no claro ou no escuro, pode ser triste. Mas a compreensão cada vez mais funda do amor sinal estranho, o conhecimento de si mesmo e de sua diferença, o questionamento do seu contexto cultural, vão adquirindo maior consistência, com as idas ao cinema que lhe ensinam a luta do amor contra a intolerância através das idades, com a percepção da relatividade das interdições à liberdade erótica, legitimada em outras culturas e latitudes, e a confirmação de que nenhum amor isolado habita o rei Salomão e seu amplo coração, e com a convivência de autores mestres na sondagem dos cantos esconsos do amor e do desejo.[71]

Promovendo a iniciação da *persona* poética nos desencontros encontros e malencontros[72] do amor e propiciando-lhe a consciência de si mesma e a experiência do mundo, a educação sentimental esboçada em *Alguma*

---

[71] O desenvolvimento do tópico do "aprendizado erótico-sentimental" remete ao seguinte elenco de poemas: "Iniciação amorosa", "Cabaré mineiro", "Cidadezinha qualquer", "Rio de Janeiro" (da seção "Lanterna Mágica"), "Coração numeroso", "Poema de sete faces", "Moça e soldado", "Esperteza", "Toada do amor", "Não se mate", "Epigrama de Emilio Moura", "Sombra das moças em flor", "Em face dos últimos acontecimentos", "Balada do amor através das idades", "Oceania", "Desdobramento de Adalgisa".

[72] "Desencontros encontros malencontros" são termos extraídos de "Cantiga de enganar" (**CE**).

poesia e *Brejo das almas* lança as bases de um saber amoroso, contínua e progressivamente aprofundado e diversificado em poemas posteriores, que tecem reflexões personalísticas sobre os problemas e dilemas do amor e imprimem à lírica de Drummond excepcional amplitude e densidade.

Em passo decisivo de sua educação sentimental, o procurador do amor entrega-se com plenitude à celebração do "quarto em desordem":

> Na curva perigosa dos cinquenta
> derrapei neste amor. Que dor! que pétala
> sensível e secreta me atormenta
> e me provoca à síntese da flor
>
> que não se sabe como é feita: amor,
> na quinta-essência da palavra, e mudo
> de natural silêncio já não cabe
> em tanto gesto de colher e amar
>
> a nuvem que de ambígua se dilui
> nesse objeto mais vago do que nuvem
> e mais defeso, corpo! corpo, corpo,
>
> verdade tão final, sede tão vária,
> e esse cavalo solto pela cama,
> a passear o peito de quem ama.

Logo na abertura do soneto, com "o ar sem-vergonha de quem vai dar uma cambalhota",[73] Drummond salta bruscamente do terra a terra empírico — "cinquenta anos" — para o espaço lírico, convertendo uma circunstância factual, pretensamente aleatória e corriqueira, em informação poética de valor decisivo na economia semântica do texto. O "ar sem-vergonha" fica por conta do aproveitamento cômico do clichê "idade perigosa", presa fácil de apelos sexuais; do desenvolvimento, para efeitos de humor, da linguagem figurada em sentido literal — "na curva perigosa dos cinquenta/ derrapei neste amor;" — e da surpresa da inesperada rima interna "amor-dor", que assume no contexto tonalidade cômico-séria.

Logo, no entanto, impõe-se o registro grave e o *humour* cede passo ao lirismo, que, transcendendo a experiência particular "neste amor" e a referência prosaica da idade do sujeito, empreende a pesquisa da quinta-essência do amor, assim como o botânico, a partir do exame da "pétala sensível e secreta", busca alcançar a "síntese da flor".

No breve espaço textual dos catorze versos, concentram-se algumas das tensões que dinamizam a poesia drummondiana: a dialética da

---

73 Sintagma recortado do poema "Explicação" (**AP**): "Meu verso me agrada sempre... / Ele às vezes tem o ar sem-vergonha de quem vai dar uma cambalhota."

"poesia que se furta e se expande", instaurada pelo *humour*, que tenta conter e deter a impulsão lírica, e pela súbita expansão da subjetividade, que a princípio se peculiariza pela sobriedade de dicção e pelo acento especulativo de ordem mais intelectual, para abruptamente deixar-se arrebatar nos versos finais pela veemência da paixão. Versos finais que reativam com golpe de mestre a antiga e mítica chave de ouro, reinaugurando-lhe a expressividade pelo impacto da rima no fecho de longa sequência de versos brancos,[74] e pela reviravolta na fatura, linguagem e andamento do poema: a instância discursiva, que privilegiara, a partir da imagem "pétala", a inflexão reflexiva, o dinamismo rítmico-sintático dos *enjambements* (alguns interestróficos), o léxico e o metaforismo calcados na área semântica do alto, indefinível e impalpável, assume repentinamente o registro impetuoso da emoção e a área do concreto e do telúrico. Culminam tais mudanças na ruptura da sintaxe flutuante e do ritmo fluido dos *enjambements*, substituídos pelo sentido completo e taxativo dos versos incisivos que fecham o soneto com metáforas de alta voltagem erótica evocativas do reino animal.

Ressalte-se, no entanto, que se os quatro últimos versos, a partir da repetição enfática "corpo! corpo, corpo", produzem aqui e agora efeito impactante, "O quarto em desordem" (**FA**) em seu todo vai revelando a cada leitura sutilezas de composição, que garantem renovado prazer poético ao leitor, que se deixa seduzir, entre seus muitos acertos, pela exemplar interação entre significante e significado ao longo dos vários movimentos do soneto, como deixa entrever a análise feita. A fruição instantânea e a fruição continuada apontam para a bem-sucedida aliança entre a poética de extração romântica e a poética de feição clássica, representativa de muitos textos drummondianos.

São palavras-chave do poema: "síntese", "ambígua", "vago", "vário", "nuvem" (metáfora de alma, espírito, essência?), "corpo". O sujeito lírico não logra discernir a natureza de "nuvem" e "corpo" e fixar-lhes os limites, pois aquela é "ambígua" e este é "vago".

A especulação empreendida em "O quarto em desordem" parece concluir pela natureza ambígua do amor, interpretado como experiência de síntese, que dissolve e resolve a tradicional antítese corpo *versus* alma, como indicia a imagem da "nuvem ... que se dilui no corpo" no auge da exaltação amorosa.

A significação do poema, no entanto, não é dada pronta ao leitor em discurso de imediata descodificação; ela vai sendo tecida com passo caprichoso pelo intricado jogo vocabular e metafórico, que pouco a pouco vai desconstruindo velhas antinomias, invertendo e subvertendo noções sedimentadas (o "corpo" é mais "vago" e mais "defeso" do que

---

74 Sobre o uso da rima no final de um série de versos brancos, ver: MARTINS, Hélcio. "A ordem buscada". *In: A rima na poesia de Carlos Drummond de Andrade.* Rio de Janeiro: José Olympio, 1968, pp.65-73.

nuvem"), atribuindo qualidades similares a seres dessemelhantes e tidos como opostos ("nuvem ambígua", "corpo vago"), construindo, enfim, novas categorias, que propõem a afirmação e celebração do corpo—lugar em que, no clímax da relação erótico-sexual, fundem-se e confundem-se matéria e espírito, não mais concebidos como entidades unívocas, e sim como portadoras de natural ambiguidade.

O discurso de entronização do corpo, alçado à condição de "verdade tão final" e "sede tão vária", valores tradicionalmente atribuídos ao espírito e à alma, vazado em crescendo de entusiasmo e paixão, evoca na memória do leitor a aproximação apontada por Vagner Camilo entre a filosofia de Schopenhauer e a poesia drummondiana:

> Na "metafísica imanente" de Schopenhauer, o corpo, "ponto certo" de entrelaçamento da experiência exterior e interior, afirma-se como ponto de partida e foco do conhecimento filosófico, deslocando, desse modo, o eixo da filosofia e da metafísica, do "espiritual" e "intelectual" para o *concreto*. Afinando-se com o ensinamento do filósofo ... Drummond opta ... por tomar o partido da *concretitude*, do que—segundo a ótica platônica e cristã, tão marcante da lírica ocidental—, de mais imperfeito, precário e provisório define o homem.[75]

"O quarto em desordem", de *Fazendeiro do ar*, antecipa, pois, sem no entanto problematizá-las, conclusões a que chegaria "Mineração do outro", de *Lição de coisas*:

> Os cabelos ocultam a verdade.
> [...]
> O corpo em si, mistério: o nu, cortina
> de outro corpo, jamais apreendido,
> [...]

E retoma e reitera o âmago da especulação empreendida por Drummond no soneto "Entre o ser e as coisas", de *Claro enigma*: é no território físico e concreto do corpo que está arraigado o amor—quando menos nos momentos de afirmação vital e de exaltação erótica—e não no âmbito do imponderável da alma e/ou do espírito. É na própria economia semântica do poema que se desata o nó da indagação "onde amor" levantada pelo sujeito lírico: é no baixo, na terra, no corpo que está o amor, e não no alto em que "as almas ou vão pairando".

Questionando ainda a perspectiva tradicional e também a interpretação mais corrente de que é na alma que se escondem enigmas e mistérios, o poeta ensina no primeiro terceto que é na "água" e na

---

[75] CAMILO, Vagner. *Drummond: da rosa do povo à rosa das trevas.* São Paulo: Ateliê Editorial, 2001, p. 182.

"pedra"—correlatos metafóricos de matéria e corpo—que estão sediados os "hieróglifos" e as "verdades mais secretas" do amor.

Nos três poemas, portanto, Drummond estabelece com insistência a relação analógica entre "corpo" e "verdade", fato que corrobora enfaticamente a influência assinalada por Vagner Camilo.

Sem a formulação explícita e unívoca do verso final de "Dissolução" (**CE**)—"Sem alma, corpo, és suave"—a imagem "as almas vão pairando", de "Entre o ser e as coisas", parece indiciar em seu desenvolvimento fenômeno semelhante: porque estão ausentes do corpo no ápice do arrebatamento erótico, as almas "tornam amor humor" e "vago e brando o que é de natureza corrosiva".

A convergência dos dois poemas para uma conclusão similar é hipótese mais que plausível, tendo em vista a aproximação semântica entre "suave" e "brando". Porque ausentes do corpo, as almas "tornam amor humor"—rima que nos sugeriu o título deste ensaio. Ressalte-se, porém, que o termo não apresenta no poema, do ponto de vista denotativo, o mesmo valor que lhe conferimos no ensaio—o de atitude existencial, de especificidade discursiva e de categoria estética. Ainda que seja possível, levando-se em conta a intertextualidade com outros poemas do autor, rastrear em "Entre o ser e as coisas" resquícios conotativos dessa significação—tarefa que foge à tônica e ao objetivo de nossa análise.

Retomemos, no entanto, "O quarto em desordem": além de demolir interpretações consensuais e convencionais sobre o amor, este belo soneto ultrapassa antigos impasses vividos pelo sujeito poético ao longo de seu percurso erótico. No passado, em hora de desencanto e desespero, ele havia proposto:

> Vamos xingar a mulher,
> que está envenenando a vida
> com seus olhos e suas mãos
> e o corpo que tem dois seios
> e tem um embigo também.
> Meu amigo, vamos xingar
> o corpo e tudo que é dele
> e que nunca será alma.
>
> "CONVITE TRISTE", **BA**

Em "O quarto em desordem" se perfaz a educação sentimental da *persona* lírica, que nele celebra a libertação e alforria do peso e do mal-estar na civilização.

"idade madura" e "a ingaia ciência": contradição e conflito

O ponto de partida do estudo da relação amor-humor na poesia de Drummond foi-nos sugerido pelo poema "Idade madura" (**RP**); o ponto de chegada de nosso percurso situa-se em "A ingaia ciência" (**AP**). Apesar de versarem ambos sobre o tema da maturidade, na *Antologia poética* organizada pelo autor são arrolados em seções diferentes. O primeiro, na seção sobre "o indivíduo", à qual Drummond, com toques de ironia, dá o elucidativo título "um eu todo retorcido"; o segundo, na que põe em foco "uma visão ou tentativa de, da existência", denominada "tentativa de exploração e de interpretação do estar-no-mundo".

Embora mantendo as particularidades que os individualizam e que justificam a sua inserção em grupos distintos, ambos poderiam, em linhas gerais, incluir-se em qualquer das duas seções; se na do "indivíduo", o diálogo flagrantemente divergente entre eles indiciaria, como fundamento da singularidade do "eu todo retorcido", a implacável guerra dentro de si mesmo entre pontos de vista discordantes, a desconfiança de certezas e o incessante movimento da consciência entre o talvez e o se, o exercício e experiência da contradição; se inseridos na seção "uma visão ou tentativa de, da existência", configurariam, como traços distintivos do *estar-no-mundo* do sujeito a oscilação entre entusiasmo e desencanto, entre afirmação e ceticismo, entre celebração da utopia e distopia da desilusão. E particularmente entre o triunfo do *eu* sobre o real por via da imaginação libertária e criadora, e o retraimento do *eu*—prisioneiro da observação e avaliação desenganadas do mundo—diante de possíveis formas de sedução da realidade:

> A madureza, essa terrível prenda
> que alguém nos dá, raptando-nos, com ela,
> todo sabor gratuito de oferenda
> sob a glacialidade de uma estela,
>
> a madureza vê, posto que a venda
> interrompa a surpresa da janela,
> o círculo vazio, onde se estenda,
> e que o mundo converte numa cela.

No cerne da postura existencial do sujeito lírico de "Idade madura" situa-se a exigência de fruição irrestrita de todo e qualquer bem:

> Tenho todos os elementos
> Ao alcance do braço.
> Todas as frutas
> E consentimentos.

Mais ainda: em sua profissão de fé, compromete-se, veemente, com a defesa do direito do homem ao pleno exercício do prazer:

> Ninguém me fará calar, gritarei sempre
> que se abafe um prazer.

Em contrapartida, o sujeito poético de "A ingaia ciência" assimila a madureza ao conhecimento do avesso das coisas; sabe que nele latejam os riscos e ameaças que empanam a "surpresa da janela", e que amargam "todo sabor gratuito de oferenda". Como postulado crucial

> A madureza sabe o preço exato
> dos amores, dos ócios, dos quebrantos,
> e nada pode contra sua ciência
>
> e nem contra si mesma. O agudo olfato,
> o agudo olhar, a mão, livre de encantos,
> se destroem no sonho da existência.

À mão de "Idade madura", ávida dos bens e frutas que o mundo lhe oferece, opõe-se "a mão livre de encantos", que sabe do desencanto como avesso do encanto. Se "Idade madura" prega explícita e categoricamente a rebeldia contra a interdição ao prazer, "A ingaia ciência" propõe implicitamente, senão a renúncia ao prazer, quando menos a contenção do entusiasmo e das ilusões em relação aos seus apelos, pois o prazer trará inelutavelmente desprazer e dor.

O confronto entre os dois textos atualiza, com acentos pessoais e intransferíveis, e problematiza, como é próprio da Modernidade, os tópicos de *carpe diem* e de *contemptu mundi*, representativos do legado renascentista e da tradição barroca, à qual se afeiçoa a sensibilidade dos artistas de Minas, Drummond inclusive (ou sobretudo?). Em "Idade madura" e "A ingaia ciência" entranham-se, respectivamente, a "partícula de fogo embriagador" e "o claro raio ordenador" que compõem a dualidade do "espírito mineiro", tal como o concebe o poeta em "Prece de mineiro no Rio" (VPL). Dioniso e Apolo.

Valendo-nos das categorias em que se alicerça *O mal-estar na civilização*, a controvérsia travada pelos dois poemas enforma a tensão entre princípio de prazer e princípio de realidade. "A ingaia ciência", título que, lúdica e melancolicamente, se contrapõe ao título da obra de Nietzsche *Le gai savoir*, reafirma, em seu estrato significativo, a reflexão de Freud:

> Não admira que sob a pressão de todas essas possibilidades de sofrimento, os homens se tenham acostumado a moderar suas reivindicações de felicidade... e que, em geral, a tarefa de evitar o sofrimento coloque a de obter prazer em segundo plano. ... Uma satisfação irrestrita de todas as necessidades apresenta-se-nos como o método mais tentador de conduzir nossas vidas. ... Os outros métodos, em que a fuga do desprazer constitui o intuito primordial, diferenciam-se de acordo com a fonte de desprazer para a qual sua atenção está principalmente voltada. ... Contra o sofrimento que pode advir dos relacionamentos humanos, a defesa mais imediata é o isolamento voluntário. ... Contra o temível mundo externo, só podemos defender-nos por algum tipo de afastamento dele, se pretendermos solucionar a tarefa por nós mesmos.[76]

Não será difícil ao leitor reconhecer no soneto de Drummond os diversos métodos de fuga do desprazer citados por Freud: porque "sabe o preço exato dos amores e dos quebrantos", não resta ao sujeito lírico outro lugar senão o "círculo vazio" e a "cela".

Não se atribua o conflito entre os dois textos ao fato de pertencerem a livros individual e historicamente representativos de momentos diversos, como são *A rosa do povo* e *Claro enigma*. A diferença de tempo (seis anos separam os dois livros), de momento histórico e de circunstâncias pessoais do autor, pode, sem dúvida, contribuir para a distância que os afasta quanto à postura existencial do "indivíduo" e quanto ao seu "estar-no-mundo". Contribuir apenas, não determinar propriamente. O leitor assíduo do poeta sabe que eles poderiam, à semelhança do que ocorre com muitos outros, conviver em um único livro, pois não desconhece que Drummond é um poeta de intensa dramaticidade, que faz do conflito e da contradição peças-chave do seu texto.

Dramaticidade que, em "Idade madura", "A ingaia ciência" e em muitos outros poemas do autor, é infensa ao registro humorístico, mas que, segundo já se afirmou neste estudo, se situa na raiz do humor drummondiano enquanto atitude existencial e expressão estética. Constitui pressuposto de nossa análise a compreensão proposta e defendida por filósofos e teóricos alemães, que veem no humor

> O sentimento moderno do conflito interior, que, não podendo conciliar as oposições, joga com elas numa espécie de jovialidade desesperada, a fim de torná-las suportáveis; faculdade melancólica de se ironizar a si mesmo, que chora sobre suas alegrias e ri de suas lágrimas.[77]

---

76 FREUD, Sigmund. *O mal-estar na civilização. Op. cit.*, pp.25-26.
77 EICHENDORFF. *Apud* BALDENSPERGER, Fernand. "Les Definitions de l'humour". *In: Études d'histoire littéraire*. Paris: Hachette, 1907, p.195.

poesia e política: a construção de "nosso tempo"

para Elyseu Maia

Composto de oito partes, "Nosso tempo", de *A rosa do povo* (1945), inicia-
-se com o dístico "Este é tempo de partido/tempo de homens partidos",
que lança o *leitmotif* do poema, expresso em discurso de extrema economia e densa significação, ressaltada pelo jogo entre os termos "partido"
e "partidos" que sintetizam a apreensão drummondiana do seu tempo
histórico-cultural: ele acarreta a fragmentação e alienação do homem;
ele não admite atitude de abstenção; exige, ao contrário, que se faça
uma opção ideológica, que se assuma uma posição política, que se tome
partido, enfim.

Na estrofe seguinte, valendo-se de metáforas, o poeta define-se e
identifica-se ideologicamente:

> Em vão percorremos volumes,
> viajamos e nos colorimos.
> A hora pressentida esmigalha-se em pó na rua.
> Os homens pedem carne. Fogo. Sapatos.
> As leis não bastam. Os lírios não nascem
> da lei. Meu nome é tumulto, e escreve-se
> na pedra.

A linguagem metafórica—particularmente o jogo entre "leis" e
"lírios", de mais difícil descodificação por sua evocação da imagística
bíblica—cria um efeito de surpresa pelo forte contraste com o padrão
discursivo imediatamente anterior—verso enumerativo, constituído de
três segmentos separados por ponto, dois deles formados de uma única
palavra, portanto com pausas acentuadas e ritmo lento, de enunciado completo, de sentido predominantemente literal, objetivo, concreto.
Contrapondo-se a esse padrão, os três versos referentes à tomada de
posição do sujeito poético têm seu ritmo dinamizado por dois *enjambements*, que enfatizam, no nível do significante, a noção de *tumulto*.

O *leitmotif* da fragmentação é glosado, ora em regime de reiteração,
ora em regime de oposição, numa rede de metáforas: "A hora pressentida
esmigalha-se em pó na rua"; "onde te ocultas, precária *síntese?*"; *"miúdas*
certezas de empréstimo"; "nenhum beijo... para contar-me a cidade
dos *homens completos*".[1] Nessa parte I, a almejada "síntese"—ainda
que "precária"—metaforiza-se em *luz*, que repercutirá no antônimo
"escuridão" da parte II e nela se ramificará em múltiplas imagens de
luminosidade, desprovidas porém de aura, faltando-lhes beleza e nobreza, pois se classificam todas como prosaico "sucedâneo da estrela
nas mãos: [...] unhas, anéis, pérolas, cigarros, lanternas".

Tal enumeração constitui a primeira ocorrência desse procedimento
no poema, ao longo do qual irá repetir-se exaustivamente, sendo uma

[1] Todos os destaques deste ensaio são nossos.

de suas marcas retóricas e estilísticas, que consubstanciam, no estrato do significante, noções decisivas para a caracterização de "Nosso tempo" no estrato do significado — entre elas a de programação e fabricação em série de pessoas reificadas e produtos industriais, como se verá nas partes posteriores.

(Registre-se a representativa incidência do termo "sucedâneo" ou similares na poesia política de Drummond, como a reforçar a ideia de impossibilidade de vida plena no regime capitalista e no período da Segunda Guerra Mundial, obrigando-se o sujeito a recorrer a substitutivos para "continuar" e não desistir de vez de vida).[2]

Esta análise, que talvez pareça excessivamente meticulosa, por seguir passo a passo a elaboração do poema — mas que nos parece a opção metodológica mais adequada ao nosso objetivo — visa a chamar a atenção do leitor de Drummond para a complexa rede de relações entre as diversas partes de "Nosso tempo", a fim de evidenciar o rigor da composição do poema como totalidade e o alto grau de coesão de seus blocos constitutivos.

Nesse sentido, interessa-nos mostrar como se processa o encadeamento entre eles. O segundo se inicia com a retomada do *leitmotif* da fragmentação, introduzido pelo dístico de abertura do poema, imprimindo-lhe porém algumas variantes:

> Este é tempo de divisas,
> tempo de gente cortada.
> De mãos viajando sem braços,
> obscenos gestos avulsos.

Esses quatro versos reiteram o significado do dístico, acrescentando-lhe no entanto novos dados semânticos, em função da pluralidade de sentidos do termo "divisas":

sentença ou frase que simboliza a ideia ou sentimento de alguém ou a norma de um partido, sentido este que reafirma "tempo de partido" como tomada de posição política;

sinal divisório, marca, fronteira, que conota a imagem de um mundo dividido em territórios demarcados e fechados, restritos e circunscritos, oposto à utopia drummondiana de "Cidade prevista" (**RP**): "Um mundo enfim ordenado,/uma pátria sem fronteiras,/sem leis e regulamentos,/uma terra sem bandeiras,";

disponibilidade de cambiais que um Estado possui em praças estrangeiras, sentido que vincula a ideia de fragmentação a fatores econômico-financeiros característicos do capitalismo industrial;

---

2 Insinua-se, por vezes, na poesia política de Drummond certa tentação ao suicídio como saída do impasse histórico. A poesia engajada, a par de arma de combate ideológico, seria uma possibilidade de exorcizar essa tentação.

galão indicativo das patentes militares, que remete provavelmente à atuação e intervenção das Forças Armadas na política nacional, à época da ditadura de Getúlio Vargas.

Reiterando: o bloco II começa com uma repetição retórica de encadeamento: "Este é tempo de divisas", que revigora o motivo gerador do poema—"Este é tempo de partido,/tempo de homens partidos"—desdobrando-o em novos significados, recarregando-o, como se viu, com elevada taxa de informação. Tamanha ampliação do campo semântico, o poeta a consegue com o mínimo de recursos: o uso de uma única palavra—"divisas"—que lhe ocorreu provavelmente por sua associação de sentido e de sonoridade com *dividido*, termo que comparece, embora apenas virtualmente, no texto, em virtude de sua afinidade com "partido", "partido[s]". O êxito desta estratégia discursiva prenuncia o acerto da proposta metapoética que faria Drummond em "Poema-orelha" (**VPL**): "e a poesia mais rica/é um sinal de menos".

Esse movimento de pesca ou garimpagem de palavras, imagens, conceitos, no bloco antecedente não representa, portanto, redundância, mas avanço; e há avanço também pela inserção de metáforas, símbolos e significados que não se originaram no bloco I ("a rua da infância"; "o vestido vermelho"; "a nudez do amor"; "símbolos obscuros" etc.). O percurso do poema implica movimento duplo—de vinda e de ida, de regresso e progresso.

O encadeamento semântico e retórico entre as partes II e III efetua-se pelo emprego do mesmo sintagma—"e continuamos"—que finaliza a segunda e inicia a terceira. Na articulação entre elas, Drummond faz uso pessoal e original de *leixa-pren*, procedimento caro à poesia trovadoresca, o qual consiste em jogar com "a impressão de que larga-e-retoma o assunto em desenvolvimento, repetindo no começo de cada estrofe o último verso da anterior".[3]

Ao abrir este bloco III por "E continuamos", Drummond frustra a expectativa do leitor, já condicionado à abertura de cada bloco pelo sintagma "Este é tempo" seguido de um termo designativo de algo partido; suscita-lhe, em consequência, a impressão de que deixa de lado o motivo da fragmentação. Imediatamente, porém, ele o retoma, modulado em imagem até então inédita: "É tempo de *muletas*".

O encadeamento deste bloco III com os anteriores é ainda mais complexo: ele recupera a palavra "*contar*", de ponderação menor no bloco I ("... nenhum beijo/ sobe ao ombro para *contar-me*/a cidade dos homens completos"), para desenvolvê-la com ponderação máxima—"mas ainda é tempo de viver e *contar*"—, que lhe é atribuída pelo insistente e comovente apelo "*conta*", "*contai*", que se repete cinco

---

3 CAMPOS, Geir. *Pequeno dicionário da arte poética*. Rio de Janeiro: Conquista, 1960, p. 116.

vezes. Além disso, ele repesca a significação nuclear de fragmentação e a desdobra compulsivamente em incontáveis e surpreendentes imagens:

> Ó conta, velha preta, ó jornalista, poeta, pequeno historiador urbano,
> ó surdo-mudo, depositário de meus desfalecimentos, abre-te e conta,
> moça presa na memória, velho aleijado, baratas dos arquivos, portas rangentes,
> [solidão e asco,
>
> pessoas e coisas enigmáticas, contai;
> capa de poeira dos pianos desmantelados, contai;
> velhos selos do imperador, aparelhos de porcelana partidos, contai;
> ossos na rua, fragmentos de jornal, colchetes no chão da costureira, luto no
> [braço, pombas, cães errantes, animais caçados, contai.
> Tudo tão difícil depois que vos calastes...
> E muitos de vós nunca se abriram.

A esta altura da análise, o leitor certamente já se deu conta do vigor e rigor arquitetônicos de "Nosso tempo", da conexão precisa e funcional entre os seus blocos, do método *sui generis* de encadeá-los e desdobrá-los "como uma caixa/de dentro de outra caixa".[4] E provavelmente identificou, na complexa e imbricada tessitura do conjunto, sinais antecipatórios da "bem entramada sintaxe"[5] que João Cabral de Melo Neto viria a postular e realizar. E, quem sabe, até lhe veio à memória o poema "Tecendo a manhã", metapoema do extraordinário poeta pernambucano, que dele faz bela metáfora do método de composição de sua poesia. E o leitor, tímido mas ousado, até se aventurou a descobrir que, em linguagem bem mais sedutora do que a de qualquer abordagem analítica, "Tecendo a manhã" lhe mostra o peculiar modo de elaboração de "Nosso tempo":

> Um galo sozinho não tece uma manhã:
> ele precisará sempre de outros galos.
> De um que apanhe esse grito que ele
> e o lance a outro; de um outro galo
> que apanhe o grito que um galo antes
> e o lance a outro; e de outros galos
> que com muitos outros galos se cruzem
> os fios de sol de seus gritos de galo,
> para que a manhã, desde uma teia tênue,
> se vá tecendo, entre todos os galos.[6]

---

4 João Cabral de Melo Neto: "Quando a flauta soou/um tempo se desdobrou/do tempo, como uma caixa/de dentro de outra caixa". Cf. MELO NETO, João Cabral. "Fábula de Anfion". *In: Poesias completas*. Rio de Janeiro: Sabiá, 1968, p. 325.
5 *Idem*. "Escritos com o corpo", p. 54.
6 *Ibidem*, p. 19.

Retornando a "Nosso tempo": já dissemos que ele não é redundante em seu percurso, o qual foi aqui definido como movimento de volta e ida, de regresso e progresso. É o que tentaremos uma vez mais comprovar. O bloco III introduz no poema uma nova configuração espácio-temporal: o passado e "esta casa", ao que tudo indicia a casa da infância do sujeito poético. O seu discurso rememorativo tem como traço dos mais distintivos a violenta irrupção de referências a múltiplos seres e objetos heterogêneos, desordenadamente amontoados nos rincões da memória, que ele vai justapondo em ritmo vertiginoso, sem obedecer a nenhum critério hierárquico ou princípio organizador evidente.

Fundem-se (e por vezes se confundem), nesse surto de lembranças represadas, dois procedimentos retórico-estilísticos representativos das vanguardas do século XX: a enumeração caótica, estudada por Leo Sptizer, e a figura *disjecta membra*, analisada por Amado Afonso em seu livro sobre Pablo Neruda.[7]

A alguns dos termos desse tumultuado inventário cabe a classificação *enumeração caótica* na medida em que alguns dos seus componentes não deixam perceber entre si nenhum denominador comum ("moça presa na memória" não apresenta vínculo evidente com os demais termos da extensa enumeração; "pombas, cães errantes, animais caçados", embora partilhem do gênero *animal*, não se inscrevem no conjunto maior, diferenciado pela constelação de signos de deterioração, desintegração, decomposição, todos eles [ou quase todos] manifestações diversas e específicas do signo nuclear que preside a este bloco e ao poema como totalidade: o da fragmentação ["velho aleijado"; "portas rangentes"; "pianos desmantelados"; "aparelhos de porcelana partidos"; "ossos na rua"; "fragmentos de jornal" etc]). Diferentemente da enumeração caótica, esse discurso enraizado no passado, embora se constitua de referências a objetos heteróclitos, a eles atribui um traço significativo comum ou similar—fato que torna menos pertinente a classificação *enumeração caótica* e mais consistente a de *disjecta membra*—membros dispersos, divididos, destroçados, rotos, que assumem no texto o valor de representantes visuais—partes de coisas ou coisas soltas—de desintegração.

A longa enumeração de *disjecta membra* ganha contornos oníricos, que já haviam aparecido em momentos anteriores do poema, como a imagem "De mãos viajando sem braços,/obscenos gestos avulsos", de grande apelo plástico e que estimula no leitor a associação com quadros e/ou filmes de feição surrealista, particularmente de Salvador Dalí e Luís Buñuel (da primeira fase). Como sucede no discurso onírico, a matéria constitutiva da enumeração delineia-se como matéria intensamente vivida, à qual falta, no entanto, estruturação racional.

---

7 SPTIZER, Leo. *La enumeración caótica en la poesía moderna.* Buenos Aires, Facultad de Filosofía y Letras da Universidad de Buenos Aires/Instituto de Filología, 1945; ALONSO, Amado. *Poesía y estilo de Pablo Neruda.* Buenos Aires: Sudamericana, s.d.

De modo geral, as imagens *disjecta membra* conotam-se com o âmbito do feio, do desagradável, do repulsivo e trazem a marca da negatividade. Na obra de Drummond registra-se, no entanto, o emprego da *expressão* (e *não* do procedimento retórico-estilístico) *disjecta membra* em "Tarde de maio", belo poema de amor de *Claro enigma*, no qual mantém o traço significativo *fragmentação*, pleno, porém, de positividade, desenhando-se como índice e metáfora de uma experiência rara e única, envolta em aura de grande "nobreza":

> Como esses primitivos que carregam por toda parte o maxilar inferior de seus
> [mortos,
>
> assim te levo comigo, tarde de maio,
> quando, ao rubor dos incêndios que consumiam a terra,
> outra chama, não perceptível, e tão mais devastadora,
> surdamente lavrava sob meus traços cômicos,
> e uma a uma, *disjecta membra*, deixava ainda palpitantes
> e condenadas, no solo ardente, porções de minh' alma
> nunca antes nem nunca mais aferidas em sua nobreza
> sem fruto.

(*Disjecta membra* é uma expressão que remete à sátira IV de Horácio, v. 62: "inuenias etiam disiecti membra poetae", que se traduz por: aqui ainda encontrarás os membros do poeta despedaçado. O verso evoca o mito de Orfeu despedaçado pelas Bacantes.[8]

Em "Tarde de maio" (CE), Drummond usa a *expressão* como metáfora do esfacelamento da alma incendiada pelo fogo do amor.)[9]

Regressando a "Nosso tempo": o bloco IV aciona uma vez mais (com algumas variantes, como ocorrera nas conexões antecedentes) o *pattern* de encadeamento dominante no poema: "*É tempo* de meio silêncio", verso que se enlaça mais flagrantemente com "Tudo tão difícil depois que vos calastes", penúltimo verso do bloco anterior, e mais difusamente com uma de suas significações, a presidida pela repetição enfaticamente veemente de "conta", "contai". O sujeito poético reassume o discurso conciso e incisivo, de ritmo mais pausado, que fora interrompido pelo elevado teor de subjetividade, pela alta voltagem emotiva e pela voragem rítmica da parte III.

Veladas alusões à situação política e histórica do país — época da censura imposta pela ditadura de Getúlio Vargas, do blecaute decorrente da ameaça de submarinos alemães na costa brasileira — representados em metáforas que, de início mais acessíveis, vão-se fazendo mais opacas, para desaguarem no perturbador *disjecta membra* : "olhos pintados,/dentes de vidro,/grotesca língua torcida".

---

8 HORÁCIO. *Satires I*. Paris: La Belle Letre, 1946.
9 A título de informação acessória: o poeta Mário Faustino intitula *Disjecta membra* a parte I de seu livro *O homem e sua hora* (Rio de Janeiro: Livros de Portugal, 1955).

O discurso volta a clarificar-se, para reiterar, na última estrofe, a denúncia de um regime de opressão e repressão, de uma experiência de impasse, de "beco" sem saída, a qual evoca no leitor a associação com "José", e o faz transportá-lo para o espaço textual dos versos finais da última estrofe:

No beco,
apenas um muro,
sobre ele a polícia.
No céu da propaganda
aves anunciam
a glória.
No quarto,
irrisão e três colarinhos sujos.

Em brusca colisão com esse padrão discursivo minimalista, ergue--se grandioso o bloco v:

Escuta a hora formidável do almoço
na cidade. Os escritórios, num passe, esvaziam-se.
As bocas sugam um rio de carne, legumes e tortas vitaminosas.
Salta depressa do mar a bandeja de peixes argênteos!
Os subterrâneos da fome choram caldo de sopa,
olhos líquidos de cão através do vidro devoram teu osso.
Come, braço mecânico, alimenta-te, mão de papel, é tempo de comida,
mais tarde será o de amor.

O diapasão eloquente desse introito—instaurado por palavras e metáforas de acentuado cunho hiperbólico ("formidável", "As bocas sugam um rio de carne"), pela profusão de figuras de linguagem, pela conversão de lugares-comuns (comer, devorar com os olhos) em imagens surpreendentes ("olhos líquidos de cão... devoram teu osso"), pelo alongamento do metro e impetuosidade do ritmo—prenuncia que nesse bloco v vai-se configurar o clímax do poema.

É o que de fato ocorre nos vários níveis do texto: no estrato das significações, no grau de contundência, na crueza das notações da realidade urbana, na tipologia e dimensões do cenário. Este se desloca do espaço interior do sujeito poético, espaço de sua reflexão crítica sobre o seu tempo histórico, operada em regime de monólogo e efetuada simbolicamente em situação de reclusão "no quarto", corroído o seu ser pelo escárnio e poluídos ambos por "três colarinhos sujos" e de onde, quando muito, ele tem a vista do "beco" e do "muro".

Agora o cenário desborda para o espaço aberto do centro nervoso da "cidade". O sintagma "É tempo", insistentemente reiterado nos blocos anteriores, ocorre uma única vez, sendo substituído pelo bordão anafórico "Escuta a hora", que percorre enfaticamente várias estrofes. A estruturação do poema, marcada, como se viu, pela coesão entre os diversos materiais que o compõem, mostra novo sinal de sua coerência nessa substituição, que concretiza, no nível do significante, o *leitmotif* da fragmentação: até aqui Drummond, em rara combinação de poesia e filosofia política, teceu considerações sobre o *ser* do seu tempo histórico, enfocado em sua totalidade, em sua essência; nesse bloco, direciona sua observação sobre o *acontecer* desse *tempo*, agora pulverizado e examinado em uma sucessão de segmentos e fragmentos—"a *hora* do almoço", "a *hora* da volta", "a do amor" etc.—, que "documentam" e interpretam o *como* se manifesta aquela essência nas múltiplas situações e circunstâncias do homem urbano contemporâneo na sociedade capitalista, contaminadas todas pelo "esplêndido negócio",—causa determinante de sua reificação—que "toma conta de tua alma e dela extrai uma porcentagem". Com a repetição insistente de "escuta", Drummond assume a condição de narrador que simbolicamente se dirige a um auditório, investindo-se da missão de bardo que conta-canta o *epos* da cidade, atendendo ao apelo—ou ordem—que a si mesmo se dera no bloco III: "O conta [...] ó jornalista, poeta, pequeno historiador urbano".

Em conformidade com essa feição épica do discurso, que neste bloco recorrentemente simula uma situação de oralidade, reforçando-se portanto as funções conativa e fática da linguagem, processa-se notável mudança de dicção do poema, a qual, além dos sinais de eloquência apontados, recorre a outros procedimentos retórico-estilísticos (repetição de palavras, enumerações, tais como "escuta o corpo ranger, enlaçar, refluir, errar em objetos remotos"; "imaginam voltar para casa [...] imaginam") e revigora a clave emotiva do discurso, imbuindo-o de veemência e de poder de convencer e comover.

Em relação ao campo semântico-imagístico, aliam-se agora à noção de fragmentação do homem, as imagens de mecanização ("braço mecânico") e coisificação ("mão de papel"), *mostradas* (e não faladas) com expressividade máxima na impactante sequência cinematográfica:

Escuta a hora espandongada da volta.
Homem depois de homem, mulher, criança, homem,
roupa, cigarro, chapéu, roupa, roupa, roupa,
homem, homem, mulher, homem, mulher, roupa, homem,
imaginam esperar qualquer coisa,
e se quedam mudos, escoam-se passo a passo, sentam-se,
últimos servos do negócio, imaginam voltar para casa,
já noite, entre muros apagados, numa suposta cidade, imaginam.

Apesar do peso maior da emotividade e da presença mais flagrante da função conativa, não se nota da parte do poeta maior empenho em clarificar e tornar mais acessível o seu discurso, particularmente no que tange à descodificação de imagens e metáforas, as quais frequentemente confinam com o hermetismo. Ao contrário, é justamente nessa parte v que irrompem metáforas das mais inusitadas do poema, instigando o leitor a nelas deter-se, no vão intento de decifrar o "enigma" que lhe propõem... É o que acontece no verso "os bancos triturando suavemente o pescoço do açúcar", não ocorrendo ao leitor mais do que a percepção do procedimento palavra-puxa-palavra,[10] visto que o verso é precedido da imagem "bolo com flores" e é seguido da imagem "a constelação de formigas e usurários". Como não lhe escapa o sentido global dessa teia de metáforas—alusões mistas de condenação e desprezo ao direito de propriedade, peça-chave da engrenagem capitalista, e a toda a parafernália jurídica e burocrática que o garante ("cartórios", "bancos", "usurários")—o leitor segue em frente e depara com a imagem talvez mais desconcertante e inquietante do poema:

> o homem feio, de mortal feiura,
> passeando de bote
> num sinistro crepúsculo de sábado.

Diversos fatores combinam-se para provocar o desconcerto e o desconforto do leitor: o caráter insólito da imagem, a falta de nexos perceptíveis com o seu contexto, do qual se isola em pequena ilha de ilogicidade. A sua localização nos versos finais do bloco assegura-lhe especial realce, reforçado no caso pelo silêncio do espaço em branco entre os blocos; em consequência, a imagem ganha tempo maior de permanência e ressonância na sensibilidade e no sistema sensorial do leitor, que a visualiza com insistência (quase) obsessiva, num misto de atração e repulsa.

A imagem parece cunhar-se em moldes surrealistas, particularmente nos da pintura. Quadros ilustrativos dessa corrente de vanguarda representam pessoas, animais, objetos de toda espécie, com rigor figurativo e detalhes descritivos, quase fotográficos, sem a diluição, distorção e deformação de outras tendências vanguardistas. A reação de estranheza que causam no espectador decorre da combinatória dos elementos, que parecem ocupar arbitrariamente o mesmo espaço plástico, visto que não deixam entrever por parâmetros lógicos os elos que os vinculam. Deles está ausente a lógica da vigília, substituída pela lógica do sonho.

Transpondo essas características plásticas para a linguagem verbal, diríamos que a conformação surrealista da imagem drummondiana resulta do detalhismo simuladamente realista, que lhe empresta valor de

---

10 O processo associativo e construtivo da poesia de Drummond é objeto de estudo de Othon Moacyr Garcia em *Esfinge clara: palavra puxa palavra em Carlos Drummond de Andrade*. Rio de Janeiro: Livraria são José, 1955.

verossimilhança, ainda que falsa: a imagem explicita a qualidade que distingue este homem ("feio, de mortal feiúra"), o que ele está fazendo e onde ("passeando de bote"), em que dia da semana ("sábado"), em que hora do dia ("crepúsculo").

Ao leitor escapa, no entanto, a lógica que articula esses detalhes e também (ou sobretudo) a lógica do inesperado despontar dessa imagem desvinculada do discurso que a precedeu, solta no espaço textual do bloco v. Ele consegue perceber, porém, a sua feição onírica, que definiria como oniríssimo de pesadelo, o qual se faz presente em muitas imagens de *A rosa do povo*.

A parte vi reativa alguns "sinais combinados" da poética drummondiana: versos curtos, economia de adjetivos, contenção emotiva, pendor à concisão. Esse padrão discursivo entrechoca-se com o do bloco imediatamente anterior — e o fará também com o seguinte — mas se afina com o do bloco iv. Como se constata, não são portanto somente as significações, imagens, metáforas, que se vão entrançando em idas e vindas, avanços e recuos. Essa específica urdidura do poema abarca todos os materiais que o constroem.

O estrato semântico registra a introdução de uma significação que até então apenas se insinuara, e que agora se mostra com mais nitidez: a apropriação, pela ideologia do capitalismo, das mais diversas instituições, regidas pela finalidade de ganho e lucro, submetidas pois a um processo de reificação:

> Nos porões da família,
> orquídeas e opções
> de compra e desquite.
> [...]
> A mesa reúne
> um copo, uma faca,
> e a cama devora
> tua solidão.
> Salva-se a honra
> e a herança do gado.

Na abertura da parte vii, Drummond reutiliza o procedimento de encadear léxica e semanticamente dois blocos pelo emprego retórico da mesma palavra no final de um e começo de outro: "Salva-se a honra'... (vi) "Ou não se salva" (vii).

Esta penúltima parte do poema reserva ao leitor novas surpresas:

> Há o pranto no teatro,
> no palco? no público? nas poltronas?
> há sobretudo o pranto no teatro,
> já tarde, já confuso,
> ele embacia as luzes, se engolfa no linóleo,
> vai minar nos armazéns, nos becos coloniais onde passeiam ratos noturnos,
> vai molhar, na roça madura, o milho ondulante,
> e secar ao sol, em poça amarga.

De modo personalíssimo, Drummond reativa o mito escatológico do dilúvio, inserindo-o coerentemente no conjunto de sinais disseminados no poema. A estrutura socioeconômica capitalista, nele denunciada como reificante e alienante, produtora de homens "sujos de tristeza e feroz desgosto de tudo",[11] desencadeia-lhes, de acordo com o sistema simbólico do texto, "o pranto no teatro", hiperbolicamente representado com dimensões escatológico-cosmogônicas, que anunciam o fim "do mundo capitalista".

Soldada ao mito do dilúvio, ressurge a metáfora do grande teatro do mundo, cara ao Barroco, à qual Drummond imprime nova direção significativa, despojando-a de valor metafísico para atribuir-lhe valor meramente social, de signo de um tempo histórico-cultural que despreza os valores humanos autênticos e entroniza o uso da máscara social e o fingimento das relações.

Drummond, que na abertura do poema fizera em linguagem metafórica a sua opção ideológica — "Meu nome é tumulto, e escreve-se/na pedra" —, agora a reafirma em outra modalidade de linguagem: categórica profissão de fé, em discurso literal, denotativo (com exceção dos dois últimos versos), pautado na acessibilidade e transparência:

> O poeta
> declina de toda responsabilidade
> na marcha do mundo capitalista
> e com suas palavras, intuições, símbolos e outras armas
> promete ajudar
> a destruí-lo
> como uma pedreira, uma floresta,
> um verme.

Embora marcado por contínuos entrechoques entre distintos padrões discursivos, o poema ainda consegue surpreender o leitor nessa última estrofe, que contém o mais radical dos entrechoques que o percorrem. Daí o seu impacto.

Entre os muitos poemas reunidos em *A rosa do povo*, cremos haver um tácito diálogo entre "Nosso tempo" e "Canto ao homem do povo Charlie Chaplin". Se, por um lado, existem diferenças irredutíveis entre eles, percebe-se, por outro, uma rede de semelhanças, derivada da convergência de perspectivas diante do capitalismo industrial e da sociedade burguesa. Como em "Nosso tempo", as imagens de fragmentação, mecanização e coisificação do homem situam-se no centro da leitura dos filmes de Chaplin realizada por Drummond na sua louvação ao cineasta:

> És parafuso, gesto, esgar.
> Recolho teus pedaços: ainda vibram,
> lagarto mutilado.
>
> Colho teus pedaços. Unidade
> estranha é a tua, em mundo assim pulverizado.

---

[11] Verso de Drummond no poema "Canto ao homem do povo Charlie Chaplin", que finaliza *A rosa do povo*.

Apesar da multiplicidade de ofícios que exerce ("bombeiro", "doceiro", "soldado", "artista de circo", "carregador de piano" etc), Carlitos preserva a sua unidade ("apenas sempre entretanto tu mesmo"), graças ao peculiar modo de exercê-los, transformando-os em trabalho lúdico e criativo, de feição artesanal, em que há uma relação próxima e humana, quase mágica, entre o trabalhador e o seu ofício:

> [...] Estranho relojoeiro,
> cheiras a peça desmontada: as molas unem-se,
> o tempo anda. [...]
> [...]
> a mão pega a ferramenta: é uma navalha,
> e ao compasso de Brahms fazes a barba
> neste salão desmemoriado no centro do mundo oprimido
> [...]
> Há o trabalho em ti, mas caprichoso,
> mas benigno,
> e dele surgem artes não burguesas.

Ocorre em "Nosso tempo" fenômeno similar ao celebrado por Drummond nos filmes de Carlitos: a estrutura coesa do poema, o encadeamento preciso entre os seus blocos, a coerência entre os diversos materiais que o compõem, a "bem entramada sintaxe" que o sustenta e entretece, configuram o "trabalho caprichoso" do operário-artesão--artista Drummond para, na sua "arte não burguesa", simbolicamente restaurar a unidade dos "homens partidos" e juntar os fragmentos do mundo "pulverizado".

O rigor arquitetônico do poema investe-se dessa significação simbólica e dessa função mágica. Além de constituir um valor em si, que o situa, no âmbito da poesia política de Drummond, no mesmo patamar que ocupa "A máquina do mundo" (cᴇ) na sua poesia metafísico-existencial.

magia lúcida

A valorização da ironia romântica como categoria das mais relevantes e decisivas na configuração da fisionomia literária e artística do século XX vem sendo reiteradamente empreendida por historiadores, teóricos e críticos da literatura de diferentes gerações e formações diversas.

Octavio Paz afirma incisivo que ela "tem sido o alimento-veneno da arte e da literatura do Ocidente há cerca de dois séculos".[1] D.C. Muecke não é menos veemente na sua avaliação: "estudar a ironia romântica é descobrir quão moderno o Romantismo pode ser ou quão romântico é o Modernismo".[2]

Pensada pelo século XVIII alemão como projeto de modernidade e prospecção para o futuro, a ironia romântica viria de fato a confirmar-se um veio de extraordinária vitalidade, explorado por tendências artísticas do século XX, quando expande o seu domínio, ocupando lugar privilegiado na teorização e impondo-se como princípio estruturador da criação em várias literaturas ocidentais.

Formulada por seus teóricos como única linguagem adequada à cisão da consciência moderna, dilacerada em dicotomias frente à consciência grega—segundo eles ingênua das contradições—a ironia romântica compõe um índice da crise que instaura a era contemporânea. O contexto ideológico do século XX radicaliza a crise, extremiza o processo de fragmentação interior e separação ontológica, assegurando-lhe, mais que condições de permanência, condições de desenvolvimento pleno. Mais ainda: possibilitando-lhe concretizações modelares na obra de Thomas Mann, Joyce e Kafka.

Segundo a crítica especializada, esses autores realizaram de modo notável o programa da ironia romântica e atualizaram de forma exemplar suas potencialidades de função e significação contidas na proposta seminal dos escritores alemães do século XVIII. Especialmente Thomas Mann, cujos romances representam, segundo D.C. Muecke, a *práxis* mais cabal da teoria da ironia romântica, o que demonstra, ainda conforme o crítico, a admirável acuidade de Friedrich Schlegel em vislumbrar no Romantismo os germes do Modernismo.[3] Anatol Rosenfeld, em breve mas excelente ensaio sobre Thomas Mann, confere especial relevo à importância da ironia romântica em sua obra.[4]

Força motriz de uma dinâmica que adquire autonomia de movimentos, nos quais se reconhece no entanto o livre desempenho de uma trajetória virtual no arremesso originário, a teoria da ironia romântica persiste na criação artística do século XX em múltiplas perspectivas e comportamentos, os quais, se não se vinculam direta e conscientemente à proposta alemã, é porque esta se havia disseminado e incorporado a realizações mediadoras.

A qualificação de "romântica" a essa especial modalidade de ironia responde, portanto, menos a uma delimitação cronológica do que à in-

---

1 PAZ, Octavio. *Marcel Duchamp ou o castelo da pureza.* São Paulo: Perspectiva, Coleção Elos, 1977, p.69.
2 MUECKE, D.C. *The Compass of Irony.* Londres: Methuen, s.d., p.182.
3 *Ibidem*, pp.185-186.
4 ROSENFELD, Anatol. "Thomas Mann: Apolo, Hermes, Dioniso". *In: Texto/contexto.* São Paulo: Perspectiva, 1969, pp.197-219.

dicação do momento histórico que inaugura, como construção teórica e programa-ação grupal autoconsciente, uma nova visão do homem e do mundo, uma concepção da arte, uma Forma e uma Linguagem.

No processo poético brasileiro observa-se a presença de aspectos da ironia romântica em Álvares de Azevedo e em Augusto dos Anjos. Em alguns de seus traços e funções — particularmente naqueles em que se assimila à autoconsciência literária e à metalinguagem — cobre extensa parte da obra de João Cabral de Melo Neto.

Em sua acepção de "amor pela contradição que cada um de nós é e a consciência dessa contradição", conceito que Octavio Paz, em *Os filhos do barro*,[5] privilegia no pensamento de Friedrich Schlegel, a ironia romântica encontra sua expressão mais radical nos quadros da poesia brasileira na obra de Carlos Drummond de Andrade. Este a converterá em "atitude fundamental" e lhe dará "o sentido mais profundo", valores assinalados por Anatol Rosenfeld no Romantismo alemão.[6]

A prática drummondiana da ironia romântica é complexa e completa: assume as múltiplas significações dessa categoria, incorpora suas implicações filosóficas e metafísicas, descobre suas faces diversas e a investe de diferentes funções.

É importante prevenir que não interpretamos a presença da ironia romântica na obra do poeta como reflexo direto dos autores citados e transcritos no decorrer deste ensaio, o qual não se equaciona como registro de influências interpessoais; as citações e transcrições de escritores alemães devem-se tão somente ao fato de constituírem elas o material indispensável à configuração da categoria em pauta.

A perspectiva adotada neste ensaio é similar à de Albert Béguin na obra *L'Âme romantique et le rêve*, na qual ele traz à luz correspondências e afinidades entre autores franceses do século XX e o Romantismo alemão. Explicitando categoricamente que não pretende investigar um problema de influências, e que não importa se tal ou qual leitura alemã ajudou Nerval ou Breton a construir sua mitologia pessoal, ele prossegue sua argumentação em termos taxativos:

> Quando não se trata de literatura considerada como puro virtuosismo de expressão e por isso aberta a todas as formas de imitação; quando, ao contrário, trata-se desta poesia, romântica ou moderna, que aspira a assimilar-se a um conhecimento e coincidir com a aventura espiritual do poeta, a "influência" é de importância muito acessória.[7]

Procedimento análogo ao seguido no presente estudo norteia o livro de René Bourgeois sobre a ironia romântica na literatura francesa. Esclarecendo que não tenciona em absoluto examinar casos de influên-

---

5 PAZ, Octavio. *Os filhos do barro*. Rio de Janeiro: Nova Fronteira, 1984, p.63.
6 ROSENFELD, Anatol. "Aspectos do Romantismo alemão". *In: Texto/contexto. Op. cit.*, pp.161-162.
7 BÉGUIN, Albert. *L'Âme romantique et le rêve — Essai sur le romantisme allemand et la poésie française*. Paris: José Corti, 1974, p.XII.

cia, levanta uma questão e lhe dá uma resposta que vêm, ambas, ao encontro da perspectiva e do método pelos quais optamos neste ensaio: "Em quais autores, então, deveríamos pesquisar a ironia romântica? Parece-nos evidente que só nos pode ser dado um critério a partir da 'noção-mãe', e do estudo da ironia romântica alemã."[8]

Anulada qualquer margem de equívoco quanto à função e intenção das constantes referências ao Romantismo alemão, resta-nos explicitar que a análise aqui empreendida vê o texto drummondiano como lugar de entrecruzamento de forças culturais, acionadas em relação reciprocamente dinamizadora com uma individualidade vigorosa, imune a qualquer classificação redutora. A sintonia com o seu tempo—tempo de Romantismo Moderno—imprime à obra de Drummond o signo da ironia romântica.

especulações em torno da palavra poética

O MÁGICO E O LUTADOR

A autoconsciência do processo criador se define como projeto básico da poesia de Carlos Drummond de Andrade, continuamente voltada sobre si mesma, questionando-se como ser e fazer. Manifesta ou sub-repticiamente, o pensar-se como forma impregna a sua obra, marcada pelo elevado índice de poemas que têm como referência explícita a própria poesia, pela possibilidade de leitura metapoética da linguagem-objeto, pela frequente inserção em outros espaços temáticos de reflexões sobre a natureza e exercício da palavra social e artística, pelo equacionamento entre o universo conteudístico e problemas de expressão-comunicação.

O poeta executa de modo vário—mas "sendo vário é um só" ("Estrambote melancólico", FA)—a dinâmica de adentramento-distanciamento do processo poético, atitude no século XX correlata à imanência-transcendência do autor em relação à obra reivindicada pela ironia romântica, precursora da radical consciência de si mesma da arte moderna, antecipadora da perspectiva da criação literária como "aventura da escritura"[9] e que, em prospecção para o futuro, apontava como sua meta privilegiada a linguagem sobre a linguagem ou a poesia sobre a poesia.[10]

Resultado daquele duplo movimento: a percepção irônica da arte. Ou seja, a percepção das contradições da arte—tema nuclear da metapoesia drummondiana e da ironia romântica.[11]

Do tema, Drummond seleciona como motivo central as ambiguidades da arte implícitas em seu peculiar estatuto ontológico. A pluralidade de modos de existência—no nível imaginativo ou representativo e no

---

8 BOURGEOIS, René. *L'Ironie romantique*. Grenoble: Presses Universitaires, 1974, p. 11.
9 A expressão entre aspas é tradução da fórmula de Jean Ricardou em *Problèmes du nouveau roman* (Paris: Seuil, 1967, p. 111): "Um romance é, para nós, menos a escritura de uma aventura que a aventura de uma escritura". Optou-se pela forma "escritura" em vez de escrita, para manter o ritmo, a rima e o jogo de palavras.
10 Cf. SCHLEGEL, Friedrich. *Fragments*. Paris: José Corti, 1996, pp. 169, 171.
11 MUECKE, D.C. *Op. cit.*, p. 159: "A ironia romântica consiste em lidar ironicamente com as situações da ironia geral, mas sobretudo com as contradições irônicas da arte; mais precisamente, a ironia romântica é a expressão de uma atitude irônica adotada como meio de reconhecer e transcender, mas sempre preservando-as, essas contradições."

nível material ou estrutural—confere à arte uma potencialidade irônica, atualizada em menor ou maior grau segundo o artista se limite a sugeri-la ou se proponha a apresentá-la como paradoxo.

É como paradoxo que Drummond articula o diálogo entre "Procura da poesia" (RP) e o restante de sua obra: inventariando o elenco de seus temas mais frequentes, aconselha ao tu intrapoemático, desdobramento do eu, que não faça versos sobre eles, em atitude que, em uma primeira instância de leitura, parece contestar e contradizer o conjunto de sua poesia. É também como paradoxo que "Procura da poesia" se relaciona com "Consideração do poema", texto que lhe é imediatamente anterior em *A rosa do povo*. Ao ensinar que "a poesia [...] elide sujeito e objeto", "Procura..." minimiza a importância do assunto, e do eu, com suas ideias, sensações e emoções. "Consideração do poema", no entanto, desenvolve-se num discurso de alta voltagem emocional, em que o sujeito poético faz uma categórica opção temática e expressa uma inequívoca posição ideológica: "Tal uma lâmina,/o povo, meu poema, te atravessa."

O diálogo entre os dois textos, e entre "Procura da poesia" e os demais poemas de Drummond, é de natureza irônica e se concerta no timbre próprio da ironia romântica, destoante da interpretação privilegiada no passado, à qual o Romantismo alemão contrapôs uma execução "mais subjetiva e menos satírica, mais atmosférica e menos retórica, mais defensiva e menos agressiva",[12] de acordo com uma nova concepção de ironia, documentada no fragmento de Ludwig Tieck (e referendada pela literatura do século XX):

> Ela representa no poeta a faculdade de dominar a matéria; a ironia o impede de nela perder-se e o preserva de uma concepção unilateral das coisas, de uma tendência vã a idealizá-las.[13]

Na obra de Drummond (e na literatura brasileira), "Procura da poesia" se destaca como o metapoema que expõe de forma mais incisiva a tensão entre os dois níveis da poesia: o da representação (de seres, ideias, emoções, coisas etc.) e o da estruturação.

Em outra clave semântico-estilística e adotando diferente ângulo de visão, "Balada do amor através das idades" (AP) focaliza essa ambivalência, entremostrando sorrateiramente um aspecto da criação literária que se furtaria a uma mirada não irônica: a conversão de elementos de representação em elementos de estruturação.

Repetindo em todas as estrofes o mesmo esquema representativo--narrativo—amor contrariado por imposições culturais e sangrento *unhappy-end*, com exceção da última, que segue o modelo dos filmes americanos da época—Drummond dissimuladamente deixa entrever a

---

12 Cf. *Ibidem*, p. 11.
13 TIECK, Ludwig. "Le Voyage dans le bleu". *In*: GUERNE, Armel (org.). *Les Romantiques allemands*. Paris: Desclée de Brouwer, 1956, p. 191.

formalização de referências do nível imaginativo, que passam a integrar uma morfologia da narrativa. O poeta desilude e diverte os leitores: o que haviam lido em seu contexto próprio (nas estórias conotadas no poema) como mensagem original não era senão código convencional.

Preocupada em criar a ilusão de realidade, a prática não irônica da arte esconde a dualidade de níveis, obliterando-a pelo ilusionismo artístico, que simula privilegiar o imaginativo, e finge manipular o material como simples veículo de representação. O ilusionismo não implica o negligenciamento ou a neutralização da existência fenomenal da obra, cujas qualidades sensíveis atuam sobre o receptor—mesmo que este não lhes perceba conscientemente a expressividade—mas o seu pretenso agenciamento como mero suporte do sistema de representação. Em certa medida "elude" a materialidade da arte, estimulando um consumo que tende a ressaltar no signo artístico a sua transitividade.

Consequência da estratégia ilusionista: a valorização do assunto, que "Procura da poesia" nega seja fator de poeticidade, a qual só se instaura no nível da configuração verbal. A estratégia anti-ilusionista, ao contrário, centra o seu interesse nos elementos de composição, cujos problemas emergem à superfície do texto e invadem o nível representativo.

A ruptura da ilusão artística, com a paralela intrusão do escritor na obra, que assume uma dimensão autoral ou composicional, costuma ser identificada com a ironia romântica. O procedimento, no entanto, remonta à comédia grega, sendo iniciado por Aristófanes com *As rãs*. Praticado intermitentemente por autores de épocas diversas, atinge significativa incidência no final do século XVII e na primeira metade do século XVIII, quando Sterne o utiliza como princípio estruturador da narrativa.

Por essas razões, Muecke prefere classificar o anti-ilusionismo de ironia protorromântica, ressaltando, porém, o seu valor de pré-requisito da ironia romântica, e enfatizando o grau de consciência de si mesmo, o alto teor de elaboração teórica e a riqueza de implicações, algumas de caráter filosófico, que ele adquiriu no Romantismo alemão, quando a crítica o valorizou no passado e o aconselhou no presente, e os criadores dele fizeram uso mais sistemático. A ironia romântica integrou tão medularmente a ruptura da ilusão artística ao seu espaço semântico, que a equação entre as duas se impôs ao discurso metaliterário.

A intervenção do eu como autor de poesia (e não apenas como sujeito poético) ocorre com frequência na obra de Drummond, efetuando-se ora de modo flagrante, ora de modo mais discreto. Como procedimento reiterado, registre-se o corte da representação por considerações sobre a palavra poética, as quais desempenham múltiplas funções no texto: dado configurador de um eu-personagem poemático obcecado pelo problema da expressão; elaboração e transmissão de um ideário poético e estético do autor; interrupção do fluxo lírico para conter seu possível transbordamento e prevenção contra o excessivo prolongamento do *pathos*; sub-reptício lembrete ao leitor de que está diante de poesia—e não da realidade que ela representa simbolicamente—levando-o a deter a sua percepção na tessitura verbal e nos fatores de construção do poema.

A cisão do eu literário em ator e espectador de si mesmo, que acompanha e comenta a "aventura da escritura", demonstra a acuidade da ironia romântica na captação dos sintomas de uma consciência em fracionamento, e na intuição do que ela indiciava de crise irreversível. Ancorado no presente e lançando-se para o futuro, o século XVIII alemão valoriza a introdução, na estrutura do discurso estético, da dissociação do eu, que se incorporaria à literatura posterior, e assumiria no século XX extrema complexidade formal.

Em sintonia com seu tempo, Drummond instala, com a reduplicação do eu lírico, um sinal de drama em sua poesia, que o aciona com colorações diversificadas, humorísticas e patéticas, de autoderrisão, autopunição e autoamparo.

Como tática mais dissimulada de quebra da ilusão artística, assinalem-se as incursões do eu autoral na mensagem referente a outros contextos por meio de alusões, por vezes sinuosas, à situação de poema do discurso e/ou à condição de poeta do emissor. Citem-se, como exemplos, as notações "alguns versos que li há tempos" ("América", RP) e a imagem relativa à filha do poeta em "A mesa" (CE): "Meu verso melhor ou único". É significativa a incidência dessa técnica, que induz o leitor a assumir certo distanciamento, ainda que momentâneo, frente aos assuntos e temas representados no texto, o que dificulta a sua recepção meramente emotiva e catártica e incita uma leitura mais atenta a seus elementos de composição. Embora a função e eficácia dessa disfarçada intromissão do eu autoral não se esgotem no seu valor anti-ilusionista, este não deve ser menosprezado como fator que imprime um certo direcionamento à relação leitor-texto.

De forma insólita e surpreendente, Drummond põe em foco em "Aliança" (NP) a tensão ilusionismo-anti-ilusionismo que dinamiza a sua poesia. À maneira de um mágico que tira da cartola coelhos, pássaros e lenços que vão assombrando e fascinando o público, o poeta-prestigiditador exibe o seu poder de criar realidades por meio da palavra; mas logo em seguida dá uma inesperada "cambalhota", salta do nível da representação para a folha branca do papel em que dispõe os sinais tipográficos e bruscamente desfaz a ilusão de realidade que havia criado:

> e de uma bolsa invisível
> vou tirando uma cidade,
> uma flor, uma experiência,
> um colóquio de guerreiros,
> uma relação humana,
> uma negação da morte,
> vou arrumando esses bens
> em preto na face branca.

O verbo mágico de "Aliança" sintetiza a aventura bidimensional proposta pela poesia de Drummond, que instiga a leitura tensa entre a ilusão de realidade e o destecer da ilusão, entre função representativa e função poética da palavra, entre mundo empírico e universo lírico, entre vida e invenção, entre o objeto e o nome do objeto, entre o espaço imaginário e o espaço preto e branco do papel. Se respeitar as regras do jogo drummondiano, o leitor ao mesmo tempo esquece-lembra que está lendo poesia.

As ironias virtuais da arte não se restringem à dualidade de planos representativo-material e nela e em suas várias implicações não se exaure a exploração de Drummond, o qual, penetrando na natureza ambígua da poesia, torna-lhes manifestas outras contradições latentes. Percebido o primeiro paradoxo, este descobre outro, que desvenda um terceiro, até caracterizar-se a poesia como corrente de paradoxos que o poeta lúcido e atento vai descortinando de ângulos diversos.[14]

O reconhecimento de que "a poesia é incomunicável" ("Segredo", **BA**) paradoxalmente impulsiona o processo criador, e escrever poesia para dizer de sua incomunicabilidade ironicamente nega-afirma a possibilidade da poesia.

Motivado por uma inelutável necessidade de comunicação — expressa com dramática eloquência em "Mundo grande" (**SM**) — o exercício da poesia se controverte no entanto em "exílio das palavras" ("Remissão", **CE**). A relação do poeta com a sua obra se dicotomiza em "contentamento de escrever" e "alegria de estar só e mudo" ("Remissão"; "Conclusão", **FA**). A mensagem ao leitor ora se modula em "Canção amiga" (**NP**), que distribui "um segredo / como quem ama ou sorri", ora se forja em "oficina irritada" (**CE**), como "soneto duro", que "não desperte em ninguém nenhum prazer", "verbo antipático e impuro", que "há de pungir/há de fazer sofrer".

A especulação drummondiana descobre na poesia várias faces de seu estatuto lúdico. Em "O lutador" (**J**), a procura da expressão poética se desenvolve como jogo agonal. Autodesafio ou busca de realização do desejo, a posse da palavra poética inacessível impõe um longo trajeto de provas, que o herói-poeta crê insuperáveis. Apesar de envolver "tamanha paixão", a luta com as palavras se define paradoxalmente como jogo de inteligência reflexiva, que despreza o jogo de azar da inspiração:

> Não me julgo louco.
> Se o fosse, teria
> poder de encantá-las.
> Mas lúcido e frio,
> apareço e tento
> apanhar algumas
> para meu sustento
> num dia de vida.

---

14 Cf. SCHLEGEL, Friedrich. *Op. cit.*, p.107: "A ironia é a forma do paradoxo. O paradoxo é tudo que é ao mesmo tempo bom e grande". MUECKE, D.C. *Op. cit.*, p.159, transcreve outro fragmento que não consta das edições de Schlegel aqui adotadas: "Paradoxo é a condição *sine qua non* da ironia, sua alma, sua fonte e seu princípio".

A antinomia paixão-lucidez do jogo poético, conflagrada na intra-textualidade de "O lutador" em termos de dialética da composição em que se debate Drummond, reitera-se na articulação entre esse poema e "A tela contemplada" (**CE**), em termos de contradição entre a atitude do artista enquanto produtor ("lúcido e frio") e o alvo a que visa o seu produto: "porque a plástica é vã, se não comove".

De personalíssima dramaticidade pela tensão entre a consciência alerta e a veemência da paixão, a obra de Drummond encarna exem-plarmente, no processo poético brasileiro, o ideal de poesia em que "a mais alta inspiração, o verdadeiro entusiasmo são ao mesmo tempo sangue frio e lucidez criadora" sonhado pela ironia romântica.[15]

A dialética da composição exposta em "O lutador" será retomada, repensada e reavaliada em "Aliança" (**NP**). Nesse poema reaparece a cisão do eu artístico, que se duplica na imagem de um outro, não nomea-do explicitamente, que se introduz no texto como sugestão metafórica plurívoca: instinto da palavra poética, faro da forma procurada? O poema ainda no "limbo", em estado pré-verbal, virtualidade de poema em sua ambivalência estaticidade-movimento, e que depois de realizado ganha autonomia do sujeito criador? (cf. "Procura da poesia", **RP**)

A dualidade existencial da arte ressurge em sua cara-coroa — uni-verso das coisas representadas e universo material, agora particularizado na corporeidade física do poema (os sinais tipográficos que formam seu estrato ótico), a partir da qual ele começa efetivamente a existir.

À recusa da palavra encantada e da interferência do acaso efetuada em "O lutador" contrapõe-se a valorização do "achado" poético, "visão de graça fortuita" e "ciência não ensinada" de "Aliança", em que ressoam, porém, os ecos da concepção da poesia como luta com as palavras: "Oh que duro, duro, duro/ofício de se exprimir!". Ambos os poemas, no entanto, mantêm a integridade do paradoxo consciência-inconsciência da criação artística: "O lutador" se fixa na celebração do espírito lúcido, sem eliminar, entretanto, a concorrência do inconsciente, visto que "a luta prossegue/nas ruas do sono". "Aliança" conflui para a cooperação equilibrada entre as duas forças e para a união entre as faculdades diurnas e as faculdades noturnas, reafirmada no título do poema.

A concepção da ironia romântica como arma defensiva contra pers-pectivas unilaterizantes e idealizantes da criação artística exposta por Tieck ocupa papel relevante no pensamento de Friedrich Schlegel, que considera a ironia instrumento imprescindível para assegurar um per-manente estado de disponibilidade e liberdade do escritor. Este, mal tenha expressado uma opinião, deve estar pronto para contestá-la, mal tenha escrito uma frase, deve ser capaz de voltar-se contra ela e dizer o seu oposto.[16]

---

15 TIECK, Ludwig. *Op. cit.*, p.192.
16 Cf. GRAPPIN, Pierre. "Les Romantiques de Iena". *Apud* BOURGEOIS, René. *Op. cit.*, p.16.

Como se viu, semelhante dinâmica da ironia romântica não ocorre de forma eventual na obra de Drummond. Ainda que se realize de modo especialmente impactante e desafiante no diálogo entre "Consideração do poema" e "Procura da poesia" (**RP**), em virtude de sua contiguidade imediata no espaço do livro, ela se processa reiteradamente ao longo do percurso do poeta.

O dialogismo de *Reunião* vai-se armando em reiterações, negações, avanços, recuos, amplificações, dilemas, perguntas, silêncios, que chegam à "Conclusão" (**FA**):

> Os impactos de amor não são poesia
> (tentaram ser: aspiração noturna).
> A memória infantil e o outono pobre
> vazam no verso de nossa urna diurna.
>
> Que é poesia, o belo? Não é poesia,
> e o que não é poesia não tem fala.
> Nem o mistério em si nem velhos nomes
> poesia são: coxa, fúria, cabala.
>
> Então, desanimamos. Adeus, tudo!
> A mala pronta, o corpo desprendido,
> resta a alegria de estar só, e mudo.
>
> De que se formam nossos poemas? Onde?
> Que sonho envenenado lhes responde,
> se o poeta é um ressentido, e o mais são nuvens?

A ironia romântico-moderna, cética quanto à decifração do enigma apresentado pela arte, não pretende resolver, mas apenas evidenciar-lhe as contradições latentes. Aponta uma única via para transcendê-las: a objetivação da subjetividade, que permite ao criador assumir as limitações da própria criação, para nelas não se aprisionar. Somente incorporando as contradições, pode o artista—como faz Drummond em sua *Reunião* dialogística—construir a obra aberta, dinâmica e progressiva, que Friedrich Schlegel assimilava à modernidade, incompatível com sistemas fechados, por sua consciência dividida e ciência das dissonâncias do real.[17]

---

17 Cf. SCHLEGEL, Friedrich. *Op. cit.*, pp.148-149.

O FRÁGIL-ÁGIL ACROBATA

A atitude irônica do poeta se radicaliza no seu instalar-se dentro do próprio poema para questioná-lo—movimento derrisório preconizado pela ironia romântica, que o interpretava como signo de desprendimento e superioridade do artista. Este, sorrindo diante de sua criação, deveria manejá-la como que brincando, em comportamento integrante de uma das faces de sua ambivalência em relação a ela.[18]

O contestar-se a si mesmo realiza-se, por exemplo, no ambíguo e reticente verso final de "Aliança" (NP)—"Mas se..."—problematizando e colocando sob suspeição a conclusão a que chegara o poema sobre o ser e o fazer-se da poesia. O autoquestionamento empreende-se de modo vário ao longo do trajeto de Drummond, consubstanciando a sua independência de ironista romântico-moderno, livre para o fazer-desfazer da própria obra.

O distanciado sorriso diante da própria criação já se deixa perceber no título do livro de estreia—*Alguma poesia*—no qual se esboça uma autodepreciação irônica: no sentido imediato do pronome indefinido "alguma", que restringe quantitativamente, em extensão, a poesia da coletânea, infiltra-se um segundo sentido, que a restringe também qualitativamente, em intensão, assumindo o título o valor de uma lítotes. Já se insinua portanto a tensão entre o que a poesia se quer—verbo pleno e absoluto—e o que a poesia é—verbo precário e relativo, tensão entre o real e o ideal recorrente na obra de Drummond.

Em *Farewell*, livro-despedida do poeta, publicado postumamente, persiste a irreverência diante do próprio discurso, ironicamente desmascarado como pomposo e literário: "Implacável ponteiro dos segundos./Não, não quero este decassílabo." ("O segundo, que me vigia"). Vai mais longe o salto para dentro do poema a fim de descontruí-lo: "Glaura revivida" parodia versos de "América", de *A rosa do povo*.

No meio do caminho entre a estreia e o adeus, reponta a disponibilidade lúdica e jocosa em relação à própria obra, que leva o poeta a ironicamente (des)qualificar o seu poema como "cantiga do amor sem eira nem beira" ("O amor bate na aorta", BA). O mesmo espírito galhofeiro o faz atribuir a seus textos títulos desmistificadores, que iluminam humoristicamente seus elementos de composição. É o que ocorre, por exemplo, em "Sonetilho do falso Fernando Pessoa" (CE), que se apropria de peculiaridades do discurso do poeta português, e em "Pequeno mistério policial ou a morte pela gramática" (NP), zombeteira alusão à sintaxe tortuosa e ao sentido hermético do poema.

"A face trocista" ("Nosso tempo", RP) diante da própria obra, representativa da ironia romântica de Drummond, mostra-se ainda em

---

18 Cf. SCHLEGEL, Friedrich. *Sur le Meister de Goethe*. Paris: Hoëbeke, 1999, p. 44. Cf. WELLEK, René. *História da crítica moderna, v. 2: O Romantismo*. São Paulo: Herder, 1967, p. 13.

"Noite na repartição" (RP), poema dramático no qual cada personagem se queixa de sua condição, superdimensionando o próprio sofrimento e minimizando o do outro, explícita ou implicitamente invejando-lhe o destino. Quando começa a firmar-se esse esquema estrutural, a aranha, dirigindo-se à porta, intervém bruscamente com a fala: "Chega! Espero que não me queiras nascer um simples vaga-lume."

Tecendo um diálogo intertextual com o célebre soneto de Machado de Assis, "Círculo vicioso", que termina com a lamentação do sol "Por que não nasci eu um simples vaga-lume?", a aranha desnuda a matriz estrutural "círculo vicioso", de que "Noite na repartição" vinha-se utilizando. Lúcido e lúdico, Drummond brinca com seu texto, subtraindo de sua estrutura dramática o valor de invenção ou inovação, exibindo ao contrário seu caráter de reprodução e seu vínculo com a tradição. O poeta-aranha, em sua ironia romântica, faz-desfaz-refaz a própria trama.

Em "O procurador do amor" (BA), a cisão do sujeito poético em um eu que sonha e um eu que zomba do próprio sonho é reforçada pelo desdobramento da instância discursiva em produtora e comentadora do poema, que é ironicamente avaliado: "E faço este verso perverso,/inútil, capenga e lúbrico."

Nesse movimento de fazer-desfazer a (da) própria obra, que se realiza ao longo do percurso de Drummond de modo vário e sutilmente diversificado, e nas incessantes contradições e reiterações, retificações e ressonâncias que impulsionam a sua poesia, parece delinear-se a concepção de arte como alternância de autocriação e autodestruição proposta pela ironia romântica, que via nessa dinâmica um signo da consciência de autolimitação indispensável à liberdade do artista e um índice de superioridade diante do seu material.[19]

A contestação do próprio discurso não implica necessariamente a intromissão direta do eu autoral e nem sempre se efetua de forma imediatamente perceptível. Drummond se imiscui tão sub-repticiamente no texto, que o questionamento, a avaliação ou a retificação irônicas do seu discurso se processam de modo oblíquo e disfarçado.

É o que ocorre, por exemplo, em "O boi" (J). Trata-se de um poema breve, de significado denso, no qual o autor faz uma síntese do seu momento histórico e expressa sua reação diante dele: solidão, ceticismo, desencanto, perplexidade. A linguagem é concisa e sóbria, e, apesar de alguns versos exclamativos, predomina no texto uma dicção contida. Repentinamente irrompe a metáfora "Se uma tempestade de amor caísse!", na qual o eu lírico extravasa sua emoção e esperança. O eu crítico intervém dissimuladamente, sorri como que envergonhado da hipérbole, faz a correção irônica da metáfora e reinstala o ceticismo: "Mas o tempo é firme. O boi é só./No campo imenso a torre de petróleo."

---

19 Cf. SCHLEGEL, Friedrich. *Fragments. Op. cit.*, pp. 103-104. Em nota, na p. 258, lê-se: "Em arte, o artista não consegue jamais realizar perfeitamente o programa projetado. A autolimitação é sua tomada de consciência das possibilidades infinitas que oferece o mundo enquanto matéria artística, e de seus próprios limites de expressão. Essa tomada de consciência se exprime através da ironia schlegeliana." Muecke (*Op. cit.*, pp. 195-197), também relaciona o conceito de autolimitação à consciência que deve ter o artista quanto à impossibilidade de exprimir integralmente o infinito do eu e do mundo. Nesse sentido, a consciência da autolimitação é tema recorrente na poesia de Drummond e será abordado neste estudo a propósito dos poemas "Fragilidade" (RP) e "Brinde no banquete das musas" (FA).

O salto do eu autoral para dentro do poema a fim de ludicamente pô-lo em xeque faz de "O sobrevivente" um texto especialmente significativo no conjunto de *Alguma poesia*, pelas questões que suscita a respeito da situação da poesia no contexto histórico-cultural do século xx:

> Impossível compor um poema a essa altura da evolução da humanidade.
> Impossível escrever um poema—uma linha que seja—de verdadeira poesia.
> O último trovador morreu em 1914.
> Tinha um nome de que ninguém se lembra mais.

Esta primeira estrofe nega categoricamente a possibilidade de existência da poesia a partir do começo da Primeira Guerra Mundial. Do ponto de vista da linguagem poética, ela se peculiariza pelo andamento lento e pausado (sobretudo nos dois primeiros versos), pela acumulação de recursos retóricos (anáfora de "impossível"; repetição de palavras e estruturas morfossintáticas: "compor um poema", "escrever um poema"; hipérbole: "uma linha que seja"), pela combinação sintagmática de efeito "bonito" ("altura da evolução da humanidade", "verdadeira poesia") — procedimentos esses que se articulam para imprimir ao conjunto uma dicção solene e grave, com algo de peça oratória, à qual o poeta ambiguamente confere certo cunho parodístico.

Na passagem da primeira para a segunda estrofe, o discurso poético sofre uma reviravolta: o ritmo se acelera, o tom passa a ser flagrantemente humorístico, os recursos de ênfase se aproximam dos usados na linguagem coloquial e se compõe para o leitor uma imagem comicamente deformada do progresso tecnológico.

Seguem-se a constatação, em registro tragicômico, do descompasso entre desenvolvimento tecnológico e aperfeiçoamento humano, e a escancarada-velada intromissão do eu autoral no último verso, que contradiz a impossibilidade de se "escrever um poema" tão peremptoriamente afirmada na primeira estrofe:

> Os homens não melhoraram
> e matam-se como percevejos.
> Os percevejos heroicos renascem.
> Inabitável, o mundo é cada vez mais habitado.
> E se os olhos reaprendessem a chorar seria um segundo dilúvio.
> (Desconfio que escrevi um poema.)

Colocando entre parênteses um verso de importância decisiva no texto, procedimento de que se vale com frequência, Drummond ironicamente inverte (e subverte) o valor habitual desse sinal gráfico, que é geralmente utilizado para conter uma informação acessória.

Como o verso "(Desconfio que escrevi um poema.)" remete diretamente à primeira estrofe, desmentindo-a, e como essa estrofe se distingue pelo discurso grave, solene e pomposo, "O sobrevivente" autoriza a interpretação que nele perceba o questionamento da possibilidade de existência, no novo momento histórico-cultural demarcado pela Primeira Guerra Mundial, *daquele* tipo de discurso, prestigiado pela poesia de aura do passado, e que ele parodiaria na primeira estrofe. O poema diria então que não há mais lugar para a poesia sacralizada do passado e que só a linguagem dessacralizadora é compatível com a realidade da época.

Essa não é, no entanto, a única significação do poema. Drummond acena matreiramente com a perspectiva de uma leitura aberta, estimulada pela ambiguidade do seu discurso, que incita também a interpretação de que o texto questiona a inviabilidade-viabilidade da poesia em geral—seja qual for sua natureza—na civilização industrial e tecnológica.

Nesse sentido, "O sobrevivente" contextualiza historicamente o dilema que perseguirá o poeta em sua trajetória, em relação à qual assume valor de premonição. Poesia que parece gerar-se da angustiada indagação sobre a possibilidade-impossibilidade da poesia e que não encontra outra maneira de responder-se senão no próprio processo de fazer-se a si mesma em incessante autotestar-se, a obra de Drummond se define como "posse impura" ("O lutador", ♩) da poesia, traumatizada por desconfianças, retraimentos, paradoxos e conflitos.

Inspirado na caracterização da ironia como bufoneria transcendental feita por Friedrich Schlegel, Muecke elege a figura do palhaço na corda bamba como metáfora do relacionamento do ironista romântico com sua obra. Nos termos em que ele a apresenta e desenvolve, essa metáfora parece-nos adequada para descrever, com propriedade e criatividade, o que ocorre em "O sobrevivente" e em vários outros poemas de Drummond. Muecke parte do confronto entre o acrobata comum, que executa seus passos de modo sério, e o palhaço, o qual finge ter medo de altura, finge cair e talvez até caia, mas o arame o segura por um de seus enormes botões, e ele se levanta e corre o resto do caminho e chega rapidamente ao fim da travessia. O tempo inteiro o palhaço mostra-se muito mais hábil do que seu companheiro acrobata; ele elevou o andar na corda bamba à mais alta potência, pelo fato de atuar simultaneamente em dois níveis: como um palhaço e como um perito em corda bamba, demonstrando ao mesmo tempo tanto a possibilidade quanto a impossibilidade de nela andar.[20]

---

20 MUECKE, D.C. *Op. cit.*, pp. 198-199. ROSENFELD, Anatol. (*Op. cit.*, p. 159) diz que os românticos alemães foram comparados com razão a acrobatas e prestidigitadores dançando na corda bamba.

Ainda que constitua o assunto de vários poemas de Drummond, a tensão impossibilidade-possibilidade da poesia ultrapassa essa condição: mais do que tema, ela se configura como a própria dinâmica que funda e enforma a obra do poeta, sem necessariamente emergir à camada referencial do texto como algo de que ele fala. Seu modo de existir é mais subterrâneo: movimento propulsor de contínuos questionamentos do autor, que o impedem de fixar-se em certezas, que o levam a desdizer-se e contradizer-se, para em seguida reafirmar o que acabara de negar.

Como tema, nem sempre o poeta a focaliza com distanciamento irônico ou na clave do *humour*, como em "O sobrevivente". Ele a modula em registros diversos e lhe imprime com frequência dicção grave e séria, que não dissimula o mal-estar, a angústia, a insatisfação que lhe provoca o "duro ofício de se exprimir" ("Aliança", **NP**).

Drummond não deixa no entanto que a insatisfação imobilize a sua fala em discurso monocórdio sobre a inacessibilidade da palavra poética, não se deixa apossar por uma subjetividade imoderada nem se entrega ao envolvimento total com o seu poema. Adota, ao contrário, a estratégia da ironia romântica, no que esta propõe de objetivação da subjetividade, de perspectiva distanciada diante da própria obra, de prescrição de um relacionamento ambivalente do artista com sua arte, pautado na dualidade reverência-irreverência, única atitude que torna o criador apto a enfrentar os desafios e contradições da criação sem neles enredar-se e aprisionar-se, preservando a mobilidade e liberdade do espírito.

Para Drummond o ato criador pressupõe agonia e angústia, identificando-se o poeta como ser que "sofrerá tormenta/no melhor momento" ("Os bens e o sangue", **CE**). Postas em foco com a ótica liberadora da ironia romântica, essa angústia e essa agonia se transmutam em "Isso é aquilo" (**LC**) na zombeteira equação: "a arte o infarte". E a luta com as palavras, dramatizada em "O lutador" (**J**), desdramatiza-se ironicamente na combinatória: "a palavra a lebre".

A autorreferenciação tão frequente na poesia de Drummond se organiza em uma constelação de signos que podem ser lidos como metáforas de seu comportamento de ironista romântico-moderno. São em geral signos que denotam ou conotam movimento. O segundo termo da autodefinição feita em terceira pessoa — "mas que por frágil é ágil" ("Os bens e o sangue", **CE**) — aponta a solução para os conflitos do ato criador: só a agilidade e leveza de espírito possibilitam ao poeta driblá-los e enganá-los, saindo de sua obra para enfocá-la com perspectiva descensional e galhofeira. A rima *frágil-ágil* consolida a assimilação semântica entre os dois termos, que compõem uma imagem do poeta similar à do palhaço na corda bamba usada por Muecke.

Em "Poema-orelha" (**VPL**), o verso "um não estar-estando" sugere a dinâmica adentramento-distanciamento do ironista romântico em relação à sua obra, expressando o seu ideal de objetivação da subjetividade.

Em "Legado" (**CE**), Drummond metaforiza o seu percurso poético em "passo caprichoso"; no contexto do poema, o adjetivo é intensamente polissêmico, pois aglutina a sua própria significação e as múltiplas significações dicionarizadas do substantivo *capricho*. O sintagma caracteriza com pertinência e agudeza o peculiar trajeto drummondiano, que repudia a linearidade e se realiza em idas e vindas, voltas e reviravoltas, contradições e retomadas que configuram a sua poesia como obra em processo.

Curiosamente a metáfora mais espetacular e surpreendente — e mais sugestiva — de sua atitude de ironista romântico-moderno, Drummond a apresenta em seu livro de estreia:

> Meu verso me agrada sempre...
> Ele às vezes tem o ar sem-vergonha de quem vai dar uma cambalhota,
> mas não é para o público, é para mim mesmo essa cambalhota.
> "EXPLICAÇÃO", **AP**

Ultrapassando o espaço de *Alguma poesia* e tendo confirmada a sua validade ao longo do trajeto do poeta como representação metafórica de uma de suas vertentes mais transgressoras e iconoclastas, a imagem da "cambalhota" atesta o nível de maturidade e consciência do estreante Drummond no reconhecimento dos traços pertinentes e inerentes ao seu processo criador. Signo não apenas do retrato do artista quando jovem, mas também do artista maduro e de sempre, a "cambalhota" metaforiza alguns traços decisivos da individuação de sua arte: o *humour*, a disponibilidade lúdica, a liberdade interior para brincar com todos os valores e para sorrir e zombar de si mesmo enquanto poeta.

A atitude do ironista romântico, porém, não é unívoca, mas ambígua, e não exclui portanto a seriedade e a gravidade. A propósito de *Wilhelm Meister* de Goethe, Friedrich Schlegel alerta para o perigo de uma percepção redutora da ambivalência do autor: se ele parece tratar superficialmente os acontecimentos e os personagens, referir-se ao herói quase sempre com ironia e sorrir de sua obra-prima do alto do seu gênio, que o leitor não pense por isso que ele não põe em sua criação o sério mais sagrado.[21]

A ironia romântica de Drummond tem a sua ambiguidade preservada: se ele fala galhofeiramente e ri com irreverência de sua obra, ao mesmo tempo caracteriza a sua atividade de poeta como ato existencial que envolve a totalidade de seu ser: "é toda a minha vida que joguei" ("Consideração do poema", **RP**).

---

21 SCHLEGEL, Friedrich. *Sur le meister de Goethe. Op. cit.*, p. 44.

TENTATIVA DE REDUÇÃO DO IRREDUTÍVEL

A relação entre arte e mundo, Drummond a percebe de ângulo irônico, polarizando-a na oposição infinitude do real *versus* finitude da arte. Concordam, portanto, a sua perspectiva e a da ironia romântica, que fez desse conflito tema frequente de indagação filosófico-literária.

Se "o que não é poesia não tem fala" ("Conclusão", FA), a poesia só existe efetivamente quando se concretiza em objeto verbal, modo de existência que pressupõe finitude, estaticidade, imutabilidade. Com base nesse pressuposto, parece impossível à poesia conformar o mundo—infinito, dinâmico, em incessante devir:

> Este verso, apenas um arabesco
> em torno do elemento essencial—inatingível.
> Fogem nuvens de verão, passam aves, navios, ondas,
> e teu rosto é quase um espelho onde brinca o incerto movimento,
> ai! já brincou [...]
> [...]
> [...] não mais
> que um arabesco, apenas um arabesco
> abraça as coisas, sem reduzi-las.

Impasse análogo ao exposto em "Fragilidade" (RP)—sintomático título do poema a que pertencem esses versos—constituiu motivo de reflexão de Friedrich Schlegel, sintetizada no seguinte fragmento: "Todos os jogos sagrados da Arte não são mais que longínquas imagens do jogo infinito dos mundos, da infinita obra-prima em perpétuo movimento."[22]

Drummond se defronta com a necessidade-impossibilidade de resolver a contradição entre o que a poesia é e o que a poesia se quer: configuração verbal limitada ou "forma definitiva e concentrada no espaço" ("Procura da poesia", RP) *versus* representação simbólica do mundo infinito, sem limites, em permanente mutação.

Em decorrência, a percepção irônica da poesia define o fazer poético como experiência e exercício do paradoxo:

> [...] componho
> o que já de si repele
> arte de composição.
> [...]
> E nada me segue de
> quanto venho reduzindo
> sem se deixar reduzir.
> "ALIANÇA", NP

---

[22] SCHLEGEL, Friedrich. "Fragments". *In*: GUERNE, Armel. (org.). *Op. cit.*, p.272.

Se por um lado a poesia inexiste enquanto não se cristaliza verbalmente, por outro, ao cristalizar-se em verbo definitivo, morre no que não conseguiu formular, pois o mundo é "irredutível ao canto, superior à poesia" ("Rola mundo", **RP**). Projeto de reduzir o irredutível, a canção é suicida, o verso é câncer, a poesia, morte secreta. A tensão formulado-informulado institui a poesia como ambíguo jogo de ganho-perda, de vida-morte. Ao configurar-se em forma verbal, a poesia poderia dizer: "ganhei (perdi) meu dia" ("Elegia", **FA**).

> Poesia, sobre os princípios
> e os vagos dons do universo:
> em teu regaço incestuoso,
> o belo câncer do verso.
>
> Azul, em chama, o telúrio
> reintegra a essência do poeta,
> e o que é perdido se salva...
> Poesia, morte secreta.
> "BRINDE NO BANQUETE DAS MUSAS", **FA**

o eu infinito *versus* mundo finito

A ironia romântico-moderna, em seu constante exercício do paradoxo, reverte os valores da equação homem = finito, mundo = infinito, e a impele para o polo oposto, redimensionando-a na dualidade finitude do mundo-infinitude do Eu. Este se afirma como essencialmente dinâmico e livre, atividade progressiva sem limites —

> pois o centro era eu de tudo,
> como era cada um dos raios
> desfechados para longe,
> alcançando além da terra
> ignota região lunar,
> "SONHO DE UM SONHO", **CE**

— em confronto com o mundo limitado:

> Meu bem, o mundo é fechado
> "CANTIGA DE ENGANAR", **CE**

Da relação especular entre as duas esferas de realidade resulta uma imagem dupla: o homem é livre e infinito enquanto imaginação e espírito, mas limitado e finito enquanto ação. Por sua dissonância entre ação e pensamento, Hamlet encarna, segundo Friedrich Schlegel, o protótipo do herói trágico da modernidade. A ironia romântica assume portanto o idealismo de Fichte: "O Eu produz a atividade real como limitada, e a ideal como ilimitada."[23]

Estruturando uma das matrizes semânticas da poesia de Drummond, a tensão entre realidade e idealidade se processa segundo uma dinâmica irregular. Ora o poeta se equilibra entre os dois polos — "balançando entre o real e o irreal" — ora se sente mais atraído por um deles: "[...] e só me punja a saudade da pátria imaginária" ("Prece de mineiro no Rio", VPL).

Em "Especulações em torno da palavra homem" (VPL), o discurso interrogante de feição socrática instala a perplexidade da aporia:

> Que milagre é o homem?
> Que sonho, que sombra?
> Mas existe o homem?

Nele, no entanto, já parece insinuar-se a prerrogativa que se atribui o ironista romântico de negar substancialidade ao real quando o confronta com as prefigurações do ideal.

No conjunto da obra de Drummond, "Sonho de um sonho" e "Cantiga de enganar" dramatizam de forma decisiva e exemplar o conflito entre limitação do real e infinitude do ideal travado pela ironia romântica. A localização dos dois poemas no espaço de *Claro enigma* se investe de valor significativo; sua relação de sequência imediata os articula como cara-coroa da mesma moeda: no primeiro o real ironiza o ideal, no segundo o ideal ironiza o real, em esvaziamento recíproco. Em ambos, o conflito entre o Eu dinâmico e infinito e o não Eu estático e limitado: "estreita clausura física" e "paredes degradadas".

Na sua "coextensibilidade do Eu e da própria representação",[24] a ironia romântica alemã filia-se ao monismo idealista de Fichte, para quem "só há em última análise, um único mundo que é o do Eu puro. A esfera do não Eu é derivada da do Eu e todo dualismo é superado pela consideração do não Eu como mero produto do Eu puro."[25]

Esse Eu puro, produtor de toda a realidade em seus múltiplos fenômenos, não deve ser confundido com os "eus" substanciais e particulares das pessoas empíricas.[26] Trata-se de um Eu transcendental, supraindividual, de um princípio metafísico que "subjaz às consciências individuais como entidade ativa, pura, livre, absoluta".[27]

---

23 BORNHEIM, Gerd. *Aspectos filosóficos do Romantismo*. Porto Alegre: INL, 1959, p.47.
24 DELEUZE, Gilles. *Logique du sens.* Paris: Minuit, 1969, p.163.
25 BORNHEIM, Gerd. *Op. cit.,* p.41.
26 Schuwer aponta no entanto a possibilidade dessa confusão: "O mundo inteiro não será mais que uma aparência, que um jogo do eu? ... Enfim, tende a estabelecer-se uma perigosa confusão entre os privilégios do eu absoluto, concebido no seu limite, e aqueles que se arroga por sua própria conta o eu individual na espécie do eu do artista." SCHUWER, Camille. "La Part de Fichte dans l'esthétique romantique". *Cahiers du Sud*, Marselha, v.24, n.194, pp.122-132, maio-jun.1937.
27 ROSENFELD, Anatol. *Op. cit.*, p.160.

Quer resultem de ecos diretos ou mediados por outros autores, quer de uma convergência casual de espíritos, questões suscitadas pelo monismo idealista de Fichte frequentam a obra de Drummond—sem assumirem, claro está, rigor de sistema filosófico ou exatidão de arcabouço teórico, antes caracterizando-se pela ambiguidade e liberdade próprias à criação poética.

Em "A suposta existência" (**PM**), Drummond, de modo mais linear e explícito, tece especulações em torno de interpretações filosóficas de natureza idealista. Estruturado como verso e reverso de uma mesma indagação fundamental em que se consubstancia a "teima interrogante de saber" que espicaça o poeta, em sua primeira face o poema questiona a existência de coisas em si, problematizando portanto a existência e autonomia de uma realidade extramental. Nas perguntas que se propõe Drummond, nas hipóteses que levanta, ressoam concepções do monismo de Fichte e sua lição de que o universo das coisas é um produto do Eu:

> Como é o lugar
> quando ninguém passa por ele?
> Existem as coisas
> sem ser vistas?
>
> O interior do apartamento desabitado,
> a pinça esquecida na gaveta,
> os eucaliptos à noite no caminho
> três vezes deserto,
> [...]
> nós, sozinhos
> no quarto sem espelho?
> [...]
> Estrela não pensada,
> palavra rascunhada no papel
> que nunca ninguém leu?
> Existe, existe o mundo
> apenas pelo olhar
> que o cria e lhe confere
> espacialidade?

Em seu segundo momento, no entanto, "A suposta existência" inverte os termos de sua perquirição, agora direcionando-a para o questionamento da autonomia e substancialidade do sujeito:

> Ou tudo vige
> planturosamente, à revelia
> de nossa judicial inquirição
> e esta apenas existe consentida
> pelos elementos inquiridos?
> [...]
> exercito a mentira de passear
> mas passeado sou pelo passeio,
> que é o sumo real, a divertir-se
> com esta bruma-sonho de sentir-me
> e fruir peripécias de passagem?

Como ocorre frequentemente em sua obra, as perguntas que se faz Drummond não encontram resposta unívoca e o poema, em vez de encaminhar-se para um final de apaziguamento da dúvida, desemboca na manutenção do dilema.

"Procura" (VPL), no entanto, decide-se pelo idealismo monista, negando substancialidade objetiva ao real, que se apaga quando cessa no sujeito a imaginação que o produzira:

> Depois, colóquios instantâneos
> liguem Amor, Conhecimento,
> como fora de espaço e tempo hão de ligar-se,
> e breves despedidas
> sem lenços e sem mãos
> restaurem—para outros—na esplanada
> o império do real, que não existe.

A concepção de que o mundo das representações procede da atividade pura e livre do Eu pode radicalizar-se na conversão do real em aparências e na sua dissolução pelo mesmo Eu que o produzira—dupla atuação da ilimitada soberania do Eu, que provocou a violenta crítica de Hegel e as restrições de Kierkegaard à ironia romântica.

Essa dinâmica produtora-extintora do real se realiza metaforicamente na dinâmica da linguagem de "Cantiga de enganar" (CE), na qual o sujeito poético produz representações e cria significações para em seguida negá-las, em contínua operação subtrativa:

> Meu bem, o mundo é fechado,
> se não for antes vazio.
> O mundo é talvez: e é só.
> Talvez nem seja talvez.
> O mundo não vale a pena,
> mas a pena não existe.
> [...]
> Façamos, meu bem, de conta
> —Mas a conta não existe—
> [...]
> Meu bem, sejamos fortíssimos
> —mas a força não existe—
> e na mais pura mentira
> do mundo que se desmente,
> recortemos nossa imagem,
> mais ilusória que tudo,
> pois haverá maior falso
> que imaginar-se alguém vivo,
> como se um sonho pudesse
> dar-nos o gosto do sonho?
> Mas o sonho não existe.

O livre movimento da subjetividade volatiza as aparências empíricas e esfuma as palavras em confusionistas jogos de enganar: a aparente tautologia se desfaz em homonímia ("mundo", "talvez", "sonho"); a frase-feita recupera a pertinência semântica ("... a boca do mundo?/... o mundo é fechado"; "façamos ... de conta/... a conta não existe"); as classes gramaticais se alteram e alternam ("talvez"); o significante muda de significado ("vale": verbo > substantivo). No discurso isomorfo do poema, mundo e linguagem se transformam em jogo de fazer de conta.

Em "Cantiga de enganar", a ironia romântica de Drummond encontra uma de suas realizações mais plenas e completas, ascendendo ao estatuto de categoria filosófica e metafísica. Ela adquire significação similar à que lhe atribuiu o Romantismo alemão, o qual, a partir da filosofia fichtiana do Eu e da liberdade, postulava que, se a realidade exterior é precária e não preenche o ideal concebido pelo espírito humano, este deve sentir-se livre para revogá-la, imergi-la no nada e dele fazer surgir um mundo novo.[28]

Na ironia romântica, a relação entre o artista e a sua obra é homóloga à relação entre o Eu e o mundo. Assim como a subjetividade livre desfaz o real das representações que lhe imprimira, o eu artístico joga com a ilusão de real e de vida que criara em sua obra, dialeticamente tecendo-a e destecendo-a. A ruptura da ilusão artística ganha assim significado mais complexo, integrando-se no conjunto dos pressupostos filosóficos em que se fundamenta a ironia. Contra essa reiterada manifestação da liberdade do Eu voltaram-se Hegel e Kierkegaard.

Hegel reduz a polivalência da ironia romântica, interpretando-a como signo unívoco de negatividade diante do real: desprovendo a realidade de conteúdo objetivo e valor imanente, em incessante operação de esvaziamento que atingiria o seu próprio eu, o ironista mergulharia, segundo ele, num vazio morbidamente inativo.[29] Kierkegaard prossegue o ataque ao Romantismo, que considera negativo e destrutivo, identificando liberdade absoluta a descompromisso ético, e acusando-o de abismar-se no nada e submergir no repouso do nirvana.[30] Vladimir Jankélévitch se incorpora a essa corrente interpretativa, qualificando a ironia romântica de ironia niilizante e "indiferença quietista".[31]

É fato que a poesia de Drummond apresenta sinais intermitentes da tentação e sedução do niilismo (cf. "Minha matéria é o nada", "Nudez", **VPL**) e no seu trajeto irônico se registra um momento de quietismo indiferente e descrença ética:

> Aspiro antes à fiel indiferença
> mas pausada bastante para sustentar a vida
> e, na sua indiscriminação de crueldade e diamante,
> capaz de sugerir o fim sem a injustiça dos prêmios.
> "ASPIRAÇÃO", **CE**

---

28 Cf. SCHLEGEL, Friedrich. *Fragments. Op. cit.*, pp.305-306. Cf. GRAPPIN, M.P. *Apud* BOURGEOIS, René. *Op. cit.*, p.16.

29 Cf. HEGEL, Friedrich. *Introduction à l'esthétique*. Paris: Aubier, 1964, p.133.

30 Cf. MESNARD, Pierre. (org.). *Kierkegaard*. Paris: PUF, 1970, pp.61-68.

31 JANKÉLÉVITCH, Vladimir. *L'Ironie*. Paris: Flammarion, 1964, p.18.

Essa não constitui no entanto a tônica de sua ironia romântico-
-moderna, a qual incide sobre "Cantiga de enganar" (ce). No final do
percurso de progressivas negações que aniquilam o contingente por
contrastá-lo implicitamente com o absoluto, e após reduzir tacitamente
o mundo a "uma faca sem lâmina e sem cabo"[32], a cantiga, ao contrário
do que fazia esperar, não desemboca na negatividade e no nada. Engana
o leitor, e o incita a atualizar com plenitude suas virtualidades humanas
bloqueadas no "mundo-como-se-repete" ("A mão", lc), e o estimula
a transcender o real, e *ser* integralmente, pelo poder do espírito e da
linguagem sendo o que seria no espaço do ideal:

> Meu bem, usemos palavras.
> Façamos mundos: ideias.
> [...]
> Meu bem, assim acordados,
> assim lúcidos, severos,
> ou assim abandonados,
> deixando-nos à deriva
> levar na palma do tempo
> —mas o tempo não existe—,
> sejamos como se fôramos
> num mundo que fosse: o Mundo.

Em "Cantiga de enganar", em "Isso é aquilo" (lc) e no diálogo
entre os dois poemas, a ironia romântica drummondiana investe-se de
função e significação análogas às assinaladas por Albert Béguin na obra
de Ludwig Tieck:

> em relação aos dados sensíveis, a ironia será uma escola da dúvida, permi-
> tindo recusar ao mundo "tal qual ele é" um grau de realidade absoluta e de-
> finitiva e o substituindo, por meio do mutante dado psíquico, por um mundo
> cambiante, móvel, incessantemente imprevisível.[33]

---

32 *Un couteau sans lame, auquel manque la manche.* Aforisma de Lichtemberg, valorizado por André Bréton como "obra-prima dialética do objeto".
33 BÉGUIN, Albert. *Op. cit.*, p.223.

o espaço livre da poesia
(ou um mundo que fosse: o mundo)

ISSO É AQUILO

I

O fácil o fóssil
o míssil o físsil
a arte o infarte
o ocre o canopo
a urna o farniente
a foice o fascículo
a lex o judex
o maiô o avô
a ave o mocotó
o só o sambaqui

II

o gás o nefas
o muro a rêmora
a suicida o cibo
a *litotes* Aristóteles
a paz o pus
o licantropo o liceu
o flit o flato
a víbora o heléboro
o êmbolo o bolo
o boliche o relincho

III

o istmo o espasmo
o ditirambo o cachimbo
a cutícula o ventríloquo
a lágrima o magma
o chumbo o nelumbo
a fórmica a fúcsia
o bilro o pintassilgo
o malte o gerifalte
o crime o aneurisma
a tâmara a Câmara

IV

o átomo o átono
a medusa o pégaso
a erisipela a elipse
a ama o sistema
o quimono o amoníaco
a nênia o nylon
o cimento o ciumento
a juba a jacuba
o mendigo a mandrágora
o boné a boa-fé

V

a argila o sigilo
o pároco o báratro
a isca o menisco
o idólatra o hidrópata
o plátano o plástico
a tartaruga a ruga
o estômago o mago
o amanhecer o ser
a galáxia a gloxínia
o cadarço a comborça

VI

o útil o tátil
o colubiazol o gazel
o lepidóptero o útero
o equívoco o fel no vidro
a joia a triticultura
o *know-how* o nocaute
o dogma o borborigmo
o úbere o lúgubre
o nada a obesidade
a cárie a intempérie

VII

o dzeta o zeugma
o cemitério a marinha
a flor a canéfora
o pícnico o pícaro
o cesto o incesto
o cigarro a formicida
a aorta o Passeio Público
o mingau a *migraine*
o leste a leitura
a girafa a jitanjáfora

VIII

o índio a lêndea
o coturno o estorno
a pia a piedade
a nolição o nonipétalo
o radar o nácar
o solferino o aquinatense
o bacon o dramaturgo
o legal a galena
o azul a lues
a palavra a lebre

IX

o remorso o cós
a noite o bis-coito
o cestércio o consórcio
o ético a ítaca
a preguiça a treliça
o castiço o castigo
o arroz o horror
a nespa a vêspera
o papa a joaninha
as endoenças os antibióticos

X

o árvore a mar
o doce de pássaro
a passa de pêsame
o cio a poesia
a força do destino
a pátria a saciedade
o cudelume Ulalume
o zunzum de Zeus
o bômbix
o ptyx

O POEMA O DICIONÁRIO

Em "Isso é aquilo" (LC) não se mostra patente, de imediato, o valor
de reflexão sobre a própria poesia; nele o jogo mágico com as palavras
se realiza sem a intervenção explícita do eu autoral, que efetua seus

lances em silêncio—"sinal de menos" enriquecedor da polivalência do texto, que se converte para o leitor aturdido em lugar de feérico desdobramento de significações.

Apesar de sua aparente incoerência, o jogo com as palavras enquanto matéria sonora descomprometida de finalidade comunicativa, e a livre atividade do pensamento desinteressado, não implicam ausência de sentido. Possuindo uma lógica própria, que fere a lógica habitual instituída no discurso reflexivo, criam uma significação global interna, que se peculiariza por elevar à mais alta potência a ambiguidade do signo poético.

Nomeada "Palavra", a seção em que se insere o poema norteia o leitor quanto à prioridade de significações metapoéticas, e alguns índices o autorizam a identificar a implícita oposição entre semantismo linguístico e semantismo poético como uma de suas propostas básicas.

O título "Isso é aquilo" verbaliza a equação metalinguística subjacente nos dicionários e tácita na justaposição de vocábulos do texto, funcionando como elo entre os dois discursos, que se conotam ainda pela adoção de um princípio organizador homólogo. Se o dicionário dispõe os verbetes segundo um dado sensível—a ordem que seus sinais ocupam no alfabeto—, nele convivem em situação de vizinhança imediata vocábulos que apresentam entre si semelhança fônica e gráfica. Efetuando-se cortes na continuidade do material arrolado no dicionário, obtêm-se zonas de ecolalia—figura que, ora mais flagrante, ora mais discreta, organiza a maioria das combinações do poema. A última palavra do texto—*ptyx*—, de origem grega, que pode significar em poesia *concha* ou *caracol*, assume portanto o valor de metáfora estrutural do poema, por remeter conotativamente à ecolalia que preside à sua composição.[34]

"Isso é aquilo" inclui, pois, em seu modo de ser, um "estado de dicionário" ("Procura da poesia", RP), objetivado ainda na coexistência, no mesmo espaço, de palavras procedentes da mais variada origem e relativas a heterogêneos setores de conhecimento. Mas o inclui dialeticamente para subvertê-lo, instalando a desordem naquela ordem, pela manipulação de valores rítmico-melódicos que nela são aleatórios e pela criação de afinidades semânticas por ela não referendadas.

Dicionário poético, "Isso é aquilo" estabelece entre as palavras correspondências de significação inestabelecíveis pelo "estado de dicionário" linguístico, sua estruturação indiciando que, em poesia, a sinonímia (e antonímia) se elabora por princípios diversos dos que regulamentam a sinonímia na língua. Na sua estrutura aberta, dinâmica e progressiva, que poderia estender-se *ad infinitum*, "Isso é aquilo" desvenda como fator fundamental de construção do espaço poético a liberdade de instaurar correlações interditas no espaço social da língua.

---

34 O valor metafórico de *ptyx* é mais abrangente. Em sua significação originária de "dobra", aponta para a estrutura binária da grande maioria das combinações do texto. Em "Stéphane Mallarmé: o soneto em IX", Octavio Paz assume a interpretação do termo proposta por J.-P. Richard: "o caracol é uma estrutura que se dobra sobre si mesma" e "a dobra é uma forma vital da reflexão: pensar, refletir, é dobrar-se". Essa leitura parece-nos válida para o poema de Drummond; na acepção de "caracol", *ptyx* metaforiza a condição ambivalente de "Isso é aquilo": a de palavra mágica, criada em parte pela ecolalia, e a de palavra reflexiva, pois o poema fala de si mesmo e da poética do autor. PAZ, Octavio. *Signos em rotação*. São Paulo: Perspectiva, 1972.

O poema se configura como dicionário analógico da língua poética, cujas analogias, porque suscitadas por dados fônicos, rítmicos e melódicos, e porque fundadas em nexos individuais e/ou supralógicos, garantem a peculiaridade do seu semantismo, caracterizado pela contradição dependência-independência do semantismo linguístico.

Valendo o dicionário como lugar metonímico da língua, "Isso é aquilo" ao mesmo tempo concretiza e revela as relações entre poesia e sistema linguístico travadas na obra drummondiana.

O poeta raramente recorre a recursos tipográficos mais insólitos ou a uma disposição visual mais inusitada (exceção feita a alguns poemas de *Lição de coisas*), embora utilize expressivamente o branco da página como área de silêncio significativo e fator espacial de dinamismo rítmico. Em geral também repudia a invenção de signos abstratos das experiências letristas, futuristas e paralelas. Rejeitando esses procedimentos — de permanente ou intermitente sedução nas vanguardas contemporâneas —, a poesia de Drummond se afirma fundamentalmente compromissada com o signo linguístico. O caráter icônico do discurso poético, ele o obtém mediante outros comportamentos, ligados a valores verbais, e à retórica da palavra.

O questionamento sobre a impossibilidade-possibilidade da poesia, questionamento que instiga e aciona a sua obra, assimila-se em parte ao conflito desconfiança-confiança na palavra. O processar-se da obra implica testar a eficiência poética do símbolo linguístico, cuja precariedade se agrava num tempo histórico que impele à maximização de valores visuais no discurso verbal, a fim de assegurar-lhe um lugar numa cultura à qual novas formas e veículos de comunicação impõem o crescente prestígio da imagem. Nessa civilização do ver, Drummond tenta preservar o lugar da poesia — ameaçada ainda por outras forças — fundamentalmente enquanto verbo. Seu Texto consubstancia um ato de desafio, e uma profissão de fé — ainda que problematizada por dúvidas — na palavra.

É no sistema linguístico, em consequência, que existem virtualmente os poemas, e o "dicionário" compõe a imagem poética dessas virtualidades ("Procura da poesia", RP). Atualizá-las, metamorfoseando um "estado de dicionário" em estado de poesia, obriga o poeta a conferir aos poemas que nele se encontram "mudos" uma fala própria. Inaugurar uma linguagem diferenciada, a partir de uma situação originária de dependência em relação ao sistema da língua, constitui a operação distintiva da poesia, e a sua luta mais específica.

Na medida em que os signos linguísticos desempenham uma função referencial socialmente codificada, que os remete ao mundo dos objetos, a poesia se debate entre o contingente e o absoluto, entre a impureza da referência ao universo das coisas e a aspiração à pureza de uma linguagem abstrata, que se codifique segundo relações imanentes. Em maior ou menor grau, portanto, todo poema corporifica *as impurezas do branco*, e usar a palavra como coisa em si, liberada da função pragmática de mediatizar significações, converte-se em obsessivo anseio dos poetas que ambicionam fazer da poesia uma linguagem autossuficiente.

Semelhante ambição, se inconsciente e tácita em toda poesia, assume consciência e voz no Romantismo alemão, especialmente nas reflexões de Novalis, autor que antecipa a perspectiva dominante na lírica contemporânea—a qual reivindica, com insistência desconhecida no passado (exceção feita ao próprio Novalis), a autonomia do espaço poético.[35]

Nessa empresa comum, a individualidade de Drummond se afirma no empenho ambivalente de realizar o poema como "exílio das palavras" ("Remissão", CE) que jogam só consigo mesmas, e ao mesmo tempo extrair de sua "bolsa" mágica de signos "uma cidade, uma flor, uma experiência, um colóquio de guerreiros, uma relação humana" ("Aliança", NP), criando realidades identificáveis pelo leitor. Esse anseio de comunicar não implica, no entanto, a submissão à visão embotada pelo hábito, que se circunscreva à superfície dos objetos; ao contrário, ele se perfaz no dirigir o olhar do outro para o adentramento e a visão inaugural da realidade: "Eu preparo uma canção/que faça acordar os homens". ("Canção amiga", NP)

Outros fatores de diferenciação de Drummond residem na sua mobilização pelo contexto do "tempo presente" ("Mãos dadas", SM) e na irrecorrível necessidade de confidenciar-se e configurar um eu lírico intransferível. A conquista de um espaço de linguagem autônomo que não prejudique fundamentalmente a legibilidade e comunicação das experiências do Eu e sua pessoal "inteligência do universo" ("Versos à boca da noite", RP), mais o enraizamento no real histórica e socialmente definido que não comprometa a autossuficiência do discurso poético, constituem sinais combinados que problematizam em termos inconfundíveis na obra de Drummond a tensão entre as impurezas e as purezas do branco.

Para construir o espaço livre da poesia, ele se impõe um agenciamento específico do signo verbal, apto a elaborar um sistema de notações que proponha o confronto entre linguagem poética e linguagem pragmática, entre realidade empírica e realidade lírica, entre o código da língua e o código do poema. Porque utiliza os signos do sistema linguístico, a poesia não se pode furtar a um processo de transcodagem externa; porque os articula de forma própria, cria uma língua artificial, mediante um processo de transcodagem interna, semelhante ao da música e da álgebra.

Vivendo dois modos de existência, ao mesmo tempo estrutura mágica—*mobile* verbal em vertiginosa metamorfose de palavras imanta-

---

35 Cf. NOVALIS. *Fragments fragmente.* Paris: Aubier Montaigne, 1973, p. 71: "Acontece com a linguagem o que ocorre com as fórmulas matemáticas: elas constituem um mundo em si, para si próprias; brincam exclusivamente entre si mesmas e não exprimem nada que não seja sua própria natureza maravilhosa—e é justamente isso que as faz serem tão expressivas e que nelas se reflita o estranho jogo das relações entre as coisas".

das—e estrutura reflexiva sobre o fazer-se da magia, "Isso é aquilo" realiza e desvenda as coordenadas da combinatória de signos instauradora da autonomia do espaço poético drummondiano.

Se nos demais textos do autor essa combinatória garante a eficácia e o apelo de sua linguagem, as normas que a orientam não se percebem com o mesmo teor de visibilidade, em virtude do verso discursivo e da divisão da atenção do leitor entre o jogo poético-linguístico e a informação relativa a outros contextos que não o próprio processo de composição poética. A ruptura do verso discursivo no nível estrutural, e a autorreferenciação no nível representativo, criam um estado de concentração em "Isso é aquilo" e no receptor—concentração que torna mais evidentes os princípios gerais da combinatória sígnica do poeta.

O componente anti-ilusionista, registrável nesse poema quando considerado nos limites de sua intratextualidade, enriquece-se de um novo valor quando articulado com os textos com os quais dialoga em *Reunião*: o de iluminar a operação poética de Drummond, fundadora da magia de sua linguagem, de seu poder de criar realidades e tecer a ilusão de vida. Lido intertextualmente, ele fala em nome de sua poesia: "Tenho sinais combinados." ("Desfile", RP)

A ironia romântico-moderna, enquanto instalação do artista no interior de sua obra, para desmontá-la e exibir-lhe a engrenagem, movimento índice de superioridade sobre o seu material—que ele manipula com o "ar sem-vergonha de quem vai dar uma cambalhota"—e de liberdade para construir-destruir a ilusão que criou, executa em "Isso é aquilo" a sua mais audaciosa *performance*.

A PALAVRA *ENCANTO* OU AS PALAVRAS QUE NINGUÉM FALA

"Isso é aquilo" dinamiza vocábulos procedentes das mais diversas áreas, compondo uma peça musical de pluríssonas vozes, as mais corriqueiras e as mais raras, gregas e inglesas, francesas, italianas e latinas, cultas e neológicas, da fala comum e das falas especiais—da botânica, astronomia, arquitetura, filosofia, química, zoologia, poética, medicina.

Apesar de seu efeito global imediato contrastar com o dos demais poemas de *Reunião*, esse léxico concretiza o princípio geral que preside à seleção vocabular drummondiana: o ecletismo. A combinação "o castiço o castigo" registra o repúdio a restrições linguísticas, válido para a totalidade da produção do autor, para quem qualquer palavra—"fricotes" ou "diluculares" (respectivamente "A mesa" e "Contemplação no banco", CE)—contém uma potencialidade poética, atualizável pelo contexto rítmico e semântico em que ela se inclui.

No conjunto da obra de Drummond, "Isso é aquilo" se peculiariza, no entanto, pela elevada incidência de termos de escassa divulgação, inusitados significantes portadores de significados desconhecidos — "mil palavras-inertes à espera" nos dicionários "saltam" para o poema, regido pela "palavra Encanto" ("Palavras no mar", J).

Na tensão ilusionismo-anti-ilusionismo em que se equilibra o texto, esse insólito vocabulário atua ambivalentemente, ao mesmo tempo vivendo e demonstrando o modo pelo qual as palavras existem para o poeta: materialidade tangível de "pele" e "música".

A partir dessa existência sensível, as palavras em estado de poesia configuram uma prática linguística especial frente ao uso social da língua, que delas se serve utilitariamente como mediadoras de significações, sem explorarem sua textura física enquanto fonte de prazer lúdico.

Recorrendo a significantes exóticos de significados dificilmente devassáveis sem o auxílio de dicionários, ou de significados imprecisos para o leitor, "Isso é aquilo" bloqueia a transitividade do signo, aciona como fator de sugestão sua conformação sonora, e se cria como arabesco musical. Com eles enlaçadas, as palavras da cotidiana experiência linguística de todos se subtraem à banalidade a que as relega o consumo pragmático, e soam como inéditas, recobrando o seu sortilégio, graças ao agenciamento que detém a percepção no seu desenho acústico. Cumpre-se assim a primeira função do poeta: "Aprendi novas palavras / e tornei outras mais belas" ("Canção amiga", NP).

Embora tendo resgatado os seus valores lúdicos, essas palavras do repertório diário coletivo não se depuram da referência aos seres e conceitos que designam. A combinação léxica do texto instaura e mostra a ambiguidade existencial que peculiariza a fala poética: sua tensão discurso figurativo-discurso abstrato.

Sem pôr em risco o seu valor de peça irrepetível, o que se verifica em "Isso é aquilo" não é exclusivo dele, mas coextensivo aos outros poemas de Drummond, em relação aos quais funciona como potente amplificador. Os vocábulos raros e desconhecidos nele vivem *flagrantemente* o modo pelo qual atua toda e qualquer palavra, até mesmo uma rotineira fórmula de cumprimento, quando em estado de poesia — como palavra vista e ouvida pela primeira vez:

> Bom dia: eu dizia à moça
> que de longe me sorria.
> Bom dia: mas da distância
> ela nem me respondia.
>
> "CANÇÃO PARA ÁLBUM DE MOÇA", CE

Por efeito de um arranjo peculiar que as libera da percepção automatizada, as palavras que todo mundo diz se metamorfoseiam em "palavras que ninguém fala".[36] A alquimia poética transforma a moeda corrente da língua em moeda rara.

A ironia romântico-moderna de "Isso é aquilo" se acompanha de uma tácita advertência ao leitor. Antevendo-lhe a sensação de estranheza diante de um vocabulário com tantos termos esdrúxulos, em dialogismo do tipo polêmica oculta antecipada,[37] Drummond lhe dá um "piparote": não somente estas, mas todas as palavras que se encontram em sua obra, deveriam constituir-lhe fonte de prazer lúdico; não apenas *jitanjáfora*[38] mas também *girafa*, não somente *canéfora*, mas também *flor*, deveriam soar-lhe como inéditas.

Além dessa função de caracterizar a poesia como linguagem inocente e verbo primigênio, que devolvem às palavras sua novidade originária, o léxico de "Isso é aquilo", ao estruturar-se como jogo-enigma, aponta para a qualidade hieroglífica da linguagem poética e seu valor de rito de iniciação. Em virtude de todas essas peculiaridades, poesia é "linpin-guapá-gempém" que, embora partindo dos signos linguísticos, conquista a sua autonomia frente à língua como sistema normativo que rege o comércio social da palavra:

> Meu Santo Antônio de Itabira
> ou de Apipucos
> ensina-me um verso
> que seja brando e fale de amanhecer
> [...]
> e converse com a menina
> como se costuma conversar com formigas
> [...]
> esses assuntos importantíssimos
> que não adianta o rei escutar
> porque não entende nossa linpin-guapá-gempém.
>
> "TRÍPTICO DE SÔNIA MARIA DO RECIFE", **VPL**

Entre as tensões que enformam a lírica moderna, ressalta a coexistência entre intelectualismo crítico e resíduos de uma interpretação mítica da linguagem. Na poesia de Drummond, que em geral a aciona em surdina, "Isso é aquilo" se distingue como execução mais ostensiva dessa dissonância. Ao mesmo tempo em que se volta sobre si mesmo em movimento de consciência lúcida dos fatores postos em jogo em sua construção, o poema se proclama como palavra mágica—*ptyx* em que ecoam concepções arcaicas da linguagem.

---

36 "Palavras que ninguém fala" é título de uma crônica de Drummond. *Jornal do Brasil*, Caderno B, Rio de Janeiro, 07.12.1974.

37 Procedimento estudado por Mikhail Bakhtine em *La Poétique de Dostoievski*. Paris: Seuil, 1970, pp.255-267.

38 REYES, Alfonso. "Las jitanjáforas". *In*: *La experiencia literaria*. Buenos Aires: Losada, 1952, pp.156-193. O termo é um neologismo criado por este autor para designar o uso meramente lúdico da linguagem, sem compromisso com a lógica e sem finalidade comunicativa, que "não se dirige à razão, mas sim à sensação e à fantasia" e que se situa "nas fronteiras da ecolalia". No poema de Drummond, *jitanjáfora* é ao mesmo tempo palavra encantatória e palavra técnica, sorrateira metalinguagem em sua alusão, não desprovida de humor, ao peculiar tipo de discurso do poema. Geir Campos registra o termo no seu *Pequeno dicionário de arte poética*.

O MAGO O AMANHECER

Em "Isso é aquilo" Drummond empreende sua mais radical exploração dos campos magnéticos da linguagem, à qual imprime uma impulsão autônoma, desencadeadora de alianças sonoras e enlaces semânticos que se subtraem aos processos lógicos de encadeamento.

Afinado com sua contemporaneidade, nesse como em outros aspectos antecipada pelas proposições de Novalis, "o poeta invoca o acaso",[39] cuja interferência no ato criador reconhecera e problematizara em "Aliança" (**NP**), e que agora amplifica em força condutora da orquestração do material linguístico, que se vai concertando em assonâncias e ressonâncias encantatórias.

O agenciamento da semelhança de conformação fônica e rítmica como fator estruturante de combinações sintagmáticas constitui uma prática recorrente na poesia de Drummond,[40] valendo como sinal, ora mais discreto, ora mais evidente, do aproveitamento das sugestões do acaso para a progressão do discurso.

O procedimento desempenha função polivalente, gerando efeitos múltiplos, que reúnem por vezes valores contraditórios. Quando concretizado em jogos paronomásticos mais acentuados, estes compõem uma fala em que o poeta parece ceder a iniciativa às palavras, "caramujos músicos mágicos" ("Gesto e palavra", **B**), que obedecem ao seu próprio impulso associativo. Em alguns casos, a atualização extrema dos componentes sensíveis do signo minimiza-lhe o conteúdo ideativo e maximiza seu valor lúdico, que pode assumir uma função humorística.

Mais frequentemente, porém, a percepção do fato linguístico em presença — estrato fônico semelhante, estrato semântico diferente — preserva-lhe o ludismo mas confere densidade de significado às palavras em jogo, porque o receptor tem sua atenção orientada para as semelhanças e diferenças entre elas, concentrando-se na significação de cada uma. O jogo fônico funciona portanto como recurso de ênfase semântica. Além desse enriquecimento, decorrência natural do processo, registra-se um outro enriquecimento na significação, em virtude do semantismo ocasional criado pela afinidade de estrutura rítmico-fonológica.

Em todas essas gradações e variantes, que podem coexistir num único grupo sintagmático, detecta-se uma invariante de função e efeito do procedimento: ele atrai a atenção do leitor para a operação combinatória que acasalou *aquelas* palavras segundo um *pattern* peculiar, cunhado nas relações internas do material linguístico, mostrando-se portanto como ato de linguagem.

Em sua dualidade jogo de azar-jogo de inteligência reflexiva, "Isso é aquilo" se propõe como adesão voluntária às evoluções do acaso, que

---

39 NOVALIS. *Op. cit.*, p.199. Ver ainda CAMPOS, Haroldo de. "Drummond, mestre de coisas". *In: Metalinguagem*. Petrópolis: Vozes, 1967, p.42: "O admirável 'Isso é aquilo', poema-dicionário dos acasos da composição, a girar sobre si mesmo num eixo mallarmaico".
40 Cf. GARCIA, Othon Moacyr. *Esfinge clara*. Rio de Janeiro: São José, 1955.

Drummond "alerta, lúdico e receptivo e magnético" acompanha mas dirige, em estado de supraconsciência, integradora das faculdades noturnas e diurnas, reconciliadas na "zona lúcida do sonho" ("Sonho de um sonho", CE).

Quer a trajetória do acaso se desenvolva a partir de uma propulsão intencional, quer a intencionalidade se instale a partir da irrupção do acaso—prioridade dificilmente discernível e sem interesse para a dialética da composição—a dinâmica de "Isso é aquilo" põe em cena, com evidência até então inusitada na obra do poeta, a síntese entre vontade criadora e elaboração fortuita, que o faz definir as palavras como "servas de estranha majestade" ("A Luís Maurício, infante", FA).

"Isso é aquilo" configura-se portanto como metapoética de Drummond, na medida em que põe em jogo-foco as tensões características de sua obra e assume diante da palavra o comportamento mágico-lúdico-lúcido presente na sua poesia como totalidade. Em relação aos demais textos do poeta, "Isso é aquilo" exerce a função de um espelho, que, ao refletir, amplia, deforma e transforma as formas.

A ARGILA O SIGILO

"Isso é aquilo" cria em seu espaço relações equívocas entre as palavras, incitando o leitor à aventura de reconstituir os nexos das equações surpreendentes e estimulando-lhe o seu próprio processo de associação. É ilimitada a plurivalência do texto, que se afigura a um peculiar jogo de enigma, por abrir-se em múltiplas e livres possibilidades de resposta.

O percurso do poema, ainda que a leitura seja empreendida linearmente pelo leitor, não se faz apenas no sentido horizontal, mas se irradia em conexões verticais,[41] diagonais, próximas, remotas, em antinewtoniana gravitação poética multidirecional, em que "rola o milhão de palavras/na extrema velocidade" ("Rola mundo", RP), para desembocar em *ptyx*—metáfora estrutural da trajetória do texto, no qual as palavras vibram e ressoam, como som e signo, em instrumentação polifônica. O efeito de simultaneidade, que as vanguardas contemporâneas condicionam, em princípio, à dispersão dos signos na página, Drummond o obtém com maior economia objetiva de meios, mas que asseguram a "Isso é aquilo" (senão de direito mas de efeito) a condição de texto espacial, apesar de sua superfície oticamente regular—espacialidade instaurada por sua descentrada constelação de relações plurívocas.

No primeiro impacto, o poema parece destoar da fisionomia global da obra do autor. Sem negar-lhe o experimentalismo, nem o valor de peça única dentro do conjunto, a leitura mais detida conclui exatamente

---

41 SANT'ANNA, Affonso Romano de. *Carlos Drummond de Andrade: análise da obra*. Rio de Janeiro: Documentário, 1977, p.230: "Essas oposições horizontais podem ser convertidas num relacionamento verticalizante".

o oposto: ele radicaliza, em operação anti-ilusionista, as normas gerais do seu código poético. A ambiguidade, aqui elevada à mais alta potência, compõe um "sinal" do código, sendo instalada pela tática que "Isso é aquilo" extremiza para desvendar: "a germinação do poema como um todo", "a percepção imediata da estrutura em que os vocábulos podem ser ordenados", o privilegiar as palavras menos enquanto "entidades isoladas" e mais enquanto "rede que as organizará na unidade total do poema",[42] conduzem à elaboração do texto como campo de irradiação entre as palavras, que lhes ampliam os valores significativos.

Na obra de Drummond, que em seu movimento furtar-se-expandir--se configura uma poética da lítotes, pela qual ele se impõe comover e convencer sem desgovernar-se em sentimentalismo e grandiloquência, a plurivocidade funciona como "sinal de menos", que atinge um rendimento expressivo inversamente proporcional aos meios objetivados.

Além desse valor, ela se define como um dos fatores de construção do espaço poético autônomo, por este "sinal" diferenciado do espaço da linguagem pragmática, que tende à univocidade para mais eficazmente preencher sua função comunicativa intrassocial.

Em "Isso é aquilo" a plurivocidade assume ainda um caráter lúdico e, em determinadas equações semelhantes a enigmas sem chave, consubstancia uma atitude irônica em relação aos preconceitos lógicos do leitor, que o levam a querer decifrar por vias racionais o sentido oculto de associações propostas como *non-sense* e absurdos lúdicos — atitude paralela à de intitular "Pequeno mistério policial ou a morte pela gramática" um poema de sintaxe tortuosa e de significação hermética, em ironia com o leitor, mas sobretudo consigo próprio, característica da ambivalência do ironista romântico em relação à própria obra.

IMAGENS DA NOVA DESORDEM: A COINCIDÊNCIA DOS OPOSTOS

Operando a conversão do nível material em nível representativo, "Isso é aquilo" autorreferencia o princípio básico que preside a seu metaforismo. Centralizadora do conteúdo significativo, a estrutura do texto informa que as dez séries de equações poderiam prolongar-se até o esgotamento das possibilidades combinatórias oferecidas pelos dicionários, e que tudo é igualável a tudo. A lei estabelecida pela transfusão metafórica do poema se fundamenta na radical liberdade do espírito de aproximar todas as formas.

Como resultado da combinação do que não costuma ser combinado, emerge de "Isso é aquilo" uma "ordem nova ou nova desordem" ("A Luís Maurício, infante", FA), que responde dialeticamente à satisfação

---

42 CANDIDO, Antonio. "Inquietudes na poesia de Drummond". *In: Vários escritos*. São Paulo: Duas Cidades, 1970, pp. 118-119.

de dois anseios. Um deles visa a conferir à poesia um estatuto ontológico próprio, que a erija como entidade em si mesma válida, independente de sua mensuração realística com o mundo dos objetos. Liberados de quaisquer leis que não as imanentemente determinadas no seu próprio discurso, os poemas de Drummond proclamam tacitamente que nenhum outro metro serve para medi-los senão o pautado nas relações internas do material linguístico, em seus múltiplos níveis. Essa escala de valores, que se vai tecendo intratextualmente pela dinâmica da composição, realiza-lhes o ideal de atingir o grau máximo das purezas do branco que os aproxime do discurso musical, entendendo-se por musicalidade no discurso poético não só os jogos sonoros e rítmicos com a textura física das palavras, mas também "uma vibração dos conteúdos intelectuais da poesia e de suas tensões abstratas, mais fácil de captar para o ouvido interno".[43]

A "nova desordem" instalada no espaço do texto preenche outro anseio, que convive com o anterior como verso e reverso da mesma moeda: contestar a pretensa lógica do real, instituída por preconceitos racionais e por uma percepção sedimentada, rotineiramente imobilizada nos dados imediatos e impermeável à ambiguidade do existente. Questionando a correspondência entre o real oculto e a sua face aparente, ela se afirma como soberania do espírito diante da realidade opressoramente codificada: "imagina o rei com suas angústias, o pobre com seus diademas/[...]/o namorado, com seu espelho mágico" ("A Luís Maurício, infante", FA).

A organização dos blocos de correspondências de "Isso é aquilo" informa, em seguida, que o livre dinamismo do espírito se exerce com mais plenitude quando torna equivalentes realidades remotas, o que implica, via de regra, a fusão de categorias contrárias.

A ordem do texto destrói, em desafio permanente, a ordem constituída pela percepção imediata dos sentidos, pela arrumação lógica do real—que o dispõe em classes analiticamente diferenciadas—e pelo bom senso instaurador de hierarquias entre os objetos. No processo metafórico de "Isso é aquilo" se radicaliza a concepção drummondiana de poesia obliquamente veiculada em "Canto ao homem do povo Charlie Chaplin" (RP): linguagem transgressora da "lógica" e "seus frios privilégios" e criadora de "artes não burguesas".

O poema, "orquídea antieuclidiana" ("Áporo", RP), violenta as relações espaciais, nivelando o terrestre e o celeste (a galáxia a gloxínia); infringe as leis físicas, igualando ao leve o pesado (o chumbo o nelumbo), e equiparando grandezas diferentes (a cárie a intempérie); interpenetra as dimensões de espaço e tempo (o só o sambaqui); aproxima contextos histórico-culturais longínquos (a nênia o nylon); casa o concreto com o

---

43 FRIEDRICH, Hugo. *Estrutura da lírica moderna*. São Paulo: Duas Cidades, 1978, p.215.

abstrato (o arroz o horror); confunde os reinos animal, vegetal e mineral (a víbora o heléboro; o chumbo o nelumbo); instila afinidades entre setores de conhecimento e experiência distantes (a erisipela a elipse; o *know-how* o nocaute); intercomunica o âmbito da natureza e o âmbito da cultura, em suas diversificadas manifestações, sociais, políticas, literárias, científicas, artísticas (o mendigo a mandrágora; a tâmara a Câmara; a flor a canéfora; a girafa a jitanjáfora; o coturno o estorno).

Rebelde a toda hierarquização de palavras e objetos, o texto harmoniza primigênias forças líricas — estrelas, plantas, flores, pássaros — com produtos da tecnologia (a fórmica a fúcsia, o plátano o plástico, o radar o nácar); enlaça ao exótico o trivial e o útil ao gratuito (o colubiazol o gazel); combina o sagrado com o profano (as endoenças os antibióticos) e o tradicionalmente poético com o prosaico (a ave o mocotó).

Ainda que se descodifique "Isso é aquilo" a partir de sua constelação de referências a uma totalidade cultural, a um vasto painel da realidade — mundo sensível, áreas específicas de conhecimento, acervo da tradição e novidades da ciência e tecnologia — Drummond dinamita o painel ao representá-lo no poema, e com os seus fragmentos constrói um *puzzle* suprarreal, que já não pode ser manipulado como transposição figurativa daquela realidade. A imagem gerada pela conversão mútua de referências discordantes impede o trânsito entre o espaço do poema e o espaço do real, e se desenha como elaboração pura do espírito e autossuficiente ato de linguagem. Comprometendo o valor de realidade dos objetos, as metáforas ressaltam a sua condição de metáforas, ou seja, de produto da fantasia criadora e da operação com as palavras, dissolvendo *as impurezas do branco* em favor da dinâmica da composição.

A ironia existente no poema quando encarado em sua intratextualidade reativa-se quando se percebe o seu diálogo com os demais poemas de *Reunião*. Pondo em foco um sinal recorrente na combinatória imagística de Drummond, ele brinca com o efeito surpreendente e mesmo desconcertante provocado por suas associações, em lembrete oculto ao leitor de que o insólito de suas metáforas, se mais ostensivamente nele percebido, constitui uma regra do jogo poético do autor. Lembrete tácito que cumpre a função de recuperar o que escapou a uma leitura mais atenta à informação semântica do que à informação poética, desequilibradamente privilegiadora da função representativa em detrimento da dinâmica da criação. "Isso é aquilo" retifica e orienta a leitura da poesia de Drummond, tornando-a mais consciente dos fatores de elaboração do discurso poético. Nesse sentido desempenha uma das funções do anti-ilusionismo irônico, valorizado por Jean Paul Richter, que diz ao leitor estar menos interessado em dar-lhe um prazer do que em ensiná-lo a ter um.

Apesar de seu efeito de choque, as metáforas de "Isso é aquilo" coincidem com o "sinal" que enforma o permanente jogo imagístico de Drummond. Elas o acionam com potência ambivalente ilusionista-anti-ilusionista, iluminam as outras e desentortam o ouvido torto do leitor (cf. "Explicação", AP).

A estratégia desse jogo, que se desdobrará em táticas diversificadas, incide no deslocamento dos objetos de seu contexto habitual, de forma a promover a convergência de categorias objetiva e/ou culturalmente divergentes. Drummond desordena a costumeira ordenação dos objetos para reordená-los segundo uma ordem mais consonante com o anseio de liberdade do espírito e com sua aspiração "a um mundo mais poético onde o amor reagrupa as formas naturais" ("O elefante", RP) — formas dispersadas e isoladas em categorias disjuntivas pela percepção analítica e formalização lógica do real. Estas, por privilegiarem as diferenças, detalhes e dualidades, não penetram no "mistério em torno de seu núcleo" ("Canto órfico", FA), onde radica a unidade indivisa originária do cosmo.

Criação intrínseca do espírito, as imagens de Drummond constroem para a poesia um espaço de liberdade, onde se canta em rebeldia a um mundo de hábitos e onde convivem todos os opostos. Vai mais longe, no entanto, a sua significação.

Mobilizada pelo pensamento mítico nas cosmogonias que explicam a criação pela fragmentação de um todo indistinto primordial, dramatizada pela Alemanha romântica, que fez da unidade a categoria básica de seu *organon* cultural, jogada pelo surrealismo com o alvo de descobrir no espírito o lugar em que todos os possíveis convivam sem se excluírem e acionada por Drummond como elemento fundador e dinamizador das imagens de "Isso é aquilo", a *coincidentia oppositorum* revela a nostalgia de um paraíso perdido, a nostalgia de um estado paradoxal em que os contrários coexistem e onde a multiplicidade compõe os aspectos de uma misteriosa unidade.[44]

nostalgia e utopia do verso universo

O ORFEU DIVIDIDO

A fragmentação da consciência, dilacerada em dicotomias, a "catástrofe esquizoide"[45] provocada pela ruptura da integração original do homem no mundo, a nostalgia da unidade perdida e o anseio de recuperá-la são dados constitutivos da literatura ocidental contemporânea. Com maior ou menor assiduidade, frequentam a poesia do século XX; a individuação

---

44 ELIADE, Mircea. *Mefistófeles y el andrógino*. Madri: Guadarrama, 1969, pp. 155-156.
45 ROSENFELD, Anatol. *Op. cit.*, p. 86.

dos poetas depende, portanto, menos da simples presença desses dados e mais do grau com que se manifestam e, sobretudo, da feição própria que assumem em cada um.

Na obra de Carlos Drummond de Andrade eles adquirem especial relevância, por se configurarem como uma de suas obsessões, por apresentarem múltiplas faces e por atingirem acentos de particular dramaticidade. Se nem sempre afloram à superfície do texto e nem sempre, portanto, explicitam-se como tema ou motivo do discurso poético, compõem no entanto o substrato de sua poesia e se deixam perceber como fatores que desencadeiam vários dos dilemas e inquietações que a problematizam.

A dissociação da consciência ganha modulações diversas na poesia de Drummond. Dois poemas, porém, destacam-se pela radical polaridade entre si quanto ao tratamento do tema e quanto aos padrões discursivos em que ele se desenvolve, ilustrando o gosto do poeta por oposições extremas. "Cerâmica" (**LC**), breve texto à maneira de notação, concretiza a tendência drummondiana de, em fala simples e acessível, propor uma reflexão existencial a partir de objetos e situações do dia a dia da realidade imediata: "Os cacos da vida, colados,/formam uma estranha xícara. //Sem uso,/ela nos espia do aparador."

"Canto órfico" (**FA**) empreende uma vasta e complexa meditação, em registro nobre e solene, sobre a condição do poeta no mundo contemporâneo:

> A dança já não soa,
> a música deixou de ser palavra,
> o cântico se alongou do movimento.
> Orfeu, dividido, anda à procura
> dessa unidade áurea, que perdemos.

Ao longo do poema, o polissêmico termo "dividido" vai-se desdobrando em nuanças várias de significação. No contexto dessa primeira estrofe, alude inicialmente à separação das três artes—poesia, música, dança—que originariamente integravam-se num todo. Essa experiência histórica e cultural de fragmentação, evocada em tonalidade elegíaca na abertura do poema, repercutiu como perda e trauma na consciência e sensibilidade da poesia moderna. Tais conotações parecem vigorar mesmo quando a separação é referida em prosa ensaística, como nas seguintes considerações de Octavio Paz sobre o estatuto do leitor e do poeta na sociedade moderna:

> [...] a poesia, em vez de ser algo que se diz e se ouve, converteu-se em algo que se escreve e se lê [...] a poesia entra pelos olhos, não pelos ouvidos. E além do mais lemos para nós mesmos, em silêncio. Passagem do ato púbico para o privado: a experiência se torna solitária.[46]

---

46 PAZ, Octavio. *O arco e a lira*. Rio de Janeiro: Nova Fronteira, 1982, p.340.

Em sua acepção literal, mas investida de conteúdo simbólico, "dividido" remete ao despedaçamento de Orfeu pelas bacantes, mencionado nos versos:

> Orfeu, reúne-te! chama teus dispersos
> e comovidos membros naturais,
> e límpido reinaugura
> o ritmo suficiente [...]

No contexto global do poema, "dividido" metaforiza a distância que separa o homem e o poeta modernos da natureza e do cosmo, nos quais não mais se sentem integrados, o que os torna "estrangeiros mais que estranhos" (v. 24). O termo aponta ainda para a cisão da consciência moderna, incapaz de conciliar as oposições em que se debate, e para o sentimento de exclusão e de marginalização do poeta na cultura contemporânea (cf. "Legado", **CE**: "Esses monstros atuais, não os cativa Orfeu, /a vagar, taciturno, entre o talvez e o se").

Em sua "agonia moderna", o Orfeu presente invoca o Orfeu mítico e sua "prístina ciência" da unidade cósmica, latente nos contrários aparentes do real:

> Orfeu, dá-nos teu número
> de ouro, entre aparências
> que vão do vão granito à linfa irônica.

O Orfeu moderno dividido aspira à recuperação da totalidade indiferenciada pré-cosmogônica, plenitude que contém todas as virtualidades, "oceanos de nada" ("Eterno", **FA**) prestes a criar todos os possíveis diferenciados; estes, ao se realizarem como formas heterogêneas, compreendem uma homogeneidade virtual, em função de uma origem comum no mesmo núcleo.

Inapreensível no plano do real pela consciência moderna fragmentada em dicotomias, essa unidade é resgatada simbolicamente pela palavra mágica da poesia, rito de reintegração no todo primordial:

> Integra-nos, Orfeu, noutra mais densa
> atmosfera do verso antes do canto,
> do verso universo, latejante
> no primeiro silêncio,
> promessa de homem, contorno ainda improvável
> de deuses a nascer, clara suspeita
> de luz no céu sem pássaros,
> [...]
> Orfeu, que te chamamos, baixa ao tempo
> e escuta:
> só de ousar-se teu nome, já respira
> a rosa trismegista, aberta ao mundo.

A cisão da consciência e suas várias implicações se situam no cerne da teoria da ironia romântica. No movimento de pensar-se a si mesmo em confronto com a Antiguidade, o século XVIII alemão aponta como signo do homem moderno a consciência de sua separação ontológica e sua decorrente dilaceração interior, desconhecidas da consciência grega integrada no universo, propensa à harmonia e infensa à contradição, por sua "ingenuidade" das dissonâncias entre o Eu e o não Eu, e da dicotomia entre o mundo sensível e o espiritual.

Dessa antinomia nuclear entre consciência íntegra e consciência dividida se irradiam outras oposições. August Wilhelm Schlegel identifica a poesia antiga com a da posse e do presente, enquanto a moderna, continuamente movendo-se entre recordação e pressentimento, tinge-se de saudade e anseio.[47] Aos românticos conscientes de sua cisão interna torna-se inacessível o ideal de harmonia natural que atribuíam aos gregos, a cujo "instinto genial do paraíso" contrapõem o seu sentimento de queda e ruptura, sinais de uma crise que inicia uma nova fase na história da cultura ocidental. A sua poesia se centra na nostalgia da integridade e inocência perdidas e na aspiração a recobrá-las pela reconciliação dos dois mundos em que se sentem polarizados.

A crise da modernidade diagnosticada pelo Romantismo alemão se reafirmaria e se aguçaria na literatura posterior, que dele recebeu como legado a consciência da fragmentação, gradativamente intensificada por um contexto ideológico alimentador de conflitos, e dele perdeu a visão místico-religiosa da natureza e do real. Essa dinâmica ganho-perda estrutura a lírica contemporânea como "romantismo desromantizado".[48]

Na poesia de Drummond, o anseio de regressão à totalidade indistinta e indivisa precedente à criação e à contradição expressa-se ainda, em outra clave semântico-estilística, em "Canto negro" (CE) e sua nostalgia da inocência e liberdade partidas pela diferenciação do real em categorias opostas. E a "Idade madura" (RP) implica a gaia ciência de que uma forma de vida só se realiza com plenitude quando se assume como existência virtual de todas as outras e pressupõe a recomposição da consciência íntegra, unificadora dos contrários e propiciadora da fusão com a totalidade:

Lúcido cavalo
com substância de anjo
circula através de mim.
Sou varado pela noite, atravesso os lagos frios,
absorvo epopeia e carne,
bebo tudo,
desfaço tudo,
torno a criar, a esquecer-me:
durmo agora, recomeço ontem.

---

47 SCHLEGEL, August Wilhelm. *Cours de littérature dramatique*. Paris: J.J. Paschoud, 1814, pp. 28-30.

48 FRIEDRICH, Hugo. *Op. cit.*, p. 86.

"Canto esponjoso" (**NP**) supera a "imporosidade" do Orfeu moderno pela experiência do sentimento "oceânico", expressão cunhada por Freud para classificar a redução da multiplicidade em unidade característica da vivência religiosa, na qual o místico tem a sensação de formarem, ele e o universo, um só ser. O sentimento oceânico, que Anton Ehrenzweig[49] não considera privativo da experiência religiosa, mas extensível à experiência criadora, dissolve os limites da individualidade, a qual, liberada da consciência da separação, absorve o todo em que imerge:

> Umidade de areia adere ao pé.
> Engulo o mar, que me engole.
> [...]
> Bela
> a passagem do corpo, sua fusão
> no corpo geral do mundo.
>
> Vontade de cantar. Mas tão absoluta
> que me calo, repleto.

A CONSTELAÇÃO DE ESPAÇOS LIVRES

A integração na unidade, se vivida apenas simbolicamente pelo homem e sua consciência cindida e somente em momentos excepcionais, constitui, no imaginário de Drummond, a rotina da criança, inocente ainda da queda na diferenciação:

> [...] Medita, por exemplo, as ervas,
> enquanto és pequeno e teu instinto, solerte, festivamente se aventura
> até o âmago das coisas [...]. E imagina ser pensado
> pela erva que pensas. Imagina um elo, uma afeição surda, um passado
> articulando os bichos e suas visões, o mundo e seus problemas;
> [...]
> "A LUÍS MAURÍCIO, INFANTE", **FA**

O texto drummondiano, em processo de elaboração imanente de significação, gera a homologia entre o tempo pré-cosmogônico e o tempo da infância, ambos representando o *in illo tempore* primordial, anterior à ruptura da unidade e à dissociação da consciência. A nostalgia da unidade perdida propõe a criação de uma linguagem ritualística (cf. "linpin-guapá-gempém" — "Tríptico de Sônia Maria do Recife", **VPL**), que empreenda a recuperação simbólica da indivisão originária,

---

275   **49** EHRENZWEIG, Anton. *A ordem oculta da arte*. Rio de Janeiro: Zahar, 1969.

inacessível ao homem no espaço social profano por seu afastamento da natureza e repressão pela cultura, que o condiciona a dicotomizar o real em oposições irreconciliáveis.

O anseio de redescobrir um nexo entre as coisas díspares do "mundo desintegrado" e de assim resgatar simbolicamente a unidade perdida não ocorre na poesia de Drummond apenas como tema do qual ela fala; ele se entranha na sua práxis poética e se entremostra no que ela faz, deixando-se perceber na própria escolha dos signos que o concretizam. O empenho de restauração simbólica da consciência fragmentada, por exemplo, é representado por signos-emblemas que a razão comum consideraria dissonantes entre si: a prosaica "xícara" de "cacos" [...] "colados"; o Orfeu mítico, de prestígio e aura na tradição; o vagabundo Carlitos, detentor de surpreendente unidade em "Canto ao homem do povo Charlie Chaplin" (**RP**), o precário *elefante* em que se disfarça o poeta. Assim, mais do que falar sobre a fusão do heterogêneo e sobre a síntese dos contrários, Drummond realiza na poesia um rito de reunificação.

O poema-*elefante* se constrói como apelo de reintegração na natureza e na infância a um "mundo enfastiado/que já não crê nos bichos/e duvida das coisas". Se a criança se adentra "até o âmago das coisas", se Orfeu decifra "o mistério/em torno de seu núcleo", o poeta-*elefante* penetra no cerne oculto da totalidade cósmica ("no mais profundo oceano/sob a raiz das árvores/ou no seio das conchas") em busca de apreender-lhe os "segredos", inexplicados pela cultura de base racionalista e só desvendados pelo retorno ao diálogo com "o vento, as folhas, a formiga".

O discurso do *elefante* drummondiano é portador, em sua coexistência de contrários, da mesma "unidade estranha" do personagem chapliniano; e o atributo que a este conferirá Drummond em "A Carlito" (**LC**) — "errante poeta desengonçado" — pulsa latente na caracterização do elefante:

> Ei-lo, massa imponente
> e frágil, que se abana
> [...]
> mas não o querem ver
> nem mesmo para rir
> da cauda que ameaça
> deixá-lo ir sozinho.
> É todo graça, embora
> as pernas não ajudem
> e seu ventre balofo
> se arrisque a desabar
> ao mais leve empurrão.
> Mostra com elegância
> sua mínima vida,
> [...]
> o passo desastrado
> mas faminto e tocante.
>
> "O ELEFANTE", **RP**

Ultrapassando a experiência da dualidade unívoca do isso *ou* aquilo das categorias lógicas redutoras do movimento do espírito, e recobrando o estado de liberdade e paradoxo que articula os opostos como aspectos complementares de uma realidade única — "Isso *é* aquilo" — as configurações do espaço poético se assemelham, no imaginário do autor, às configurações do espaço onírico:

Sonhei que os entes cativos
dessa livre disciplina
plenamente floresciam
permutando no universo
uma dileta substância
e um desejo apaziguado
de ser um com ser milhares,
[...]

"SONHO DE UM SONHO", **CE**

(Na intertextualidade de *Reunião* "Isso é aquilo" realiza, no nível da estruturação do discurso, o "Sonho de um sonho".)

Lugar de concentração da *coincidentia oppositorum*, "Isso é aquilo" se situa no Texto de Drummond como restauração poética mais radical da unidade indistinta originária. Litania de fórmulas mágicas, o poema opera a contínua metamorfose dos objetos, volatizando-lhes as diferenças manifestas para desvelar-lhes o incessante vir-a-ser de possíveis. O Orfeu moderno preenche o vazio da nostalgia do todo primordial — este é recobrado no "verso universo" abrangedor de contrários, dinamizados em infinita progressão para a síntese totalizadora. O mago manipula o sem-limite das contradições e recupera simbolicamente a infinita plenitude do caos, na sua mais audaciosa, complexa e completa demonstração da ironia romântica:

[...] uma síntese absoluta de antíteses absolutas, a incessante e autocriadora alternância de dois pensamentos contraditórios. [...] A ironia é a clara consciência da eterna agilidade, da infinita plenitude do Caos.[50]

Um dos modelos da *coincidentia oppositorum* de "Isso é aquilo" consiste na fusão das categorias sensível-espiritual e natureza-cultura. Constituindo um "sinal" privilegiado do espaço poético de Drummond, essa fusão configura igualmente o espaço da infância ("Casa" e "Litania da horta", **B**), funcionando como signo de consciência "ingênua" da ruptura da unidade.

Em processo de elaboração de significações tecido no interior de seu próprio sistema, a poesia de Drummond articula a série paradigmá-

---

50 SCHLEGEL, Friedrich. "Fragments". *In*: GUERNE, Armel. (org.). *Les Romantiques allemands*. Paris: Desclée de Brouwer, 1956.

tica: espaço poético-espaço caótico-espaço onírico-espaço da infância. O elemento fundador da homologia se extrai das relações imanentes ao discurso—todos se definem como espaços de liberdade, abertos aos contrários, e nos quais se desconhece ou se transcende simbolicamente a experiência da dualidade.

A esses espaços de unidade e abertura, o Texto drummondiano contrapõe a estreiteza e fragmentação da realidade histórica presente (cf. "estreito rio", "mundo pulverizado", "coração pulverizado", "homens partidos" e "interditos", "gente cortada").

O movimento de recuperação da "unidade áurea" se processa em duas direções, o retorno às origens e a projeção para o futuro—nostalgia e utopia, que Hegel interpretava como raiz da ironia romântica. A série paradigmática criada pelo discurso de Drummond se amplia com o espaço utópico, que com ela se articula pelo "sublime arrolamento de contrários/enlaçados por fim" ("Contemplação no banco", CE).

O espaço interdito do real é reaberto pela poesia, linguagem de magia lúcida, que resgata a infância ancestral e constrói a idade áurea de reintegração da multiplicidade na unidade—aspiração maior da ironia romântico-moderna de Drummond:

Nos áureos tempos
que dormem no chão,
prestes a acordar,
tento descobrir
caminhos de longe,
os rios primeiros
e certa confiança
e extrema poesia.
[...]
Nos áureos tempos
devolve-se a infância
a troco de nada
e o espaço reaberto
deixará passar
os menores homens,
as coisas mais frágeis,
uma agulha, a viagem,
a tinta da boca,
deixará passar
o óleo das coisas,
deixará passar
a relva dos sábados,
deixará passar
minha namorada,
deixará passar
o cão paralítico,
deixará passar
o círculo da água
refletindo o rosto...
Deixará passar
a matéria fosca,
mesmo assim prendendo-a
nos áureos tempos.

"NOS ÁUREOS TEMPOS", **RP**

ESTADO DE MINAS GERAES
(BRASIL)
SERVIÇO DE INVESTIGAÇÕES
(SECÇÃO DE IDENTIFICAÇÃO)

Bello Horizonte, 14 de agosto de 1929

Registro n. 30606 Civil   Carteira eleitoral n. 10528

Nome Carlos Drummond de Andrade

Idade 26 annos, nascido a 31 de outubro de 1902

Estado Civil casado filho de Carlos de Paula Andrade e de Julieta Augusta Drummond de Andrade natural de Itabira residente em Bello Horizonte com a profissão de jornalista

NOTAS CHROMATICAS
Cutis branca
Cabellos cast° escur°
Barba nsa fazer
Bigodes nsa fazer
Olhos esverdeados

CICATRIZES E MARCAS PARTICULARES

Só é valido o retrato que tiver o sinete da secção em relevo

Photographia tirada em 14 de agosto de 1929

SÓ VALE PARA FINS ELEITORAES

(Modelo n. 2)

sobre os ensaios

1 "posse da palavra—uma iniciação à poesia de drummond". Versão revista do estudo "Apresentação de Drummond", publicado em *Literatura para o vestibular unificado*. Rio de Janeiro: Record, 1973, pp. 79-104.

2 "poética da pedra". Publicado originariamente sob o título "Carlos Drummond de Andrade: une poétique de la pierre". *Europe*, Paris, n. 640-641, ago.-set. 1982, pp. 47-59.

3 "reinvenção de *topoi* modernistas". Um extenso recorte deste ensaio constituiu a conferência de abertura do Congresso do Centenário de Drummond, realizado na Universidade Federal do Rio de Janeiro, em 2002.

4 "a inteligência trágica do universo". Versão revista da dissertação de mestrado em letras, apresentada à Faculdade de Letras da UFRJ em fevereiro de 1974. Essa dissertação, intitulada *Tragédia e ironia em "Os bens e o sangue"*, constitui por sua vez vasto desenvolvimento de um estudo de mesmo título, publicado em *Littera*, Rio de Janeiro, n. 6, set.-dez. 1972, pp. 67-77.

5 "amor-humor". Ensaio inédito, pensado e escrito especialmente para o presente livro.

6 "poesia e política—construção de 'nosso tempo'". Publicado originariamente sob o título "Como Drummond constrói 'Nosso tempo'", na revista *Alea Estudos Neolatinos*, Rio de Janeiro: 7 Letras, v. 11, n. 1, jan.-jun. 2009.

7 "magia lúcida". Versão revista de "Drummond: a magia lúcida". Tese de livre-docência apresentada ao Instituto de Letras da Universidade Federal Fluminense (UFF), defendida em março de 1976. Um capítulo da tese, intitulado "O espaço livre da poesia", foi publicado sob o título "Carlos Drummond de Andrade: o espaço livre da poesia" em *Letterature d'America*, Roma: Bulzoni, ano III, n. 13, verão 1982.

Os ensaios 1, 2, 4 e 7 foram reunidos em *Drummond: a magia lúcida* (Rio de Janeiro: Jorge Zahar, 2002); os ensaios 3 e 6 foram publicados em *Poesia de dois Andrades* (Rio de Janeiro: Azougue, 2010).

índice dos poemas citados

A CARLITO (**LC**), 77, 276

A GOELDI (**VPL**), 37

A LUÍS MAURÍCIO, INFANTE (**FA**), 25, 181, 267-269

A UM HOTEL EM DEMOLIÇÃO (**VPL**), 37, 81, 83, 175N

A UM MORTO, NA ÍNDIA (**VPL**), 105, 143

A UM VARÃO QUE ACABA DE NASCER (**CE**), 130, 133

ACONTECIMENTO (**B**), 195N

ALIANÇA (**NP**), 55, 192, 199N, 240-242, 244, 248, 250, 262, 266

AMAR-AMARO (**LC**), 31, 103N, 161, 163-165, 167, 181, 196

AMÉRICA (**RP**), 54, 240, 244

AMOR BATE NA AORTA, O (**BA**), 68, 163, 165-167, 196, 244

AMOR, SINAL ESTRANHO (**EPL**), 177, 210

ANIMAIS DO PRESÉPIO, OS (**CE**), 195N

ANÚNCIO DA ROSA (**RP**), 25

ÁPORO (**RP**), 30, 269

ARCO, O (**NP**), 158

ASPIRAÇÃO (**CE**)

ASSALTO (**RP**)

AURORA (**BA**), 165

BAHIA (**AP**), 65

BALADA DO AMOR ATRAVÉS DAS IDADES (**AP**), 69, 185-187, 210N, 238

BANHO DE BACIA (**MA**), 134-135

BEIJO, O (**MA**), 106

BENS E O SANGUE, OS (**CE**), 13, 38, 55, 81, 88, 103-106, 111, 113-118, 120-123, 128-130, 132-139, 141, 143-149, 174, 248, 281

BOI VÊ OS HOMENS, UM (**CE**), 127

BOI, O (**J**), 245

BOTA (**MA**), 123

BRASÃO (**B**), 135, 138

BRINDE NO BANQUETE DAS MUSAS (**FA**), 245N, 251

BRINDE NO JUÍZO FINAL (**SM**), 23

CABARÉ MINEIRO (**AP**), 210N

CANÇÃO AMIGA (**NP**), 25-26, 241, 262, 264

CANÇÃO PARA ÁLBUM DE MOÇA (**CE**), 181, 264

CANÇÃO PARA NINAR MULHER (**BA**), 190- 191

CANTIGA DE ENGANAR (**CE**), 210N, 251-252, 254-256

CANTO AO HOMEM DO POVO CHARLIE CHAPLIN (**RP**), 27, 46, 50, 70-71, 74-75, 77, 161, 167, 202-203, 231, 269, 276

CANTO ESPONJOSO (**RP**), 275

CANTO NEGRO (**CE**), 274

CANTO ÓRFICO (**FA**), 23, 29, 126-127, 271-272

CARTA A STALINGRADO (**RP**), 50, 88

CASA (**B**), 277

CERÂMICA (**LC**), 272

CIDADE PREVISTA (**RP**), 91, 128, 222

CIDADEZINHA QUALQUER (**AP**), 69N, 185, 210N,

CISMA (**B**), 138-139

COM O RUSSO EM BERLIM (**RP**), 50

COMBATE (**C**), 161

COMEMORAÇÃO (**MA**), 148

COMO UM PRESENTE (**RP**), 31, 106, 122, 133

COMUNHÃO (**B**), 140

CONCLUSÃO (**FA**), 25, 241, 243, 250

CONFIDÊNCIA DO ITABIRANO (**SM**), 31, 38, 42

CONSIDERAÇÃO DO POEMA (**RP**), 25, 33, 49-50, 52, 57, 200, 238, 243, 249

CONSOLO NA PRAIA (**RP**), 40, 158, 161, 168, 177

CONTEMPLAÇÃO NO BANCO (**CE**), 263, 278

CONVITE TRISTE (**BA**), 200-201, 214

CORAÇÃO NUMEROSO (**AP**), 210N

CORRENTE, A (**PM**), 145

DESAPARECIMENTO DE LUÍSA PORTO (**NP**), 88-89, 91-93, 155

DESDOBRAMENTO DE ADALGISA (**BA**), 41, 71, 97, 168-169, 174-175, 177, 181, 195, 210N

DESFILE (**RP**), 263

DISSOLUÇÃO (**CE**), 214

DOIS VIGÁRIOS, OS (**LC**), 67, 147

EDIFÍCIO ESPLENDOR (**J**), 82

ELEFANTE, O (**RP**), 271, 276

ELEGIA (**FA**), 81-82, 116, 148, 251

ELEGIA 1938 (**SM**), 76

EM FACE DOS ÚLTIMOS ACONTECIMENTOS
(**BA**), 199-200, 210N

ENCONTRO (**CE**), 123

ENTRE O SER E AS COISAS (**CE**), 213-214

EPIGRAMA DE EMILIO MOURA (**SM**), 210N

ESCADA (**FA**), 32

ESPECULAÇÕES EM TORNO DA PALAVRA
HOMEM (**VPL**), 129-130, 147, 252

ESPERTEZA (**AP**), 210N

ESSAS COISAS (**IB**), 203

ESTRAMBOTE MELANCÓLICO (**FA**), 237

ETERNO (**FA**), 101, 149, 273

EUROPA, FRANÇA E BAHIA (**AP**), 62-64

EVOCAÇÃO MARIANA (**CE**), 42

EXPLICAÇÃO (**AP**), 52, 62, 64, 85, 174N, 211N,
249, 271

FLOR E A NÁUSEA, A (**RP**), 24, 29-30, 35, 51-52,
67, 88, 95, 97, 99

FRAGILIDADE (**RP**), 245N, 250

FUGA (**AP**), 62-63, 197

GESTO E PALAVRA (**B**), 266

GLAURA REVIVIDA (**F**), 244

GRANDE FILME, O (**EPL**), 187

HABILITAÇÃO PARA A NOITE (**FA**), 81

HOMEM E SEU CARNAVAL, UM (**BA**), 41, 175, 177

HORA E MAIS OUTRA, UMA (**RP**), 127

IDADE MADURA (**RP**), 24, 153-157, 160, 169, 181,
215-217, 274

IMPRENSA (**MA**), 87

INDECISÃO DO MÉIER (**SM**), 41, 71, 169-171, 177

INFÂNCIA (**AP**), 185

INGAIA CIÊNCIA, A (**AP**), 215-217

INICIAÇÃO AMOROSA (**AP**), 210N

INTERPRETAÇÃO DE DEZEMBRO (**RP**), 195N

ISSO É AQUILO (**LC**), 14-15, 161, 248, 256, 259-261,
263-271, 277

JARDIM DA PRAÇA DA LIBERDADE (**AP**), 62

LANTERNA MÁGICA (**AP**), 62, 65-66, 210N

LEGADO (**CE**), 23, 45-47, 85, 153, 181N, 200N,
249, 273

LITANIA DA HORTA (**B**), 277

LUTADOR, O (**J**), 14, 21, 26, 241-242, 247-248

MÃO, A (**LC**), 256

MÃOS DADAS (**SM**), 25, 52, 131, 262

MÁQUINA DO MUNDO, A (**CE**), 232

MÁRIO DE ANDRADE DESCE AOS INFERNOS (**RP**),
56, 87-88

MAS VIVEREMOS (**RP**), 37

MATAR (**MA**), 147-149

MEDO, O (**RP**), 34, 50, 52

MEMÓRIA (**CE**), 52

MESA, A (**CE**), 31-32, 54, 121, 130, 140, 240, 263

MINERAÇÃO DO OUTRO (**LC**), 29, 213

MITO, O (**RP**), 41, 69, 206

MOÇA E SOLDADO (**AP**), 188-190, 199, 210N

MORTE DAS CASAS DE OURO PRETO (**CE**), 42

MORTE DO LEITEIRO (**RP**), 88-91, 93

MORTE NO AVIÃO (**RP**), 57, 80-84

MUNDO GRANDE (**SM**), 53, 126, 241

MUSEU DA INCONFIDÊNCIA (**CE**), 64

NÃO SE MATE (**BA**), 191, 200-201, 210N

NECROLÓGIO DOS DESILUDIDOS DO AMOR (**BA**),
89, 204-208

NO MEIO DO CAMINHO (**AP**), 12, 45-46

NOITE NA REPARTIÇÃO (**RP**), 245

NOS ÁUREOS TEMPOS (**RP**), 34, 203, 279

NOSSO TEMPO (**RP**), 13-14, 23, 53, 74-75, 88, 219,
221-222, 224-226, 231-232, 244, 281

NOTA SOCIAL (**AP**), 23

NUDEZ (**VPL**), 41, 138, 148, 255

O QUE FIZERAM DO NATAL (**AP**), 195N,

OCEANIA (**BA**), 183-184, 210N

ODE NO CINQUENTENÁRIO DO POETA
BRASILEIRO (**SM**), 51, 85

OFICINA IRRITADA (**CE**), 46, 85, 241

ONTEM (**RP**), 132

OPACO (**CE**), 125

OPERÁRIO NO MAR, O (**SM**), 52

ORIGEM (**LC**), 25

PACTO (**VPL**), 34, 47

PADRE, A MOÇA, O (**LC**), 29, 93

PALAVRAS NO MAR (**J**), 264

PASSAGEM DO ANO (**RP**), 35

PASSARINHO DELA, O (**BA**), 192, 193N, 195

PEQUENO MISTÉRIO POLICIAL OU A MORTE
PELA GRAMÁTICA (**NP**), 244, 268

PERGUNTAS (**CE**), 122

PERGUNTAS EM FORMA DE
CAVALO-MARINHO (**CE**), 55, 126

POEMA DA BAHIA QUE NÃO FOI
ESCRITO, O (**ASAA**), 65N

POEMA DE SETE FACES (**AP**), 39, 95-97, 116, 124,
126, 170-173, 177, 189, 210N

POEMA DO JORNAL (**AP**), 87

POEMA-ORELHA (**VPL**), 104, 149, 164, 191, 196,
223, 249

PRANTO GERAL DOS ÍNDIOS (**VPL**), 35, 37

PRECE DE MINEIRO NO RIO (**PL**), 181N, 216, 252

PRIMEIRO JORNAL (**MA**), 87

PROCURA (**VPL**), 254

PROCURA DA POESIA (**RP**), 25-26, 47, 49-50, 87,
200, 238-239, 242-243, 250, 260-261

PROCURADOR DO AMOR, O (**BA**), 62, 79, 195,
197-200, 208N, 245

QUARTO EM DESORDEM, O (**FA**), 212-214

QUARTO ESCURO (**MA**), 125

QUERO ME CASAR (**AP**), 195, 209

RAIZ (**MA**), 144

REI MENINO, O (**F**), 195N

RELÓGIO DO ROSÁRIO (**CE**), 24, 31, 128

REMISSÃO (**CE**), 241, 262

RIO DE JANEIRO (**AP**), 190, 210N

ROLA MUNDO (**RP**), 251, 267

ROMANCES IMPOSSÍVEIS, OS (**VB**), 182

ROMARIA (**AP**), 62, 66

RUA DA MADRUGADA (**RP**), 36

SABARÁ (**AP**), 36, 66, 70, 132

SANTA, A (**LC**), 147

SÃO FRANCISCO DE ASSIS (**CE**), 42, 116N

SEGREDO (**BA**), 85, 122, 241

SEGUNDO, QUE ME VIGIA, O (**F**), 244

SENTIMENTAL (**AP**), 70-71, 201-203

SENTIMENTO DO MUNDO (**SM**), 37

SIGNO (**B**), 135-136

SOBREVIVENTE, O (**AP**), 23, 246-248

SOMBRA DAS MOÇAS EM FLOR (**BA**), 41, 177-178,
180-181, 184, 190, 195, 210N

SONETILHO DO FALSO FERNANDO
PESSOA (**CE**), 244

SONETOS DO PÁSSARO (**VPL**), 195N

SONHO DE UM SONHO (**CE**), 252, 267, 277

SUPOSTA EXISTÊNCIA, A (**PM**), 253

SWEET HOME (**AP**), 41, 184-185

TAMBÉM JÁ FUI BRASILEIRO (**SM**), 61-62

TARDE DE MAIO (**CE**), 35, 226

TELA CONTEMPLADA, A (**CE**), 242

TELEGRAMA DE MOSCOU (**RP**), 50

TOADA DO AMOR (**AP**), 210N

TRÍPTICO DE SÔNIA MARIA DO RECIFE (**VPL**),
163, 265, 275

TRISTEZA NO CÉU (**J**), 67, 147

ÚLTIMOS DIAS, OS (**RP**), 82, 128, 132, 143

VERBO SER (**MA**), 148

VERSOS À BOCA DA NOITE (**RP**), 77N,
104N, 156N, 169, 262

VI NASCER UM DEUS (**LC**), 193

VIAGEM NA FAMÍLIA (**J**), 121

VISÃO 1944 (**RP**), 50

bibliografia

1 obras de drummond

POESIA

Alguma poesia. Belo Horizonte: Pindorama, 1930 (São Paulo: Companhia das Letras, 2013).

Brejo das almas. Belo Horizonte: Os Amigos do Livro, 1934 (São Paulo: Companhia das Letras, 2013).

Sentimento do mundo. Rio de Janeiro: Pongetti, 1940 (São Paulo: Companhia das Letras, 2012).

José. Originalmente nas coletâneas *Poesias* e *José & outros* (São Paulo: Companhia das Letras, 2012).

A rosa do povo. Rio de Janeiro: José Olympio, 1945 (São Paulo: Companhia das Letras, 2012).

Novos poemas. Originalmente nas coletâneas *Poesia até agora* e *José & outros* (Rio de Janeiro: Record, 2001, 7ª ed.).

A mesa. Niterói, Hipocampo, 1951 (Incluído em *Claro enigma*).

Claro enigma. Rio de Janeiro: José Olympio, 1951 (São Paulo: Companhia das Letras, 2012).

Viola de bolso. Rio de Janeiro: Serviço de Documentação do MEC, 1952 (2ª ed.: *Viola de bolso novamente encordoada*. Rio de Janeiro: José Olympio, 1955).

Soneto da buquinagem. Rio de Janeiro: Philobiblion (Incluído em *Viola de bolso novamente encordoada*).

Ciclo. Recife: O Gráfico Amador, 1957 (Incluído em *A vida passada a limpo*).

A vida passada a limpo. Originalmente nas coletâneas *Poemas* e *José & outros* (São Paulo: Companhia das Letras, 2013).

Lição de coisas. Rio de Janeiro: José Olympio, 1962. (São Paulo: Companhia das Letras, 2012).

Viola de bolso II. Originalmente em *Obra completa*.

Versiprosa (crônicas em verso). Rio de Janeiro: José Olympio, 1967.

José & outros. Rio de Janeiro: José Olympio, 1967.

Boitempo & A falta que ama. Rio de Janeiro: Sabiá, 1968 (*A falta que ama*. São Paulo: Companhia das Letras, 2015).

Nudez. Recife: Escola de Belas-Artes, 1968.

As impurezas do branco. Rio de Janeiro: José Olympio, 1973 (São Paulo: Companhia das Letras, 2012).

Menino antigo (*Boitempo* II). Rio de Janeiro/Brasília, José Olympio/INL, 1973 (Rio de Janeiro: Record, 1998, 4ª ed.).

Discurso de primavera e algumas sombras. Rio de Janeiro: Record, 1977 (São Paulo: Companhia das Letras, 2014).

O marginal Clorindo Gato. Rio de Janeiro: Avenir (Incluído em *A paixão medida*).

Esquecer para lembrar (*Boitempo* III). Rio de Janeiro: José Olympio, 1979.

A paixão medida. Rio de Janeiro: José Olympio, 1980 (São Paulo: Companhia das Letras, 2014).

O elefante. Rio de Janeiro: Record, 1983.

Corpo. Rio de Janeiro: Record, 1984 (São Paulo: Companhia das Letras, 2015).

Amar se aprende amando. Rio de Janeiro: Record, 1985 (24ª ed.: 2001).

Poesia errante: derrames líricos, e outros nem tanto ou nada. Rio de Janeiro: Record, 1988 (7ª ed.: 1996).

O amor natural. Rio de Janeiro: Record, 1992 (São Paulo: Companhia das Letras, 2014).

Farewell. Rio de Janeiro: Record, 1996 (8ª ed.: 2002).

EDIÇÕES DE POESIA REUNIDA

Poesias. Rio de Janeiro: José Olympio, 1942.

Poesia até agora. Rio de Janeiro: José Olympio, 1948.

Fazendeiro do ar & Poesia até agora. Rio de Janeiro: José Olympio, 1954.

50 poemas escolhidos pelo autor. Rio de Janeiro: Serviço de Documentação do Ministério da Educação e Cultura, 1956. Coleção Os Cadernos de Cultura.

Poemas. Rio de Janeiro: José Olympio, 1959.

Antologia poética. Rio de Janeiro: Editora do Autor, 1962 (São Paulo: Companhia das Letras, 2012).

Obra completa, Rio de Janeiro: Nova Aguilar, 1964.

Reunião (10 livros de Poesia). Rio de Janeiro: José Olympio, 1969 (10ª ed.: 1981).

Nova reunião (19 livros de Poesia). 2 volumes. Rio de Janeiro/Brasília: José Olympio/Pró-Memória/INL, 1982.

Nova reunião (23 livros de poesia). São Paulo: Companhia das Letras, 2015.

A palavra mágica. Seleção de Luzia de Maria. Rio de Janeiro: Record, 1997 (6ª ed.: 2000).

O observador no escritório. 2ª ed. Rio de Janeiro: Record, 2006.

Poesia 1930-62: de Alguma poesia a Lição de coisas. Edição crítica de Júlio Castañon Guimarães. São Paulo: Cosac Naify, 2012.

OBRAS EM PROSA CITADAS NESTE LIVRO

Confissões de Minas. Rio de Janeiro: Americ-Edit, 1944 (São Paulo: Cosac Naify, 2011).

Uma pedra no meio do caminho— Biografia de um poema. Seleção e montagem de Carlos Drummond de Andrade. Rio de Janeiro: Editora do Autor, 1967 (2ª ed. revista e ampliada: São Paulo: Instituto Moreira Salles, 2010).

A lição do amigo. Cartas de Mário de Andrade. Rio de Janeiro: José Olympio, 1982 (São Paulo: Companhia das Letras, 2015).

2 bibliografia resumida sobre drummond

ANDRADE, Mário de. "A poesia em 1930". *In: Aspectos da literatura brasileira.* 4. ed. São Paulo: Martins/INL, 1972.

ARÊAS, Vilma. "O projeto poético de Carlos Drummond de Andrade". *Littera*, Rio de Janeiro, n.6, pp.78-86, 1972.

ARRIGUCCI JR., Davi. *Coração partido.* São Paulo: Cosac Naify, 2002.

BOSI, Alfredo. "A máquina do mundo entre o símbolo e a alegoria". *In: Céu, inferno.* São Paulo: Ática, 1988.

BRAYNER, Sônia (org.). *Carlos Drummond de Andrade—Fortuna crítica.* Rio de Janeiro: Civilização Brasileira, 1978.

Cadernos de Literatura Brasileira— Carlos Drummond de Andrade, São Paulo: Instituto Moreira Sales, n.27, out. 2012.

CAMILO, Vagner. *Drummond: da rosa do povo à rosa das trevas.* São Paulo: Ateliê Editorial, 2001.

CAMPOS, Haroldo. de. "Drummond, mestre de coisas". *In: Metalinguagem.* Petrópolis: Vozes, 1967.

CANDIDO, Antonio. "Inquietudes na poesia de Drummond". *In: Vários escritos.* São Paulo: Duas Cidades, 1970.

CANDIDO, Antonio. "Poesia e ficção na autobiografia". *In: A educação pela noite e outros ensaios.* São Paulo: Ática, 1985.

CASTELLO, José Aderaldo. "Impressões de Carlos Drummond de Andrade". *In: Homens e intenções.* São Paulo: Conselho Estadual de Cultura, 1959.

CHAMIE, Mário. "Ptyx, o poeta e o mundo". *O Estado de S. Paulo,* 27.10.1962, Suplemento Literário.

COELHO, Joaquim Francisco. *Terra e família na poesia de Carlos Drummond de Andrade.* Belém: Universidade Federal do Pará, 1973.

CURY, Maria Zilda Ferreira. *Horizontes modernistas—O jovem Drummond e seu grupo em papel jornal.* Belo Horizonte: Autêntica, 1998.

FERRAZ, Eucanaã (org.). *Alguma poesia— O livro em seu tempo.* São Paulo: Instituto Moreira Salles, 2010.

FERRAZ, Eucanaã. "Alguma cambalhota". *In:* ANDRADE, Carlos Drummond de. *Alguma poesia.* São Paulo: Companhia das Letras, 2013.

FERRAZ, Eucanaã. "Modos de morrer". *In: Cadernos de Literatura Brasileira— Carlos Drummond de Andrade,* São Paulo: Instituto Moreira Salles, n.27, out. 2012.

FERRAZ, Eucanaã. *Drummond: um poeta na cidade.* Dissertação de mestrado. Rio de Janeiro: UFRJ, Faculdade de Letras, 1994.

GARCIA, Nice Serôdio. *A criação lexical em Carlos Drummond de Andrade.* Rio de Janeiro: Editora Rio, 1977.

GARCIA, Othon Moacyr. *Esfinge clara.* Rio de Janeiro: São José, 1955.

GLEDSON, John. *Influência e impasses— Drummond e alguns contemporâneos.* São Paulo: Companhia das Letras, 2003.

GLEDSON, John. *Poesia e poética de Carlos Drummond de Andrade.* São Paulo: Duas Cidades, 1981.

HOUAISS, Antônio. "Introdução". *In:* ANDRADE, Carlos Drummond de. *Reunião.* Rio de Janeiro: José Olympio, 1971.

HOUAISS, Antônio. *Drummond, mais seis poetas e um problema.* Rio de Janeiro: Imago, 1976.

LIMA, Luiz Costa. "O princípio-corrosão na poesia de Carlos Drummond de Andrade". *In: Lira e antilira.* Rio de Janeiro: Civilização Brasileira, 1968.

LINS, Álvaro. "A poesia moderna e um poeta representativo". *In: Os mortos de sobrecasaca.* Rio de Janeiro: Civilização Brasileira, 1963.

MARIA, Luiza de. *Drummond, um olhar amoroso.* Rio de Janeiro: Léo Christiano Editorial, 1998.

MARTINS, Hélcio. *A rima na poesia de Carlos Drummond de Andrade*. Rio de Janeiro: José Olympio, 1968.

MERQUIOR, José Guilherme. "A máquina do mundo de Drummond". *In: A razão do poema*. Rio de Janeiro: Civilização Brasileira, 1965.

MERQUIOR, José Guilherme. "Notas em função de *Boitempo* (I, II)". *In: A astúcia da mimese*. Rio de Janeiro/São Paulo: José Olympio/Conselho Estadual de Cultura, 1972.

MERQUIOR, José Guilherme. *Verso universo em Drummond*. Rio de Janeiro: José Olympio, 1975.

MORAES, Emanuel de. *Drummond rima Itabira mundo*. Rio de Janeiro: José Olympio, 1973.

OLIVEIRA, Teresa Cristina Meireles de. *Foto vivida/eterna grafia: espaço e memória em Carlos Drummond de Andrade*. Dissertação de mestrado em poética. Rio de Janeiro: UFRJ, Faculdade de Letras, 1979.

PIGNATARI, Décio. *Contracomunicação*. São Paulo: Perspectiva, 1971.

PY, Fernando. *Bibliografia comentada de Carlos Drummond de Andrade*. Rio de Janeiro/Brasília: José Olympio/MEC/Casa de Rui Barbosa/ INL, 1951.

RÓNAI, Paulo. "Tentativa de comentário para alguns temas de Carlos Drummond de Andrade". *In:* ANDRADE, Carlos Drummond de. *José & outros*. Rio de Janeiro: José Olympio, 1967, pp. XIII-XXVIII.

SANT'ANNA, Affonso Romano de. *Carlos Drummond de Andrade: análise da obra*. Rio de Janeiro: Documentário, 1977.

SANTIAGO, Silviano. "Introdução à leitura dos poemas de Carlos Drummond de Andrade". *In:* ANDRADE, Carlos Drummond de. *Poesia completa*. Rio de Janeiro: Nova Aguilar, 2002, pp. III-XLI.

SANTIAGO, Silviano. "O poeta como intelectual". *In: Seminário: Carlos Drummond de Andrade—50 anos de poesia*. Belo Horizonte: Conselho Estadual de Cultura de Minas Gerais, 1981.

SANTIAGO, Silviano. "Posfácio". *In:* ANDRADE, Carlos Drummond de. *Farewell*. Rio de Janeiro: Record, 1996.

SANTIAGO, Silviano. *Carlos Drummond de Andrade*. Coleção Poetas Modernos do Brasil. Petrópolis: Vozes, 1976.

SCHÜLER, Donaldo. *A dramaticidade na poesia de Drummond*. Porto Alegre: UFRGS, 1979.

SECCHIN, Antonio Carlos. *Papéis de poesia (Drummond & mais)*. Goiânia: Martelo, 2014.

SIMON, Iumna Maria. *Drummond: uma poética do risco*. São Paulo: Ática, 1978.

SZKLO, Gilda Salem. *As flores do mal nos jardins de Itabira: Baudelaire e Drummond*. Rio de Janeiro: Agir, 1993.

TELES, Gilberto Mendonça. *Drummond a estilística da repetição*. Rio de Janeiro: José Olympio, 1970.

VILLAÇA, Alcides. "Desejos tortos". *In:* ANDRADE, Carlos Drummond de. *Brejo das almas*. São Paulo: Companhia das Letras, 2013.

VILLAÇA, Alcides. *Passos de Drummond*. São Paulo: Cosac Naify, 2006.

WISNIK, José Miguel. "Drummond e o mundo". *In:* NOVAES, Adauto (org.). *Poetas que pensaram o mundo*. São Paulo: Companhia das Letras, 2005.

3 bibliografia geral

ABEL, Lionel. *Metateatro: uma visão nova da forma dramática*. Rio de Janeiro: Zahar, 1968.

ALONSO, Amado. *Poesía y estilo de Pablo Neruda*. Buenos Aires: Editorial Sudamericana, s/d.

ALQUIÉ, Ferdinand. *Philosophie du surréalisme*. Paris: Flammarion, 1966.

ANDRADE, Mário de. "A escrava que não é Isaura". *In: Obra imatura*. São Paulo: Martins, 1960

ARISTÓTELES. *Poétique*. Paris: Les Belles Lettres, 1932.

ARRIGUCCI JR., Davi. *A poesia de Manuel Bandeira — Humildade, paixão e morte*. São Paulo: Companhia das Letras, 1990.

AYLER, Leo. *Greek Tragedy and the Modern World*. Londres: Methuen, 1964.

BAKHTINE, Mikhail. *La Poétique de Dostoievski*. Paris: Seuil, 1970.

BALDENSPERGER, Fernand. "Les définitions de l'humour". *In: Études d'histoire littéraire*. Paris: Hachette, 1907.

BARTHES, Roland. *Sur Racine*. Paris: Gallimard, 1967.

BATAILLE, Georges. *O erotismo*. 2. ed. Tradução de Antonio Carlos Viana. Porto Alegre: L&PM, 1987.

BAUDELAIRE, Charles. *Curiosités esthétiques: L'art romantique*. Paris: Garnier, s.d.

BÉGUIN, Albert. *L'Âme romantique et le rêve — Essai sur le romantisme allemand et la poésie française*. Paris: José Corti, 1974.

BENJAMIN, Walter. *Poésie et révolution*. Paris: Denöel, 1971.

BENTLEY, Eric. *A experiência viva do teatro*. Rio de Janeiro: Zahar: 1967.

Bíblia sagrada. 6. ed. São Paulo: Editora Ave Maria, 1959.

Bíblia sagrada. Tradução de padre João Ferreira d'Almeida. Rio de Janeiro: Sociedade Bíblica do Brasil, s.d.

BODKIN, Maud. *Archetypal Patterns in Poetry*. Londres: Oxford University Press, 1968.

BORNHEIM, Gerd. *O sentido e a máscara*. São Paulo: Perspectiva, 1969.

BORNHEIM, Gerd. *Aspectos filosóficos do romantismo*. Porto Alegre: INL, 1959.

BOUCHER, Maurice. "Ironie romantique". *Cahiers du Sud*, Paris, v.16, n.194, pp.29-32, número especial, maio 1937.

BOURGEOIS, René. *L'Ironie romantique*. Grenoble: Presses Universitaires, 1974.

BRETON, André. *Anthologie de l'humour noir*. Paris: Jean-Jacques Pauvert, 1972.

BRETON, André. *Manifestes du surréalisme*. Paris: Jean-Jacques Pauvert, 1962.

BROOKS, Cleanth. *Tragic Themes in Western Literature*. New Haven: Yale University Press, 1955.

BURGOS, Jean (org.). *Le Refuge II*. Paris: Lettres Modernes, 1972 (*Cahiers du Centre de Recherche sur l'Imaginaire*, n.3).

CAILLOIS, Roland. "La Tragédie et le principe de la personnalité". *In:* JACQUOT, Jean (org.), *Le Théatre tragique*. 2 volumes. Paris: Centre National de la Recherche Scientifique, 1965.

CÂMARA CASCUDO, Luís da. *Dicionário do folclore brasileiro*. 2 volumes. Rio de Janeiro: INL/MEC, 1962.

CAMPOS, Geir. *Poesia alemã traduzida no Brasil*. Rio de Janeiro: Serviço de Documentação do MEC, 1960.

CANDIDO, Antonio e MELLO E SOUZA, Gilda. "Introdução", *In:* BANDEIRA, Manuel. *Estrela da vida inteira*. Rio de Janeiro: José Olympio, 1973.

CASSIRER, Ernst. *Linguagem e mito*. São Paulo: Perspectiva, 1972.

CAZAMIAN, Louis. "Pourquoi nous ne pouvons définir l'humour". *Revue Germanique*, nov. 1906.

CAZAMIAN, Louis. *The Development of English Humor*. Nova York: Ams Press, 1965.

CHABROL, Claude e MARIN, Louis. "Sémiotique narrative: récits bibliques". *Langages*, Paris, n.22, 1971.

CHARNEY, Leo e SCHWARTZ, Vanessa R. (org.). *O cinema e a invenção da vida moderna*. São Paulo: Cosac Naify, 2001.

CHESTOV, Léon. *La Philosophie de la tragédie*. Paris: Flammarion, 1966.

DE MOTT, Benjamin. "The New Irony: Sickniks and Others". *The American Scholar*, pp.108-119, inverno 1961-1962.

DELEUZE, Gilles. *Logique du sens*. Paris: Minuit, 1969.

DENHOF, Maurice. "Rapports". *Cahiers du Sud*, Marselha, v.24, n.(194), pp.16-24, número especial, maio 1937.

DURAND, Gilbert. *Les Structures anthropologiques de l'imaginaire*. Paris: Bordas, 1969.

DUROZOI, Gérard. e LECHERBONNIER, Bernard. *Le Surréalisme: théories, thèmes, techniques*. Paris: Larousse, 1972.

ECO, Umberto. *L'Œuvre ouverte*. Paris: Seuil, 1965.

EHRENZWEIG, Anton. *A ordem oculta da arte*. Rio de Janeiro: Zahar, 1969.

EICHNER, Hans. "Friedrich Schlegel's Theory of Romantic Poetry". PMLA, n.71, pp.1018-1041, dez. 1956.

ELIADE, Mircea. *Mefistófeles y el andrógino*. Madri: Guadarrama, 1969.

ELIADE, Mircea. *Mito y realidad*. Madri: Guadarrama, 1968.

ELIADE, Mircea. *Mythes, rêves et mystères*. Paris: Gallimard, 1957.

ELIOT, T.S. *On Poetry and Poets*. Londres: Faber and Faber, 1969.

ESCARPIT, Robert. *L'Humour*. Paris: Presses Universitaires de France, 1991.

FARINELLI, Arturo. *El Romanticismo en Alemania*. Buenos Aires: Argos, s.d.

FESTUGIÈRE, André-Jean. *De l'essence de la tragédie grecque*. Paris: Aubier- -Montaigne, 1969.

FICHTE, Johann Gottlieb. *A doutrina da ciência de 1794 e outros escritos*. Coleção Os Pensadores. São Paulo: Abril Cultural, 1980.

FINKIELKRAUT, Alain. "L'autobiographie et ses jeux". *Communications*, Paris, n.19, pp.155-169, 1972.

FREUD, Sigmund. *Le Mot d'esprit et ses rapports avec l'inconscient*. Paris: NRF, 1969.

FREUD, Sigmund. *O mal-estar na civilização*. Rio de Janeiro: Imago, 2002.

FRIEDRICH, Hugo. *Estrutura da lírica moderna*. São Paulo: Duas Cidades, 1978.

FRYE, Northrop. "Littérature et mythe". *Poétique*, Paris, n.8, 1971.

FRYE, Northrop. *Anatomie de la critique*. Paris: Gallimard, 1969.

GALVÃO, Walnice Nogueira. *Desconversa*. Rio de Janeiro: Editora da UFRJ, 1998.

GARDNER, Helen. *The Art of T.S. Eliot*. Londres: Faber and Faber, 1969.

GARELLI, Jacques. *La Gravitation poétique*. Paris: Mercure de France, 1966.

GUERNE, Armel (org.). *Les Romantiques allemands*. Paris: Desclée de Brouwer, 1956.

GUHL, Marie-Cécile. "Le Paradis ou la configuration mythique et archétypale du refuge". *In:* BURGOS, Jean (org.). *Le Refuge* II. Paris: Lettres Modernes, 1972 (*Cahiers du Centre de Recherche sur l'Imaginaire*, n.3).

GUINSBURG, Jaco (org.). *O Romantismo*. São Paulo: Perspectiva, 1978.

HAUSER, Arnold. *Historia social de la literatura y el arte*. 2 volumes. Madri: Guadarrama, 1968.

HEGEL, Georg Wilhelm Friedrich. *Esthétique*. 10 volumes. Paris: Aubier. Em especial: v.5: "L'Art romantique".

HUGO, Victor. "Préface". *In: Cromwell.* Paris: Alphonse Lemerre, s.d.

HUIZINGA, Johan. *Homo ludens*. Paris: Gallimard, 1951.

IMMERWAHR, Raymond. "The Subjectivity or Objectivity of Friedrich Schlegel's Poetic Irony". *Germanic Review*, n.26, pp.173-191, 1951.

JACQUOT, Jean. "La Tragédie et l'espoir". *In:* JACQUOT, Jean (org.). *Le Théatre tragique.* Paris: Centre National de la Recherche Scientifique, 1965.

JANKÉLÉVITCH, Vladimir. *L'Ironie.* Paris: Flammarion, 1964.

JEAN, Raymond. *La Poétique du désir: Nerval, Lautréamont, Apollinaire, Eluard.* Paris: Seuil, 1974.

KAMERBEEK, Jan Coenraad. "Individu et norme dans Sophocle". *In:* JACQUOT, Jean (org.). *Le Théatre tragique.* Paris: Centre National de la Recherche Scientifique, 1965.

KIERKEGAARD, Soren. "Extraits". *In:* MESNARD, Pierre. *Kierkegaard.* Paris: PUF, 1970.

KIERKEGAARD, Soren. "Le Reflet du tragique ancien sur le moderne". *In: Ou bien... ou bien.* Paris: Gallimard.

KIERKEGAARD, Soren. *The Concept of Irony.* Indiana: Indiana University Press, 1971.

KING, Jeannette. *Tragedy in the Victorian Novel.* Londres: Cambridge University Press, 1978.

Klaxon: Mensário de Arte Moderna. São Paulo, 1922-1923.

KLEIN, Melanie e RIVIÈRE, Joan. *Love, Hate & Reparation: Two Lectures.* Londres: The Hogarth Press/ The Institute of Psycho-analysis, 1967.

KONRAD, Hedwig. *Étude sur la métaphore.* Paris: Librairie Philosophique J. Vrin, 1958.

LACOUE-LABARTHE, Philippe e NANCY, Jean-Luc. *L'Absolu littéraire: théorie de la littérature du romantisme allemand.* Paris: Seuil, 1978.

LANGE, Victor. "Friedrich Schlegel's literary criticism". *Comparative Literature*, Oregon, v.7, n.4, pp.289-305, outono 1955.

LAUSBERG, Heinrich. *Elementos de retórica literária.* Lisboa: Fundação Calouste Gulbenkian, 1963.

LEBÈGUE, Raymond. "Tragique et dénouement heureux dans l'ancien théatre français". *In:* JACQUOT, Jean (org.). *Le Théatre tragique.* Paris: Centre National de la Recherche Scientifique, 1965.

LEECH, Clifford. *Tragedy.* Londres: Methuen & Co., 1969.

LEFEBVRE, Henri. *Introduction à la Modernité.* Paris: Ediritons de Minuit, 1962.

LEMAITRE, Henri. *La Poésie depuis Baudelaire.* Paris: Colin, 1968.

LESKY, Albin. *A tragédia grega.* São Paulo: Perspectiva, 1971.

LOTMAN, Iouri. *Structure du texte artistique.* Paris: Gallimard, 1973.

MAGRITTE, René. *La Septième face du dé.* Milão: Fratelli Fabbri Editori, 1970.

MARCUSE, Herbert. *Eros e civilização—Uma interpretação filosófica do pensamento de Freud.* 8. ed. Rio de Janeiro: LTC, 1999.

MELO E SOUZA, Ronaldes de. "Introdução à poética da ironia". *Linha de Pesquisa, Revista de Letras da* UVA, ano I, n.1, out. 2000.

MONDOLFO, Rodolfo. *O pensamento antigo.* 2 volumes. São Paulo: Mestre Jou, 1966.

MONNEROT, Jules. *Les Lois du tragique.* Paris: PUF, 1969.

MORAES, Marcos Antonio de (org.). *Correspondência Mário de Andrade & Manuel Bandeira.* São Paulo: Edusp/ Instituto Estudos Brasileiros da Universidade de São Paulo, 2000. Coleção Correspondência de Mário de Andrade.

MORIN, Edgar. *Le Cinéma ou l'homme imaginaire: essai d'anthropologie*. Paris: Minuit, 1977.

MUECKE, D.C. *The Compass of Irony*. Londres: Methuen, s.d.

MYERS, Henry Alonzo. *Tragedy, a View of Life*. Nova York: Cornell University Press, 1956.

NIETZSCHE, Friedrich. *La Naissance de la tragédie*. Paris: Gonthier, 1964.

NIETZSCHE, Friedrich. *Le Gai savoir*. Paris: Gallimard/NRF, 1950.

NOIRAY, André (org.). *La Philosophie: Les Dictionnaires du Savoir Moderne*. Paris: Centre d'Etude et de Promotion de la Lecture, 1969.

NOVALIS. *Fragments fragmente*. Paris: Aubier Montaigne, 1973.

NOVALIS. *Œuvres completes*, v.2. Organização, tradução e apresentação de Armel Guerne. Paris: Gallimard, 1975.

PAZ, Octavio. *Marcel Duchamp ou o castelo da pureza*. Coleção Elos. São Paulo: Perspectiva, 1977.

PAZ, Octavio. *O arco e a lira*. Rio de Janeiro: Nova Fronteira, 1982.

PAZ, Octavio. *Os filhos do barro*. Rio de Janeiro: Nova Fronteira, 1984.

PAZ, Octavio. *Signos em rotação*. São Paulo: Perspectiva, 1972.

PEACOCK, Ronald. *Formas da literatura dramática*. Rio de Janeiro: Zahar, 1968.

POUND, Ezra. *ABC da literatura*. São Paulo: Cultrix, 1970.

PRADO JUNIOR, Caio. *Formação do Brasil contemporâneo*. São Paulo: Brasiliense, 1963.

PROENÇA, Manoel Cavalcanti. *Ritmo e poesia*. Rio de Janeiro: Simões, 1970.

PROUST, Marcel. *À sombra das raparigas em flor*. Tradução de Mario Quintana. 2ª reimpressão. São Paulo: Globo, 2006.

RAYMOND, Marcel. *De Baudelaire au surréalisme*. Paris: José Corti, 1966.

REYES, Alfonso. "Las jitanjáforas". *In: La experiencia literaria*. Buenos Aires: Losada, 1952.

RICARDOU, Jean. *Problèmes du nouveau roman*. Paris: Seuil, 1967.

RICHARD, Jean-Pierre. *Onze études sur la poésie moderne*. Paris: Seuil, 1964.

RICHTER, Jean Paul. "Sur le trait d'esprit". *Poétique*, Paris, n.15, pp.365-406, 1973.

Romantisme. Revue de la Société d'Études Romantiques, Paris: Flammarion, n.1-2: "L'Impossible unité?", 1971.

ROMILLY, Jacqueline de. *La Tragédie grecque*. Paris: PUF, 1970.

RONNET, Gilberte. *Sophocle poète tragique*. Paris: De Boccard, 1969.

ROOT, John G. "Stylistic irony in Thomas Mann". *Germanic Review*, n.35, pp.93-104, abr. 1960.

ROSENFELD, Anatol. *Texto/contexto*. São Paulo: Perspectiva, 1969.

ROSSET, Clément. *La Philosophie tragique*. Paris: PUF, 1960.

SANTIAGO, Silviano. *As malhas da letra*. São Paulo: Companhia das Letras, 1989.

SCHILLER. *Poésie naïve et poésie sentimentale*. Paris: Aubier Montaigne, 1947.

SCHILLER. *Teoria da tragédia*. São Paulo: Herder, 1964.

SCHLEGEL, August Wilhelm. *Cours de littérature dramatique*. Paris: J.J. Paschoud, 1814.

SCHLEGEL, Friedrich. "Fragments". *In:* GUERNE, Armel (org.). *Les Romantiques allemands*. Paris: Desclée de Brouwer, 1956.

SCHLEGEL, Friedrich. *Fragments*. Paris: José Corti, 1996.

SCHLEGEL, Friedrich. *Sur le Meister de Goethe*. Paris: Hoëbeke, 1999.

SCHUWER, Camille. "La Part de Fichte dans l'esthétique romantique". *Cahiers du Sud*, Marselha, v. 24, n. 194, pp. 122-132, maio-jun. 1937.

SHKLOVSKI, Victor. "L'Art comme procedé". *In:* TODOROV, Tzvetan (org.). *Théorie de la littérature*. Paris: Seuil, 1965.

SMITH, Pierre. "La Nature des mythes". *Diogène*, Paris, n. 82, pp. 91-108, 1973.

SPITZER, Leo. *La enumeración caótica en la poesía moderna*. Buenos Aires: Facultad de Filosofía y Letras de la Universidad de Buenos Aires/Instituto de Filología, 1945.

STAIGER, Emil. *Conceitos fundamentais da poética*. Rio de Janeiro: Tempo Brasileiro, 1969.

SZONDI, Peter. *Poésie et poétique de l'idéalisme allemand*. Paris: Minuit, 1974.

TELES, Gilberto Mendonça. *Vanguarda europeia e modernismo brasileiro*. 7. ed. Petrópolis: Vozes, 1983.

TIECK, Ludwig. "Le Voyage dans le bleu". *In:* GUERNE, Armel (org.). *Les Romantiques allemands*. Paris: Desclée du Brouwer, 1956.

TRUFFAUT, François. *Os filmes de minha vida*. 2. ed. Rio de Janeiro: Nova Fronteira, 1989.

VAN DEN BOR, A. (org.). *Dicionário enciclopédico da Bíblia*. Petrópolis: Vozes, 1971.

VERNANT, Jean-Pierre e VIDAL-NAQUET, Pierre. *Mito e tragédia na Grécia antiga*. São Paulo: Duas Cidades, 1972.

VIANNA, Oliveira. *Populações meridionais do Brasil*, v. 1. Niterói: EdUFF, 1987.

Vozes. Revista de Cultura, Petrópolis, n. 1: "Tempo e utopia", 1973.

WEINRICH, Harald. "Structures narratives du mythe". *Poétique*, Paris, n. 1, 1970.

WELLEK, René. *História da crítica moderna, v. 2: O Romantismo*. São Paulo: Herder, 1967.

CRÉDITO IMAGENS

capa
Acervo do Arquivo-Museu da
Fundação Casa de Rui Barbosa
Carlos Drummond de Andrade, s.d.

2ª e 3ª capas
FOTO DE AILTON SILVA
Detalhes do painel de azulejos
de Candido Portinari,
palácio Gustavo Capanema
(antigo Ministério da Educação
e Saúde Pública), Rio de Janeiro,
RJ, 2015

pp. 8-9
fotógrafo não identificado/
Arquivo Público Mineiro
Operários em extração de hematita,
Itabira, MG, s.d.

pp. 16-17
MARCEL GAUTHEROT/
Acervo Instituto Moreira Salles
Ministério da Educação
e Saúde Pública, Rio de Janeiro,
RJ, c. 1946

p. 18
THOMAZ FARKAS/
Acervo Instituto Moreira Salles
Fachada lateral do Ministério
da Educação e Saúde Pública,
série Recortes, Rio de Janeiro, RJ,
c. 1945

p. 22
Acervo do Arquivo-Museu
de Literatura Brasileira da
Fundação Casa de Rui Barbosa
Carlos Drummond de Andrade,
c. 1930

p. 44
Acervo do Arquivo-Museu
de Literatura Brasileira da
Fundação Casa de Rui Barbosa
Carlos Drummond de Andrade, s.d.

p. 60
JOSÉ MEDEIROS/
Acervo Instituto Moreira Salles
Cena de Rua, Rio de Janeiro, RJ, 1949

p. 102
HORACIO COPPOLA/
Acervo Instituto Moreira Salles
Cristo com cruz às costas, passo
da Subida ao Calvário, Santuário
do Senhor Bom Jesus de Matosinhos,
Congonhas do Campo, MG, 1945

p. 152
DAVID DREW ZINGG/
Acervo Instituto Moreira Salles
Letreiro de cinema, s.d.

p. 220
ALICE BRILL/
Acervo Instituto Moreira Salles
Rua Direita, São Paulo, SP. c. 1953

p. 234
JOSÉ MEDEIROS/
Acervo Instituto Moreira Salles
Homens assistem à chegada
dos pracinhas da Força
Expedicionária Brasileira, vindos
da Europa, Rio de Janeiro, RJ, 1945

p. 280
Acervo do Arquivo-Museu
de Literatura Brasileira da
Fundação Casa de Rui Barbosa
Título de eleitor de Carlos
Drummond de Andrade, 1929

INSTITUTO MOREIRA SALLES

WALTHER MOREIRA SALLES (1912-2001)
Fundador

Diretoria executiva

JOÃO MOREIRA SALLES
Presidente

GABRIEL JORGE FERREIRA
Vice-Presidente

MAURO AGONILHA
RAUL MANUEL ALVES
Diretores Executivos

Conselho de administração

JOÃO MOREIRA SALLES
Presidente

FERNANDO ROBERTO MOREIRA SALLES
Vice-Presidente

GABRIEL JORGE FERREIRA
PEDRO MOREIRA SALLES
WALTHER MOREIRA SALLES JUNIOR
Conselheiros

Administração

FLÁVIO PINHEIRO
Superintendente Executivo

LORENZO MAMMÌ
Curador de Programação e Eventos

SAMUEL TITAN JR.
JÂNIO GOMES
Coordenadores Executivos

ODETTE J.C. VIEIRA
Coordenadora Executiva de Apoio

ELVIA BEZERRA
Coordenadora | Literatura

ALFREDO RIBEIRO
Coordenador | Internet

BIA PAES LEME
Coordenadora | Música

SERGIO BURGI
Coordenador | Fotografia

THYAGO NOGUEIRA
Coordenador | Fotografia contemporânea

HELOISA ESPADA
Coordenadora | Artes

JULIA KOVENSKY
Coordenadora | Iconografia

MARÍLIA SCALZO
Coordenadora | Comunicação

ANA LUIZA NOBRE
Coordenadora | Pesquisa e educação

ELIZABETH PESSOA
ODETTE J.C. VIEIRA
VERA REGINA MAGALHÃES CASTELLANO
Coordenadoras | Centros culturais

DRUMMOND: JOGO E CONFISSÃO
© INSTITUTO MOREIRA SALLES, 2015

organização
EUCANAÃ FERRAZ

projeto gráfico e diagramação
CLAUDIA WARRAK

assistência editorial
FLÁVIO CINTRA DO AMARAL
DENISE PÁDUA

preparação
CAROLINA SERRA AZUL

revisão
MARTA GARCIA
SANDRA BRAZIL
VANESSA CARNEIRO RODRIGUES

produção gráfica
ACÁSSIA CORREIA

tratamento de imagens
JORGE BASTOS/MOTIVO

impressão
EDIÇÕES LOYOLA

agradecimentos
CRISTINA ZAHAR
EDUARDO COELHO
SÉRGIO COHN
ARQUIVO-MUSEU DE LITERATURA
BRASILEIRA DA FUNDAÇÃO CASA
DE RUI BARBOSA

c848d

CORREIA, Marlene de Castro

Drummond: jogo e confissão /
Marlene de Castro Correia—
São Paulo : IMS, 2015.

296 p. : il., fots.

ISBN: 978-85-8346-026-8

1. Andrade, Carlos Drummond de.
2. Literatura—Ensaio.
3. Poesia brasileira.
I. Ferraz, Eucanaã (Organizador).
II. Título.

CDU 82   CDD 869.94

tiragem: 1.000 exemplares; papel capa: supremo alta alvura 250 g/m²; papel miolo:
pólen bold 90 g/m²; fonte: grotesque